封神榜

诸神之战

磨剑少爷 著

中国言实出版社

图书在版编目(CIP)数据

封神榜：诸神之战 / 磨剑少爷著 .-- 北京：中国言实出版社，2022.1

ISBN 978-7-5171-4033-7

Ⅰ .①封… Ⅱ .①磨… Ⅲ .①长篇小说 - 中国 - 当代 Ⅳ .① I247.5

中国版本图书馆 CIP 数据核字（2022）第 020497 号

封神榜：诸神之战

总 监 制：朱艳华
责任编辑：王战星
责任校对：代青霞

出版发行：中国言实出版社

地　址：北京市朝阳区北苑路 180 号加利大厦 5 号楼 105 室
邮　编：100101
编辑部：北京市海淀区花园路 6 号院 B 座 6 层
邮　编：100088
电　话：64924853（总编室）　64924716（发行部）
网　址：www.zgyscbs.cn　E-mail：zgyscbs@263.net

经　　销：新华书店
印　　刷：河北照利印刷有限公司
版　　次：2022 年 5 月第 1 版　2022 年 5 月第 1 次印刷
规　　格：710 毫米 ×1000 毫米　1/16　21.5 印张
字　　数：319 千字

定　　价：59.80 元
书　　号：ISBN 978-7-5171-4033-7

目录

引 子

齐天大圣的名号不是谁封的，而是我一棒一棒打下来的。天地长存，而与天地一起长存的，还有我的名字——孙悟空！

金箍棒将天捅破的刹那，这天下沸沸扬扬都是我的传说，可没人知道，我到底是谁，我从哪里来，走过什么路。

也没人知道，我为何反天，为何西游。

而我的传说，还得从很久很久以前说起——

第一章　开天辟地，圣人崛起

在数百万年前的鸿蒙里，绵延无尽的都是沼泽和丛林，全被瘴气笼罩，不见天日。

没有苍生，也没有神。

但有一些灵性之物，却在孕育希望、修炼成神。

鸿蒙深处。

在一片荆棘交错的林子里，立着一块丈高巨石，巨石如树，竟长枝丫，有如猴形。

猴石之旁，生有一根藤蔓。

藤蔓之奇，却是没有枝叶，光秃秃一片，缠绕猴石向上生长。

日复一日，年复一年。

猴石一直在长，藤蔓也一直在长，长向不见天日的雾瘴深处。

也不知道是在哪一天，一道神光突然冲破瘴气，映亮鸿蒙。

而神光，正是从藤蔓身上逆冲而起!

在神光辉映之中，缠绕着猴石的藤蔓神奇地动了起来，如同一个睡醒的人，伸了伸懒腰般，慢慢地竟化形成一条大蛇!

其蛇遍身花斑，莫名好看。

在后来的岁月里，风来过，雨来过，花蛇始终绞缠猴石而眠。

只有它知道，这猴石带着无穷灵性，可助它成神。

直到数万年后的某一天。

花蛇才从睡梦中醒来，睁眼看了看这无边鸿蒙，蠕动了下身子，身上轰然爆发出一道神光，卷散大片雾瘴，冲破鸿蒙。

随后，花蛇努力地伸了伸脑袋，那脑袋竟化出了人形来！

有眼，有眉，有耳，有口，有鼻。

秀发飘然，颈白若玉，还有双手。

“一万年，又一万年，我终鸿蒙得道，该去完成我的使命了。”人首蛇身之神伸出那纤长玉指，轻抚猴石，眼里流淌着丝丝不舍的眷念。

它无言，但她说的都听到了。

此时，她已成神。

而猴石，仍然只是一块石头。

它知道她心里所有的寂寞和理想，知道她终将离去。

“天下没有不散的宴席，我先去了，未来可期，我们再见吧！”

人首蛇身之神言罢，身上神光大炙，冲破鸿蒙混沌，飞身而去。

那一日，鸿蒙之外，红云燃烧三千尺，紫气横贯十万里。

从鸿蒙撕裂的缝隙里，也透进了一丝光亮来，落在了猴石身上，那光亮，照在猴石的心上，也照在鸿蒙外无垠的远方。

后来的鸿蒙里，偶有神光暴现，大能崛起。

而猴石矗立，心中寂寞如雪。

它常怀念与花蛇的相互依偎，还有花蛇的低语呢喃，让它觉得温暖。

自花蛇走后，似乎整个鸿蒙都寂寞了。

因为它的心里寂寞了。

它也想成神，想去鸿蒙之外的远方看看那是一个怎样的世界。

为何这里的生灵都在不顾一切地离开？

是什么力量要让他们不惜一切离开自己的家园？

外面的世界很好吗？

也许，它只是想念花蛇。

想念，原来才是比时间更荒芜和漫长的东西。

在洪流般的时光里，鸿蒙不断地撕裂着、演变着。

一个叫盘古的神用斧头劈开了混沌，演化出天地。

一个叫女娲的神创造出了苍生。

渐渐地。

无边的鸿蒙就只剩下了一个被称作秘境的尽头。

剩下的都成了神的战场，叫作洪荒。

笼罩了猴石数万年的雾瘴，终于如潮退一般从它的四周散去。

金色而温暖的光芒从远方照耀而来，落在它的身上。

这就是鸿蒙之外的世界吗？

花蛇呢？

数万年了，猴石从没有忘记过，那曾与它日夜绞缠的花蛇，是它心中永生永世的温暖和想念。

直到，某年某月某日。

道中圣人鸿钧老祖带着三个弟子从石前路过，他站在已长成山峰般的猴石前看了许久许久。

师尊，您在看什么？

这块石头，奇石啊。

这明明是一座山峰，师尊为何说是一块石头呢？

若是山，山上岂无树、无林、无飞禽走兽？

咦？是哦。这山上只有毛茸茸的青苔，却不长树木？不承想，这世间竟有如山一般的巨石，真是奇怪！

师兄你又少见多怪了吧。这里如今是洪荒，但在此之前，是鸿蒙。鸿蒙之中，神奇之物比比皆是。

通天教主

元始天尊

也是。听师尊说，从前的鸿蒙之中有好多灵奇之物，可神魔大战，撕裂圣地鸿蒙，如今四处都成了洪荒，真是可惜了！

岂止可惜，简直令人心疼啊。传说中无边无际的鸿蒙，是至圣至灵之地。如今只剩那么小一个秘境角落了，而我们神通太小，还进不去！

通天教主

老子

好了，两位师弟别胡乱感慨了，师尊还要去讲道哪，那是正事，别耽误了。

鸿钧老祖也没再说话，只是又看了猴石一眼，带着某些想法，转身走了。

三个弟子紧随其后。

就在鸿钧与三个弟子遇见猴石的一千年后，天地间发生了一件震动寰宇的大事。

当洪荒演绎，众神崛起。

众神已经很在乎声誉这玩意儿了。

而就在一场众神大会之上，火神祝融和水神共工父子为了证明到底是水厉害还是火厉害，发生了一场惊天动地的争论。

共工说：“肯定是水厉害，因为水可以灭火。”

而祝融说：“当然是火厉害，因为火可以把水烧开，甚至烧干。”

共工说：“水可以淹万物。”

祝融说：“火也可以烧万物。”

共工说：“火烧不了真金。”

祝融说：“水淹不到高峰。”

两人争论不休但又争不出个结果，就让众神评判。

可众神谁也不愿得罪他，就推说这是家事，得他们自己决定。

结果祝融就说："当然是火比水厉害，因为我是你爸爸，你是我儿子。"

共工一听，生气地反驳："咱们比的是水和火谁厉害，你跟我讲辈分干什么，你是爸爸你就有理了？我现在可也是掌管一方的神，我不要面子的吗？你居然拿辈分压我？！"

祝融又问："你还知道辈分？！"

共工振振有词："知道又怎么了？老祖说过，天下之道，能者居之，悟性高者，可后来者居上！辈分，算什么！"

祝融又问："你的意思是你比我强啰？"

共工道："我确实这么觉得！"

祝融顿时怒火中烧："看来，你是翅膀硬了，六亲不认了，行，我今天就当着众神的面教教你，什么是辈分，什么是规矩！"

于是，一场大战拉开帷幕。

水火不容，可谓惊天动地。

共工让手下两员大将之相柳和浮游率领百万虾兵蟹将，掀起滔天巨浪，攻向祝融所住光明宫，将光明宫的神火熄灭。

祝融则驾遍身烈焰燃烧的火龙迎战，火龙所到之处，浪涛平息，洪水卷退。

但共工年轻气盛，小时候就不服老头子，长大了还要被压，决心要争这一口气，又升级法力，倾尽五湖四海之水淹向祝融。

一时间，祝融也感到有些吃力了。

虽然，他是先神，法力至高；奈何共工得天地之灵气，遇水而生，悟性超前。

两人的实力可谓旗鼓相当，不分轩轾。

所谓的神仙打架，殃及池鱼。

一时间天地震动，苍生惶惶。

而就在这节骨眼上，影响这场惊世大战的一位关键神出场了！

他就是风神飞廉！

飞廉是祝融至交，实在看不惯共工这种跟老父亲打架的不孝行为，就决心帮祝融一把。

要知道水若遇风则成浪，遇大风起大浪；而火亦如是，大火遇大风，其势必猛。

所以，这场大战因为飞廉的加入，共工被打了个全军覆没。

手下两大先锋之浮游被活活气死，相柳逃之夭夭。

共工一身狼狈，灰头土脸。

祝融颇有几分得意地道："孩子，毕竟姜还是老的辣，无论神力，还是人脉各方面，老子都还是要比你略胜一筹的，现在总该服老子了吧！"

共工的脾气本就比较暴躁，输了难堪，此时还被祝融奚落一番，当场暴跳如雷道："你以为你比我厉害就厉害了？却不知我活着，你就有儿子，我若死了，你儿子就死了，我现在就死给你看看，让你知道什么叫后悔莫及！"

话音刚落，共工就猛地撞向身后的不周山！

共工的本意，就是想自杀。

一是觉得没脸活着了；二也是想让祝融后悔。

可没想到的是，他神力太强，这拼命一撞，非但没有被不周山撞死，反而把不周山给撞断了！

不周山，可是盘古化来支撑天地平衡的天柱！

不周山一断，天地瞬间失去平衡！

天空现出巨大窟窿，地上破开深渊裂缝，洪水肆虐人间，凶兽四处作恶，简直民不聊生、惨如地狱。

这下，天地众神都慌了，纷纷前往紫霄宫向三千大道老祖鸿钧求救。

天倾地塌，阴阳失衡，不只是影响众神修道，而且极影响神之声誉。

天下苍生敬仰神，是因为他们相信神可庇佑他们。

而今有难，神若无为，这天地间将再无灵性、再无信仰，道心损毁，只有怨气！

鸿钧老祖看着座下众神，徐徐道："其实，以尔等今日之修为，只要任一人愿杀身成仁，皆可补天窟窿。"

众神闻言，俱低头。

“怎么，尔等众神，却无一人愿杀身证道吗？”鸿钧老祖问。

“那师尊，你也可以的吧？”通天教主突然抬头问。

“是可以。”鸿钧老祖道，“但是，吾乃道祖，若吾杀身补天，谁来引领道法，谁来教化苍生？这天下之道，皆如步梯，逐级而上。能牺牲小的，绝不牺牲大的，你竟要为师去杀身成仁？这万年的道，你都白修了？”

通天教主道：“然天地起始，大道为向，大道不以身证道，小道又何往？”

“怎么，你这是在教我做事？”鸿钧老祖脸色已然不悦。

元始天尊立马就跟着指责：“就是，师弟你简直狂悖，竟要师尊圆道！”

老子也跟着道：“是的，师弟你有点过了，师尊让你得道，你却要师尊圆道，你这简直就是大逆不道！”

通天教主还想说什么，却硬生生把想说的话咽了回去。

因为他发现老祖的脸色是愈发地难看，看他的眼神也带着少有的寒意。

他突然想起了老祖当年在玉京山讲道时的论道之言：

所谓修道，便是修心。

而修心，就是处世为人。

而处世为人的其中之一，便是有些话当讲，有些话不当讲！

“好了，也不为难你们了。”

鸿钧老祖见气氛颇有些僵，便道：“其实，不要尔等杀身成仁也不是不行，倒也有一法可行的。”

元始天尊问：“何法？”

鸿钧老祖道：“还记得那块鸿蒙秘境之外形似猴子的奇石吗？”

“就是那块跟山一样大的石头吗？”元始天尊问。

鸿钧老祖道：“是的，就是那石头，可补天窟窿！”

鸿钧老祖

元始天尊当即兴奋起来："那真是太好了，弟子马上去移石补天！"

哪知鸿钧老祖却道："你，不行！"

"怎么，有什么问题吗，师尊？"元始天尊一脸迷茫。

鸿钧老祖道："那猴石虽浑身灵气，为天地至宝，可其重：万万斤；其坚：外生玄铁甲，圣人难破！"

"啊？"元始天尊愣住了，"那怎么办？"

鸿钧老祖道："你们去找战神刑天，借他的盘古斧，可将山劈开！"

"需盘古斧才可劈开，这么坚硬？"通天教主又开始质疑了，"难道师尊以大圣之力，也破不开？"

"我……当然能！"鸿钧老祖道。

"那为何师尊不去破开呢？"通天教主不解地问。

"你哪里来的这么多为什么？！"鸿钧老祖已不悦，"吾不去破开，自有吾不去破开的道理！"

"哦，好吧。"通天教主只好闭嘴。

元始天尊道："走吧师弟，你是跟师尊学道的，别老是质问师尊行与不行！"

当下，众神退出。

鸿钧老祖看着通天教主离去的背影，不由眯起眼睛，自言自语起来："看来，我是越来越不喜欢他了。"

纵有天赋异禀，却不会做人，终非大道之流！

高大的猴石仍巍峨地矗立在那里。它看见过这世道沧桑变化，却没有看见自己的命运即将卷入这天地洪流。

一只金蝉突然飞来，惊慌地喊："不好了，大石头，那些神要来劈你了！"

"他们要劈我？我能怎么办？他们是神，我只是一块石头，不能行走，不能……支配自己的命运！"

猴石居然说话了。

但，只有金蝉能听到它说的话。

一千多年了，金蝉常栖息于石上而鸣，得猴石灵气，道有小成，也在这千年的岁月里，它与猴石有了灵犀。

听得猴石所言，金蝉陷入长长的沉默。

它想为猴石做点什么，可它又能做什么？

一只小小的金蝉，若与神斗，不过飞蛾扑火。然而，猴石是它朋友，它又岂可让朋友被屠戮！

“猴石别怕，哪怕血溅当场，今日我也必全力以赴，不让人伤害你！”

“金蝉兄弟，别作无谓的牺牲了，神是这天地主宰，我行我素，你不过是一只金蝉而已，他们若发现你，必连你一起抓了，你还是赶紧逃命去吧！”

“不行，我金蝉虽弱，却做不来不义之事。身可死，心却不可屈！”

“若能救你，你我便是患难朋友；若不能救你，我陪你灰飞烟灭，死不足惜！”

巍峨猴石颤动了下。它感觉到有一种力量，冲击着它柔软的心，留下了一个燃烧不灭的记号。

若有未来，吾定为它赴汤蹈火，死不足惜。

猴石这么想着。

那一日的洪荒，万物静默，风云悲戚。

老子、通天教主和元始天尊去找了刑天，借到盘古斧，来到猴石前。

“师尊言，此猴石万万斤，吾有移山倒海之法，移不动这石？”通天教主不信邪，立马施展法力来移。

果然，那猴石纹丝不动。

通天教主便喊：“两位师兄，来帮帮忙，看集咱们三人之力，不破可移否？”

老子和元始天尊都来帮忙，一起施法。

结果仍是一样，石如生根，纹丝不动。

通天教主道：“师尊所言，果然不虚。”

元始天尊道：“那还用说吗？师尊为什么叫师尊？师尊为什么称大圣？”

通天教主有些不悦：“别忘了你我是师兄弟，请用尊重的态度和我说话，不要一副师尊训斥的模样，那样会让我很讨厌你！”

元始天尊哼一声道：“虽是师兄弟，但我是你师兄，我还用尊重你？”

老子道：“吵什么吵，忘记了我才是大师兄？别废话了，劈石补天吧！”

“你比我能，你来吧。”通天教主将手中的盘古斧递给元始天尊。

“我来就我来，难道我来就劈不开了！”元始天尊接过盘古斧，就要向猴石劈去。

“住手！”突然传来一声喊。

三神抬眼而望，见猴石上现出一只金蝉。

本来只有拳头大小，却慢慢地变得如簸箕一般。

在猴石的帮助下和赴死的勇气加持，金蝉比之前突然强大百倍以上，横刀立马挡在三神之前。

元始天尊一脸鄙视：“哟，一只小虫子，你想干吗？”

金蝉道：“这大石头是我的朋友，你们不能碰它！”

“这大石头是你的朋友？”元始天尊笑起来，“你跟石头做朋友？”

金蝉道：“它不是普通的石头，它有石心，有灵性，有喜怒哀乐，也有梦想和憧憬！”

“是吗？”元始天尊道，“我倒要劈开来见识一下，是不是这样。”

元始天尊说着，又扬起盘古斧。

“住手！”金蝉再一次阻止，“你们若是要劈它，我必与你们拼命！”

“什么？你与我们拼命？”元始天尊不禁笑了起来，“难道你不知，弱者的愤怒皆是自取其辱，懂吗？”

金蝉义正词严地道：“欺负弱者，尔等岂配为神？”

“你懂个啥？”元始天尊道，“不欺负弱者，难道还欺负强者？我比你强，你来欺负我啊！”

金蝉骂道：“无耻！”

元始天尊冷笑道：“虽无耻，我也是神；你倒高尚，也只是只虫子，你凭什么跟我比！”

“你是修道修傻了？废话这么多。”通天教主奚落道。

“我爱羞辱它，怎么了，你管得真宽！”元始天尊说完，一腔怒气暴起，猛地挥起盘古斧就向金蝉劈落而下！

金蝉大惊，挥着翅膀阻挡盘古斧！

结果却是一声哀鸣。

盘古斧划出锋利的神芒，直接将金蝉翅膀斩断！

金蝉如断线风筝落下。

“小小虫物，竟敢逆神，不自量力！”

元始天尊吼一声，又扬起第二斧，欲斩杀金蝉。

“等等！”通天教主拉住了他。

“你干什么？”元始天尊不悦地看着通天教主问。

通天教主道：“师兄你是知道的，我喜欢炼宝，我见这金蝉颇有灵性，想收了它。”

“你想收它？”元始天尊道，“它刚才可是要与我们作对的！”

“怎么，为了一只金蝉，你连同门的面子都不给了？”通天教主脸色有些难看。

老子一见，马上就充当和事佬劝道：“算了，元始天尊师弟，补天大事为重，师兄弟之间，就不要为一只金蝉伤和气了，通天师弟想炼它，就让他炼吧，炼出问题来，也是他的因果！”

元始天尊见大师兄都这么说了，也不好再坚持。

当下，通天教主取出一个笼子，将金蝉收在了里面。

元始天尊再次扬起盘古斧，运起法力，一斧向猴石猛劈而下！

“咔嚓！”

“轰隆隆——”

一片火星溅起，一阵地动山摇！

猴石瞬间被劈开一小半来！

“大石头……”

那一刻，被收在笼中的金蝉如同自己的心被劈开了一般，有一种撕裂的悲伤。

元始天尊继续扬起斧头！

一斧，又一斧！

在将猴石劈到第四块，达到猴石中心的时候，元始天尊住手了。

因为里面现出一块丈余大小的小猴石来。

仔细一看，竟孕育成了一个猴胎！

虽然猴胎还未完全修成生灵，但已具备了五官，具备了生命！

那一双眼睛，如山泉般清澈，纯真动人。

元始天尊不由感叹道：“难怪师尊言此石可补天，原来，这是一块灵石，数万年岁月，竟已结成灵胎！”

通天教主也叹道：“我现在也终于明白，为什么师尊大圣之力，明明可破这猴石，却要我们去借盘古斧来破了！”

“为什么啊？”元始天尊问。

通天教主道：“师尊知这猴石已化生灵，杀生损道，所以，这种事他要交给我们来做！”

“放肆！”元始天尊当即斥责，“师弟你竟敢如此鼠肚鸡肠地污蔑师尊，还配修道吗！”

老子也说道：“是的，师弟，师尊所为，自有他的道理。师尊乃大圣，大道之向，吾等的指引，岂可质疑！”

元始天尊道：“赶紧运石补天去吧，否则我要向师尊告你！”

通天教主没再多说，只是长长地叹息一声。

然后，施法运起一块猴石往塌天之处而去，老子也运起一块石头跟上，元始天尊则继续挥着斧头向剩余的猴石一番狂劈而下！

然而，通天教主和老子将猴石运到塌天处，施展法力去补窟窿时，那石头竟然补不上，一收法，石头就掉了下来！

两人只好又来到紫霄宫，向鸿钧老祖请教。

鸿钧老祖听后道：“看来，是这猴石灵根太倔，心有不甘，也罢，你们去中皇山找一下女娲娘娘吧，请她以造物火炼石，方可补天！”

老子道：“女娲娘娘不是造物后耗损心力，正在仙眠之中吗？”

鸿钧老祖道：“那也得喊醒啊，天下苍生皆是她的子民，她是这天地间屈指可数的大圣，她得来出力才行！”

老子和通天教主领命，来到中皇山女娲宫。

对守宫的白矖和腾蛇说了缘由。

当即由白矖进宫禀报。

很快，女娲娘娘便急急忙忙地跟着白矖出来。

塌天可是大事，她更心忧天下苍生，所以没等老子和通天教主细说，她便带着白矖和腾蛇直向塌天处而去！

一路上，她见到了大地疮痍，民不聊生，不由一阵悲戚。

一到塌天处，立即开始着手炼石！

当石头在造物火中被炼成熔浆时，她似乎听到了石头的悲鸣。

然而，因为石心还没运来，她与石心之间并无感应。

她只是很奇怪地道："这块石头满身灵气，在哪里发现的啊？"

老子道："是师尊在洪荒中发现的。麻烦娘娘在这里炼石补天，还有些剩下的石头，待我们再去运来。"

女娲应声，继续炼石补天。

直到老子、通天教主和元始天尊一起把剩下的猴石都运来。

她看见了那块丈余高大的猴石石心，一种如同洪流般的震撼轰然冲击在她心里！

她一下子就认出来了，这猴形石心正是数万年前鸿蒙中与她相依为命，且助她得道的猴石所孕！

被砍削去层层包裹的猴石，此刻显得特别单薄，如同一个光着身子立于风雪中的孩子，两眼仍是那么明澈地看着女娲。

猴石也感应出来了，这是当年的藤蔓，当年的花蛇。

这是它在命运的伤痕和绝望中突然看见的温暖和光亮！

想念啊，几万年！

只是没想到，却会是以这样的一种方式相见！

花蛇，鸿蒙到洪荒的几万年时光流逝，我终于见到你了，可惜我要死了。

猴石在心里哀伤地喃喃着。

女娲的心颤了下。

很快，她就作出了一个决定，看着老子、通天教主和元始天尊道："辛苦三位了，三位先去休息吧，这里交给我就行了。"

老子、通天教主和元始天尊都不疑有他，向女娲告辞，回紫霄宫复命。

待三人走后，女娲才上前抱着猴石，瞬间泪目道："大石头，怎么是你！"

那一刻，想念开出花朵，久违的温暖袭上心头。

猴石反倒显得很懂事地道："花蛇你别哭，能在死前见到你，我就很开心了。先前我还在想，真遗憾，从鸿蒙到洪荒，我等了几万年，以为死都见不到你了。"

"没事，你不会死的。"女娲抹了抹眼角的泪，"鸿蒙岁月，若无你，便无今日女娲。你与我，皆是这苍生之主，天可倾塌，你不可死，你不会有事的！"

说罢，女娲将猴石放好，吩咐白矖和腾蛇为她守卫。然后，她开始施法。

一时间，百鸟纷至，百花盛开。

猴石包裹之中的那只猴子开始有了更清晰的面目和四肢，并开始微微颤动，身上现出碎裂之声，石屑层层剥落！

很快，里面的石猴将身子一抖，尘埃落地，它已然化成了一只真正的猴子！

通体雪白，眼有神光！

它在女娲身前摇摇晃晃地走了几步，欣喜万分地道："花蛇，我这也是得道了吗？"

"算是吧。"女娲道，"不过道路且长，千山万水沟壑，你得的只是小道而已。"

石猴仍是开心地道："小道大道都没关系，我现在可以行走，可以说话，有自己的自由就很好了！"

女娲道："不，自由不是你想的那么简单，不是可以说话和行走就有的！"

石猴一愣："那是怎样？"

女娲道：“当你的意愿能被尊重和保护的时候，当你的尊严不被侵犯的时候，那才是自由。”

“有点复杂，我不太懂。”石猴摸了摸头，还是一脸纯真，又有些羡慕，“花蛇，你懂得好多！”

“哦，我不叫花蛇，我现在圣名女娲。”女娲看着石猴，“以后，你喊我女娲姐姐吧！”

“女娲姐姐？”石猴很开心，“好啊好啊，那我以后喊你女娲姐姐。”

女娲道：“你既来了这世间，我送你个名字吧。”

“送我个名字？”石猴还是很纯真很开心，“好啊好啊，我叫什么名字呢？”

“要不，叫袁洪吧。”女娲想了想道。

“袁洪？”石猴一脸迷茫，“为什么叫袁洪呢，什么意思？”

女娲道：“你乃猿猴，取姓为袁，道法同缘。而洪，也许是你的命运吧！”

“洪，怎么是我的命运了？”石猴问。

女娲一声叹息：“你来之时，天塌地陷，道生洪流，此乃你命运！”

“哦哦哦。”石猴还是似懂非懂，“不管了，女娲姐姐你说我叫什么就叫什么吧，只要能见到你我就很开心了，以后，我们就可以永远在一起了吧！”

“不能！”女娲眼色如雾，“这一见，只怕此后，我们再也不可相见！”

“为什么呢？女娲姐姐你又要去哪里吗？”石猴的眼神瞬间黯淡下来。

女娲看着他：“不是我要去哪里，而是你必须得走，走得越远越好，去深山里，去荒漠中，去没人知道的地方，不要出来，也不要回来！”

“为什么呢？”石猴越听越糊涂。

“因为……”女娲抬头看了看不周山之上的天空，“你本灵石，用来补天。我今放走你，那九天之神之圣，不会放过你！”

“不过，我已用我大圣之力，替你隐了根源，这天下能识破你的没有几人。只要你不招摇世间，倒也安全。但却是不可随我回中皇山！”

“我虽为圣，却有我的不自由！”

这些话，石猴仍是听得稀里糊涂不大懂。

但他知道，鸿蒙之后几万年的一次相见，哪怕短暂，如惊鸿一瞥，却也必须道别。

以后，是不再有以后。

女娲挥挥手，让石猴赶紧离开。

石猴只能恋恋不舍地转身，走向茫茫若洪流的命运。

谁也不会知道，此后，这只来自鸿蒙的叫作袁洪的灵猴，将会响彻天地，甚至震撼得天塌地陷！

神如何，圣如何，我是我，我若不愿，神圣奈我何！

当石猴在心上烙印下袁洪之名，浪迹天涯之时，圣地中皇山史无前例地被众神重重包围！

鸿钧领头，众神随后。

杀气横贯十万里，鸟雀莫敢飞鸣！

白瓘慌张入内禀报。

女娲却早有预料，缓步走出来，明知故问道："道兄此举何为？"

"你也是这天地大圣，你自己所为，岂能不知！"鸿钧老祖强压着心里的怒火。

"你是说那猴石？"女娲问。

鸿钧老祖道："你既然明白，就给个说法吧！"

女娲道："那已不是一块单纯的石头了，他既成生灵，我便无权牺牲他而补天！"

"你无权牺牲他，难道就有权牺牲这天下众生？"鸿钧老祖问，"死一人重，还是死千万人重！"

女娲问："在场诸神，有仙人，也有成圣者，皆可殉道而补天，为何非要牺牲一只灵猴？"

鸿钧老祖道："小小生灵，岂可与神圣相提并论！难道你不知，一将功成万骨枯，亡千万生灵才可修一神圣？"

"就是！"元始天尊也道，"你要那么伟大，为何你自己不舍身殉道补天！"

"你只是小辈而已，也配教我做事？"女娲道，"问问你师尊，弄懂缘由再来质问我！"

“师尊，有什么缘由吗？”元始天尊看着鸿钧老祖问。

鸿钧老祖道：“她是造物之主，天下苍生自她出，她若殉道，必万物失灵，灾祸乱生！”

“那现在怎么办？”元始天尊问。

鸿钧老祖道：“女娲娘娘，你说呢？”

“我说？”女娲道，“把老祖你的鸿蒙蒲团拿出来，这天不就可补了吗？为何非要这么折腾！”

“岂有此理！”鸿钧老祖道，“鸿蒙蒲团乃这天地至宝，我修道之根，道路无垠，皆赖其灵，岂能用来补天！何况，我已劈了灵石给你补天，是你放走灵石，你捅出来的娄子却要我给你补上？”

“就是，你放走灵石，赶紧给众神交代吧！”

“若无交代，众神必不容你！”

“是的，天补不好，影响神界气运，别怪我等踏平中皇山！”

一时间，那些因塌天而道心受损的众神群起愤怒，气势汹汹，一副要动手的架势。

白矖和腾蛇护在女娲身边，如临大敌。

“放肆，谁人敢来中皇山撒野！”一道黄钟大吕之声传来，一骑龙马之神降落，紫云环绕齐身，神力震撼全场。

鸿钧老祖看了眼来人道：“人皇伏羲，小辈而已，这里有你说话的份？”

“有无我说话的份，我也得说！”伏羲剑眉倒竖，“娲皇乃造物之主，恩泽天地，福德四海，她劳苦功高，而今不过放走一生灵，尔等便兴师问罪，岂有此理！能问问尔等指手画脚之辈，又为这天下苍生做过什么吗？

“得众生信仰，修筑道心，增持神力，获益匪浅，而苍生有难，尔等不愿出力也就罢了，还敢倒打一耙，问起娲皇这造物之主的罪来了！

“什么神，什么圣，都是一群自私自利的王八蛋而已！今日尔等若要为难娲皇，我三皇五帝必与尔等不善罢甘休！”

伏羲一番义愤填膺，直骂得众神面面相觑，不敢言语。

“才几千年不到，神魔大战还犹在眼前，怎么，你是想让这天地之间再爆发一次大战吗？”鸿钧老祖见势落下风，眼睛一眯，杀气涌出，令天光黯淡！

“战就战，谁怕谁！”伏羲大吼。

一瞬间，八卦图出，风云裂变。

四下里窸窸窣窣一阵急响，万蛇齐聚伏羲身后，昂首吐信，随时准备攻击！

鸿钧老祖身后众神也各蓄势待发，随时准备应战。

“都不要动！”女娲喝了声，看着伏羲道，“我放生灵猴，责任在我，苍生皆我子民，补天本我分内之事，我自当完成！”

伏羲问：“没有灵石，如何补天？”

女娲道：“我自鸿蒙出，身是造物主，也具至灵之气，我以我灵气，渡石以灵，炼而补天，当可行！”

“渡石以灵？”伏羲道，“那会大大损毁你的道行！”

“只是损毁道行而已。”女娲道，“只要能救天下苍生于水火，又有何惜！但无论如何，天地未稳，不可生战，尤其，神不可与神战，让魔有机可乘！”

伏羲便也不再说什么，他收起了八卦图，退下万蛇，恨恨不已地退下。

那天之后，天地间的大圣便少了一位。

造物之圣女娲，毁去半生修为，成了半圣！

紫霄宫前，鸿钧老祖袖手而立，看着天边那一片燃烧如火的红霞，脸上渐渐地露出了一丝笑意来。

“师尊，为何而笑？”元始天尊问。

“天，补好了。”鸿钧老祖道。

元始天尊道：“嗯，女娲娘娘的道行果然强大。”

“强大？”鸿钧老祖冷冷一笑，“恐怕，那已是过去式了！”

“过去式了？”元始天尊不解，“师尊此话怎讲？”

鸿钧老祖道：“以灵渡石，且渡万万石，炼而补天，她再也无大圣之力了！”

通天教主道：“女娲娘娘的大爱真的是可歌可泣！”

鸿钧老祖猛然回过头来，瞪了他一眼：“你懂什么？！”

“我又不懂什么了吗，师尊？”通天教主问。

鸿钧老祖道：“你什么都不懂！”

通天教主道："好吧，如果我不懂的，请师尊教我！"

鸿钧老祖很不客气地道："脑子不开窍的人，是教不懂的！"

通天教主："……"

元始天尊得意地看了通天教主一眼。

鸿钧老祖的目光又扫过通天教主、元始天尊和老子，然后徐徐将目光看向远方道："也许，你们是时候该做点什么了！"

"师尊需要我们做什么，尽管吩咐就是。"元始天尊马上道。

鸿钧眯眼看着远方道："祝融与共工水火不容，竟撞断天柱；女娲徇私放走灵猴，伏羲为护她竟与我列阵相向！这天地，是该有点规矩了！"

元始天尊问："师尊所言的有点规矩是什么意思呢？"

"就是……"鸿钧老祖又回过目光看着三大弟子，"我要这天地一统，只有一人说了算！而这一人所说，就是规矩！"

元始天尊还是不解："可这天地，神人妖魔，各自为阵，如何一统，又如何一人说了算？"

鸿钧老祖看着元始天尊，徐徐地道："棋盘上永远都只有两个阵营，敌或是我。如果没有了敌，就只剩下了我，便是我说了算，明白吗？"

元始天尊瞬间恍然："师尊的意思是，谁不听话，就灭了谁？"

鸿钧老祖道："有些话你可以明白，但却不必一定要说出来。或者，即便你一定要说出来，也要斟酌表达。不听话的，不一定要灭，但可以想法让他们听话！只要听话了，就是棋盘上的我！听话的越多，棋盘上的我便越强！"

元始天尊瞬间开悟，道："师尊言之有理，只是弟子愚钝，该如何做，还请师尊指点迷津！"

鸿钧老祖将手往前方一指："从今日起，我要你们负责，自这紫霄宫以下，给我建起三十三重天来！建好以后再来见我，我再告诉你们该如何做！"

元始天尊、通天教主和老子领命而去。

他们或许知道鸿钧老祖要建这三十三重天的意图，也或许不知道，但这都不重要。重要的是，鸿钧的话，他们必须听。否则，他们的道法无根，毁于一旦，从此不过一凡人。

做惯了神，知神强大，便再也不想做凡人。

那一瞬间，他们都顿悟：神和人有着相同的惧怕，就是失去！

三人开始勤勤恳恳地为了修建三十三重天而奔忙着，但效果极微。

数天过去，三人都还未曾建起一间房子。

鸿钧老祖对这进度非常不满，于是又将三人召集到紫霄宫内。

“不知师尊所唤弟子何事？”元始天尊永远是三人中最主动最讨好的那个孩子。

鸿钧老祖道：“也没什么事，让你们来，主要是给你们讲讲道。”

“师尊又要给我们讲什么道了？”元始天尊问。

鸿钧老祖问：“你们可知为何神与妖魔皆强大，而唯独人却弱小吗？”

“这个……”元始天尊一时卡壳。

老子答：“因为神与妖魔皆生于凡人之前，而先者为强！”

鸿钧老祖摇头：“非也！”

通天教主接着道：“因为神与妖魔都知这天地奥妙与危险，知道只有强大才是武器，所以年复一年地修炼，以使自己强大，去战胜和掌控别人。而人类只是为了活着而活着，没有更大的理想，他们唯一的信仰只有神，认为一切都是神的给予，总想着神的恩赐，却丧失了自己的努力和方向！甚至那些本来属于他们自己创造的东西，他们也觉得是神的给予。他们永远卑微，始终愚蠢，自然也就弱小！”

“怎么，你的意思是他们不该信仰神吗？”鸿钧老祖的脸一黑。

“不，师尊，我不是这个意思。”通天教主一脸惶恐，“我只是在说人为什么弱小而已。”

鸿钧老祖道：“好吧，其实你说的也有一定道理，只是有时候你的表达很有问题，我跟你说过多少次了，说话不要太直，要委婉一些！”

“话说太直的人是没人喜欢的，哪怕你说的是道理，是真话，也没人喜欢！”

“因为尖锐的东西本质就是伤害，你必须学会为它包上一层棉絮，使其柔软，才可避免这种伤害！”

“是，弟子谨记。”通天教主恭恭敬敬地道。

“好了，讲回正事吧！”鸿钧老祖道，“其实我想要告诉你们的是，个人的强大永远都极其有限，我纵是大圣，翻手为云覆手为雨，却仍有许多力所不及，又何况你们！

“所以，修建三十三重天之事，若只靠你们三人，恐怕是又一个十万年之后的事了，难道你们就没有动动脑子，收一些弟子，教他们帮忙做事吗？

“我既可教你们做事，你们自然也可以再教别人做事，石积成山，水聚成流，这道理很难懂吗？”

元始天尊谦卑地道：“道理其实我们懂，只是，我们还未成圣，不敢布道，不然，让天地间一些大能笑话！”

鸿钧老祖道：“倒也是，也罢，那我就再给你们讲讲道，给你们点法宝，增持些法力，然后，你们便可立教，传道门人，先成个小圣也好！”

三人一听，真是大喜过望，赶紧谢恩。

于是，鸿钧老祖把三人带进紫霄宫内，给了三人一些法宝，并一口气为三人讲了七天七夜的道。

那七天七夜的紫霄宫，紫气笼罩，祥瑞环绕。

七天七夜之后，老子、通天教主和元始天尊从紫霄宫里神采奕奕地走出来。

从此，这四宇八荒中，又多出三位圣人来！

然后，他们各自下山布道。

在无数个云卷云舒的日子里，元始天尊选择向天地间有慧根者布道，创建了阐教。

通天教主以有教无类的广撒网方式，不分神魔妖有缘即布道，创建了截教。

而老子选择了向碌碌无为的普通人布道，没有教派。后来，他干脆养了一头青牛，向青牛传道，还用八卦炉炼丹药给它吃。

他一度沦为众神的笑话。但他都不以为然，静坐风火蒲团炼丹。

后来在大罗山上成大圣，天下扬名。

第二章　我有逆鳞，触之必死

元始天尊创建阐教、通天教主创建截教，使得鸿钧道门，天下闻名。

而那只被女娲取名为袁洪的鸿蒙灵猴一路向东。

也不知道走了多久，也不知道走了多远，他只是每天看着那日头从东方升起，又从西方落下。

春去春又来，花谢花又再开。

前面的路一如时光，没有尽头，他却是一直走。

直到，他走到一座山前。

那山高耸入云端，满山仙雾缭绕。

一看就颇有仙气。

袁洪像被某种神秘的东西吸引着，慢慢地往山脚走去。

然而，当他走到山脚下时，不可思议的事发生了。

本来仙雾笼罩的山峰，突然之间云开雾散，朝阳破云而至，满山金黄之色！

再下一秒，满山梅花突然盛开，一片灿烂如海洋！

袁洪看着那满山梅花，一下子就被迷住了。

从鸿蒙到洪荒数万年，他何曾见过如此美景！

那梅花的飘香随风入鼻，让他只觉心旷神怡。

这花真美，要永不凋零才好；我当在此山寄居，不管这世间纷扰。

袁洪这么想着，便向梅山上走去。

“哇，这是怎么了？这是怎么了？现在是六月，梅花早谢，怎么突然都开了！”

“此乃异象，必有圣人降临啊！”

“是的，我们太幸运了，居然能在有生之年见识到一年之中梅开两度！”

正往山上去的袁洪突然听到一片银铃般的欢呼声，他回过头来，便看见一只雪白狐狸和一只七彩雉鸡在山下，看着满山梅花兴高采烈。

袁洪见白狐和雉鸡都单纯面善，就冲着她们喊道：“到山上来玩啊，山上赏花，身临其境，香气如海，别有一番乐趣。”

白狐和雉鸡嘤嘤应得两声，就飞快地上山，与袁洪攀谈起来。

“猴子，你是住这里的吗？我以前怎么没见过你啊？”白狐问。

“我也是路过这里。”袁洪道。

“路过这里？”白狐问，“那你从哪里来啊？”

“这……我也不知道，从很远的地方吧，那是一个无名之地。”袁洪并没有说自己的来历。

女娲一再提醒过他，这天地神圣很可能会抓他，千万不要说自己的来处。

白狐也没在意他到底从哪里来，只是又问：“那你打算到哪里去呢？”

“到哪去？”袁洪看了眼满山灿烂的梅花，“我觉得这里挺好，就没打算到哪里去了，就住这里吧！”

“好啊好啊！”白狐欢呼起来，“你如果在这里住下，我们以后就可以常来找你玩了。”

“常来找我玩？”袁洪问，“怎么，你们不住这里吗？”

白狐摇头：“不是，我们住在轩辕之丘的轩辕坟！”

“轩辕坟？”袁洪一愣，“你们为什么住坟里？”

白狐道：“那不是普通的坟呢，是三皇五帝中的轩辕黄帝之坟，黄帝成圣，那里空着，却有许多灵气，可助修道。怎么，你要过去跟我们住一起吗？”

“我？”袁洪想了想，又看了眼梅山，“我来之时，梅花盛开，我觉得我与此山有缘，也甚喜欢，我还是住这里吧，感谢你们的邀请。”

“嗯，也可以。”白狐道，“反正我们挨得近，以后你随时可以来找我们玩，我们有时间了也来找你！”

看着天真活泼的白狐，那一刻的袁洪心里感到莫名的温暖和感动。

鸿蒙到洪荒，悠悠数万年，他在这广阔而寂寥的世间拥有最多的是孤独。

曾有花蛇相伴，可花蛇得道，成圣女娲，彼此已遥远；后有金蝉为友，惺惺相惜，奈何金蝉因护他而损，被道人抓走，吉凶难料。

从难能可贵的拥有到无能为力的失去，他空如大海的心里只有无尽的孤独如黑夜。可白狐和雉鸡的热情与单纯，似乎让他又感受到了这世间的一丝美好与温暖。

就如这满山灿烂的梅花一样，开在他的心里。

梅山，成了袁洪漂泊无依许久之后的家。

在这里，他得到了他这一生中最多的快乐。

白狐和雉鸡没事就到梅山找他玩。

袁洪也时常接受她们的邀请去她们在轩辕之丘的轩辕坟作客。

轩辕之丘下有一条宽阔而清澈的河流，人称洵水，向南绵延万里。

袁洪和白狐、雉鸡喜欢在清澈的河水中游泳嬉戏，每次从水中上岸都感觉脱胎换骨、神清气爽。

洵水之中还有很多神奇好玩的宝贝，譬如丹砂，青石、紫螺和雄黄。

白狐手巧，用紫螺做了两个乐器，送了袁洪一个。

那紫螺吹出来的声音，悠扬婉转，十分动听，袁洪总是听到痴迷。

雉鸡也想要一个。

白狐说它的嗓音太粗，只会咕咕咕，不适合吹螺。

雉鸡非得要试，结果吹出来如号角之声，丝毫没有音乐之美，袁洪故作痛苦状捶着胸脯，白狐直喊要命。

于是，雉鸡嘟着嘴说不要了，惹得袁洪和白狐哈哈大笑。

“狐狸你过分了啊，认识猴子之后，你就帮他来欺负我了！”雉鸡委屈地道。

白狐笑道：“猴子没来的时候你不也喜欢欺负我嘛！”

雉鸡道：“我觉得你们有点不对劲。”

白狐还是笑：“怎么，嫉妒了吗？”

雉鸡道："我才不嫉妒呢，我希望你幸福好不好！"

白狐道："嗯嗯，我们永远都是最好的姐妹。"

那一刻，袁洪突然觉得他的心坎之上有一朵火焰般的梅花在吐蕊绽放。

在后来的日子里，他特别喜欢坐在梅山顶上的那块大石头上，看着天际的夕阳缓缓落下，晚霞娇艳似火。

他吹着那只紫螺，心里就会想起白狐的样子。

一种温暖的东西就像那缓缓向南流去的洵水一般，悠悠晃晃地如同岁月一样，没有尽头。

他开始在夜晚想着白狐的样子才能睡去，在睡觉一醒来就想见到白狐的样子。

就如同当年在鸿蒙之中对花蛇的思念一样，只是如今，这种浓烈的思念，换成了另一个人。

也许，是当花蛇告诉他，这一生彼此不可再见时，他看见自己心上裂开的那道疼痛的口子。

岁月不能愈合，而白狐愈合了它。

只是，白狐以后也会离开吗？

这是个深渊般的问题。

无论如何，他都会好好珍惜的。

那是一个阳光明媚的日子。

山上梅花开得正浓。

袁洪和白狐就坐在山顶的那块大石头上，看着远方流云，看着眼前梅花。

白狐

很奇怪啊。

什么奇怪了？

袁洪

白狐

这满山梅花，我在这边几百年了，总见它二三月开花，四五月凋零，来年再开。可今年，四五月凋零了，六月竟然又再开，今已九月，还不见凋零之态……

那不很好嘛，梅花这么好看，要常年开着，永不凋零才好。

袁洪

白狐

你傻啊，这世上哪有永不凋零的花。花有开谢，月有圆缺，纵是天神，也无法改变。

可这山上梅花，不是一直开着，没有凋零吗？

袁洪

白狐

除非……

除非什么？

袁洪

白狐

除非，有圣人许愿……

圣人许愿？哪有圣人许愿这一山之花开不败的。

袁洪

白狐

所以奇怪啊。

管它奇不奇怪呢，只要这花开着，景好看，我们开心就行了，而且要一直都这样开开心心的才好。

袁洪

白狐

你的想法好简单啊。你每天就这么玩，也不修道吗？

修道干吗？

袁洪

白狐

修道，可以让自己变强，可以保护自己，得了机缘，还可以成神，甚至成圣啊！

成神？成圣？那又有什么意思呢，神未必善，圣也未必自由，修来做什么？

袁洪

白狐

什么神不善，圣不自由？什么意思啊？

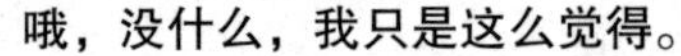

他自然不会与她说起过去。

那些神就在他的面前把金蝉抓走，那个叫作女娲的圣人说，她也有她的不自由。

既如此，成神，成圣，又能怎样？

只不过，让袁洪万万没想到的是，就在下一刻，他便改变了这种观念。

当他还沉浸在与白狐看云赏花的快乐中时，梅山之下，忽来一人一犬。

人穿盔甲，长得挺俊，只不过有一点奇怪的是，他比常人多了一只眼，长有三只眼。那第三只眼长于额间，其状如豆荚。身背一把长弓，手执一把长枪。长枪三尖两刃，寒光大放。

犬如虎巨，青面獠牙，眼有凶光，吐露的舌头之间，仿佛随时都要咬人一般。

其人仰头看了看山上道：“啸天，这山景色不错，猎物应颇多，咱们往这山上看一遭吧！”

犬道：“主人，你说了算。”

其人道："我知道我说了算，我只是无聊，想得到你的认同。"

犬道："嗯，主人的想法，我永远无条件认同。"

其人拍了拍狗头："果然是条好狗！"

当下，一人一狗便往梅山上寻来。

"汪汪汪！"

袁洪和白狐正忘情地谈天说地时，身后突然传来犬吠。

两人回头一看，便见得一人一犬，正是杨戬和哮天犬。

白狐当场脸色大变，一下子就惊惧地抓住了袁洪。

袁洪还有些不解白狐的举动，问："怎么了？"

白狐颤颤巍巍地道："他……他是修道的猎人，百兽皆猎！"

"怎么，我的名气这么大了吗？你认得我？"杨戬问。

白狐惊惧地看着他道："我见过你将一只大虎射杀，剥皮带走！"

"是吗？"杨戬问，"那一幕竟被你看到了？我三只眼都没发现你，你藏得挺深啊！不过你这一身白毛，真是漂亮，做衣服穿起来肯定很华丽的吧，我喜欢！"

"你敢！"袁洪当即挺身挡在白狐前面，正气凛然。

"你说什么？我不敢？"杨戬满眼轻狂，"你知道老子是谁吗？老子是鸿钧祖师座下元始天尊座下十二金仙之玉泉山金霞洞玉鼎真人座下唯一弟子，你觉得有什么是我不敢做的？要不是老子对猴子不感兴趣，连你一块抓了，还不快滚？"

白狐却突然松开了袁洪，眼神坚定地说："猴子，你走吧，我跟他拼了便是！"

袁洪昂首挺胸道："不行，只要我在，我绝不允许任何人伤害你！"

"哈哈哈，小猴子，你是在跟老子说笑吗？"杨戬一脸鄙夷地道，"请问你有多少年道行，凭什么跟我拼？靠吹牛吗？"

白狐也道："是啊，猴子你走吧，我好歹还有几百年修行，你什么都不会，根本就没有道行，别枉送了性命！"

"没有道行又如何？"袁洪掷地有声地道，"我虽弱，却敢拼，便够了！"

那一刻，他又想起了金蝉来。

当初元始天尊准备以盘古斧劈开他时，金蝉明知不敌，却仍舍命相阻，让他知道，人活一世，只要值得，生死又何妨？

可他此举，却大大地激怒了杨戬。

杨戬手持三尖两刃枪，猖狂一指："不知死活的东西，竟敢跟小爷过不去，看小爷今天不一枪戳死你！哦，都不用枪，哮天你上，给我撕了他！让他知道知道，他这种没有背景也没有能力的家伙，连神的一条狗都不如！"

"汪！"

下一秒，哮天犬就向袁洪腾空扑去。

袁洪没有修道，不知用武，但还是本能地伸手挡向哮天犬。

可哮天犬也有修道，有几百年道行，远非袁洪能敌。

只一交锋，哮天犬一下就把袁洪扑倒在地，张口就向他脖颈咬去，打算把他咬死。

白狐见状，忙拼尽全力扑向哮天犬。

下一秒，直接将哮天犬扑飞出去。

杨戬一见大怒："岂有此理，打狗看主人，你敢触我逆鳞！"

话音刚落，直接用三尖两刃枪刺向白狐。

白狐大惊，想要闪躲。

然而，杨戬的三尖两刃枪有法力加持，如山岳压来，如洪水围困，白狐根本动弹不得。

结果，三尖两刃枪直直地刺进她的身体。

"小白！"袁洪心疼地喊，再度愤怒地往杨戬扑出。

然而，此时的袁洪在杨戬面前太渺小。

杨戬只将三尖两刃枪朝他一扫，一道法力猛击，直接将袁洪击飞出去。

若不是撞到那方巨石之上，就摔到山下去了。

"猴子……"

白狐喊一声，拼劲全身力气向袁洪扑去。

看着袁洪眼神里没有了往日神采，白狐预感到了那种不敢想象的后果，不由流着泪道：“猴子，是我害了你……”

“不，是我没用。”袁洪难过地道，“我曾在心里想着，这一生都要和你在一起，给你快乐，可我却保护不了你！”

白狐脸色苍白地笑着：“没事，弱者于这世间，只是苟活。纵然去死，我陪你一起！”

说罢，她当即一爪子抓向自己的咽喉。

突然，一道白光划出，击伤白狐的手臂。

白狐惊叫一声，摔向一边。

杨戬冷笑：“想死？没那么容易。我看你也有几百年修为，可带回去炼了内丹，助我修炼，再将皮毛做一件披风，那才不枉我忙活一场！”

“你休想！”白狐咬牙，“就算灰飞烟灭，我也绝不会让你得逞的！”

杨戬冷笑道：“死到临头还嘴硬，神之下，岂容你反抗！”

“神眼洞穿！”杨戬吼声，那额间的眼瞬间光芒大放，如一道闪电向白狐射去。

袁洪见状，拼尽全力扑向那道金光。

轰然一声爆响。

金光击中袁洪，然后猛撞向白狐。

一瞬间，袁洪便和白狐一起晕厥过去。

“哮天，给我杀了猴子，把狐狸带走！”杨戬对哮天犬下令。

哮天犬狂叫一声，当即就向晕倒在地的袁洪扑去。

“轰！”

一股狂风突然袭来，直接将哮天犬卷飞出数百丈外，不见了踪影。

“谁？谁敢管我的闲事！”杨戬愤怒咆哮，运起三眼神光，在梅山四处一片乱扫。然而，却什么都没发现。

“岂有此理，这九天之下，神道昌盛，吾是鸿钧祖师座下元始天尊座下玉鼎真人座下弟子，吾要杀人，岂是妖魔之辈能阻！”

喊罢，杨戬再次挺起三尖两刃枪，如索命勾魂般向躺在地上的袁洪咽喉刺去！

袁洪躺在那里，没有任何动静。

杨戬嚣张至极，他以为那妖魔听了鸿钧名头，定已吓尿，不敢再管闲事。

然而，"轰！"的一声，一道雷霆之力从虚空袭来，杨戬想要反抗，却如被缚之茧，全身上下动弹不得。随即，胸口被狠狠重击，摔飞出去，撞断了不远处的一棵大树！

杨戬跌跌撞撞地爬起来，开始感到惊惧，却仍保持神格的倔强喊道："谁敢打我，谁敢打我，我可是鸿钧祖师座下元始天尊座下玉鼎真人座下弟子！"

终于，一个缥缈虚无的声音缓缓响起："你还是自己滚吧，就不要给你的师门和神道丢脸了！"

"你是谁？你只要敢说你是谁，我让师父来找你算账！"

"你师父？还不配跟我算账，既然你不识趣，还是让我送你走吧！"

"轰！"的一声，又是一道雷霆之力打出！

这一次，杨戬直接被打出九霄云外，不见了踪影。

随后，一位人首蛇身的圣人带着一片祥云瑞气现身出来，正是女娲，她看着躺在地上昏迷不醒的袁洪，叹息一声："当初道别，我赠你一道圣人之愿，可助你修道，或与我再见，你却许愿这满山梅花永不凋零。也罢，你既眷念这里，那我便将这里变成人间仙境吧！"

女娲言罢，伸出白皙修长的手指，在梅山四处的虚空里点划了一番，再回过头，对着袁洪和白狐吹了口气。

看着倒在地上的猴子，留下最后一眼的眷念之后，飞身离去。

又过了一会儿，袁洪悠悠地醒来，还伸了个懒腰，就像刚睡醒的样子。当他看到躺在地上的白狐，皮毛已经被鲜血染红，不由大惊，赶紧扑过去喊她。

白狐也睁开迷离的眼睛，却什么事也没有。

这令两人都大感奇怪。

明明是被杨戬和哮天犬攻击，命悬一线，两人身上的血迹都还未干，却安然无恙。这到底发生了什么？

“看来，是有大能救了我们。”白狐道。

“大能救了我们？”袁洪有些懵，“什么大能会救我们呢？”

白狐道：“按理说是没有的，那杨戬是神圣门下，而天下神圣一家人，谁会与他作对救我们呢？”

袁洪道：“不管是谁，我们没事便好。”

白狐道：“现在没事，以后就难说了，那杨戬乃是神圣门下，今日在这里吃了亏，回头肯定还会来找麻烦，看来，我们得离开这里才行！”

“离开这里？”袁洪看着云雾中满山盛开的梅花，摇了摇头。

从他喜欢上这里的那一刻开始，他就像一粒种子扎根在了这里，注定在这里成长和死亡，从没想过要离开。这里让他在流浪之后有了归宿，这里也让他在孤独之后有了欢乐。他已视这里为家，怎么能离开呢？

白狐道：“如果不离开，我们会死在杨戬手里的！”

袁洪的眼神变得非常坚定，悠悠道：“也许，在面对强者的时候，我们要做的不是害怕，而是让自己变得更强！”

“变得更强？”白狐问，“怎么变更强？”

袁洪掷地有声地道：“我决定修道！我要强大起来，我要保护你和我的家园！”

白狐道：“你这么想是好的，可是修道何其难。我修过几百年，也敌不过那杨戬一击，你现在才开始修，太晚了。这世间万万年，众神林立，大妖横行，我们这种后来者，已注定只能苟且偷生！”

“没事的，你相信我，我一定可以强大起来，让这世间无人可伤害你，谁若伤害你，我便杀了他！”袁洪眼中的光芒非常炙热。

“你……”白狐看着他，陌生而又感动。

他曾说，他不爱杀伐，只想过着简单的日子，有这梅花灿烂，有那落霞满天，还有她，就够了。

做什么强者，争什么输赢，都不如开开心心、陪着喜欢的人。

而如今，他决定变强，眼神里有了杀意。

只因，他想保护她！

“好，那我们就留下来。纵有劫数，要死，我也陪你一起！”那一刻，白狐的心里开出了一朵别样的梅花，开至地老天荒，永不凋零。

袁洪开心地笑了。

这是他喜欢和期望的样子。

不管命运如何，都能勇敢面对，无所畏惧。

做自己想做的人，活成自己喜欢的样子！

梅山一战，杨戬被女娲轻轻一招就打飞十万里，摔了个七荤八素半死不活。

这还是女娲怀圣人之心，手下留情，否则他连半条命都剩不下。

杨戬醒来时还一脸懵，连被谁打的都不知道。而且怎么被打的，因为什么被打的，都不知道。

脑子炸裂般的疼，什么都想不起来。

他站起来看着这茫茫天地，呆愣愣地像个二傻子一样。

好在哮天犬找来了，把他带回了玉泉山金霞洞。

玉鼎真人一见杨戬那样子，便问怎么回事。

杨戬道："我头疼。"

玉鼎真人道："知道你头疼，我是在问你为什么头疼！"

杨戬摇头。

好在哮天犬记得，当即就对玉鼎真人讲了事情的大概经过。

"开满梅花的山？"玉鼎真人看着哮天犬，"你是不是跟他一样也被打傻了？现在是九月，梅花早已凋谢，还满山梅花？"

"真人，是真的。"哮天犬道，"主人当时看见那满山梅花，觉得猎物颇多才上去的，结果就遇到猴子和白狐了。我们都差点抓到手了，没想被人突然袭击，要不然，主人也不会稀里糊涂地就成这样啊！"

玉鼎真人看了眼杨戬，又看了眼哮天犬，觉得这事着实奇怪，于是驾起云头，使出观天术，看方圆百里之内，却并无梅山。

便又施术进入杨戬识海，想探知他的记忆。然而，杨戬的记忆也是混沌一片。

在无计可施之下，玉鼎真人只好带着杨戬来到昆仑山玉虚宫找师父元始天尊。

元始天尊也试着进了杨戬识海，想探知他的记忆，却发现他的记忆犹如蛛网尘封一般，根本无法探知。

他继续使出观天术寻找梅山。如今的他已是圣人级别，知后果前因，一目之下，万里皆如指掌，然而，他也未曾见到梅山。

“师尊，知道为何了吗？”玉鼎真人见元始天尊站在那里沉默不语便问。

元始天尊回过头来，看了玉鼎真人一眼：“你带他回去吧！”

“啊？”玉鼎真人一愣，“师尊，这是怎么回事呢？”

元始天尊道：“天道圣人出手，隐了梅山，封了他的记忆，我也看不出玄机。”

“啊？”玉鼎真人更是一惊，“天道圣人出手？这天地之间，天道圣人屈指可数，且都给祖师面子，谁会打伤杨戬呢？”

元始天尊道：“人家弹指间便可杀他，没杀他，已是很给面子了。此事要寻得真相，需祖师出面，可祖师已云游四方去了……”

“那怎么办？”玉鼎真人问。

“还能怎么办？”元始天尊道，“把人带回去，好生管教！生有三眼，天赋异禀，就该好好修道，谋天下事，却打猎伤生、游手好闲。这天地广阔，大能者众多，要教导门人，少出去惹是生非！”

玉鼎真人被训得低着头，一声不吭。

元始天尊道：“你且去吧，今日之事，待祖师云游归来，我与他说说。但你记住了，这天下将有风云变，能者出世，莫要懈怠修道，错失良机！”

“是，弟子谨遵师尊教诲！”玉鼎真人应声，带着杨戬离去。

元始天尊走到宫前的平台上，看着西方天际如火焰燃烧的云彩，如朵朵红莲盛开，那眯着的眼神里莫名地有了一丝凝重。

梅山之上。

自从吃过杨戬的亏后，袁洪已彻底地变了心态。

曾经他在这山上，每天看落日流云，想着一个人，无忧无虑，自由自在，那是他想要的人生。然而，当杨戬随手便可抓走白狐、击杀他，他却无能为力时，他便知道，信仰什么，都不如强大自己来得实在！

白狐把她在轩辕坟里得到的一本《黄帝经》给了袁洪。

《黄帝经》是一本修道之书，讲的是修道根基，能丰其血肉、壮其筋骨，让修道者能忍能苦、炼心炼性、无坚不摧、无所不能。

袁洪便每天把山顶的一百块巨石搬下山，然后又把山下的一百块巨石搬上山，来来回回，哪怕再苦再累，汗流浃背，也始终咬牙坚持。他知道，如果他吃不了这种苦，某天他会失去这里，也会失去白狐。

这是个强者生存、弱者苟活，甚至没法活的世道。如果今天站不起来，余生都得跪着活着！

有时候白狐过来看他，见他手脚起泡，伤痕累累，心疼地让他歇歇。

他看着白狐，笑道："如果我不够努力，以后如何保护你？我可不想还像上次那样，看见你被伤害却无能为力。你曾说过，这世间不讲公道，只论强弱，那我就做强者！"

白狐笑了，开心得像一朵盛开的花。

人活一世，有什么比得上有一个人愿用毕生来保护自己而更令人感动和幸福呢？

看着笑容灿烂的白狐，袁洪的心里也一如春天般温暖。

突然，袁洪的眼睛睁得老大。

因为眼前的白狐竟站直起身体，扭动着身躯，慢慢地变成了一个面容绝美的女子！

这简直如同梦境一般，袁洪看呆了。

白狐

怎么，不认识我了吗？

你，你是小白？

袁洪

由于公司在印刷设计过程中出现失误，现将第37页勘正如下：

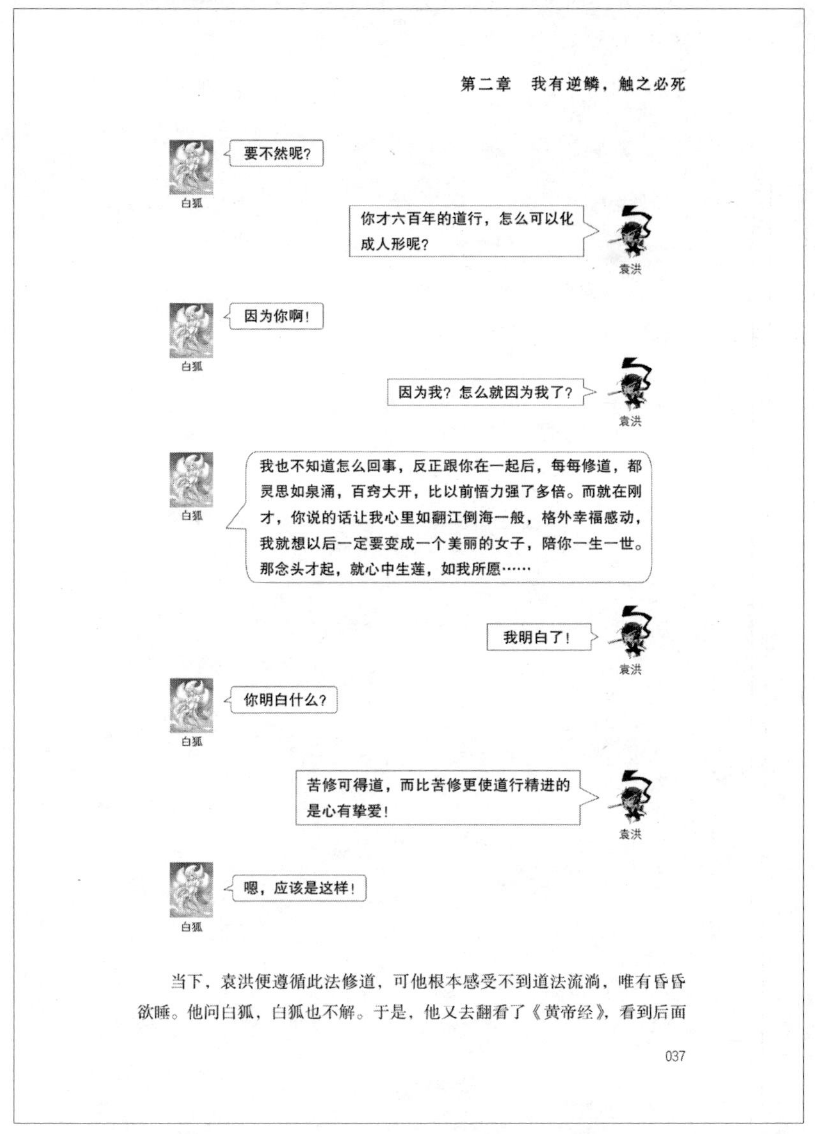

因此给广大读者造成误解和不便，公司在此对广大读者郑重道歉。今后定会加强管理，提升自身专业技术和审查流程，不辜负每一位读者的喜爱。

白狐

要不然呢？

你才六百年的道行，怎么可以化成人形呢？

袁洪

白狐

因为你啊！

因为我？怎么就因为我了？

袁洪

白狐

我也不知道怎么回事，反正跟你在一起后，每每修道，都灵思如泉涌，百窍大开，比以前悟力强了多倍。而就在刚才，你说的话让我心里如翻江倒海一般，格外幸福感动，我就想以后一定要变成一个美丽的女子，陪你一生一世。那念头才起，就心中生莲，如我所愿……

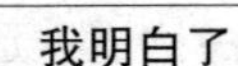

我明白了！

袁洪

白狐

你明白什么？

苦修可得道，而比苦修更使道行精进的是心有挚爱！

袁洪

白狐

嗯，应该是这样！

袁洪便遵循此法修道，可他根本感受不到道法流淌，唯有昏昏欲睡。他问白狐，白狐也不解。于是，他又去翻看了《黄帝经》，看到后面才悟出：修道如爬梯，需逐级而上！以爱悟道，是修道大境界。而弱者心中之爱，是无力的。

于是，袁洪又静下心来，先行苦修。

也不知是哪一日，梅山四处陡然风雨大作，雷电交加，袁洪仍怀抱巨石，迎风雨而上。

雨水在山上冲起泥流，走两步便跌一跤，可他仍顽强地爬起来，抱起巨石继续向前。

当他把千钧巨石运上山顶，正擦汗时，风雨骤停，阳光如三月，洒满梅山。

袁洪正暗自称奇时，突然一道白光闪过，眼睛被晃得睁不开，就那么闭了一下，再睁开时，眼前就多了一个两袖清风的白袍道人，微笑地看着他。

“你是？”袁洪问。

“我是，”白袍道人微微一笑，“这天地间一修道之人。”

袁洪问：“道者有何事？”

白袍道人道：“吾路过此处，见汝修道心诚，欲与汝结个道缘，授汝一些道法，不知汝可愿意？”

袁洪问：“你是要我拜你为师？”

“不不不。”白袍道人道，“你我本同辈，只不过吾先修道，你大器晚成而已，你之成就也或在吾之上，所以，拜不得师，结个道缘就行！”

“你懂道吗？”袁洪颇觉疑惑。

白袍道人笑道：“还是略懂一点点的。”

袁洪问：“可否试来看看？”

白袍道人摇头道：“道非炫耀之物，试就不必了。若是道友愿与吾结个道缘，吾便可与道友论论道，若是道友没什兴趣，吾便去也！”

袁洪道：“可以，那你就与我论论道吧，我正修道，正好学习学习！”

从那天起，白袍道人便在梅山停留，与袁洪论道。

说是论道，其实都是白袍道人向袁洪传道。白袍道人所讲，每每让袁洪茅塞大开。

而袁洪所悟，也总让白袍道人惊叹，不过数日，便修出了三花聚顶，五气朝元。

白袍道人本来打算只在山上盘桓几日便走，没想日升月沉，光阴似箭，不知不觉数月就过去了。

那一日，白袍道人立于梅山之巅，看梅山之外已是万物萧瑟深秋景象，而那西方天际却仍是红云如莲。

突然，他的脑子晃了一下，身躯剧烈颤抖起来。整个人如同羊癫疯发作，七窍之中甚至有黑气散出。

“道长，你怎么了？”袁洪见状惊问。

“轰！”白袍道人竟不言语，猛地一拳打向袁洪。

万钧之力顷刻而至，袁洪仓促之下以卸力之术去挡，但却如浪涛中的浮萍，顷刻被吞没，直接被那一道力卷飞向九霄云外！

好在白袍道人似突然又在挣扎中清醒过来，收了力道。

袁洪从半空坠下，使出刚悟懂不久的筋斗云，驾云回山。

白袍道人盘坐于梅山之巅，全身上下大汗淋漓。

好半晌才长出一口气，缓缓站起身来。

“道长，你刚才是怎么了？”袁洪疑问。

“唉。”白袍道人一声叹息，“不过是一些病况，吾可能没法在梅山逗留了，日后有缘再与道兄论道吧！”

“怎么，道长要走了？”袁洪颇觉不舍。

白袍道人道：“是的，吾这病日益加重，需去治治才行。”

“不至于吧？”袁洪道，“道长乃修道之人，且道行高深如海，应是神仙之体，怎会有病呢？”

白袍道人一笑：“病分两种：一种是身体之病，为有形之病；一种是心中之病，为无形之病！修道者，可避有形之病，却躲不开无形之病，且越修病越重！”

“无形之病，越修病越重？”袁洪愈加糊涂，“这是为何？”

白袍道人道：“所谓修道，修身也修心。越修，必越强；越强，必越求；越求，必越贪；越贪，则越病也！除非涅槃，方成至圣之道。”

袁洪一脸茫然："我还是不大懂。"

白袍道人笑："当某天你强到一定境界时，自然就懂了，好了道友，后会有期，但愿我们还能后会有期！"

说罢，也不待袁洪说话，身子一晃，便已消失不见。

袁洪呆呆地立在那里，还有点缓不过神来。

什么意思？难道此一别，不能再见了吗？

其道法真可谓行云流水出神入化，有什么病能要他命？

袁洪呆呆地看着白袍道人消失的方向，只感觉此刻和这几个月来，都如梦境一般，真实而又虚幻，虚幻而又真实。

此时，他心里冒出了一个很大的问号："这道人到底是谁？"

与他论道不过数月，竟让自己有了千年道行。

玉京山上，紫霄宫前。

鸿钧老祖看了看宫外三十三重天，巍然而立，气势磅礴。

脸色却颇有些难看。

元始天尊恭敬地问道："师尊，您看这三十三重天建得还满意吗？"

"满意什么，都给我拆了！"鸿钧老祖拉长着脸道。

"啊？"元始天尊一愣，和通天教主及老子三人面面相觑。

鸿钧老祖道："啊什么，我说的话你听不懂吗？"

"可是……"元始天尊还是一头雾水，"师尊您让我们建这三十三重天，我们花费了许多年，倾尽门下弟子之力，才将这三十三重天建成，巍然立于天地，气势磅礴，未来必是这四宇八荒中至圣之地，为何要拆呢？"

鸿钧老祖道："没有为何，让你拆便拆！若你们不拆，以后便非我紫霄宫门下！"

三人再次面面相觑。

"对了，有一事忘记向师尊禀报了。"元始天尊突然道。

鸿钧老祖问："何事？"

元始天尊当即便讲了玉鼎真人门下弟子杨戬被打之事，说不知是哪位大圣人，竟不给紫霄宫面子。

“你跟我说，是要我去帮他报仇吗？”鸿钧老祖盯着元始天尊问。

元始天尊看着鸿多老祖的眼神有些不对，但还是硬着头皮道：“怎么说，杨戬也是紫霄宫门下，对方不但打了他，还隐去梅山，封他识海，就是不给紫霄宫面子啊！”

“面子？”鸿钧老祖问，“你的意思是，紫霄宫门下找到人家山头去打别人就有面子了？只有你紫霄宫门下要面子，人家就不要面子吗？你去欺负别人被打了，还好意思说别人没给你面子？难道别人要给你面子让你打吗？你讲理讲不过别人，强也强不过别人，还去惹事？还怪别人？还要面子？”

元始天尊一下子被问得愣在当场无言以对。

鸿钧老祖又环视三人道：“天地广阔，大能众多，不要以为自己很牛，也不要以为自己占了神道，就可以随便欺压人，道不是这么修的，还是好好回去管束自己的门人吧！”

“是。”元始天尊颔首。

鸿钧老祖又道：“我观这天地间有异象起，西方亦红云如霞，当有圣贤出，且有如日中天之势，我将要闭关些时日，汝等切记严管门人，不可生事！”

三人应是。

“对了，还有这三十三重天，希望在我出关之前，能都拆了！”说完，鸿钧转身进了紫霄宫中。

三人站在宫前，一头雾水，面面相觑。

皆有万年道行，却也不知鸿钧此举为何道。

倒是元始天尊似自言自语：“师尊，好像有些变了。”

通天教主也只能没好气地回了句：“还用你说？”

老子摇摇头，倒骑青牛远去。

远方夕阳西下，漫天晚霞如莲花。

梅山之上梅花，依然灿烂盛开着。

袁洪和白狐并肩坐在梅山顶的那块大石头上。

白狐化形成美丽的姑娘，在深秋的金色夕阳下摆动着双脚，天真而烂漫。

“若是这世上没有强者，也没有猎杀，太太平平的，我们可以每天这样看着夕阳落下，看着明月升起，再做上一个好梦，多好啊！”

“你想做什么样的好梦啊？”袁洪问。

“我想……”白狐将头扬起，略微思索，然后回转目光看着他，“我想和你永远在一起，永远永远在一起！”

袁洪道：“可你已得道化形，美若天仙，我还只是只猴子。”

白狐道：“你是什么不重要，我喜欢你，你心里有我，就够了。世上没有什么东西比两情相悦更美好！”

袁洪抓住了白狐的手，抓得很紧。

什么也没说，但比说什么都更美好。

因为世间最美好的爱情便是，你什么都不说，但我都懂。

突然，山下一片尘土飞扬。

一头水牛狂奔而来。

后面的空中，一脚踏风火轮，身穿红肚兜，腰围莲叶群，肩飘红彩带，臂套大铁环，手持火尖枪的童子在猛追。

一道完美的弧形，童子便落在了水牛的前面。

水牛受阻，一个急刹停下。

一群身穿盔甲的士兵随后赶到，将水牛团团围住。

童子看着水牛，傲慢地道：“还跑？小爷看上你了，你跑得掉的？乖乖地跪下受缚，当小爷的坐骑，只要小爷高兴了，随便给你个功禄，也够你一世享用了！”

水牛怒道：“乳臭未干的黄毛小儿，竟在你牛爷爷面前口出狂言，你是不知你牛爷爷修行有千年吗？你牛爷爷修道的时候，你爸妈都还没有出世吧！”

“放肆！”童子大怒，“今日不收了你，你不知小爷能耐！”

当即将手中的枪一指，对着士兵下令：“给我把他抓起来！”

众士兵呐喊一声，便向水牛围了过去。

“哞！”

水牛一声大吼，竟从口中吐出一把刀来，那刀像长了眼睛般直向众士卒砍去。

有些不知厉害的士卒还用手中的兵器去挡刀，却不知那刀重逾千斤，只碰了一下，便人仰马翻，当场毙命！

顷刻之间，那把大刀犹如催命符箓，直砍得一群士卒鬼哭狼嚎！

“真是岂有此理，竟敢在小爷面前舞大刀，看小爷如何擒你！”童子大喝一声，将臂上大铁环往水牛的大刀丢出。

大铁环就像长了眼睛似的，直接圈住了大刀。大刀一下子就被大铁环套着飞向了童子。

童子再将肩上彩带往水牛丢出。

那彩带也是神物，直接飞向水牛，从水牛腹部绕到水牛背部，又绕到水牛头部，再绕到水牛尾部，把一头大水牛捆了个粽子般，动弹不得。

童子走过去，一脚踏在水牛身上，得意地道：“怎么样，你牛，不如我牛吧！”

“要杀便杀，要剐便剐，要我为你坐骑，绝无可能！”水牛的牛脾气依然很大。

“倔强！”童子冷笑道，“你不知小爷是谁，不知小爷手段，所以才如此之狂，要知道小爷是谁了，得吓尿你！”

水牛道：“你就是天王老子也没用，老子不服你，就是不服！”

“你不服？”童子问，“你觉得你比起那龙宫太子来如何？他当初可比你强横，老爸是龙王，坐拥百万水师，呼风唤雨，又如何？还不是照旧被小爷扒了龙皮，抽了龙筋，你不过一头畜生，也配跟小爷说不服？”

水牛道：“原来你是那陈塘关李靖生下来的肉球，果然是个嚣张跋扈的家伙！”

“哟，你还知道小爷？小爷正是哪吒。”哪吒非常得意，“虽然你本事很菜，但还算有点见识！”

“我呸！”水牛狠狠地吐了一口，“无缘无故，用震天弓射杀石矶弟子，用乾坤圈搅动龙宫，杀了夜叉和龙太子，你也就仗着道门有人而已！”

“对啊，我就仗着道门有人怎么了？”哪吒道，“我就杀了人不偿命又怎么了？还有人说我是英雄呢，知道什么是实力，又知道什么是权力吗？不跟你这畜生废话了，待小爷带你回去，慢慢教你如何做牛！”

说罢，便让士卒过来抬水牛。

“谁敢动？”突然传来霸气的一声厉吼。

哪吒抬头一看，是一只强壮的猴子，横刀立马，颇有气势，就问：“猴子，你说什么？”

袁洪道：“这里是我的地盘，你们自己滚！”

“什么？你说什么？你的地盘？让我滚？”哪吒不禁仰天狂笑，“你是只疯猴子吗？你知道小爷是谁吗？居然在小爷面前如此狂妄！”

“你是谁都没用！”袁洪道，“在我的地界上，是龙给我盘着，是虎给我卧着！”

哪吒道：“你是真的不知天高地厚啊，小爷今日就让你长点见识。小爷李哪吒，陈塘关总兵李靖是我爸爸，截教石矶娘娘的徒弟是我射死的，东海龙宫三太子也被我抽筋剥皮，你说你一只猴子能算老几？未来天庭，神仙居上，我在其中，你惹我，不是找死吗？”

袁洪双目喷火，龇牙咧嘴，从牙缝里吐出四个字道：“我让你滚！”

“老子看你是不想活了！”哪吒恼羞成怒，当即丢出乾坤圈，“给我圈来！”

只见那大铁环一样的东西呼啸着直往袁洪头上落下。

袁洪大吼一声，使出鸿蒙拳，拳大过山岳，一拳重万钧！

乾坤圈直接被打飞向云层。

哪吒见状，赶紧念了个咒才将乾坤圈收回来。

“没想你这野猴子还有两下子，再看我混天绫！”哪吒说着又将肩臂上的彩带祭出！

混天绫突然之间无限延长，向袁洪套去。

袁洪不慌不忙，两手一伸，直接将混天绫抓住，顺手打了个结。

结果，那混天绫自己缠成一团，落到地上。

“啊，气死我了，死猴子敢破我法宝，吃我一枪！”哪吒踩着风火轮，挺着火尖枪就向袁洪刺去。

火尖枪上，凝聚起一道红芒。

袁洪见状，知枪尖杀伤力极强，当即纵身一跳闪开。

果然，火尖枪上红芒射出，洞穿后方山岳，焚石成灰。

哪吒一枪刺空，袁洪便已经跑到哪吒身后，冲着他背心上就是一拳。

"轰！"

哪吒直接被打出去撞在山石之上，连山岳都震了一震，石头都撞了个粉碎！

袁洪缓缓地走过去，看着吐血的哪吒，一脚就踏在他的背心上，道："记住了，梅山是我的地盘，不要来这里搞事，否则，别怪我不客气！"

哪吒还猖狂地道："死猴子，你是真孤陋寡闻还是傻，我都跟你说了，我爸是陈塘关总兵李靖，师从昆仑山度厄真人；我大哥金吒，师父文殊广法天尊；我二哥木吒，师父普贤真人；我师父太乙真人，都是玉虚宫红人，你敢动我一根毫毛，山都给你踏平！"

"这么大来头？"袁洪道，"你却不知我，打的就是有来头的！"

说完，就是一顿拳脚打在哪吒身上，直打得他嗷嗷大叫。

这时，白狐过来劝道："算了吧，他还是个孩子！"

袁洪道："这种有父母却无教养的孩子，尤其可恶，不被毒打，就永远觉得天大地大不如老子大！"

水牛也过来狠狠地道："这种神二代，仗着自己有靠山，嚣张跋扈、不可一世，该杀了他才是！"

白狐道："毕竟年幼，不大懂事，还是放他走吧，凡事适可而止，不要惹下祸事！"

袁洪看了眼白狐，看见了她眼里纯真的情意，她只想和他岁月静好，不想惹祸。

当下，他就踢了哪吒一脚道："既然小白说情，我就饶你一命。不过你记住了，以后不要再来我梅山放肆，见梅山给我绕道走，否则，弄死你！滚吧！"

哪吒从地上爬起来，虽然心里有十万个不服，但打不过就是打不过，最终留下一句："我还会回来的！"

然后，哪吒狼狈离去。

“感谢猴哥救命之恩，我金大升有礼了。”水牛过来扬起蹄子行礼。

袁洪问：“你跟他怎么回事？”

金大升道：“没怎么回事啊，我自在野牛山修道，他到野牛山打猎，遇见了我，说他虽然很牛，若是骑牛的话就更牛了，于是要收我为坐骑。我打不过他，只好一路逃跑，就到猴哥你的地盘了，幸好猴哥相救，不然……”

袁洪怒道：“这小孩真是太无法无天了！”

金大升道：“那还用说，碧云童子可是石矶娘娘的弟子，被这哪吒无缘无故射杀，连个对不起都没说一声；夜叉更是龙宫大将，敖丙更是龙王三太子，这哪吒去龙宫兴风作浪，人家出来问句话，直接被打死抽筋，龙王百万水师都拿他没办法。有神护他，直接给他搞了个假死算作交代，活过来更嚣张更牛了！”

“唉，真是神道之下，众生如蝼蚁！”

袁洪又想起了之前那个无法无天的杨戬来，对于金大升的愤怒感同身受，却也无可奈何，只得道：“弱肉强食，以后你自己小心点吧！”

“不，我不想回去了，我想留在这里。”金大升突然道。

“想留在这里？”袁洪眉头一皱，“留在这里干什么？”

金大升道：“我这条命是猴哥你救的，以后我要跟着猴哥，赴汤蹈火，在所不辞！”

袁洪道：“算了吧，我不谋事，也无须手下，我只想简简单单，岁月静好。”

金大升道：“梅山这么大，猴哥你哪怕多个帮忙巡山的也好，是不是？”

白狐也在旁边道：“猴子你就让他留下吧，多个朋友，总是多份快乐。我不在你身边的时候，也能多个照应。”

袁洪最终点头道：“行，那你就留下吧。”

“谢谢猴哥，谢谢猴哥。”金大升瞬间欣喜若狂。

第三章　神兵在手,天下我有

金大升留在梅山之后，梅山实实在在多了很多快乐。

两人一起修道，一起巡山。

金大升特别勤劳，袁洪需要什么，他都帮忙跑腿。

两人在山上发现了好的野果，袁洪说这个小白肯定很喜欢吃，金大升马上就帮忙送过去。

有时候，袁洪也会带金大升去轩辕坟玩。

轩辕坟里，又住进来了一只玉石琵琶，与雉鸡以及白狐的关系特别好，可谓姐妹情深。

五个人一起去洵水里抓鱼，找丹砂，摸紫螺。

他们还玩打水仗。

金大升和雉鸡一组，袁洪和白狐一组，玉石琵琶精则在一边弹着琵琶助兴，真是其乐融融。

“猴子，你什么时候得道了，就把狐狸娶了吧。”雉鸡道。

“你说什么？”金大升问，“你是说猴哥还没得道吗？”

雉鸡道：“这不还是只猴子嘛，都还没化形呢，哪里得道了？”

金大升笑起来：“你这是女人之见，猴哥这是低调！”

“低调？”雉鸡问，“怎么，你是说猴哥得道了？”

金大升道：“我都得道了，何况猴哥。那天我被哪吒追着打的时候，猴哥三两下就把他打跪了，你敢说猴哥没得道！”

“对啊！”白狐也才看着袁洪，“你法力那么强，应该得道了啊，怎么还没化形？”

袁洪笑：“我化的形和你们不一样，所以，就只留本相了。”

“和我们化的形不一样？”白狐一愣，“什么意思？”

袁洪道：“我所化形，千变万化，化出来，皆是我，又皆不是我，称八九玄功，乃是地煞万变术，所以，与你们的本相化形是不一样的。”

“这么厉害吗？”雉鸡道，“猴子你不会是在吹牛吧？变个什么出来让我们看看啊！”

白狐也期待地看着袁洪。

“行，今天开心，我就露一手吧！”袁洪当即喊声“变”。

一下子，袁洪在河滩上消失，而袁洪站立的地方，竟长起一棵粗大茂盛的树来。

“我再变！”

下一秒，那棵树又变成了一块大石头。

“我还变！”

这一下几人全都惊呆了，因为现场居然出现了两只白狐！

当然，大家都知道有一只白狐是袁洪变的。

“哇，这……这是仙人神通啊，猴哥你居然已修成了仙人神通！”金大升激动地道。

袁洪又变出本相来道：“道无止境，这也不算什么。”

“这还不算什么，八九玄功，可是大神通！”金大升满脸羡慕之色，“猴哥你真是太厉害了！”

雉鸡和玉石琵琶也是一阵羡慕佩服。

接着又开始羡慕恭喜白狐，有道法如此之强的猴子在背后，以后还有谁敢欺负！

白狐看着袁洪的眼里都是光，笑得合不拢嘴。

一个女人最大的幸福，不是因为有一个强大的男人在保护，而是一个本来弱小的男人为了保护她变得强大！

“对了，猴哥，我觉得你是很厉害了，可有一点美中不足！”金大升道。

“什么啊？”袁洪问。

金大升道：“你差一样可以衬托你威武雄壮的兵器！你道法如此之强，没有兵器，便是美中不足！”

袁洪道：“嗯，我倒也想有件兵器，拿着玩玩也好，可去哪里找呢？”

金大升道：“我倒是想起一件好兵器，威力奇大，就是不知猴哥你能不能拿得动！”

“什么兵器啊？”袁洪问。

金大升道：“在黄河边上，当初大禹治水，请了大罗宫玄都洞的老子在黄河边用奇石炼玄铁，后将玄铁炼成一根大铁棒，成功将水患镇住，水患治理之后，因铁棒太重，没有人能抬得动，就放那里了！猴哥你要是能用那铁棒做兵器，一棒打下，山都能平！”

“那我去试试！”袁洪道。

此时他的道行，已有力拔山河之功，抬手就是万钧力，一根铁棒再重能多重？

于是，白狐、雉鸡和玉石琵琶都跟着金大升一起来到黄河治水之处。

当看见那铁棒时，不由得都惊呆了。

那哪里是根铁棒，分明就是一根撑天的铁柱倒下了。

一头贯穿黄河，一头横于山岳，如山岳一般，看不见对面，可见其粗。

白狐道：“这哪里是铁棒，立起来比山还大，怎么做兵器，老牛你这玩笑开大了！”

雉鸡也道：“就是，你这头牛上辈子估计是笨死的吧，谁能拿这个做兵器。”

金大升尴尬地道：“我也不知道是这个样子，我，我只是听说是一根棒子，谁知道……”

“看，这上面还有字呢！”玉石琵琶飞上铁棒喊。

其余几人也飞上铁棒，便看见铁棒上刻有字迹：定海神珍铁，重一万三千五百斤。

突然，那神珍铁嗡嗡地振动起来，把站在上面的白狐几人都差点抖摔倒了。

几人吓得不轻，赶紧跳了下去。

袁洪却莫名觉得心里像开水般沸腾起来，全身的热血都如江河奔流咆哮。

“主人，我等你几千年了，你终于来了！”

突然，一个雄浑的声音传入袁洪的耳朵。

袁洪四处一看，什么也没看见，便问金大升道：“你们刚才听见谁在说话了吗？”

金大升等人一脸茫然，表示什么也没有听见。

“主人，是我，躺在这里的铁棒！”那声音又响起来。

袁洪这才看向地下的那根巨大铁棒。

铁棒身上突然燃起了熊熊的烈焰来，道：“当初我们皆附主人身上，从鸿蒙，至洪荒，后被元始天尊道人以盘古斧劈开，主人和一些兄弟被运去补天了，那老子私藏了些下来，炼成玄铁，准备打造法宝，后被用来治水……”

经过铁棒的点醒，袁洪突然间神识大开，灵光暴现，一下子就看清了铁棒的本相，正是如盔甲般保护他成长了数万年的身上玄铁石！

他再抬起头来，看向当年塌天之处。那片天空也好似突然觉醒了一般，燃起烈烈火焰，等着他的召唤！

“主人，带我走吧，刀山火海，我都随你而战！”铁棒身上开始发出了一种战鼓雷鸣般的声响来。

“怎么了？怎么了？”雉鸡吓得赶紧跑开。

白狐拉了袁洪一把，道：“猴子，赶紧跑，这铁棒是神物，别动了，当心惹怒神圣！”

“不，这铁棒是我的，我就是神圣！”袁洪说罢，上前握住铁棒，吼道，“棒子，跟我走吧！”

只见，地上那重达一万三千五百斤的铁棒应声而起。

一瞬间天空中风云卷起，大地震裂，山岳摇晃，河水沸腾，鸟雀静默，走兽皆伏！

袁洪道：“兄弟，这么大拿着，太招摇了，不大方便啊，能小点吗？”

“是，主人！”铁棒应声，立马变小一半。

“还要再小！再小！再小！再小！”

直到那巨大铁棒变得只有两三米长了，袁洪往身上轻轻一扛，很趁手，便才满意。

金大升不由得惊叹道：“猴哥，这是什么道法，居然能让铁棒都听你的话，喊粗就粗，喊小就小啊！”

袁洪笑道：“神仙之法，你不懂的，走吧，得了宝物，哥哥开心，去河里弄点鱼虾，晚上喝几盅，庆祝一下！”

金大升道：“那必须庆祝啊，猴哥得了这等神兵，一万三千五百斤啊，打起架来，如虎添翼了！”

铁棒又道：“主人，你不带那些补天的兄弟走吗？他们可以做你的烈焰盔甲，护你万邪不侵！”

袁洪又抬头看了看天空，那片烈焰熊熊的地方。

他能听到他们回归的心声，可他还是默默地说：“你们护佑着这天下苍生，比穿在我身上更重要，回头我长了修为，可以上天了，再去看你们吧！”

说罢，他扛着铁棒，便和白狐一行踏上归程。

回到洵水之后，袁洪便和金大升下水抓鱼，白狐和雉鸡架火拾柴，玉石琵琶精则化成人形，去镇上打了酒回来。

然后几人高高兴兴地庆祝。

金大升举起酒坛子道：“来，我们庆祝猴哥得到宝贝，以后就指望猴哥罩我们了！”

雉鸡也道：“没想到猴子你的道行这么深了，这道行应该也可以称神的吧？”

“什么称神！”玉石琵琶道，“咱们猴哥这本事，未来必定也跟那鸿钧女娲一样，要成圣的啊！”

“哇，成圣？”雉鸡道，“白狐姐姐你真有福气啊，可以嫁给圣人呢！”

白狐一脸娇羞地道：“你们在说什么嘛！”

“白狐姐姐害羞了，其实心里甜得不行的吧。”玉石琵琶精笑着，又看着袁洪问，“对了猴哥，你和白狐姐姐都已经得道了，你打算什么时候娶她啊？”

“娶……娶她？”袁洪看着白狐，心里莫名地有一种冲动，“我是什么时候都可以，看你们白狐姐姐呢！”

“姐姐，还犹豫什么，嫁了吧。”玉石琵琶精怂恿。

雉鸡却道：“琵琶你瞎起哄，不知道姐姐现在修神仙道，一旦洞房，要么吸了猴子精血，要么毁了自己修为啊！”

玉石琵琶道：“我忘了姐姐才化形不久，在修神仙道了，那看来猴哥你得再等几年了！”

“没事。”袁洪笑，“两情若是久长时，又岂在朝朝暮暮，我们心里有彼此，便已是嫁娶了。”

“猴哥是多情种啊，还会念诗。”玉石琵琶大笑。

金大升开玩笑道：“其实我也是多情种呢，你们多关注下我！”

“你？”雉鸡一脸鄙视的表情。

“我怎么了？”金大升问。

雉鸡道：“其实也没怎么，只是找不到优点。”

金大升却厚颜无耻地道：“是吗？我看你身上也找不到优点，咱们正好凑一对呢！”

雉鸡道：“送你一个字吧！”

金大升道：“什么呢？”

雉鸡道：“滚！”

白狐和袁洪都忍不住笑了起来。

袁洪道：“其实，我觉得你们挺般配的。”

白狐道：“嗯，我也这么觉得。”

玉石琵琶道：“是的，我也这么觉得。”

雉鸡看了眼金大升，虽然没有猴子的英俊帅气，可看起来也还算高大威猛，性格憨厚，是个可以依靠的人。

也许，可以考虑考虑。她心里想着。

金大升的眼神看过来，她的脸色就红了红。

袁洪一眼就看出其中的端倪，道：“老牛，雉鸡可是狐狸的妹妹，也是我的妹妹，以后你得多照顾着她点，跟她喝杯酒吧！”

“嗯嗯，猴哥你让我做什么，我都听你的。”金大升说着，就找雉鸡喝酒。

“很多年都没今天晚上这么开心了，真希望我们能一直都这么开心啊。”金大升喝下一口酒感慨道。

玉石琵琶道：“是啊，希望我们永远都能在一起，不管世界有多大，我们都能在自己的小天地里平平安安、快快乐乐。”

白狐道：“可这世道弱肉强食，我们还得好好修道才是，唯有强大了，才能有美好的明天。”

玉石琵琶道：“那是当然，希望我们都能在未来的某一天成神成圣，拥有不死之身！”

几人也都一阵附和着，热血举杯。

那一夜的梅山，充满了爱情和梦想，也充满了欢乐和希望。

天空中的那轮皓月，映亮三千世界。

他们并不会知道，这是一个改天换地的时代，当他们祈祷着这天下太平时，一场惊世的大战早已埋下了伏笔，拉开了序幕。

未来的天地，无数神仙佛道人的命运，都在这其中浮浮沉沉！

而那嚣张哪吒在梅山下被袁洪一顿暴打之后，屁滚尿流地逃回陈塘关，向身为总兵的老爸李靖哭诉。

比起哪吒来，李靖好歹也是一方将领，行军布阵的人才，做事绝不冲动。

在听哪吒说完前因后果之后，他开始沉思。

对方明知哪吒身份，还敢动手，且乾坤圈、混天绫都奈何不得，这不是寻常人物，调兵报仇没有意义啊！

哪吒见李靖不做声，一下子就急了，一脚把大厅中的椅子踢翻道：“我说我被一只猴子打了，你没听见吗？”

“活该被打！”李靖也怒了起来，“你不是挺横的吗？才箭射完碧云，又将敖丙剥皮抽筋，老子怎么教你的，说了这天下有狠人，让你悠着点，你不信，这下被打了，你不知道反省还发脾气？”

哪吒被打了心里本来有气，被这一番教训更是腾地火起，当即直呼其名道："李靖，我就问你一句，这仇你帮不帮我报，帮我，就还认你；不帮，走出这个门，我就不姓李！"

"帮！"李靖气得直打嗝，"你是我儿子，我上辈子欠你的。不，你不是我儿子，是我祖宗，老子在三军之中也掷地有声，一言九鼎，在你面前，我连孙子都不如，老子……要被你气死了！"

"帮？"哪吒道，"就赶紧派兵走啊，还在这里废话一箩筐！"

李靖道："你都打不过的人，我和陈塘关这点兵力能为你报仇？"

哪吒一想，好像是这个理，就问："那怎么办？"

李靖道："还能怎么办，当然是去找你师父太乙真人！"

"我师父？"哪吒马上拒绝，"不行，我师父那人废话比你还多，动辄就长篇大论教我做人，每次都教到我怀疑人生。打死敖丙时他就说了，以后我如果再惹事就不要说是他门人，我还找他帮忙，他不骂死我就算好的了！"

李靖道："放心吧，他会帮你的。"

哪吒问："你这么肯定？"

李靖道："严师如父，他骂你，是希望你好。你有事，他绝不会坐视不管。毕竟，你挨打，丢的也是他的面子。"

哪吒点头道："这么说也有道理，不过，我还是不想被他骂，我觉得你口才比较好，不如帮我去一趟乾元山金光洞吧！"

李靖道："自己惹的事，自己去求人，别扯我！"

哪吒道："听说当年祝融为了自己的面子，搞得他儿子共工很没面子，结果共工一怒撞断不周山，使得天塌地陷，我这脾气比共工好不了多少，要是被逼急了的话，我真不知道自己还会惹出什么事来！"

"老子……"李靖很想发火，但他还是把那口气咽了下去，"算了，老子是真欠你的，老子帮你去！"

当即拂袖出门。

哪吒像打赢一场仗似的，冲李靖的背影做了个鬼脸。

李靖驾云来到乾元山金光洞，见了太乙真人，讲了哪吒被打之事。

太乙真人听后却是没有说帮，也没有说不帮。

李靖

感觉听了个寂寞。

李靖还是怕太乙真人拒绝的，毕竟哪吒这样到处惹事，换谁都烦，于是就道：“我是这么想，打狗还看主人。哪吒已经报过家门，说了是真人门人，那猴子却全不当回事，这完全是不给真人面子！”

太乙真人看着李靖道：“难道你不知，修道之人，六根清净，无所谓面子的！”

李靖一时愣住：“这……”

太乙真人话锋一转：“不过，修道修得好的人，还是在乎面子的！行了，我跟你去一趟，会会这猴子，看他师出何门、有何神通吧！”

李靖顿时大喜：“有劳真人！”

当下，太乙真人跨上仙鹤，飞离金光洞，直向陈塘关而去。

见到哪吒后，由李靖点三千铁骑，卷起一片尘土飞扬，直往梅山去找袁洪兴师问罪！

梅山的大石上。

袁洪正盘膝，坐着悟道。

白袍道人言：道生一,一生二,二生三,三生万物。

果然玄妙。

他在其中看见了一种无穷之力，有如朝阳，有如雨露，有如星空浩瀚，有如群山磅礴。

世间万象，都在道中。

而这世界真正不死不灭的，也唯有道。

然而，道却非唯一。

道有一、二、三，有无数，其中，还分了大道、小道、旁道、生道、死道。

道若错，步步错。

天下神魔妖或人，俱在道中，而得道者昌盛，失道者毁灭。

猛然，袁洪的道心里灵光一闪，身躯猛然长高一丈。

灵光再一闪，再长高一丈。

一直长高了百余丈，然后停顿了。

他仿佛看见了一道万象之道的虚影，却还没来得及看清，那虚影又消失了。

然后，他又变回了原样，但他的心里还是涌起一阵汹涌波涛!

白袍道人曾讲，当悟道到了一定境界，见到万象虚影，则意味着将悟出道法之大神通，曰法天象地，可身高万丈，头如泰山，腰如峻岭，眼如闪电，口似血盆，牙如剑戟，吼一声黄钟大吕，跺一脚惊天动地!

虽然，袁洪所悟八九玄功之变化，极致境界也可变得身高千丈，但跟法天象地的身高万丈、顶天立地比起来，还是不值一提的。

而且，变化之术只是虚幻，法天象地所显，乃是自然法相，法力天壤之别。

修成万丈法天象地者，便已入道中圣门!

虽然，袁洪如今还只修得百余丈，初窥门径，但也意味着，他在修道之路上突飞猛进，终将大成!

远处，一股杀气卷尘而至。

袁洪抬眼，便看见了空中一道人骑仙鹤，一武将托宝塔，一童子踩着风火轮。

下方，有万马奔腾之势，盔甲如林，长枪在手。

袁洪一见，便知怎么回事，缓缓地站起身，伸了个懒腰。

“就是他，站石头上伸懒腰的猴子！”哪吒喊道。

李靖立刻将手一指，摆出大将风度，道：“那猴子，还不赶紧跪下受缚，要本将军亲自动手，定砍你个五马分尸！”

“你打架靠嘴的吗？”袁洪道，“山上花开正好，草木皆宝，别给老子打坏了，山下等你！”

说罢，将身一纵，飞落山下。

刚好，三千铁骑见状，呼啦啦地一圈就围了上来。

李靖、哪吒和太乙真人也降落到地上。

“哞！”

一声牛叫。

本来在半山打坐的金大升听到动静，也飞进阵中来，与袁洪并肩站在一起，道：“猴哥，让我打个头阵吧！”

“哈哈哈，你？”哪吒嘲笑，“小爷的手下败将，三两下打得你跪倒在地，你还打头阵，想再给小爷跪跪吗？”

“就这一牛一猴打的你？”太乙真人看着哪吒问。

哪吒道：“不是，这牛打不过我，主要是那猴子！”

“猴子？”太乙真人看着袁洪，“说说吧，为什么要打我徒儿？”

“哟，很稀奇啊！”袁洪道，“你们神还知道问为什么？那我想问问，你那狗屁徒儿为什么要抓老牛去当坐骑呢？”

太乙真人道：“牲畜为坐骑，理所当然天经地义，有什么问题吗？”

袁洪道：“你认为理所当然天经地义，你问过人家意愿了吗？人家不愿意，你强迫别人，还理所当然天经地义？”

太乙真人道：“这不是他们愿不愿意的问题，而是他们应该引以为荣，做神的坐骑，至少也在道门之内，好过做妖！”

太乙真人说着还问座下仙鹤：“鹤儿，你说呢？”

仙鹤立马恭恭敬敬地道：“主人所言极是，我愿毕生追随主人的脚步，且以此为荣！”

“听见了吗？”太乙真人看着袁洪问。

袁洪冷笑道：“人和人是有区别的。有人习惯卑躬屈膝，还以此为荣；而有人只站着而活，怎可一概而论！”

“师父，别和他废话了，打吧！”哪吒已经急不可待。

太乙真人看了眼李靖：“贫道觉得，杀鸡用不着牛刀，你先会会他吧！”

“我？”李靖一愣。

他要是打得赢，还喊太乙真人来干什么。不过太乙真人这么说了，他只能硬着头皮答应。

虽然他是总兵，可在太乙真人这位阐教十二金仙的辈分面前，也只有言听计从的份了。

当下，他托着宝塔就向金大升一指，威武霸气地道：“那头牛，过来让本将教训教训你！”

不愧是熟读兵书行军打仗的，他情知打不过袁洪，怕在兵将面前丢了面子，直接挑个弱的来打。

哪知袁洪一眼便看破他的心思，冷笑道：“怎么，你也欺软怕硬？不好意思，我打的就是这种欺软怕硬的人，让我来教你如何做人吧！”

说罢，直接挺身而出。

这一下，李靖完全骑虎难下了，只好硬着头皮应战，道：“打就打，我还怕你不成！”

话音刚落，顺手就把手中托着的塔往空中一丢，大喊道：“给我囚了他！”

这塔可非一般，全名乃是玲珑剔透舍利子如意黄金宝塔。当初哪吒叛逆，追打李靖，阐教上仙燃灯道人便赐了李靖这个塔。

其塔可砸，可罩，可囚，可烧，威力奇大。

塔起之时，只见一片祥云缭绕，紫雾盘旋，瞬间如通天之巨，昆仑之峰，无边无际地向袁洪头上落下！

袁洪一见，情知有些门道，当即喊道：“宝贝出来！”

只将手一伸，耳朵里便飞出一根针。

“哈哈哈……”哪吒忍不住笑起来，“你用针做兵器，是打算绣花吗？”

袁洪没搭理他，只是吼一声：“变！”

细针秒变铁棒。

袁洪再将铁棒往地上一插，又吼一声：“给我长！”

轰然一声爆响。

那铁棒迎着舍利子黄金宝塔就顶了上去，半空里与塔撞到了一起。

“轰……隆……隆……”

一股强大的力量震荡开来。

地面如强震，山石皆乱滚。

舍利子黄金宝塔虽重逾万钧，却被袁洪的铁棒顶住，根本落不下来，而且，铁棒反而继续向天际延伸！

李靖见状大惊，当即又念动真言：“给我烧！”

“呼！”

只见塔内蹿出一条火龙，就要向袁洪烧来。

“你有火，难道爷爷没有火？”袁洪冷笑一声，随即大喊，“烈焰何在？”

“轰”的一声巨响。

那巨大铁棒身上瞬间腾起一片烈焰来，迎着火龙就猛烧过去。

看起来威武凶猛的火龙，一触碰到铁棒上的烈焰，立马就如蚯蚓一般缩了回去！

要知道袁洪这神珍铁棒，乃是经老子以三昧真火所炼造。

三昧真火之威，焚铁炼金，李靖的黄金塔岂是对手。

李靖一见火龙退回，金塔摇晃，情知不妙，赶紧收了塔，退到太乙真人身后道：“真人，我今日有点小感冒，法力欠佳，还是您来吧！”

太乙真人站出来，盯着袁洪的神珍铁棒道：“贫道眼拙，你这棒子是何法宝，竟可粗可细可长可短，还蕴含三昧真火？”

袁洪道：“我就问你，你是来跟我打架的，还是来找我拜师请教的。若是来拜师请教，我倒也可以指点你一二，若不然，就少废话，要么滚，要么打！”

太乙真人道：“如此不讲武德，那贫道就领教领教吧！”

言罢，向空中丢出一个如马灯般的东西。

里面本来只燃着灯芯般的小火苗，但被太乙真人丢到空中后，竟反倒了过来。

反倒过来的瞬间，火苗变成九朵。

太乙真人嘴里念念有词，九朵火苗瞬间变化成九条火龙，向袁洪呼啸而去。

袁洪再度祭出神珍铁棒，烧起三昧真火。

火与火猛烈地燃烧在一起。

这一下，神珍铁棒之火与九条火龙却成势均力敌之势。

原来，太乙真人这法宝叫九龙神火罩，里面所燃烧之火也是三昧真火，所以并不怕神珍铁棒之火。

袁洪却再大吼一声长，不以火焰取胜，只将神珍铁棒向苍穹捅去。

一下子就将九龙神火罩给捅翻。

太乙真人见状，赶紧收起九龙神火罩，把手中拂尘向袁洪一丢。那拂尘千丝瞬间化为千支利剑，向袁洪射去。

袁洪手臂一翻，只将神珍铁棒舞出一个圈，便听得叮当一阵声响，火花四溅，射来的利剑全被化解。

太乙真人又接连使出金砖、宝莲和阴阳剑，然而，都攻不进袁洪的神珍铁棒阵。

“打完了吗，打完了就轮到我了！”袁洪见太乙真人停下手来，满脸轻鄙之色。

“算了，今天打得有点累了，回头再来找你！”太乙真人说罢，翻身就跨在仙鹤背上。

仙鹤早知太乙之意，立马飞身而起。

“想跑，没那么容易！”袁洪当即将铁棒向太乙真人捅去。

可太乙真人也非等闲之辈，半空里祭起宝莲，把袁洪的铁棒给挡了一挡，瞬间便飞到了山对面。

这边的哪吒和李靖，见太乙真人都跑了，更是一个比一个跑得快。

只剩下那三千铁骑愣在当场发蒙，都还在想，这神仙打架，打不赢也要跑的吗？

袁洪看了看那三千铁骑，本想都给打死的。

可他觉得，强者打死蝼蚁，没有意义，当即就吼道："还不滚，要我留你们吃饭吗？"

三千铁骑一听，如获大赦，拔腿就跑。

瞬间，杀气腾腾的梅山之下就只剩了个寂寞。

可谁也没想到的是，事情竟然会出现另一个意外。

当太乙真人带着哪吒和李靖亡命逃窜之时。

哪吒突然看见了河边有一美貌女子，定睛看时，正是那天他被打时和袁洪一起出现的白狐，不由大喜道："师父，等等，等等！"

太乙真人回头一看，袁洪并没有追来，当即停下来问："什么事？"

哪吒指着河边的白狐道："那狐狸精，前天与那猴子一起，感觉挺亲密，咱们整猴子不过，把他相好的打一顿，也算出口气！"

"这个……"太乙真人道，"修道之人，干不得这种卑鄙之事。"

哪吒道："师父你不干，我来干就是！"

当即降下风火轮，挺着火尖枪，就要去偷袭白狐。

"等等，等等。"李靖压低声音喊。

哪吒不耐烦地道："又怎么了？"

李靖道："我有一箭双雕之计，可找猴子报仇！"

"是吗？什么计？"哪吒知道老爸行军打仗很有一套，立马就来了兴趣。

李靖道："我看那猴子对老牛很仗义，说明他是性情中人，性情中人，情为软肋，我们可先将这狐狸精抓回去，再从长计议！"

"嗯，可以！"哪吒当即赞同。

太乙真人道："这样，不妥吧？"

李靖道："这是兵法，上兵伐谋，其次伐交，其次伐兵，其次攻城，计谋可是兵法上策，不但妥，而且妥妥的，真人完全不必有顾虑！"

太乙真人道："这事总不大体面，要不我先回陈塘关等你们，你们干什么，就当我不知。"

"嗯，可以吧。"李靖道，"量我父子之力也够对付这狐狸精了！"

当下，太乙真人驾鹤先走，李靖和哪吒则向白狐而去。

白狐正坐在洵水边，看着水中晃悠悠的倒影，想起那只帅气又单纯的猴子，想起两人在山上看夕阳和水中的嬉戏，心里就跟微风吹过的河水一样，起了阵阵涟漪来。

若能与猴子朝朝暮暮，她便别无所求，此生无悔了。

白狐正这么幸福地想着，突然就听到了身后的动静。回头一看，便看见了正眼含杀气向她走来的哪吒和李靖父子。心里暗叫一声不好，起身来就准备跑。

然而，李靖和哪吒父子分两边拦住了她。

哪吒得意一笑："想跑吗？想都别想！"

白狐脸色一变："你想干什么？"

哪吒道："放心吧，我对女人不感兴趣，对母狐狸就更没兴趣了，我只想抓了你，用你来对付猴子！"

"你休想！"白狐说声，当即化一道光就想跑。

"还跑，还跑！"哪吒说声，直接将混天绫丢出。

混天绫直接就向那道白光飞去。

白狐想反抗，可她太弱了，不过几百年道行，怎敌得混天绫这种道家法宝，一下子就被捆了个结实，现出了原形。

"若是连只狐狸精都收拾不了，我还出来混什么混！"哪吒上前，得意地踢了白狐一脚。

白狐免不了一番挣扎唾骂，然而无济于事，她还是被李靖和哪吒父子带回了陈塘关。

太乙真人见父子俩抓了白狐回来，上前竖了只手掌道："无量寿佛，罪过罪过，这可与贫道无关啊！"

哪吒将白狐丢掷于点兵堂地上，看着李靖问："说吧，现在怎么对付猴子？"

李靖却把目光看向太乙道："剩下的，得真人出手了！"

“贫道出手？”太乙真人连连摆手，“不行不行，贫道岂可为难一介女流之辈！”

“不不不。”李靖道，“绝非让真人为难这狐狸，而是让真人去教训那猴子！”

“教训那猴子？”太乙真人又赶紧摆手，“不行不行，这更不行，我回来的一路上都在想，我可是堂堂十二金仙的辈分，去打一只猴子，也是有失体面。”

李靖道：“刚才真人去没打得过，确实有失体面，但这次我有一计，让真人再去，必能打得那猴子俯首帖耳，任意宰杀，就不会有失体面了！”

“是吗？你有计谋？”太乙真人道，“若你真有计谋，我倒可以破例，考虑考虑。”

李靖道：“我们这里，只有真人懂八九玄功变化之术，只要真人变成这白狐去找猴子，猴子必不防备，那时真人再突施法宝，出其不意攻其不备，那猴子再狠，还不是真人桌上的一盘菜吗！”

“这，你的意思是让我去偷袭？”太乙真人问。

李靖道：“不算偷袭，兵不厌诈罢了。”

太乙真人道：“嗯，偷袭我肯定是不能干的，但兵不厌诈可以。”

李靖大喜：“行，那就有劳真人了！”

当下，太乙真人便记住了白狐本身，又记住了她的变化，并当场变化两次，哪吒和李靖都看不出任何破绽。

太乙真人才让哪吒替他把仙鹤看好，他自驾云往梅山而去。

袁洪将哪吒的援兵打跑，正和金大升在月下饮酒呢。

金大升举起酒杯道：“猴哥你真是太厉害了，连十二金仙的太乙真人都打得抱头鼠窜，绝对是妖中王者，我的偶像，来，我敬你一杯。”

袁洪也举起酒杯，一饮而尽道：“这些自称神的家伙，真是太可恶了，到处欺负人，还冠冕堂皇振振有词！”

金大升也义愤填膺地道：“就是，关键是那些神还口口声声说什么众生平等，平等什么啊，让妖给他们当坐骑，这是平等吗？大家都是天地所生，凭什么要给他们当坐骑！”

“神？”袁洪道，“这世道，谁强大，谁就是神。所以我们得好好修道，强大起来，自己当自己的神！”

金大升豪气干云地道：“对，以后我们都好好修道，等变厉害了，也抓个神来当坐骑玩，看他们是什么心情！”

“对了猴哥，我见你和小狐狸天生一对、两情相悦，你们为何不在一起啊，她住轩辕坟，你住梅山，这样分离着多不好。”

袁洪道：“我也想，但这个世道，弱肉强食，我们得好好修道，有足够的能力保护自己，才能和所爱的人，去奢望其他。否则，爱情、梦想、幸福都只是泡沫而已。”

“唉。”金大升也叹得口气，“是这样，在这个强者为尊的世界，不够强大，终究活得卑微，提心吊胆，心有遗憾。”

“怎么，你有什么遗憾吗？”袁洪问。

“有啊。”金大升道，“其实，我也曾喜欢过一个女孩，然而，我却不配，最后还是选择了离开。”

袁洪问：“你喜欢了谁啊，居然不配？”

金大升抬眼望月，回忆起那段似尘封已久的往事道：

“那是很久以前，我出生在一个叫作龟兹国的地方，那时我不懂修道，就只是一头普普通通的牛，每天什么都不想，吃着草，替人耕地。虽然辛苦，也任劳任怨，因为我觉得那是属于牛的命运，所有的牛都这样活着，我也应该如此。可是后来，有一个漂亮的女孩跟着一群士兵到郊外游玩，看见了我，她说我比马还高大，她很好奇，要骑着我玩。

“而当她跨到我背上的瞬间我就知道，我遇见了爱情。因为她离开以后，我开始莫名地想她，想她骑着我那种特别的感觉，想她温柔的抚摸，我感觉有一种东西在我的心里盛开，那是她的样子。她后来把我带到了王宫里，那是我人生中最快乐的一段时光，我驮着她散步，看春暖花开，观小桥流水，赏星空皓月，就像是约会一般。

“某天，她想去山顶看日出，我驮她去了，到山顶的时候，她抚摸着我的头说辛苦了，那一刻，我竟突然开口说话了，说愿意这样一辈子陪着她。她问我什么。我终于鼓起了勇气，说喜欢她，想和她永远地在一起。她愣住了，然后笑了起来，说她喜欢的人，必定是个可以踏着七色云彩娶她的盖世英雄，而不是一头平平庸庸、唯唯诺诺的牛。

“那天之后，我突然想奋斗，想有属于自己的人生，想做个强者，配得上她的喜欢。于是，我离开了她，外出闯荡。那时，我也还有一腔雄心壮志，以为自己绝对可以，然而，日复一日年复一年，我看见这世间有无数大能崛起，光辉灿烂，变成传说，而我还是那个平平无奇的我。别说脚踏七色云彩回去娶她，就连保护自己都不行，若不是猴哥帮我一把，我就被人抓去当坐骑，活在神之胯下了！”

袁洪听罢叹道：“看来，身在这个风云变幻的时代，大家都不容易，不过没关系，以后我们一起修道、一起强大，纵是有强者辈出，我们也定能拥有属于自己的未来！”

“嗯，反正老牛我跟猴哥你走。”金大升又举杯。

“猴子……”突然传来喊声。

袁洪回头一看，就看见了“白狐”。

月色下的“白狐”格外好看。

袁洪心中一喜，赶紧起身相迎，问道：“你怎么晚上来了？你不是要修炼的吗？”

“白狐”道：“人家想你了嘛。”

袁洪皱了皱眉，觉得有些哪里不对。

“怎么，在跟水牛精喝酒啊？”“白狐”看了眼金大升问。

袁洪一下子便确定这“白狐”是假的了！

“白狐”称呼金大升都是叫老牛，从来没直说过水牛精！

而且“白狐”比较矜持，绝不会一见面就说很想他。

还有，即便她想他，但晚上的时候，她也都是在轩辕坟里修炼的。两个人说好了，要克服暂时的相思，早日修得正果，然后朝朝暮暮在一起。

可是，是谁冒充她呢？又想来干什么？

不妨先看看再说吧！

当下，袁洪就故意再倒了一碗酒道：“过来喝酒吧。”

“白狐”道：“酒就不喝了，我是来找你玩的，咱们去散散步吧，这夜晚，月半弯，好浪漫。”

“这……好吧。”袁洪又看着金大升道，“老牛，你自己喝一会儿，我跟小白去散步。”

金大升是个大老粗，完全没看出有什么不对，还爽快地道：“猴哥你去吧，早点跟狐狸生个小猴子出来我才开心呢。”

当下，袁洪便跟着“白狐”去山下散步。

转过一片林子。

“白狐”回头看了看，看不见金大升了，他知道机会来了。

当下，他便故意走得慢了些，想在袁洪背后偷袭。

袁洪暗自冷笑，却早已做了准备。

“你这只野猴子，居然敢打我门人，还打我本人，看贫道怎么收拾你！”太乙真人暗道了几句，看准时机，直接手臂一挥，法宝金砖就向袁洪的后脑砸去！

“扑——”

金砖砸在袁洪后脑上，袁洪一声不吭，当场扑倒在地。

“哈哈哈，野猴子，这下知道贫道的厉害了吧？之前贫道让着你，你还真当是贫道怕你呢！”太乙真人见袁洪中招，立马现出本相，得意地捋着胡须笑了起来。

“得意啥，得意啥？给了个分身让你偷袭，你还当自己能耐了？”后面突然传来一个声音。

太乙真人一惊，忙回头去看，便看见那根火焰烈烈的棒子，他想躲都已经来不及了。

“呼！”

袁洪那一棒，直接把太乙真人打滚到了山下，差点把他的元神给打散。

月光下的袁洪冷笑道：“原来是你这个老家伙，打不赢了玩偷袭，看我今天怎么收拾你！”

“我不跟你打，我走了……”太乙真人赶紧念了个符诀，化一道金光逃走。

袁洪想拦都来不及。他没想到太乙这老东西，挨了定海神珍铁一棒，居然还能施法逃走。

“别让我再见到你，不然见一次打一次！”袁洪冲着太乙真人的背影喊道。

“猴哥，怎么了，怎么了？”金大升听见动静，赶紧跑过来。

袁洪道：“没什么，哪吒那师父，居然变成小白来偷袭我，被我识破，打了一闷棒，屁滚尿流地逃了！”

“怎么，狐狸是他冒充的？”金大升一愣。

“是。”袁洪道，“他以为样子变得像，学会了她的声音就能骗过我，却不知，形与神完全不是一回事！”

“可是，他怎么会认识狐狸，还冒充狐狸来骗猴哥呢？”金大升满脸疑问。

“是啊！”袁洪也马上发现了不对，“难道他知道了狐狸和我的关系，对狐狸不利了？”

一想到此，袁洪立马驾云奔向轩辕坟。

果不其然，白狐不在！

雉鸡和玉石琵琶说白狐下午就出去了，一直没回来，她们还以为白狐在梅山跟袁洪玩呢。

袁洪一听就急了。

不用说，肯定是被哪吒一伙给抓走了。

雉鸡和玉石琵琶听说之后，也跟着袁洪一起到陈塘关去救白狐。

此时的陈塘关，哪吒正把白狐吊起来，用乾坤圈丢着玩。

那乾坤圈一次一次地从白狐头上套下去。

每套一下就痛得白狐惨叫连连。

“别怪我啊，要怪就怪那猴子。”哪吒道，“惹谁不好，偏要惹小爷。小爷我连龙宫都能搅他个天翻地覆，龙王儿子也照屠不误，何况狐狸和猴子，我想怎么捏你们就怎么捏你们，跟玩似的！”

白狐委屈地道：“我哪里惹你了，我都不认识你，你就无缘无故地抓我！”

哪吒道：“不跟你说了吗？那猴子惹的我啊，你是他相好，自然受他连累，要怪就怪他，屁本事没有还喜欢逞能！”

白狐道：“我知道猴子，他很本分，待在梅山从不惹事，肯定是你先欺负他！”

“哟，你对我的做法有意见？”哪吒说着，又把乾坤圈丢过去。

打在她头上，白狐发出一声惨叫。

李靖走过来，看不过去了，就道：“行了，别把她打死了。”

“打死怎么了？”哪吒问，“一只狐狸而已，重要吗？是她的命重要，还是我开心重要？”

李靖道：“杀生影响修道，你不知道吗？”

“什么，杀生影响修道？”哪吒不由笑起来，“哄小孩子玩呢？神魔大战，血流成河，那屠万人而活下来的，谁不是道行精进，成仙成圣？他们杀生了，但影响修道了吗？圣人施一次法，万里纵横，飞沙走石，至少死掉一百万只蚂蚁，他们杀生了，影响他们道行了吗？”

“你……”李靖真是恨不得掐死他，可谁又能狠心掐死自己的儿子呢？

何况，怀了三年零六个月，多不容易啊！

哪吒道：“虽然我年纪小，但不要拿那些骗人的东西来骗我，我师父都说了，我是灵珠子转世，我智慧大着呢！”

“你……”李靖再度气结，可又做不了什么，只好拂袖离开。

可才到门口，就遇到了狼狈不堪、气喘吁吁的太乙真人。

“真人，你这是？”李靖疑问。

太乙真人上气不接下气地道：“那……那……那猴子太厉害了，竟……竟然识破了我，反打了我一棒，差点就把我的元神打散了，哎哟，哎哟，贫道修道三千年，何曾挨过这种打，吃过这种亏……”

“什么，师父你又被那猴子打了？”哪吒简直不敢相信自己的耳朵。

太乙真人抹了把额头的汗：“真没想到，这猴子已修成了分身变化之术，且诡计多端，惹不起，惹不起啊！”

“惹不起怎么行！”哪吒一咬牙，“我是灵珠子转世被他白打了，师父你是阐教十二金仙被他白打了，我爸是陈塘关总兵也被他白打了，这要是传出去，还不被天下笑掉大牙？我们丢得起这个脸，阐教和玉虚宫丢不起吧？！”

一下子，太乙真人沉默了。

哪吒立马向李靖使眼色。

李靖也道：“是啊，真人，如今世道浩荡，阐教天下传扬，真人十二金仙身份，被一只猴子给打了，若不打回来的话，阐教必沦为笑柄啊。”

“难道要请我师尊和师兄们出山吗？”太乙真人喃喃道。

“请，必须请啊！”哪吒马上火上浇油，“有人脉不用，有靠山不靠，不成摆设了嘛，咱们必须得收了那猴子，才能立我阐教之威啊！”

“轰！”

太乙真人还没答话，突然传来一声巨响，如同地震一般。

很快，就有士卒大惊失色地跑进来道：“禀将军，外面有个拿着铁棒的猴子，让将军和三公子滚出去！”

“什么，滚……滚出去！”李靖气得抬手就给了士卒一耳光。

哪吒的暴脾气一下子就来了，骂道：“野猴子，真是欺人太甚，竟然打上门来了！”

他目光一瞥，看见被吊着的白狐，当即上前，用混天绫给绑了，然后便往外面拖来，只见袁洪横刀立马，后面跟着金大升，雉鸡和玉石琵琶精。

“小白……”袁洪一见白狐被哪吒那样绑着，而且遍体鳞伤，不由目眦欲裂！

“心疼了？”哪吒见袁洪那模样，反而得意起来，将火尖枪对准白狐头部，“现在，她的命在我手里，你若是不想她死，就给老子跪着说话！”

“放肆！”袁洪棒指哪吒，“我现在命令你马上放开她，否则定打你个灰飞烟灭！”

“打我个灰飞烟灭？”哪吒冷笑，“你岂不知，小爷借莲藕塑身，没有三魂六魄吗？”

袁洪没有说话。

哪吒又喝问：“喂，野猴子，你到底跪不跪？”

袁洪仍旧没有说话，只是一双怒目瞪着他。

“行，你敢无视我，我先刺她一枪给你看看！”哪吒说罢，便将火尖枪往白狐身上刺去。

太乙真人突然大惊，喊声“不好”。

只听得“轰”的一声巨响。

一个如同大锤般的拳头轰在哪吒的脸上，直接把他打飞出去！

原来，那个不说话的袁洪只是分身，真正的袁洪在哪吒嚣张之时已经变化到他身后。

太乙真人刚想起来，却已来不及提醒或阻止。

袁洪一记鸿蒙拳把哪吒打出去，直接在地上撞出一个深坑来。

李靖见状大惊，赶紧往那边奔去。

太乙真人见状，不敢恋战，驾鹤就飞。

袁洪将手一招，分身手中铁棒飞来。

他吼一声，只将铁棒往总兵府一扫，房屋立马哗啦啦地倒下一大片。

华丽的总兵府变成了废墟一片。

白狐忙喊道："猴子，别伤无辜！"

袁洪血红着眼："都非善类，死有余辜！"

而此时李靖已扶着哪吒爬了起来。

袁洪一见，扬手就是一棒扫去。

万钧之力，卷起一片风云激荡。

烈焰腾腾，势将仇敌挫骨扬灰。

李靖大惊，忙将黄金宝塔祭出，挡下铁棒，然后借机遁空逃走。

袁洪提棒在后就追。

李靖使出驾云术，哪吒踩起风火轮，一路狂奔。

父子俩见一片密林落下。

袁洪按落云头去找，奈何林子太大，什么鸟都有，就是不见李靖父子，袁洪只得将铁棒往地下一跺，骂道："便宜你父子了，回头见着，必打得你们永不超生！"

随即，袁洪飞回陈塘关，看了遍体鳞伤的白狐，又把李靖父子和太乙真人乱骂了一通，才带着白狐回了梅山。

"猴子，你赶紧离开梅山吧！"白狐突然想起什么道。

"离开梅山？"袁洪不解，"为什么？"

白狐道："那李靖父子对太乙真人说，你打了他们，若他们打不过你，就请阐教十二金仙，甚至元始天尊出来找你报仇，找回面子！"

“啊？元始天尊？”雉鸡大惊。

玉石琵琶也慌了起来：“这怎么办，元始天尊，那可是天道圣人，翻手为云、覆手为雨之辈，他一根手指就能灭了我们全部啊！”

金大升却掷地有声地道：“无论如何，猴哥你在哪，我都跟着你！”

哪知袁洪却淡定地道：“梅山是我家，我为什么要离开？管他什么天尊，他若来，我必战！纵死，不惧！”

“不行，猴子，你还是躲躲吧。”白狐有些焦急，“元始天尊可是鸿钧老祖的弟子，十二金仙的师父，阐教之主，圣人之辈，这四宇八荒之内，可与其匹敌者，寥寥无几！”

雉鸡也道：“是的，还有那玄都洞的老子，截教的通天道人，他们全是一伙的，猴子你现在顶多也只是仙人修为，你不可能斗得过的！”

袁洪道：“从我在这里留下来的那一刻开始，我就对自己说，这里是我的家，我将永远留在这里守护着它。人活一世，家为净土，岂能惧强者而弃。我袁洪绝不是那种贪生怕死、言而无信之辈，他们若敢来，我必拼死力战，纵血溅五步，也必让他们知道，不管是神，还是圣，可以比我强，但我不怕！”

“行，那就留下来，纵死，我陪你一起！”白狐的眼里也闪过一丝坚决。

“不，你不用留在这里。”袁洪道，“这种事理当男人承担，你们还是回轩辕坟去吧！”

“你说什么啊！”白狐道，“你是为了救我才砸了陈塘关，你能为我不顾一切，我岂能对你的安危坐视不管！”

袁洪道：“其实，那天在月光下，我誓要守护的，除了梅山，还有你。所以，我不想你在这里面对危险。我可以死，但我不能让你受到伤害！”

白狐问：“如果你都死了，我活着还有何意义？”

袁洪看着她，终于点头：“行，哪怕天崩地裂，我们一起面对吧！”

白狐笑了。

那笑，在月色下的梅花掩映之中，美得不可方物。

袁洪道：“老牛，还有酒吗？拿点酒来吧。我袁洪三生有幸，能遇你们，生死之前，情谊不淡，我要好好地醉一场！”

“有有有！”金大升赶忙道，“我昨天去镇上一下搞了十几坛呢，陈年女儿红，酒香浓郁，一醉如仙，我去拿来。”

说罢，便跑着去了。

雉鸡说轩辕坟里放的还有她采的新鲜的松子，拿来给大家下酒。

白狐和玉石琵琶开始在大石头四周摆上石凳。

大家很快忘记了即将到来的那一场生死，如故友重聚，满心欢喜地喝起酒来。

时值九月，临近中秋，新月如钩。

洁白的月色洒落在梅花林里，光影婆娑，美如梦境。

“喂，明天就要有一场恶战，吉凶难料，生死未卜，大家不如都说说自己有什么梦想吧。”金大升突然道。

“梦想？”雉鸡道，“说不准都要死了，还说梦想干什么啊！”

金大升道：“就是要死了，才把梦想说出来啊，即便我们不能实现，让这天地帮我们记住，在时光的长河里留下一丝痕迹也是不错的。”

“那你有什么梦想？”玉石琵琶问。

“我的梦想？”金大升抬头看了看月亮落下去的方向，“我想修道成神，成为一个盖世英雄，然后踏着七色云彩去那边娶一个美丽的姑娘。”

“哟，老牛，你看起来五大三粗，心里还藏着一腔柔情似水啊。”雉鸡笑道。

玉石琵琶道：“我很好奇那是一个怎样的姑娘。”

“这个……”金大升的脸微微红了下，“就不说了，反正很好的姑娘就是了。”

白狐道：“你既喜欢那个姑娘，为什么不回去找她呢？”

金大升道：“我也想啊，可是……我们不是一个世界的人，站在不同的位置。我看她时是仰望，她看我时是俯视。她的一颦一笑对我都是惊喜，我为她赴汤蹈火也终究卑微，不值一提。”

“哈哈哈……”雉鸡笑起来，“真看不出老牛你还是个多情种，不过你却误会了爱情。”

“误会了爱情？”老牛问，“什么意思啊？”

雉鸡道：“真正的爱情是像狐狸和猴子这般互相喜欢，无谓世俗。因为在喜欢的人眼里，你的存在就是光芒万丈；而在不喜欢的人眼里，你就算为她捧得月亮，她也觉得平庸，不起波澜。所以，那姑娘只是不喜欢你而已，跟你能不能踏七色云彩无关。若非要你踏着七色云彩才喜欢你，那不是爱情，她也不是喜欢你，她喜欢的只是七色云彩。”

玉石琵琶却笑道：“其实就一句话，是老牛你太丑了，那姑娘不喜欢。如果你长得帅的话，姑娘会流着口水喜欢你，倒踏七色云彩来嫁你呢。”

雉鸡笑道：“琵琶你净说实话。”

“不说我了，说说你们吧，还没说你们的梦想呢。”金大升赶紧转移话题。

雉鸡道：“我们的梦想很简单的，就是努力修道，成神，成圣，丢掉这妖的头衔。把我们叫妖，就是对我们的一种歧视！”

玉石琵琶也道：“是的，其实大家生来都一样，有天上飞的，地上跑的，水里游的，为什么没有背景的就要叫妖，有背景的就叫神呢？那杨戬三只眼睛，那哪吒莲藕塑身，都能成神，我们却叫妖！”

金大升道：“这还用说，那杨戬和哪吒都是道门的人，这世界本来强者为尊，道门的人要这么定，那我们只能自己努力修道，变得强大。你要强大了，说自己是神，别人也拜你。狐狸，你还没说你的梦想呢，也是想修道变强吗？”

“我？”白狐看了眼袁洪，“以前，我确实只想修道变强，出人头地，可后来遇到了猴子，我的梦想就变了。能不能成神，不重要了，重要的是能跟猴子在一起，开开心心就好。”

“这梦想也太简单了吧。”金大升又看着袁洪，“猴哥，你的呢？不用说，肯定跟狐狸的一样吧？”

袁洪道：“是的，以前我没有梦想，只是只混吃等死的猴子，也不想修道，只要活着，看见这日升月落就好。可遇到了狐狸，她就成了我的梦想……”

月亮渐渐西沉。

夜色渐渐暗下。

喝酒的几人，嗑完最后一颗松子，喝完最后一口酒，东倒西歪地互道晚安。

世间落下一张帷幕，天地间静寂一片。

袁洪还清醒着，他看了眼身边已经喝醉沉沉睡去的白狐，看着她美丽安静的样子，忍不住用手去轻抚她的脸。

他又抬头看了看黑暗苍穹，狰狞如魔，不禁心生悲愤。

这天地浩瀚，为何却容不下几个小人物平静生活的简单梦想呢？

神道之上，已经轰轰烈烈。

哪吒和李靖被打了，并不算什么大事。

但太乙真人被打了，这就不得了了！

这天地之间已出现的已知的圣人，除了已化为山川万物的盘古为至圣之外，最强者便是大圣了。

而道门鸿钧，便是大圣。

座下三大弟子——老子、通天教主和元始天尊也已成了小圣，假以时日，也必是大圣之辈。

而太乙真人是元始天尊弟子，十二金仙中人，他被打了，完全就是在打阐教和元始天尊的脸！

不过，毕竟被打了不是什么光彩的事，太乙真人并没有立即找元始天尊帮忙报仇，而是先请了另外十一位金仙到乾元山金光洞说了事情的经过。

结果，玉鼎真人一下子就激动了起来："师兄，你说是梅山上一个猴子打的你和哪吒？"

太乙真人点头道："是的。"

玉鼎真人道："巧了，前不久我门下弟子杨戬也是被梅山上的猴子打了，我想找梅山复仇，可根本就没看见有梅山存在。我还特地去找了师尊，结果，师尊也没看见，说是被大能者隐了迹，他说到时候帮忙找祖师，但祖师云游去了，我也就没问了，难道这梅山又冒出来了？"

太乙真人道："远看确实看不见，但可以记住周边山峰路径，走到跟前才能看见！”

玉鼎真人道：“原来如此。这下可以替杨戬报仇了。”

太乙真人道：“真没想到，世上竟有如此厉害之妖，一根铁棒竟打得我都招架不住！”

玉鼎真人道：“不管那么多了，把他找出来，灭杀他便是，诸位师兄弟意下如何？”

黄龙真人道：“那必须，自己人被打了，必须去打回来。”

普贤真人道：“可我觉得这事本身就是你们两位的门人惹事，不占理，我们再兴师动众，更没道理。”

文殊广法天尊也道：“是的，我们这么多人去打一个妖猴，有点杀鸡用牛刀了吧？传出去，说咱们没本事，只会以多欺少，可不大好！”

赤精子道：“我也这么觉得。”

慈航道人道：“我也这么觉得。”

道行天尊道：“我听各位师兄的。”

清虚道人真君道：“我也听各位师兄的。”

灵宝大法师道：“我随大伙。”

惧留孙道：“我也随大伙，打也可，不打更好。”

“你们！”玉鼎真人真是肺都要气炸了，就把希望寄托在没说话的广成子身上，“大师兄，你说呢！”

“我觉得吧，”广成子慢条斯理地捋着胡须道，“此事须从长计议。”

“从长计议？”玉鼎真人问，“怎么个从长计议法？”

广成子道：“这妖猴能隐去山迹，如此神通，可是圣人修为，若无圣人修为，也必有上乘法宝，妖界未曾听闻有此强者，抑或会不会是其他师叔门人？兹事体大，所以，应该报与师尊，请师尊定夺才好！”

此言一出，其余金仙也都立马附和。

实话说，大家都知道哪吒是个惹事的主，惹完一件又一件，而且一次比一次狠。第一次杀了截教石矶娘娘的弟子，第二次更是杀了龙王三太子，第三次直接惹到一个可以隐去山脉的大能者，还害得师父都被打，这是活该被教训啊。

另外，文殊广法天尊说得是对的，一只妖猴，动用十二金仙去打，且不说能不能打赢，就算能打赢，十二个打一个，这脸往哪搁呀？

神仙不要脸的吗？

以多胜少，胜之不武这绝对是没有办法时的下下策。

还有，万一打不赢呢？

毕竟，太乙的法力和法宝已经很牛了，他都对那妖猴忌惮得很，谁知那妖猴到底有多大神通？

万一又跑去挨顿打，那可是一生之耻，实在是丢不起这个人！

就更别说万一对方是通天教主截教门人，这么兴师动众地去，必会发展成教派大战啊。很多人没有经历过当年混沌初开神魔大战的惨烈，但听元始天尊讲起来，那可是地动山摇，血流成河。

这地上的许多尘埃，不知藏了多少神魔的灰飞烟灭！

谁又愿去重蹈覆辙？

神也好，仙也罢，虽在凡人中无限强大，但他们心里是有畏惧的。

所畏惧的，一是丢脸，二是灰飞烟灭！

十二金仙达成共识，便带着杨戬和哪吒一起去昆仑山玉虚宫见元始天尊，道明了来由。

元始天尊一听，竟仰天长叹一声："你们真是气死我了！"

太乙真人道："师尊，玉虚宫的面子要紧啊！"

"面子，面子！"元始天尊道，"你以为这是面子的事吗？"

"那是怎么回事？"太乙真人问。

元始天尊道："尔等三番五次与人大打出手，还一次纠集十二金仙，是让吾阐教之众犯神仙杀戒啊！"

"啊？"太乙真人一愣，"这就犯了杀戒？不至于吧？"

"你懂什么！"元始天尊道，"争强好胜，道心不稳，此乃修道大忌，罢了罢了，也是我疏于管教，尔等道浅，才致我阐教有此一劫。罢了，太乙你去碧游宫一趟，请你通天师叔来一趟玉虚宫吧！"

"是！"太乙真人见让他去请大帮手，自然高兴地答应。

元始天尊叮嘱："切记，若你师叔问何事，你只说不知，来了我再与他说。"

太乙真人应声，出门乘鹤而去。

不过盏茶光景，玉虚宫外一片祥云而至，礼乐声声。

通天教主乘奎牛已到玉虚宫外，身后也带着一队门人，非常气派。

毕竟也是同门，面子上还要过得去，元始天尊当即亲自出迎。

通天教主开门见山地道："师兄请我来，所为何事？"

原始天尊便讲了梅山上有异人，与阐教门人发生了嫌隙，此异人会八九玄功变化分身，还能隐去山迹之事，他担心是截教门人，所以请来一同看看。若真是同门，也好省了干戈。

通天教主听罢道："一只猴子会八九玄功变化分身，不是你门下，必是我和大师兄门下了，大师兄门下无人，那必是我们门下了，只是，我们门下至强者，也不过仙人修为，不曾入圣，隐不得山迹，而且我虽收了许多山野生灵，但不记得收过一只猴子，应不是我门人吧。"

元始天尊道："此事怪哉，师弟不妨随我一起去看看吧，若万一是呢，也免生误会！"

通天教主点头道："也罢，那就随你去走一遭吧。"

当下，元始天尊上了九龙沉香辇，通天教主骑着奎牛，各带手下门人，由熟悉路径的太乙真人领路，就直奔梅山而去。

一路之上，可谓浩浩荡荡，苍生惶惶。

天下生灵很多年没有见识过这等排场了，其中的每一位人物，都是他们毕生梦想成为之人。就更别说那脚下有祥光，头上有紫雾庆云的元始天尊和通天教主两位圣人了，那绝对是整个天地间都让人膜拜的存在！

哪吒和杨戬嚣张得尾巴都翘起来了。

杨戬心里暗想："死猴子，早告诉你爷爷的三只眼不好惹，你不信，这下死到临头了吧！"

哪吒心里也在想："死猴子，跟你说过小爷我背景大，龙宫三太子都任打任杀，你就是不信我，这下后悔都没用啦！"

第四章　金蝉逆道，女娲显圣

袁洪独坐梅山顶的巨石上，慢慢地用手擦着铁棒。

“兄弟，准备好了吗？杀气已然逼近！”袁洪的心里莫名有一股戾气升起。

他很少有这种戾气的时候，一直以来，他只想这世间美好，日子平淡，可以和喜欢的人聊聊人生，可以和要好的朋友谈谈理想。简单快乐，不枉此生，便够了。奈何，总有些不公之事，让他不能忍。

纵是神道中人，也不能惯坏了他们的臭脾气！

不过生死而已，有何惧之！

定海神珍铁棒道：“主人，放心吧，纵我灰飞烟灭，也必不让你有事！”

袁洪又将铁棒握得紧了些，牙齿一咬，眼神一眯道：“放心吧！兄弟，棒在我在，棒毁我亡。我袁洪非贪生怕死之辈，更非无情无义之人。但与我共生死者，必祸福与共，生死不离！”

铁棒之身光芒大盛。

朝阳从东方天际冉冉升起，金光喷薄。

金大升盘坐于一树巅之上，也修炼出来三花聚顶，五气朝元。

白狐、雉鸡和玉石琵琶则修着轩辕坟中神仙术。

忽然，南方一片祥云笼罩瑞气环绕，裹挟着一股强大的肃杀之气直往梅山卷来，大片的阴影笼罩梅山，如同日头藏进云层一般。

“杨戬，哪吒，你们前去把猴子叫出来！”玉鼎真人吩咐。

杨戬和哪吒应声，立马先往梅山赶去。

“野猴子，小爷又回来了，赶紧滚出来受死！”

哪吒踩着风火轮，迫不及待地跑到梅山，嚣张地向袁洪叫阵。

杨戬更绝，居然从身上拿出一只鸡来，往面前一丢，吼一声：“哮天，吃了它！”

哮天犬狂吠一声，一口将鸡给吃了。

“野猴子，敢打我？看见了吗？今天，这只鸡就是你的下场！”杨戬狠狠地道。

“哈哈哈，杨戬兄绝了，杀鸡给猴看，快哉！”哪吒开心地道。

杨戬道：“我就没搞明白，一只无门无教的野猴子哪里来的底气招惹咱们，猴子，说起来也是灵长类动物，有蠢成这样的吗？”

哪吒道：“别的都还好，尤其是他说什么，梅山是他的地盘，是龙给他盘着，是虎给他卧着，差点把我的牙笑掉几颗！”

“没事给老子滚，别惹老子生气！”袁洪心里的戾气瞬间暴起。

虽然他知道那后方有众神将到，但无论后果如何，他也绝不能容忍两个小丑在他面前如此嚣张。

“别惹你生气？好大的口气！”杨戬冷笑，“上次不过是你走运，被大能所救，不然早被我打死了，还敢狂？你生个气给我看看？”

“轰！”

袁洪二话没说，直接起棒。

那本来只有丈长的铁棒，瞬间大如天柱，一棒扫向杨戬。

其势之疾，风雷隐隐。

杨戬大惊，根本躲避不及，他没想到，不过几月不见，袁洪如今的道行与当初已是天壤之别，直接就被那一棒打得飞向九霄云外。

幸好远处跟来的元始天尊见状，将手一招，让杨戬稳稳落下。

可杨戬挨了那一棒，还是感觉头昏眼花，元神欲散，缓了好大一阵才喘过气来。

“大胆妖猴，圣人之前，还敢行凶，你是嫌自己命长了？”元始天尊立马威严地斥责起来。

“呵呵，圣人？”袁洪冷笑，“就你也配称圣人？你门下之人寻衅滋事，嚣张跋扈，你不知管教，还反赖我行凶？我闻圣人者如女娲娘娘，体恤众生，遵循公道，有谁像你这般颠倒是非，不分黑白？”

“本来，我听闻你有些天赋，想度化你，没想你却是这般狂悖，冥顽不灵！”元始天尊又看向通天教主，“师弟，这不是你门下吧？”

通天教主摇头道：“不是。”

“既不是自己人，那就好说了！”元始天尊当即威严喝问，“谁给我把这妖猴拿到玉虚宫正法！”

“弟子请战！”一个骑着黑斑虎，身背长剑的道人雄赳赳气昂昂地出列请战。

此乃申公豹，虽未列十二金仙，但其辈分和修为并不比十二金仙逊色。

袁洪冷冷地看了他一眼道：“我可以跟你打，但有件事我得先弄个明白！”

说罢，他将手中铁棒往通天教主一指，眼中杀气大盛：“你当初抓走的金蝉呢？”

“金蝉？”通天教主眉头一皱，“你怎知我抓了金蝉之事？”

袁洪道：“事到如今，我也不必和你隐瞒，我袁洪便是当初那鸿蒙猴石，当初你们三人以盘古斧劈我补天，金蝉为救我，出手阻拦，被这坐辇的以斧劈伤，再被你抓走！既然冤家路窄，今日咱们遇到了，这新仇旧恨就一起算吧！”

“什么，你就是当初那补天猴石？”通天教主颇感意外。

元始天尊也意外地道：“没想到，你竟化形藏于梅山。只不过，你逃得了那劫，却逃不过今日。今日，我看还有谁来救你，拿下他！”

申公豹反手拔剑，就要一战。

“等等！”一声厉吼，一背剑玉面书生飞身而出，挡在了袁洪和申公豹之间。

“你是什么人，想干什么？”元始天尊眼里锋芒大盛。

玉面书生行礼道：“弟子便是那日金蝉，得师父教化，赐名金蝉子。”

“什么，你是金蝉？”袁洪一听，大感意外。

金蝉子转过身来看着袁洪，面带笑意：“真没想到你是大石头，你也得道了，我还没认出来呢！”

大石头，这亲切的称呼，一下子就让袁洪找到了那种久违的亲切感，他一下子就确定了，这就是当日为他挺身而出的金蝉！

“金蝉，真的是你，你竟然没事，太好了，我以为你被抓走后会遇害呢。”袁洪激动得满眼热泪。

金蝉子看了眼通天教主道：“吾师通天，创建截教，广传天下生灵，有教无类，但凡有修道天赋者，皆来者不拒一视同仁，那日带走我后，非但没有伤我，还传道于我，立于诸天！”

“金蝉子！”元始天尊的脸色瞬间沉了下去，“这猴子如今乃我阐教之敌，你当我的面与他叙旧，是什么意思？”

元始天尊又看着通天教主道：“师弟，你没有教过你门人规矩吗？”

通天教主道：“故人相见，叙叙旧，有何不可？即便是斩了三尸，做了仙人圣人，不照旧念着情谊？若不然，师兄你也成半圣之境，为何还替门下弟子强出头，犯这神仙杀戒？”

“你……”元始天尊被怼得脸色一黑，“你这么明目张胆地护着门人，连我这个师兄都不放在眼里了吗？”

他本指望通天教主训金蝉子一顿，没想通天教主却反怼他，着实令他难堪。

“师兄言重了，我非护谁，不过据理力争而已！”通天教主却仍是一副怡然自得之态。

“据理力争？”元始天尊冷笑，“你忘了师尊讲道时说，很多时候只有道，没有理吗？”

通天教主道：“是的，师尊确实这样说过，但这句话同样折射出另一层意义，即很多时候，既有道，也有理。因为师尊说的是很多时候，不是所有时候！凡事不可一概而论，是师兄你未曾悟得师尊讲道精髓！”

元始天尊的脸色又阴沉了几分：“师尊说了，有些事，可以看破，不必说破，你这是不给我留情面吧？”

通天教主道：“师兄你总记得师尊说的其一，却不记得师尊说的其二。师尊是说了，有些事可以看破，不必说破。可师尊同样也说了，所谓情面，必是你先尊我，我再敬你。你当着这么多门人，说我没教门人规矩，也就是说我不懂规矩，我如今也是圣人，我难道不要面子吗？”

元始天尊争不过通天教主，就道：“行了，我不跟你扯这么多了！我本一片好心，担心这猴子是你门人，免动干戈，既不是你门人，你离开吧，我要处理事情了！”

“行啊，你就慢慢玩，我不陪你了！”通天教主说罢，转身又对门人道，“走吧，咱们回去讲道吧！”

“老师，我不能走！”金蝉子道。

通天教主一愣，问：“为啥？”

金蝉子看着袁洪道：“我与大石头是兄弟，几千年交情，生死相知，他若有事，如我之事，岂能袖手旁观？”

“狂悖！”元始天尊一听就怒了起来，手指金蝉子，“你以为你是谁？一个小辈，目无尊长，口吐狂言，果然是没教养，我且先教教你吧！”

说完，手一挥，光华大现，一道洪荒紫气就向金蝉子脸上打来。

“师兄岂可以大欺小？”通天教主说着也将手一挥，同样光华大现，一道紫气卷出，拦向元始天尊的攻击。

两道洪荒之力冲击在一起，看似轻描淡写，却瞬间爆出惊天动地的巨响。

“师弟，你这是要和我斗法吗？”元始天尊厉声质问。

“非也！”通天教主道，“非我要与师兄斗法，实是我为阻止师兄犯错。”

“我犯错？”元始天尊问，“我乃圣人，何错之有？”

通天教主道：“金蝉子护袁洪，乃为成全情义，师兄却说他没有教养，这是一错！其次，金蝉子乃我门人，他纵有错，也由我处置，岂能你当我的面打他，这既伤我情面，也犯了规矩，此乃二错！”

“歪理邪说！”元始天尊道，“袁洪与我门人有怨，你门人不帮同门，反帮他，这是胳膊肘往外拐，犯了同门之大忌，当逐之。我今只问你一声，若是你逐了他，我不与你计较，否则必与你斗个天翻地覆，让祖师论你我对错！”

说话间，元始天尊头上已现出诸天庆云。

他又取一面混沌玄黄色之幡在手，幡体之上，都天神煞之气沛然勃发。幡面显现有盘古圣人开天辟地之无上景象，幡外有大道谶言环绕其上、幡内有开天符箓隐现其中。

五色毫光照耀诸天，盘古圣威震慑寰宇。气势恢宏，威力逼人。

然通天教主也并不示弱，挥手之间，头上悬出四把宝剑来。

这四把宝剑称为诛仙四剑，分别为诛仙剑、戮仙剑、陷仙剑、绝仙剑，并组成剑阵阵图。顿时现无穷毁灭之气笼罩混沌，无尽杀戮之色覆盖鸿蒙。

那气势恢宏之诸天庆云及盘古幡紫气也都弱了许多下去。元始天尊不由得脸色也变了变，他是知晓这诛仙四剑的，有诗云：

诛仙利、戮仙亡，陷仙四处起红光。
绝仙变化无穷妙，大罗神仙血染裳。

当然，他是半圣之境，还有诸天庆云和盘古幡护身，诛仙四剑也难奈何得了他。

可一旦斗起来，至少又是一场惊天动地，比当年祝融和共工之战不会逊色多少，后果将不堪设想。

而且他门下弟子，无一人受得了诛仙四剑之威。

但他此刻罢手，必显气弱，日后必被天下人耻笑，如今他是圣人身份，这面子不能丢。

猛然，元始天尊脑中灵光一闪，道：“师弟，你可得想清楚了，这袁洪乃是在逃补天石，是曾让祖师动怒之物，你若为他出头，只怕万劫不复！”

通天教主道：“补天之事，女娲娘娘以降半圣之力，将天补好，给众神和天下以交代，那事已翻篇了！”

元始天尊道：“女娲娘娘给的是她的交代，可这猴子为了苟活私自逃走，其罪难饶！我今日，必拿他见祖师，谁挡道，休怪无情！”

在拿出大道理和鸿钧压阵之后，元始天尊当即又威武下令：“阐教门人听令，今日吾要拿这补天逃亡妖猴见我教祖师，挡道者，格杀勿论！”

顿时，后面十二金仙和阐教门人都取法宝在手，大战一触即发。

元始天尊觉得自己占了理，通天教主当知难而退。

但通天教主身后截教门人中多宝道人、龟灵圣母、火灵圣母、无当圣母和三霄娘娘等也都亮出法宝，杀气全开，只等令下，便施法开战！

然而，这大战一触即发之时，通天教主却为难了。

看这场景，若是他再斗气而上，必有一场浩劫之战。

为这猴子，同门相杀，确是不值。

可就这么离开，又不是他的行事风格。而且实话说，他也看不惯这个师兄的某些作为。

"谁这么大威风啊，竟然要在这梅山圣地拿人！"

正当元始天尊显威，紫气横贯十万里，通天教主为难，袁洪和金蝉子也准备放手一搏时，突然一道黄钟大吕之声传来。

众人循声望去，只见半空之中圣光大显，一阵香风缥渺，异味芳馨氤氲，遍地有五彩祥云，当中一人首蛇身之神，跨青鸾之上。

身后百鸟随行，走龙飞凤，左右白矖螣蛇护驾。

不用说，来者正是中皇山创世圣人女娲娘娘。

元始天尊和通天教主及座下门人皆上前一步行礼。

虽补天之事，使得女娲圣力大降，可再怎样，她也是和鸿钧一辈的大圣人，是这天地间被人仰望的存在。

女娲看了眼现场，目光落在袁洪身上，明知故问："猴子，这是发生什么事了？"

袁洪便把实情说了。

女娲便把目光看向元始天尊问："怎么，天尊要抓他？"

女娲虽仍面色祥和微带笑意，其实却有圣人不容侵犯之威严。

元始天尊答："禀娘娘，此猴不但补天而逃，且又数次犯我玉虚宫门人，所以今日拿他是问！"

"补天而逃？"女娲问，"当日是我放他，鸿钧也曾来中皇山兴师问罪于我，我降半圣之力，将天补上，算给了天下一个交代，你还有何资格找他麻烦？至于说他犯你玉虚宫门人之事，明明是你的门人先到梅山惹事，有犯于他，为何你还理直气壮地责怪他人？"

“这……”虽然元始天尊如今法力与女娲也相差无几，但女娲究竟是前辈，受这天地尊敬，在气势上自然强他几分，“可无论如何，他也只是只妖猴，岂能与我阐教正道论高下！”

毕竟，自鸿钧当日命三圣建三十三重天开始，其后出截教阐教两大教，门人遍及六合、八荒，加上女娲圣力一降，鸿钧道力可谓天下无敌。

是以如今天道格局，虽未真正定下来，却也是人所皆知，神道为尊，妖魔人道为卑。

而神道，亦以道门为尊！

神道将以三十三重天建天庭，一统天下，早传得沸沸扬扬了。何况，西昆仑之上，王母也建了一处天庭，已有以神道统御天下之意。

此种情况，袁洪一妖猴与阐教门人争斗，在元始天尊看来，自是犯上之举。

“妖猴？不可与阐教正道论高下？”女娲却问，“你不知这天下妖或人，皆尊我为母，皆自我出？你是说我不可与你阐教论高下，要我对你阐教俯首称臣吗？”

“我不……不是这个意思。”元始天尊赶紧道。

这些年他的仙力和地位可谓是一日千里，但这天下有两个他绝对无法撼动之人，一个是他的老师鸿钧，另一个就是女娲！

女娲，绝对是除了劈开混沌、造就天地、以自身化为万物而成就至圣的盘古之外，无可比拟的创世圣人。

即便是鸿钧老祖，可与女娲比圣力，也不可与女娲比功绩！

“不是这个意思就行了！”女娲道，“我当日毁半圣修为搭救袁洪，并以圣力使梅山百里之外隐迹，所以，打杨戬和哮天犬的，不是他，是我。若你们不服，随时可来中皇山找我，或可凭你阐教之力踏平我中皇山，也未尝不可。但自今日起，我要告知这天下，梅山乃我显圣之地，无论神人妖魔，皆不可到这里寻衅滋事，有犯梅山者，便如犯我！”

一下子，元始天尊愣在了当场。他没想女娲竟会如此袒护袁洪！但他很清楚，他还不够格和女娲斗，阐教也不够格。

这天地间，唯一可与女娲讲资格、论道行的，只有鸿钧祖师。

元始天尊只能硬生生地把那一口气咽回去道："行，既然娘娘这么说，我就给娘娘这个面子，放过这妖猴吧！"

心里却在想着，等祖师出关后，便禀报此事。

他知道祖师有意让道门一统天下，绝不会让中皇山女娲再当这天下主事人。

所以，祖师出关，他必可雪今日之耻！

元始天尊心不甘情不愿地率领十二金仙和一众玉虚宫门人离去。

元始天尊

通天教主也向女娲娘娘告辞。

金蝉子却跟通天教主说他想逗留梅山与袁洪叙旧，通天教主应允，然后率截教门人离去。

"多谢女娲姐姐出面解围。"袁洪上前看着女娲，不知道为什么，始终有一种莫名的距离感。

也许，是这上万年的分离；也许，是她已贵为创世圣人，尊荣无比，而他却不过一寂寂无名之辈；也许，是当年她将他从补天之处放走，对他说，以后不再见。

总之，他看着她，是陌生了、疏远了，再无当年鸿蒙中那种生死相依的亲密。

虽然彼此面对，还有一些熟悉，但那情感已不再浓烈。

虽然他对她也心存感激，知道那日是她从杨戬手下救他、护他，可她终究不再是曾经的她。

女娲也只是对他微微一笑，道："你我之间，不必言谢。我有今日造化，你有莫大之功，你若有事，我自当护你！"

无论是身边的白矖和腾蛇，还是金蝉子，或是金大升及白狐等，听得女娲此言，无不对袁洪另眼相看，羡慕不已。

女娲可是创世圣人，竟如此护他，这是何等之福！

袁洪却也只是客气地道：“多谢女娲姐姐了。”

女娲道：“你既已修道，我还当送点东西给你才是。”

言罢，手一挥，便飞出一个雕龙画凤的火色金炉，递给袁洪道：“此乃金、木、水、火、土五行造物火炉，火中藏阴阳生死两门。生门炼，出至宝；死门炼，万物成灰。此宝威力奇大，若为对阵，杀伐无边，须慎用。你过来，我教你法诀吧！”

袁洪依言过去，将耳附于女娲嘴边。

女娲如此一番云云，袁洪便已心领神会。

“行了，我先去了，你好好保重吧。”女娲言罢，骑青鸾离开。

袁洪站在那里，看着青鸾飞远的身影，再无那种缺失般的念念不忘与回响，只有一丝淡淡的惆怅。

依稀还记得那年她离去时，整个鸿蒙都寂寞了，他的想念无边无际，突然找不到自己活着的意义。

而数万年后的一次相见，她对他说，不可再见，他清楚地听到心中碎裂的声音，成为这天地绝响，他以为那会是一道永远都无法愈合的伤口，每触及都会疼痛。

而终究，他感到释然，不起波澜。

曾以为多么刻骨铭心的东西，也终究会在时间里变得淡然、习惯。

或许，一颗心上只能念着一个人，而想念之人总会被另一个人替代。

他回过头看着白狐，整个身体里都是冰雪融化、春暖花开的声音。

金蝉子过来攀着他的肩膀，欣喜至极地道：“大石头，没想咱们又见面了，真好啊！”

袁洪也高兴地道：“是的，我以为你已被那通天道人害死了呢。我最近还在想，待我修道变强，有朝一日定要找到他，替你报仇，没想你竟投他门下，跟他修道了！”

金蝉子道：“我师父挺好的，他对这天地间鸟兽鱼虫都甚是爱惜，他当日说收我炼宝，其实只是为了从元始天尊师伯手下救我而已。带我回去后，便先替我疗伤，又问我是否愿随他修道，若不愿，他便放我走，我自然就答应了。”

袁洪道：“看来，这通天道人还真是不错。”

金蝉子道：“是的，我觉得他是全天下最好的老师了，对门人尽心传道，从无半点偏见。我截教门人，无论是飞禽走兽毛毛虫，或是花草树木一块石头，只要有灵根者，师父都悉心传道。这与那阐教大不相同，阐教中人，或是系出名门，或是天赋异禀，很讲究出身。出身差的，根源浅的，绝对入不了门！”

袁洪道：“想来也是，我看那元始天尊道人口口声声以正统自居，老气横秋之态尽显，只是徒有虚名之辈！”

金大升在那边喊道：“喂，猴哥，你与这位道兄久别重逢，先聊着，我去打点酒来，准备点吃的，咱边喝边聊吧！”

“好的，辛苦你了。”袁洪道。

于是，白狐、雉鸡和玉石琵琶精也都帮忙起来，去买酒的，收拾桌凳的，到山上找野果的。

一切准备妥当后，几人围坐在一起，高兴得不行。

其一，为袁洪与金蝉子好兄弟之间的生死重逢高兴；其二，为了这一场逢凶化吉而高兴。

自从打跑太乙真人后，袁洪和白狐都以为梅山在劫难逃，都已经做好了誓死捍卫梅山的准备，虽然热血沸腾，但终究难掩悲凉。

因为他们的实力，跟阐教相比，不过是以卵击石。

没想却有这等峰回路转，起死回生。

金大升粗犷的嗓子一吼，就让全体先干上一杯。

然后问起袁洪和金蝉子之间的往事。

袁洪便把当日情形说了，金大升当场竖起大拇指，佩服得五体投地，道：“金蝉大哥好样的，为朋友两肋插刀，真仗义，来，我单敬金蝉大哥一个！”

两人举杯，一饮而尽。

金蝉子突然想什么，问：“对了，大石头，你和女娲娘娘什么关系，她为何三番五次救你？当初为救你，竟不惜触怒老祖和整个神界，毁半圣修为。今日又为你出头，斥退天尊，得罪阐教，还送你至宝。”

金大升和白狐等也对这个问题充满好奇，都盯着袁洪，想知道答案。

袁洪却叹息道：“其实，我们是很早很早以前的朋友，只不过她悟性灵慧得道成了圣人，而我天性愚钝，落了平凡。”

金大升问：“很早很早是多早啊？”

袁洪道：“应该是还没有这天地的时候吧！”

金大升一下子惊叹道：“没有天地的时候是混沌或鸿蒙啊，猴哥你有大能造化啊！”

袁洪问：“什么是大能造化？”

金大升道：“就是说，但凡从混沌或之前出生的，都有这天地间大能慧根啊。”

“还有这种说法？”袁洪满脸不解之色，“可我也没觉得自己怎样啊。”

金大升道：“那只是时间问题，或还需些历练而已。譬如人皇伏羲，也是鸿蒙出来，几乎和娲皇同时得道，两人还拜了兄妹呢，但后来娲皇悟性高，先成圣，伏羲一直止步不前，直到降落人间，恩泽人族，做了数十年人间帝王，才在火云洞成圣。三皇五帝，俱是如此的啊！”

袁洪道：“你知道得真多，都是从哪里听说这些的？”

金大升笑：“猴哥你忘了，我以前可是住过龟兹国皇宫的，每天都能听帝师给公主讲故事。”

袁洪一笑：“故事而已，莫要当真。”

金蝉子道：“我倒觉得老牛说得对，我也听师尊讲过，但凡在开天辟地之前而生的，后来在这天地都多成大能，只不过有些会早悟道，有些会大器晚成。”

金大升道：“就是，别说是开天辟地之前出生的了，即便是开天辟地之后生得早的，那些人物也在天地间独当一面如雷贯耳，没人惹得起了。譬如蚩尤、刑天、祝融、共工、飞廉、九天玄女等，虽称不得圣，但绝对是叱咤风云如雷贯耳的存在啊！所以，猴哥你未来之成就，必会响彻天地名扬四海！”

雉鸡雀跃起来，道："这是不是说，咱们跟着猴子混，日后成神成圣，不过探囊取物般容易？"

玉石琵琶道："那还用说？没听见猴子喊女娲娘娘什么，喊的是女娲姐姐？这是什么辈分，也就意味着猴子未来是要成大圣的。猴子成大圣了，随便照顾我们一点，那成神简直小菜一碟，最起码也是成个大仙！"

"哈哈哈……"雉鸡已止不住咯咯笑起来，"想不到咱们这种小妖还能在这天地间遇到猴子这样的大靠山，以后就完全不怕人欺负了。"

玉石琵琶道："那还不是得感谢狐狸姐姐。"

白狐俏脸一红，道："感谢我什么？"

而心里却乐开了花，谁不希望自己喜欢的人可以成就辉煌光芒万丈呢？

大家说笑着，从斜阳西下，喝到月亮西沉。

一个通宵过去，金蝉子便起身告辞。

袁洪挽留他，但金蝉子执意要走，说："我也想兄弟长聚，但如今我是截教中人，通天教主对我恩重如山，我必须回碧游宫去修道。不过，以后若是梅山有事，直接到碧游宫找我，一句话，'刀山火海，万死不辞'。"

袁洪与金蝉子依依惜别。

金蝉子走后的梅山，再也不是从前的梅山了。

那个在普天之下如螃蟹般横着走路的哪吒以及杨戬，被梅山袁洪暴打，哪吒和杨戬搬出了阐教教主元始天尊，率十二金仙往梅山问罪，结果被女娲一言逼退。这个消息一下子就在天地间沸沸扬扬地传播开了。

一传袁洪英雄之名；二传梅山乃女娲显圣之地。

一下子就有很多的妖赶来梅山投奔袁洪，求梅山为安身立命之地。

袁洪本来是拒绝的，因为他在梅山只想抬头看看云卷云舒，低头见见白狐，他不想做这天地间的英雄，亦不想轰轰烈烈。可白狐对他说，外面的妖随时都可能被神欺负，他们既然来投，梅山如此之大，又是女娲娘娘显圣之地，当容得下他们。

金大升更有远见，说如今神道昌盛，阐教截教如日中天，道有一统天下之意。神妖之间迟早会有一条更清晰的界限出现，那时候，是神是妖，看的就不是本相，而是实力和背景了。

最终，袁洪决定，但凡天下之妖，慕名来投者，皆来者不拒。

一时之间，梅山之名天下传扬。

“梅山事件”之后，元始天尊带着阐教门人回了玉虚宫。

被通天教主怼、被女娲训，元始天尊心里的火气可想而知，他只觉圣人之面也蒙羞了，当即就把太乙真人和玉鼎真人大骂了一番，埋怨他们没有好好约束门人，害得整个阐教都丢脸了。

太乙真人和玉鼎真人都低头不言，他们心里很清楚，元始天尊受了这等气，心中必然有火，要冲他们发泄。

师尊，有一句话我不知当讲不当讲。

你这不是废话吗？当讲的就讲，不当讲的就不讲，你问我当讲不当讲，我都不知道你要讲什么，我怎么知道当讲不当讲，你修道修傻了？

弟子觉得这事错不在玉鼎和太乙两位师兄，也不怪杨戬和哪吒。

那怪谁？怪我？

我觉得怪通天师叔和女娲娘娘。

是吗？怪他们什么了？

申公豹

实话说，如今道门昌盛，大有天下一统之势，虽还未曾定局，但格局已成，神在上，妖在下。无论是杨戬抓白狐，还是哪吒想骑牛，皆理所当然之事，天下道者，皆如此，有骑虎的，有骑狮子的，岂能怪他俩？怪就只能怪那袁洪不自量力，要管闲事，女娲娘娘明明是神道之上，却偏袒于妖！

元始天尊

你以为你说的我不知道？然而又能怎样？女娲坐镇中皇山，不但是造物圣人，且背后还有火云洞三圣皇，更有至宝招妖幡在手，号令天下。单论圣力，也唯祖师一人可敌，你能与她对抗吗？

申公豹

何不找祖师出面呢？

元始天尊

论修为，你乃我阐教上仙之数，为何十二金仙却没有你呢？

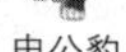
申公豹

弟子不知，还请师尊训示。

元始天尊

就因为你喜欢自以为是自作聪明，我还要你教我做事？

申公豹

我是一番好意。

元始天尊

嗯，你是好意。你羞辱我智商不如你，你能想到的我想不到。

申公豹

不是，师尊你误会了，我不是这个意思……

还在废话！我，阐教掌尊，天地圣人，我误会你？

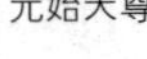

元始天尊

申公豹

师尊教训得是。

行了，都各自回去吧！

元始天尊

各门人立即告退。

只剩元始天尊一人了，他却也是心中气难平。

若他只是一个小神也就罢了，如今他可是天道圣人，面子何其金贵，却还被那女娲伤了脸面。要知道，辈分越是崇高，地位越是尊贵，被打了脸也就越是不堪！

毕竟，越往高处，越跟那些小角色大不一样。既不用担心吃饱穿暖，也不用担心身体疾病，更不用担心被人欺负，所唯一在意的，就是脸面！

然而，他又能怎样呢？他又斗不过女娲。鸿钧祖师也还在紫霄宫闭关之中。

只能把这口气忍着，再做打算。

然而，令元始天尊没有想到的是，事情会发展到令他越来越不爽的地步。

有一天，南极仙翁进洞，恭恭敬敬地道：“见过师尊。”

正打坐的元始天尊眼睛都不曾睁一下，只是问：“何事？”

南极仙翁道：“弟子去外走了一遭，听外面传梅山事件……”

元始天尊的眼一下子睁开，问：“如何传的？”

南极仙翁道：“说那梅山袁洪有女娲娘娘做靠山，打了师尊的脸，投梅山后，可不惧神仙，于是，引得很多妖投去那里，一时之间，梅山之名传万里……”

“岂有此理！”元始天尊瞬间暴怒，猛地站起来的身子又缓缓地坐了下去。

女娲已经把话说得很明白了，梅山乃是她显圣之地，谁再去梅山闹事，那便是与她过不去，如今祖师在紫霄宫闭关未出，他是绝不能与女娲撕破脸的。

然而，这口气他怎么也咽不下去。

想来想去，他终于想到了一个办法，便吩咐道："给我把杨戬和哪吒带来！"

"是。"南极仙翁虽然存有很大疑问，不知掌教师尊为何要叫那两个小辈来，但他知道，在师尊面前，说什么听什么，不要有那么多为什么。

老师的话就是真理，可以在讲道时问为什么，显得好学，给老师以滔滔不绝的讲解机会，但绝不能在老师下达命令的时候去问为什么。因为老师下达命令的时候，已经有了自己的主意。

南极仙翁除了一个"是"字，一个字都没有多说，便驾鹤而去。

盏茶功夫，南极仙翁便带了杨戬和哪吒来见元始天尊。

平日里趾高气昂、不可一世的哪吒和杨戬，此刻跪在元始天尊面前却瑟瑟发抖。

上次元始天尊帮他们出气不成，反而被女娲训了，元始天尊便把气撒在他们的师父身上，回去之后，师父又把气撒在他们身上，被各种责骂和警告。

他们本以为这事过去了，没想元始天尊又传唤他们。并且都没让他们的师父跟来，谁也想不到元始天尊这阐教掌尊会把他们怎么样，搞不好就可能废了他们，逐出阐教，那可真是一身修为，毁于一旦。

元始天尊先是示意南极仙翁退下，然后才盯着杨戬和哪吒，平静地道："把头抬起来！"

两人惶然地抬起头，看着元始天尊，抖得更厉害了。

元始天尊问："发什么抖？你们俩不是都很嚣张吗？一个自恃天赋，开了三眼神光，带着条狗满山打猎，又是狗咬，又是箭射，天下舍我其谁；一个仗着灵珠子转世，贵为神胎，为所欲为，射碧云童子，杀龙宫太子，锋芒毕露，无人敢惹！"

两人瑟瑟发抖地道："弟子已得师父教诲，正面壁思过，痛改前非！"

"改？"元始天尊道，"是得改，但可不是现在！"

两人一愣，一头雾水，不知元始天尊这话是何意。

元始天尊也不跟两人兜圈子了，直言道："我欲提拔你二人，能争口气吗？"

二人立马诚惶诚恐地道："若能得掌教师尊提拔，必定争气！"

元始天尊当即将手一挥，两个火红色的瓶子便飞向二人道："此乃天地玄黄丹，辅以修炼，悟性得法，仙人之功，信手拈来！"

"啊？"杨戬和哪吒一听，不由惊喜至极。

而更大的惊喜还在后面。

元始天尊又道："吾欲给你二人讲道十日，助你二人成仙成圣，能修到什么境界，就看你二人造化了！"

两人直接听愣了。

掌教师尊亲自为他们传道，助他们成仙成圣之道，这是什么个情况？

明明他们为阐教惹事了，以为是来受罚的，结果又是得仙丹，又是得这天大机缘听掌教师尊亲自传道。

在整个阐教三代弟子里，恐怕除了跟着南极仙翁住在玉虚宫的白鹤童子，还没谁有这个待遇的啊？

杨戬当时心里就在想：我自幼天赋异禀，比人多一眼，看事很准。不曾想，有些事情，就算我有三只眼也终是看不穿。

"怎么，你们不愿意？"元始天尊问。

"愿意！愿意！"两人都受宠若惊地回答。

于是，两人就留在了玉虚宫。

也不知元始天尊葫芦里卖的什么药，只能用心听这位天下仰慕的圣人讲道了。

乌飞兔走，十日一晃就过去了。

凭天地玄黄丹之力和元始天尊传道之功，杨戬悟出了八九玄功和法天象地，哪吒悟出了金刚不坏之身和三头六臂！

两人叩谢元始天尊大恩。

元始天尊道："你二人都各有天赋，所以悟出不同道法，只不过若想大成，还得勤修苦练才是。"

“谨遵掌教天尊教诲。”两人道。

元始天尊点点头，问：“你二人可知为何在阐教截教三代弟子中，我独与你二人讲道十日吗？”

两人对视一眼，摇头道：“弟子愚昧，还请掌教天尊示下？”

元始天尊道：“长久以来，道家传道天下，威加四海，阐教尤其兴盛，而梅山之事，你二人行为却让阐教蒙羞，沦为笑话，我要你们自己去把这个脸面找回来！”

杨戬想了一下，道：“可是，女娲娘娘已经发话，梅山乃她显圣之地，谁在梅山闹事，就是和她过不去啊。”

“那又怎样？”元始天尊问，“你们是阐教弟子，难道要听她的吗？”

两人面面相觑，不知元始天尊葫芦里卖的什么药。

元始天尊又道：“有些事越往上面越干系重大，所以，那日我不好与女娲翻脸，是为大局。但你们不一样，小辈中总有几个不懂事的、不听话的。纵是你们把袁洪打了，难道女娲敢杀了你们？”

哪吒道：“但师父已经狠狠地警告弟子了。”

杨戬道：“弟子师父也警告了，如果再惹事，便将弟子逐出门去！”

元始天尊道：“你们这智商真是堪忧，我已经把话说到这个份上了，你们还有什么不明白的吗？如今，事关阐教脸面，有什么事，我自会护着你们，你们的师父难道比我说话还管用吗？”

这下两人立马明白了，也吃下了定心丸，齐声道：“请掌教天尊放心，弟子知道怎么做了，我们必将那袁洪打得满地找牙，替阐教找回脸面！”

元始天尊道：“记住了，仅梅山一事我放任你二人去做，也是为了阐教脸面。其他事，你二人皆不可再犯，若犯，必严惩！”

“是。”两人掷地有声地应道。

元始天尊道：“去吧，不要与人说我与你二人讲道之事，梅山事了，好好悟道，待祖师出关，这天下将有大变，届时，或是一次千载难逢之机，能者方出头，看你二人造化了！”

杨戬和哪吒二人便谢恩离去。

元始天尊悠长地叹出一口气来，他步出玉虚宫，踏上麒麟崖，看着远方天际，火云如莲，心中也不禁冒出一个问号来，祖师出关，这天下格局可定吗？

他这阐教掌尊，又会遭遇什么样的命运变局？

虽已是圣人之辈，在这天地间也算是无所不知的大能存在，可他发现这世间仍有太多他无法参透的东西。

包括，他自己。

那么，祖师呢？又能吗？

杨戬和哪吒离开之后，又好好地交流了一番。

杨戬

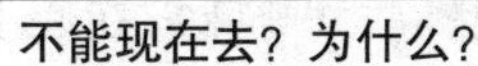

哪吒

你修的三头六臂和金刚不坏之身，境界如何了？

杨戬

才悟十日，虽然有天地玄黄丹，可也没法这么快的啊，我只是悟出了法门，还不能融会贯通，显出法力。三头六臂才修出两头四臂，金刚不坏只修得如铁皮！

哪吒

我所悟法天象地和八九玄功也是如此。法天象地才修出高百丈，八九玄功只能变出一半。

杨戬

那怎么办？

哪吒

杨戬

我觉得我们再借着天地玄黄丹修些日子，等境界提高法力增强些了，再商量个办法去梅山找那袁洪算账！

哪吒

嗯，你说得有理。那袁洪连我师父都打了，不是那么容易对付的，我们是得多提升提升后再从长计议。

杨戬

哪吒点头同意。

然后两人各自回家。

袁洪就没把杨戬和哪吒放在心上，他觉得女娲娘娘出面之后，元始天尊都无计可施，这事就算过去了。他每天还是会抽些时间陪白狐玩，去洵水河抑或更远的地方。另外，也会和金大升以及一些投来梅山的兄弟对月痛饮，玩得不亦乐乎。

当然，还有更重要的事，那就是修道。

袁洪本是鸿蒙灵石化形，得机缘与神秘道者论道，可谓道法精进，一日千里。

他与金大升及一群投靠梅山的妖一同修道，也去各名山大川寻得天材地宝，以助修炼。

只要提袁洪名头，名山洞主也好，神界门人也罢，无人敢招惹。

那些跟着袁洪的妖都说，要不是袁洪，别说在这些名山大川里找天材地宝了，单是走到这些地方都会被打死。

毕竟，天地间皆知，袁洪的靠山是女娲娘娘，所以，不管是哪家的神仙道长都不敢对他怎样。只要提及是梅山之妖，别人都得高看一眼。

在许多天材地宝的加持之下，梅山众妖修炼起来，也是如鱼得水，一日千里，金大升也借着在野牛山上找到的一株牛黄草和火龙石，合并在腹内修出一块牛黄来，有碗口大小，喷出来如火雷一般，可打得地动山摇，山岳洞穿。

金大升惊呼道："我现在终于知道为什么那些道门中人比我们更容易得道，修一年胜我们一百年了！"

袁洪问："为什么？"

金大升道："因为他们占尽了最好的名山大川，拥有最好的天材地宝，修炼起来自然一日千里，事半功倍了！他们借天地精华而修，我们是苦修，我们如何修得过他们，所以，强弱差距自然拉得越来越大啊！"

白狐道："这还用你说，这是傻子都知道的事，可你又能怎样呢？人家生来就比你强，你只能怪自己命不好！"

袁洪没说话，他的脑子里竟闪出这样一个念头来：

弱者，就要一直吃亏，一直被压着；强者，有事没事横着走。这世界不应该这样。

这世间，应该有公道。

也许，某天，他要改变这种不公。

光阴似箭，不觉许多日子过去。

袁洪的八九玄功已是更加精进，不但变化多端，且随心所欲，如行云流水；法天象地也修得千丈高了，威猛逼人。

就连他的定海神珍铁棒，也借女娲送给他的造物火炉修得更加强大。

那本来犹如锈铁般的棒子身上，竟隐约显出金光！

其棒身烈焰之强，也比从前更甚。

更甚至连铁棒都在造物火炉中修出了变化，可一根铁棒，变出好多根来！

而且，袁洪还发现了一件惊人之事。当他的道法增强之后，每当他在梅山顶上吹着紫螺想着白狐时，那不周山上方裂天之处如烈焰燃烧般的云团都会如暗流涌动，有风云裂变之势，像是在与他遥相呼应一般。

他知道，那些补天石，如同他手中神珍铁棒，有许多都曾是伴他鸿蒙成长如兄弟手足一般，在别人眼里，它们是没有生命的石头，但他们自己知道，他们有着永远都无法割舍的情感和默契。

而当他越强，与他们的感应也愈加明显而强烈。

哪怕相隔十万八千里，也仍心有灵犀。

“主人，看见那裂天之处了吗？我能听见兄弟们的呼喊，他们希望能回到主人身边。”搁放在巨石上的神珍铁棒颇觉惆怅地道。

袁洪道：“听见了又如何？”

神珍铁棒道：“那就让他们回归主人身边啊，只要主人一句话，他们便能立刻觉醒，无论刀山火海，他们也必护主人一世安全！”

袁洪却摇头道：“这……不可！”

“为何啊，主人？”神珍铁棒不解。

袁洪道：“当初，女娲娘娘为了救我，也为了救天下苍生，毁了半圣修为，炼了这补天石，才补好这窟窿，虽然我也想他们如同从前为我遮风挡雨，但我若召他们归来，便又会惹出这天地大患。”

神珍铁棒道：“可是，和我一样，他们的宿命只属于主人，他们也只想追随主人。”

袁洪道：“这世间并非是我们想怎样就能怎样的，即便圣人也有圣人的不自由！”

他又想起了那日女娲对他所言，心中惆怅，有如即将落下的夜幕，一点一点地覆盖在心里。

有些人，你或知道想念已没什么意义，但还是会在某个不经意之间，措手不及地想起。只因有过曾经，而曾经是那么刻骨。

第五章　瑶池金母，以退为进

梅山的深秋，也带着些许的凉意了。

萧萧的风吹过，梅花的花瓣三三两两地飘落，但整个梅山仍是一片花海。

那花不断飘零，却又不断盛开，众妖称奇，却不知是圣人箴言。

袁洪与一帮从方圆千里之内投来的妖一起修道、喝酒、畅谈人生理想。

新来的山羊妖杨显问："猴哥，你有什么梦想啊？"

袁洪想了想，竖起两根手指。

"这是什么梦想？"金大升看着那两根手指问。

袁洪道："就是两个的意思。"

杨显问："那猴哥你有两个什么梦想？"

金大升接话："别的我不知道，但我知道猴哥的第一个梦想肯定是娶狐狸！"

"算你还懂哥。"袁洪道。

"那第二个呢？"金大升问。

新投来的山狗妖戴礼自作聪明地道："猴哥肯定是想得道成仙！"

"废话！"金大升道，"猴哥连十二金仙的太乙真人都打跑了，还会八九玄功诸般变化，显然已经得道成仙了！"

戴礼道："那就是成圣吧，成为女娲娘娘那样的大圣人，我说得对吧，猴哥？"

袁洪摇头道："这天地浩瀚，虽圣人可主宰，然天地之外还有天地，有圣人之不及，修成再大的道，于道来说，都是渺小的。因为道本无穷，没人修得到尽头。所以，我只想有梅山这一方净土家园，秋毫无犯，永世平安，足矣！”

“野猴子，你想得挺美啊，你是在大白天做梦吧，就凭你也能守梅山一世平安？”突然就传来一个嘲讽的声音。

袁洪循声一望，便见身背银弹金弓、带着哮天犬的杨戬和踩着风火轮挎着乾坤圈的哪吒，正气势汹汹地按落云头，落在两棵树上。

“又是你们两个衰人？”袁洪眉头一皱，“怎么，是打还没挨够，又来找打吗？”

哪吒道：“看你这么狂，你真当自己悟出了点道就牛了？以为女娲娘娘罩着你就无法无天了？小爷就是要打你！”

“小孩，你是没读过书吗？”袁洪问，“你到我梅山找事，却说我无法无天？你修道都修成黑白颠倒了？你要明白，我的存在就是你的梦魇，识相的话，趁老子还没生气之前自己滚！”

“啊……”哪吒气得暴跳如雷，狂叫起来，“我受不了你这野猴子了，先打死你再说！”

话音刚落，哪吒便不由分说地紧握手中火尖枪，直接就向袁洪的咽喉刺去。

袁洪吼道：“棒子！”

神珍铁棒立马横空在手，迎着火尖枪就舞了上去。

金铁交鸣，铿锵声响，溅起一串火星。

哪吒被震得手臂发麻，身形不稳，一个空翻出去，才稳住了身子。

“早告诉你了，小孩，你不行的！”袁洪奚落道。

“你以为你蛮力比我大点就行了？看小爷用新道法收拾你！”哪吒说着，便大吼一声，“三头六臂！”

顷刻之间，本来小孩一般的哪吒，陡然之间身躯增高有数丈，并变化出三个脑袋六条手臂来，每条手臂之上拿着一样兵器，分别为斩妖剑、砍妖刀、缚妖索、降妖杵、绣球儿和火轮儿，看起来真是气势逼人、威风凛凛！

金大升及梅山众妖都被这气势吓得退了一退。

就他们的见识，还是第一次见这三头六臂的神通。

哪吒也因此得意洋洋，看着袁洪，摆出一副睥睨天下的气势，道："怎么样，野猴子，怕了吧？"

"怕？"袁洪冷冷一笑，"你也就这点能耐，拿点雕虫小技来显摆了！"

哪吒道："莫吹牛，莫酸我，你倒是把你的大神通拿出来显摆啊！"

"你想看，那就让你看看吧！"袁洪说着，腰身一躬，也吼一声，"三头六臂！"

顿时，袁洪的身躯也变得有数十丈，并且现出三个脑袋六条手臂，每条手臂都拿着一根粗大的铁棒，其气势，显然又压了哪吒一头！

哪吒脸色一变："想不到你这野猴子也能修出三头六臂来，可那又怎样，你六条手臂拿的都是铁棒，小爷我六条手臂，拿的是六件法宝，看小爷如何用三头六臂打哭你！"

哪吒便再不多话，一手使斩妖剑向袁洪刺去。

袁洪一挥铁棒，轻轻松松地挡开。

哪吒的斩妖刀又从头上劈到。

袁洪只将铁棒往上一横，刀劈在铁棒上，纹丝不动，只冒出几点火星。

哪吒又一鼓作气地将那缚妖索、降妖杵、绣球儿和火轮儿都向袁洪雨点般打来，然而袁洪六条手臂舞起铁棒来，滴水不漏，任哪吒如何猛攻，都如隔靴搔痒一般。

等哪吒急攻一阵后，开始泄气了，袁洪才猛吼一声："你打够了，换我来吧！"

袁洪立马变守为攻，将铁棒变得粗大如擎天之柱，疾风骤雨般地向哪吒打回去，一口气打出上千棒。

哪吒手忙脚乱一阵挡，终于还是挡不住袁洪神珍铁棒的锋芒，被一棒打中一条手臂，纵是金刚不坏之身，也吃不消这一棒，那手臂当即就耷拉下去。

三头六臂立马变回原形。

袁洪再一棒打向哪吒头部，但杨戬出手了，三尖两刃枪上前一挑，替哪吒硬生生地挡下了一击。

“哪吒，你先退下，让我来收拾他吧！”杨戬傲然出场，霸气而立。

哪吒虽心有不服，却也无奈，只是狠狠地瞪了袁洪一眼，道：“杨兄不必手下留情，给我打死这野猴子！否则，实难消我心头之恨！”

金大升走出来道：“猴哥，你打累了，先歇歇，让我来教训这狂徒吧！”

袁洪知道金大升练出来的牛黄厉害，但今日杨戬和哪吒必是有备而来，从哪吒练出三头六臂和多了法宝就知道，杨戬也必有新杀招，金大升恐是难敌，于是就道：“累是不可能的，就这种货色来千百个，我也都能打个落花流水，你们在旁边负责鼓掌就行！”

“狂，真是太狂了！”杨戬咬牙，那额头三眼里都映出一尺红光，可见其怒火之盛。

哪知袁洪却一脸轻狂道：“我有这狂的本事，你又能奈我何？看不惯我就干掉我啊，干不掉我，还废话那么多？”

“很好，那我就让你看看我是怎么干掉你的！”杨戬咬牙，三尖两刃枪向袁洪刺去。

袁洪用铁棒挡开。

两人各使招数你来我往，杨戬的三尖两刃枪虽然神奇，但袁洪的神珍铁棒乃是上古神兵，更是威猛莫测，只打得杨戬心惊肉跳。于是他又放出天眼神光来。

今日袁洪已远非当日，只将铁棒向神光一指，神光遇棒则消！

要知这铁棒可是鸿蒙玄铁石，被老子以八卦炉烧三昧真火而炼，后又被大禹用去荡平妖魔，治理水患，早成灵器，何况又在女娲送的造物火炉里获得修炼，比从前更坚更强许多，岂是杨戬的三眼神光可破！

杨戬见之前的绝技确实奈何不了袁洪，当即就使出他的杀手锏来，大吼一声：

“法——天——象——地！”

轰然一声爆响之间，整座梅山都跟着晃了晃，众人只见杨戬的身躯猛然之间拔地而起，变得千丈来高，那两只手举着三尖两刃神锋，似如华山顶上之峰，青脸獠牙，朱红头发，凶恶异常！

此时的梅山在他面前，也不过沧海一粟。

梅山众妖见状，俱被惊得如见巨魔，仓皇倒退。

唯袁洪站在那里，面不改色。

杨戬俯视脚下如蝼蚁般的袁洪，得意地大笑起来："那猴子，现在方知你的本事跟爷爷比起来，简直云泥之别了吧！"

哪吒也叫嚣："杨兄莫和他废话，赶紧踩死他！"

杨戬道："不用急，我法天象地千丈身，举手投足就千里之外，他跑不了。"

"牛吹完了吗？"袁洪道，"如果吹完了，我就让你见见世面开开眼界！"

杨戬冷笑道："不知死活的猴子，死到临头还在讲大话，来，用你的大棒子打我，看你还有能耐破我这法天象地！"

"这可是你说的！"袁洪当即一吼，"法天象地，三千丈！"

哗啦啦！

脚下一阵石头碎裂之声，地动山摇。

再看时，只见袁洪变得比杨戬更加高大，那头如泰山，腰如峻岭，眼如闪电，口似血盆，牙如剑戟。

手中一根烈焰神珍铁棒，直插入云霄之中。

而千丈法天象地的杨戬，不过只到袁洪的膝盖而已，他要看袁洪的面目时，只能仰起头来才能看到。

"姓杨的，我这法天象地比你如何啊？"袁洪满脸嘲讽之色。

"变得大有什么了不起啊，老子的法天象地才是正宗，看我破你！"杨戬恼羞成怒，不由分说地用手中三尖两刃枪向袁洪裆部刺去。

"你这小人，只适合偷鸡摸狗！"袁洪大吼一声，手中棒子往下直插杨戬的脑袋。

杨戬大惊。

若被袁洪棒子打中，他必将脑浆迸裂啊。

当即只好变招，以三尖两刃枪去挡铁棒。

铁棒重一万三千五百斤，又在袁洪的法天象地手中使出来，这一棒，力道胜过三山五岳之重。杨戬哪里接得住，直接被那一棒力道打得跌坐在地。

“一招都接不住，还出来吹牛皮！还是重新投胎去吧！”袁洪起棒，再次向杨戬挥去。

铁棒之上，火焰烈烈，如同一片火海，向杨戬笼罩而来。

杨戬大惊，什么也顾不得了，赶紧使出八九玄功来，化一股风遁走。

这边看得目瞪口呆的哪吒也赶紧脚底抹油，溜之大吉，生怕跑得慢了，被袁洪一棒打死。

一下子，整个梅山都安静了，仿佛什么都没发生过，只有身高三千丈的袁洪立在那里，宛如从混沌出世的魔神一般。

但那只是传说，很多人也只是从口口相传里知道，混沌初开时，有过一些魔神，高大如天地。然而，神魔大战，那些高大的魔神绝大多数都已经灰飞烟灭。剩下的便成了圣人，法相现时，身高与天齐，法相收时，平凡如蝼蚁。

袁洪见杨戬和哪吒都跑得没影了，便也收了法天象地，变回本身。

“猴哥，你……你居然修成了法天象地？”金大升都惊喜得有些结巴了。

“区区法天象地而已，我只用十日便修出了一千丈，一月便修出了三千丈，没什么大不了。”袁洪一脸的云淡风轻。

“不会吧，这么容易？”金大升满脸都是不相信的神色，“据说只要修出万丈法天象地，便可称圣。很多道中门人修几百几千年也未必能成，听猴哥你说来，一月就能修成？”

雉鸡道：“老牛你这是质疑猴哥吗？猴哥的本事大家可都亲眼见识到了，还用你质疑吗？”

“不，不是质疑，只是觉得不可思议。”金大升笑着道。

袁洪道：“道无穷，你觉得不可思议，只是你悟性不够，机缘未到，机缘到时，你便也觉得不过尔尔！”

“这……”金大升讪讪一笑，“猴哥你这有本事的人说话都不一样，就你修出来的这些神通，我只要修出一样来必欣喜若狂，在你看来却只是稀松平常，难道这就是天才和凡夫俗子的差距吗？”

杨显道：“重点不是这个，重点是猴哥这么厉害，什么时候教教我们啊！”

袁洪道：“我所知道的都已经跟你们讲了，但能悟出什么来，要看自己的造化了。在道面前，教不过指引，悟才是根本。所以，天下大道相同，但造化却各种各样。”

梅山众妖对这种深奥的东西也只是似懂非懂，却越是觉得袁洪厉害，对他无比的崇拜了。

而那边再次吃了败仗的杨戬和哪吒，只好无计可施地来到玉虚宫，求见元始天尊。

元始天尊看着垂头丧气进来的两人，问：“又在梅山吃亏了？”

杨戬道：“是的，我和哪吒借着掌教天尊的天地玄黄丹又修了许久法门，哪吒修出三头六臂，我修出法天象地一千丈，结果……”

“三头六臂和法天象地都没打得过那猴子？”元始天尊问。

杨戬道：“是的，不知为何，那猴子也会三头六臂和法天象地，而且他的法天象地修到了三千丈，我的法天象地变化只到他膝盖！”

元始天尊的眉毛动了一下。

这着实令他意外了。

上次他见过袁洪，看得出他的道行一般，厉害的也就是那根神珍铁棒而已，但单凭那神珍铁棒是打不过法天象地的。

“他居然也修成了三头六臂和法天象地，而且还是法天象地三千丈？”元始天尊也感到十分费解地自言自语。

他开始意识到有些什么不对。正常情况，要修成法天象地，至少得几千年道行，就算是他门下的十二金仙，修出法天象地者也不过两三人。他是为了让杨戬去报仇，才亲自传道之精髓，且以天地玄黄丹至宝相助，让杨戬修出法天象地一千丈来。

那袁洪凭什么能修出法天象地三千丈来？就算他是灵石得道，可这才得道多久？距补天算来，也不过数百年而已。

杨戬

掌教师尊，我们现在该怎么办？

回去，再好好修炼吧！

元始天尊

杨戬

啊？回去修……修炼？我……我觉得我要修到法天象地三千丈起码得三年啊，越到后面，修道越寸步难行。就算我修到三千丈了，那袁洪肯定又修得更强了，我们想要打赢他，还是难啊！

以你们现在的天赋，想靠修炼打赢他，确实不大可能，你们得再等机会，再想办法！

元始天尊

杨戬

再等机会？再想办法？弟子愚钝，掌教天尊能明示吗？

一切都还未定，等祖师出关再说吧！总之，若有机缘，我必提点你二人，你二人回去之后要潜心修炼，待来日堪当大用。时机成熟之时，好找那袁洪报一箭之仇，替我阐教挽回声誉！

元始天尊

杨戬和哪吒应声。

元始天尊又严厉叮嘱二人切不可再生事之后才让二人离去。

然后，禅座上的元始天尊陷入了沉思。

他将手往眼前一挥，演化天道。然而，天道却是一片莫测，忽而紫气大放，忽而浓云滚滚，又忽而星月明朗，再忽而风雷大作。

元始天尊收了天道演示，神情无比凝重。

“老师，此乃何象啊？”旁边的南极仙翁恭敬地问。

元始天尊微微叹息道：“此象，迷离，无解。”

“迷离？无解？”南极仙翁更觉奇怪了，“老师如今已是天道圣人，可窥天道后果前因，天道演示，怎会迷离无解呢？”

元始天尊道：“天道圣人又如何？纵是祖师大圣，演示天道，亦可能迷离无解！”

“这是为何？”南极仙翁问。

元始天尊道：“一是有比演示天道者更强大的力量存在，干预了天道演示；二是天道将进入无常，四宇八荒，将有巨变！”

“那老师以为，会是哪一种呢？”南极仙翁问。

元始天尊道：“或是其一，或两者都有吧。这紫气大放和星月明朗，预示着在未来有大能问世，大造化圣人恩泽苍生；而浓云滚滚风雷大作，则有天地凶犯之险，命数叵测！”

南极仙翁问：“神魔大战过去一万年了，难道魔会归来，开启又一场天地大战？”

元始天尊没再说话。

他心里已隐隐有所觉，却又不完全确定。

他能确定的是，他与玉虚宫至少已卷入其中了。

门人生事，十二金仙道心不稳，犯下神仙杀戒，必与此有关。

但，杀伐从何而来，还是未知。

也许，跟那个袁洪有关。

直至某天，元始天尊正在玉虚宫内坐禅悟道。

南极仙翁跑进来，躬身行礼道：“老师。”

元始天尊睁眼问：“有事吗？”

南极仙翁道：“有一事要禀报老师。”

元始天尊问：“何事？”

南极仙翁道：“弟子骑鹤飞过西昆仑时，发现那西昆仑上也和我们当日在玉京山下一样，建了三十三重天起来，光华璀璨，瑞气环绕，祥云笼罩。”

“有这等事？”元始天尊眉头一皱，“西昆仑也建了三十三重天？和咱们在玉京山建的一样？金母这是想干什么？”

南极仙翁道：“弟子去打听了下，据说金母建这三十三重天，称天庭，仿人间帝王宫廷之意，欲统管天界，让天下众神来朝拜！”

“什么？她要统管天界，让天下众神来朝拜？”元始天尊一时反应强烈，“她，凭什么？”

南极仙翁道：“这个，弟子就不知道了。”

而就在此时，白鹤童子又进来禀报：“掌教师尊，有西昆仑金母使者前来拜见。”

“金母使者？”元始天尊的神色暗了下，“带他进来吧。”

很快，一位赤首黑目的鸟跟随白鹤童子进来，对元始天尊行礼：“西昆仑金母使者大鵹拜见阐教掌教天尊。”

“有事吗？”因知金母仿照玉京山建了三十三重天，元始天尊的态度便极为冷淡。

大鵹道：“金母在西昆仑建了三十三重天，号天庭，欲成天下众神之宫，故设蟠桃盛宴请各路神仙圣人，还望天尊驾临。”

元始天尊极冷淡地道：“有点不巧了，我最近在悟大道，如在大海中，要破这迷津，方可出游，不知三日，能否悟道出来，到时再说吧！”

“西昆仑静候天尊。”大鵹行礼而去。

“真是岂有此理！”大鵹一走，元始天尊就怒了，“仿造玉京山建三十三重天不说，还堂而皇之要我去给她捧场，简直无耻！”

“那现在我们怎么办？”南极仙翁问，“要召集阐教门人声讨吗？”

“声讨？声讨什么啊？”元始天尊道，“那金母和木公兄妹，与我一般，也是盘古天王劈天地化万物时精血所化，俱是早早成圣，又坐镇西昆仑。在洪荒大战中，王母遣九天玄女助黄帝，败蚩尤，笼络了人心，而后三皇五帝成圣，彼此关系紧密。阐教之力，还撼不动西昆仑！”

“那现在怎么办？”南极仙翁问。

元始天尊想了想道：“我去玄都洞八景宫找你老子师伯，你也往碧游宫走一遭，请通天师叔一同往八景宫，咱们商议商议再说吧！”

南极仙翁应声，当即退出，前往碧游宫请通天教主。

而元始天尊则乘九龙沉香辇直往老子所住的大罗山玄都洞八景宫而去。

结果，老子说，金母三使者中的小鵹也来八景宫了，才刚走不久。

两人闲聊没两句，通天教主骑奎牛而至，说青鸟亦去碧游宫请了他。

元始天尊：那我们该怎么办？

通天教主：怎么办？当然是去啊，那金母好歹也是一方人物，举办蟠桃大会，好意邀请，岂有不去之理！

元始天尊：这只是举办蟠桃大会这么简单吗？她分明是醉翁之意不在酒，借蟠桃大会笼络人心，推出天庭，天下称尊！

通天教主：那又怎样？

元始天尊：师弟你是不是傻了？当初祖师让我们在玉京山建三十三重天，就是有推出天庭、天下称尊之意。如今金母此举，不但仿我们建三十三重天，还想称尊，我们岂能容忍？

通天教主：那你想怎样？

元始天尊：我们应该联起手来，阻止她的妄想得逞！

通天教主：大师兄的意思呢？

老子：我觉得，由她去吧。

元始天尊：师兄你这话什么意思？祖师如今闭关未出，这种事理当我们站出来要个公道，怎能不闻不问？

老子

玉京山下，确实有先建三十三重天，然而，祖师闭关前不是让我们拆了吗？我们都拆了，又岂能不让别人去做？其二，金母可是盘古天王之女，这天地间仅次于祖师和女娲娘娘的圣人，亦比我们先得道，她在这天地间还是有资格称尊的，至少，我们没有资格去反对她什么。

元始天尊

你也说了，她还次于祖师和女娲娘娘，她凭什么称尊？

老子

唉。师弟啊，平常祖师讲道，你悟性挺好的，怎么就转不过这弯来呢？你看这天下神仙圣人，有谁的实力和地位是一定对等的吗？女娲娘娘为了补天，损毁半圣修为，然而，她仍是大圣，和祖师同辈。

通天教主

就是，若西昆仑称尊，真有人不服，那也是女娲娘娘才有资格不服，还轮不到我们。

元始天尊

在我心里，祖师自鸿蒙出，继盘古天王之后成圣，化三千大道出世，恩泽众生，他才配为这天下之尊！

老子

祖师乃大圣，正往至圣之道上，若成至圣，便如盘古天王一般，无须任何言语，亦是这天下之尊，为四宇八荒众生所敬，他岂会在乎这事！

通天教主

就是，我们不必为这事操心了，天道自有天数，人家请我们吃蟠桃，有礼在先，我们若不去，怠慢在后，那是我们的不对。

老子

师弟说得极是，西昆仑和东昆仑，应该和睦相处，不能失了礼数。

元始天尊见两人都这么说，虽总觉得有哪里不对，却也说不上来，只能闷闷不乐地答应了。

三日后，西昆仑之巅。

瑶池圣境。

只见那四处祥云笼罩，瑞气千条，云蒸霞蔚，奇花异草，香味扑鼻。

瑶池碧波如镜，凌云钟乳如林。

盛宴之上，有千龙飞舞，万凤起歌。

貌美仙女来来往往，将琼浆玉露仙果摆放在仙桌之上，而最引人瞩目且异香扑鼻的，当数那紫红色大蟠桃。

传说金母的蟠桃园中有三千六百株蟠桃树，前面一千二百株，花果微小，三千年一熟，人吃了成仙得道；中间一千二百株，六千年一熟，人吃了霞举飞升，长生不老；后面一千二百株，紫纹细核，九千年一熟，人吃了与天地齐寿，日月同庚。

四周来往和立着的仙子看着那蟠桃，都忍不住眼中有光，嘴角生馋。

陆陆续续地有各大神金仙们到来。先到的神仙们见着后来的神仙，也会热情起身迎着，寒暄一番。

毕竟，能今日被金母请来这蟠桃大会的，俱是四宇八荒之中声名赫赫之辈，或从鸿蒙而出，修过大道；或战于洪荒，声名赫赫；或天赋异禀，开宗立门。

天下虽大，这个圈子却是不大的。所以，大家差不多都认识。

不过，名声越大修为越高，受到的欢迎程度越高。

老子、元始天尊和通天教主到来时，先到的仙人至少有三分之二都起身迎了过去，热情打招呼。

虽然，此时他们还只是小圣，但其师尊鸿钧道人却是这天地间屈指可数的大圣之辈，而且他们各传了人、阐、截三教，也算是开宗立门，更何况阐截两教门人众多，还有许多更是金仙或大罗金仙，封名山之主。

在很长一段时间以来，他们都被认为是三千大道的道门主流，受欢迎程度自是不用说。

相比之下，同样是小圣地位的人皇伏羲、神农和皇帝，都要逊色得多。

虽然三皇在人间治世，个个功绩卓著，可在神界之上，火云洞比起八景宫、碧游宫和玉虚宫来，还是要势单力薄一些，也没有那么大的声望。

直到后面出现的西昆仑主人金母，才引得全场起立，拱手相迎。

再后面到的女娲娘娘也是，全场起立，躬身相迎。

这两位，一位是盘古天王女儿，坐镇西昆仑，座下女仙过万，还遣九天玄女帮黄帝打败过巫神蚩尤，匡扶人间；一位是鸿蒙出来的大圣人，一手创造天下生灵，并有补天壮举，其功胜日月，仅次盘古天王。

这天下不管哪门神仙，也都或多或少地受过这二位的恩泽，所以，对这二位都发自内心的敬重。

有仙女把女娲娘娘带到仙席的最前排正中位置，与之对应的就是最前面的金母主位了。

女娲娘娘的座位一旁是老子、原始天尊和通天教主三兄弟；另一旁则是蓬莱仙岛上的木公，木公和金母虽同为盘古天王儿女，但相比之下，西昆仑名声却是要强盛许多。

豹尾虎齿人貌的金母在主位上坐下，然后对侍立身侧的九天玄女吩咐：“看一下，各位仙圣大神都到齐没有？”

九天玄女点头，便下去与各位座上的神仙圣人对名册。

一会儿，九天玄女报上来，宴请之客除了事先已知因故而不能到的神仙圣人，能到的都已到了。

“行了，既然所宴贵客皆到，我就说几句吧。”金母拉开了今天蟠桃大宴的序幕。

“想必各位仙家圣人也见识了我西昆仑三十三重天，这三十三重天称为天庭，我将这天庭建来，只有一个想法，便是那人间事秩序井然、纷争有断，而神界之上却如散沙、各自玩耍，少了些凝聚力。我建这天庭，居人间宫廷之上，维持神界秩序，总断神界及人间纷争，使这天有天道，神有神规。诸位都是鸿蒙以来这天地间的大贤，若大家有意，欢迎加入天庭之中，咱们一起来为这天地秩序出一分力。若自觉修道逍遥，不愿徒增烦恼，也不强求。总之，天庭初建，未来总有许多艰难，到时还望各位大贤多多关照。”

金母说罢举起玉樽：“我以琼浆玉露敬大家，先干为敬！”

这一番话，可谓绵里藏针，大方得体，进退有余。

说是为了天下秩序而建天庭，无可厚非，并诚挚邀请有心者加入进来。

其实大家都知道，天庭建立，金母已占尊位，后来者只能屈居其下，至于地位多低，还是个未知数。毕竟，西昆仑系能人众多，必会占着许多重要位置，那后来者，还能显赫？

而在场者无不是鸿蒙以来声名赫赫之辈，镇守一方，独当一面，谁能放得下脸面来别人手下做事？就算有愿来的，只怕也开不了那个口吧。

何况，多少年来，这些神界修道之辈皆无拘无束自由惯了，也不会愿意受那天庭规矩约束的。

但如此一来，天庭也算是通告了天下，并让这天地大能们做了见证，算名正言顺建立，成为以后这天地间的维持秩序之所。

元始天尊本还想找机会驳金母几句，可金母这话说得滴水不漏，无法反驳，谁若反驳，必有失体面和气度。

座上诸人，终是自己喝着自己的琼浆玉露，吃着嘴里的蟠桃，没有谁多说一句，顶多也只与身边好友说上一说。

金母在与大家共举杯之后，先走到女娲娘娘面前致敬，干一杯后，便说一句“女娲娘娘多关照”。后面再逐个敬上，客套往来。

整个蟠桃大宴，可谓祥云环绕，异香氤氲，一片祥和。

那一日大宴后，西昆仑金母，便改成王母，天下始称西王母。

元始天尊离了蟠桃宴后，心中耿耿于怀，就对老子和通天教主道：“这么久了，祖师还不出关，我们再去看看吧。”

老子和通天教主都知道元始天尊还是对西昆仑建天庭之事不服，却又无处着力，便指望鸿钧出关，再做定夺。两人也没反驳他，跟着他来了紫霄宫。

紫霄宫却还是和以前一样，宫门紧闭，四周静寂。

唯宫顶之上，一时紫气大放，一时混沌玄黄。一时洪流暗涌，一时雪落茫茫。

四周天地时有旋涡之像，如同轮回，周而往复。

老子、元始天尊和通天教主也都已是圣人之境，但谁也堪不破这其中天机玄妙。他们在紫霄宫前站了一会儿，又拜了一拜之后才离去。

第六章　纣王犯神，封神榜出

不知不觉，又一年过去。

到了帝乙三十年，天下大变之年终到来。

玉京山紫霄宫的宫门紧闭，从大夏到殷商，一眨眼便是流云匆匆几百年！

紫霄宫前，年复一年的树叶长了又落，落了又长。

紫霄宫下，那曾一派祥瑞的三十三重天，也在被拆后的破落中变得荒芜，草木疯长。

这一年的深秋，东起虎啸龙吟，西现百鸟悲鸣。有大小西方教主接引道人和准提道人，菩提树下悟莲花，紫气横贯三万里，往东而来，普度众生。

老子、元始天尊和通天教主又到紫霄宫来看。

“我忽觉有些不大对劲。”元始天尊看了看这玉京山紫霄宫圣地，“想当年四周龙飞凤舞，异象纷呈。为何如今却是一派萧瑟凋零，哪有圣地之象？就是那碧游宫、玉虚宫和大罗宫，也都比这里气势雄浑，祥瑞得多。这里，似乎已彻底沦为了寻常之地，荒芜之乡。”

通天教主也跟着道：“是的，我也觉得有些异常。”

老子道：“祖师可是大圣人，在证至圣之道，他的道术本就无常，岂可以常态论之。”

“莫非？”元始天尊的身子微微一颤，“莫非祖师已证了至圣之道，如盘古天王一般，以己身精元孕育出新的天地，因而紫霄宫从大圣之地轮回寻常？”

“胡说八道。”老子道，“盘古天王先成至圣之道，天地已成，万物已分，再成至圣者，只会行于大道上，永生不灭，永世无劫，岂会再化大道！”

通天教主也道：“就是，盘古天王当年证至圣之道，是为天下苍生，舍身而证，后世证圣道者，若无灭世天劫，则可永享此福，更上一层楼，岂用再舍身，祖师定然还无恙，我们之所见，不过是我们看不透之道！”

“此言不虚，这不过是尔等看不透之道！”突然，一道黄钟大吕悠远之声传来。

三人闻此音，如在虚空。那声音仿若在耳边，又仿佛在前，在后，在左，在右，在四方，无处不在。虚实不定，却又真切可闻。

三人张望时，那紫霄宫门终于呼啦一声打开了。

那些蛛网尘埃一下如风吹云散。

随即一阵玄黄光芒大放，映亮整座紫霄宫，映亮整座玉京山，映得老子、元始天尊和通天教主都睁不开眼！

慢慢地，那光华敛去了些，三人睁眼再看，便看见已出关来的鸿钧老祖被九九八十一尊道像拱手顶着，全身皆三千大道七色洪流环绕，头顶现一团混沌玄黄之气！

“师尊！”

三人一见，赶紧跪拜下去。

“起来吧。”鸿钧老祖淡淡地说了声。

三人遵命起身。

“师尊总算出关了，弟子每次来玉京山，见这荒凉景象，便心中忧思不断……”元始天尊激动不已。

“这景象荒凉吗？”鸿钧老祖问。

下一秒，只见他挥手之间，玄黄之光大放，瞬间将整个玉京山都改天换地，日新月异！

紫霄宫上，日月争辉；四周檐角，龙飞凤舞鹤鸣，祥云纷呈，异香氤氲。

“这下面，倒是有些破落。”鸿钧老祖手指玉京山下三十三重天，“像是被拆过，你们谁拆的？”

元始天尊道："是师尊命弟子们拆的啊！"

"我命你们拆的？"鸿钧老祖似完全没有印象，"有吗？"

元始天尊道："有的，师尊在闭关之前命弟子们拆掉的。"

"这三十三重天，乃掌管天下之地，拆掉岂不是暴殄天物！"鸿钧老祖说声，再将手一挥。

呼啦啦……

三人再次看傻眼。

只见得那被拆得只剩基石破败不堪的三十三重天，在一阵玄黄光芒大放之中，完全复原过来。

鸿钧老祖看看，又说："缺了点气势！"

手再一挥，又往上起了三十三重天！

而且气势更加雄伟，壮阔。

"这里，为天上宫廷，统镇四宇八荒，管辖神佛妖魔人三界六道之所，如何？"鸿钧老祖问。

"师尊的意思是，恢复之前的三十三重天，让这里天道称尊，在这里给天下立规矩？"元始天尊问。

鸿钧老祖道："就是这个意思。"

元始天尊道："师尊这想法固然是好，只是……"

"只是什么？"鸿钧老祖看着元始天尊问。

元始天尊道："那王母在西昆仑上也建了三十三重天，称天庭，总断天下纷争。"

"是吗？"鸿钧老祖问。

元始天尊道："是的，我和老子师兄通天师弟还被邀请去参加了西昆仑蟠桃盛会，亲听王母宣告。"

"王母？她也配天下称尊？"鸿钧老祖问。

元始天尊道："弟子也觉得她不配，只不过当时在场神仙，吃了蟠桃得了好，都没反对，弟子想反对，可又觉势单力薄。"

"没关系的。"鸿钧老祖道，"她可建天庭，总断天下事，却不知，我举手投足便可扭转乾坤。这天下，终归还是要凭实力说话！"

“师尊你的意思是？”元始天尊有些似懂非懂。

鸿钧老祖手一挥，三本玄黄色册子分别飞向老子、元始天尊和通天教主。

鸿钧老祖道：“七日后，我在玉京山举行天庭成立大会，按名单邀请各路神仙圣人前来！”

三人均没多话，应声而去。

一下子，四宇八荒都炸开了锅来。

王母才在西昆仑建三十三重天，立天庭不久，这鸿钧老祖又在玉京山建起三十三重天，再立天庭，这什么意思？

没人知道鸿钧老祖是什么意思，但很明显的是，这是和西王母对着干。

一个是盘古天王之女，一个是继盘古天王之后，最先得三千大道之圣，两人都是圣人之辈，彼此也曾道友相称、客气相处。如今，针锋相对，又会生出什么样的变数来？

连老子、元始天尊和通天教主也始料未及的是，那名册之上的邀请名单赫然也有着西王母的名字！不但有瑶池金母的名字，还有蓬莱仙岛木公之名，甚至有九天玄女。

三人你看看我，我看看你，不知道鸿钧老祖葫芦里卖的什么药。

“这，这怎么去请？”元始天尊一脸难色。

通天教主也道：“就是，这摆明了是对西王母的挑衅，还去请人家，很容易被人甩脸色啊！”

元始天尊道：“但师尊写了这名单，还得去请才行，要不，师弟你去吧！”

“我去？”通天教主问，“为什么是我去？”

元始天尊道：“我感觉你谈吐之间唇枪舌剑，万一对方甩脸色，你能应对！”

“我谈吐之间唇枪舌剑？”通天教主道，“我还感觉你与人交往巧舌如簧、能言善辩，你最合适呢！”

“又争起来了！”老子道，“多大点事，我去吧！”

老子

“大师兄就是大师兄，好人！”两人都竖起大拇指。

老子赶到西昆仑，见了西王母，行礼后客客气气地说了来意。

西王母的脸色阴晴不定，良久才问：“不知鸿钧道友再建一个天庭，意欲何为？”

老子微笑道：“这个，师尊之意，弟子无法揣测。师尊说，西昆仑蟠桃大会，王母有请玉京山和东昆仑，如今玉京山之事，理当请王母和西昆仑门人，还望王母大驾光临。”

这话客客气气的，说的是礼数，何况老子也只是鸿钧门人，只是一个传信者，西王母纵是心中不快，却也还是道：“行，到时我和西昆仑门人一定去玉京山拜访。”

老子作揖告辞而出。

七日后，玉京山。

比起那时西昆仑的蟠桃大会，声势浩大数倍。

除了各路大神大仙及圣人之外，鸿钧老祖的邀请名单里还有洪荒时代声名赫赫的大妖混沌、穷奇、饕餮和梼杌等。

还有阐教、截教及人教的二代弟子，比如阐教十二金仙、南极仙翁、云中子，截教五大圣母、多宝道人、金蝉子，人教大师兄玄都大法师等。

另外，中皇宫女娲娘娘，火云洞三圣皇这些也是少不了的。

可谓鸿蒙后数万年来，从未有过之盛会。

自然，鸿钧祖师坐了主位，老子、元始天尊和通天教主三人侍立在旁。

三人虽然也已是圣人身份，但在鸿钧老祖面前只是门人。

下方首位便是女娲娘娘、西王母、蓬莱仙岛木公、北冥鲲王、万岁狐王、陆压道人。

陆压道人虽修为远不能跟诸位圣人相比，但其辈分却很高，也是出自天地之前，鸿蒙得道，亦参加过神魔大战，只不过懒散了些，修道之路没什么建树。但鸿钧道人还是照顾了些他的颜面，让他坐了前排。

就算是火云洞三圣皇，人间五帝，也都坐在了他后面。

再往后则是大罗金仙级别的燃灯道人，金蝉子，南极仙翁，玄都大法师，多宝道人，九天玄女，白矖和腾蛇，应龙和四大凶兽等。

鸿钧老祖扫视一眼下方之后，开始讲话："今日邀请三山五岳九州各路道友前来玉京山，想必诸位道友也已略有耳闻，便是我在这玉京山下建了上三十三重天和下三十三重天，打算从今往后，在这里制定规则，总管三界、六道、阴阳，称天庭。诸位有什么想法吗？"

下面响起一些小声的议论，大概也有些话想说，但却不好驳了鸿钧颜面。

西王母不一样，这是明的和她对着干，又把话递到了嘴边，她自是不会放过这个机会，当下便说道："鸿钧道友都已经说得清清楚楚，要在这里制定规则，总管三界、六道和阴阳，称天庭了，想必已是筹划好一切，还来问大家有什么想法，是不是太敷衍了？"

"金母道友。"鸿钧老祖不慌不忙地道，"听说你在西昆仑也建了天庭，也是建好三十三重天之后，再请大家去，那也是敷衍吗？"

"能一样吗？"西王母道，"我西昆仑天庭只是一个为天下决断是非的地方，可不敢说要制定规则，总管三界六道阴阳，我们是为天下做事，而不是统治天下！"

鸿钧老祖道："所以我才在玉京山建一个真正的天庭，让这天地有其中枢之地，众神也可各司其职、永享尊贵！"

"哦？"西王母的眼神里露出几分轻蔑，"我倒想听听，鸿钧道友，你凭什么让这里成为天地中枢之地，让众神都各司其职、永享尊贵？"

鸿钧老祖道："问得好，你且听我细细道来！这天庭建立，为三界六道阴阳总管，制定大道规则，于众神有几大利处！其一，从今往后，神道之上，为四宇八荒不得冒犯之地，谁若冒犯，可以刑罚处之；其二，从今往后，三千大道修行者，论资排辈，论功行赏，可以让大家的名山洞府道场名正言顺受天下香火，受天下敬仰；其三，修道者皆知，道行之路，或靠天赋异禀之悟，或靠天材地宝之助。然有史以来，无论神仙妖魔人，皆看机缘而得之，当天地众生芸芸，三千大道之外，旁门左道丛生，严重影响正道气运。制定规则，名山大川天材地宝皆为神道所有，可利诸天神道。”

西王母道：“你说这么多，还不是为了让众神臣服于你？”

“当然不是。”鸿钧老祖顿了一下，“吾这天庭，有所管，有所不管。管的是妖、是魔、是人、是后来之神，不管的是得道圣人。只要是得道圣人，均可永享神界尊荣，可静悟《黄庭》，可逍遥四海，无拘无束，不在神规仙法管辖之列！而且未来的圣人，将不止苦修一途。”

“不止苦修一途？”西王母问，“还能如何？”

鸿钧老祖道：“可论功行赏，功劳大者，功德满者，哪怕道行不够，也可封圣！但无论是如何成圣，只要有了圣人的名头，便不受神规仙法约束，苍生都拜不可辱，天地广阔任遨游！”

“还可以这样？”

“好像很不错……”

“就是，那样的话成为圣人就容易多了……”

下面一下子议论纷纷起来。

西王母也看见了下面那些人暗自点头或偷偷议论，便道：“这话说得不错，但我有个关键的问题还想请问鸿钧道友。”

“请讲。”鸿钧老祖客客气气地道。

西王母道：“此玉京山天庭建立，谁做天帝，总断天下，是鸿钧道友你吗？”

只要鸿钧老祖一说是，他的用心就昭然若揭。

然而，鸿钧老祖却摇头道：“当然不是我，我乃大道圣人，要悟三千大道，哪管得了这天下纷扰凡尘俗事。”

这回答却是令西王母和在场的所有神仙圣人都意外了一下。

“你不坐，那谁坐？”西王母问。

鸿钧老祖道：“目前还没有定人选，但天帝一职，唯能者居之，到时候各位道友都可举荐合适之人，然后让大家一起来选！”

此言一出，下面又是一阵议论纷纷，没想鸿钧老祖忙活这大半天，竟没有专权之举，把最重要的天帝位置留给大家来选，这真的是大圣人了！

很多人都开始为了自己心里那一丝狭隘的猜想感到惭愧。

那些本来颇有异议的众神们，一下子也都全无异议了。

就连西王母也没法表示反对了，她又问：“那何时选天帝呢？”

鸿钧老祖想了想道：“还是七日之后吧，大家都好好想想，自己认识的，谁最适合胜任天帝一职，可以自荐，也可推荐别人。总之一句话，天帝一职，唯能者居之，必须服众，大家没意见吧？”

一下子，下面全都说没意见了。

鸿钧老祖比较满意地道：“那今天就议到此，待七日后，还在此地，定下天帝之位后，咱们再一起商议天庭如何去统率三界六道阴阳之事吧！”

顷刻之间，众神议论纷纷地散去。

鸿钧老祖让三教门人也都离去，只留下了老子、元始天尊和通天教主。

元始天尊又忍不住问：“师尊，您辛辛苦苦在玉京山建这天庭，为何您不做天帝，让大家来选？那不是替人做嫁衣吗？”

“替人做嫁衣？”鸿钧老祖反问。

元始天尊道：“如果让大家来选，万一选到别人了，那不就是吗？”

鸿钧老祖微微一笑，道：“吾乃大道圣人，吾决策之事，岂会有万一？”

元始天尊一愣，旋即明白了什么，问：“难道师尊已有安排？”

鸿钧老祖道：“尔等去吧，七日后便知了。”

三人心中虽还有诸多疑惑，但还是离开了。

七日后，众神再聚玉京山时，人间天下却发生了一件大事。

因商王帝乙驾崩，托孤于太师闻仲，立寿王为天子，名曰纣王，定都朝歌。文有太师闻仲，武有镇国武成王黄飞虎，还有丞相商容，王叔比干，以及微子、箕子等一班得力大臣，可谓文足以安邦，武足以定国。

一时间，万民乐业，风调雨顺，国泰民安，四夷拱手，八方宾服。有四路大诸侯，率领八百小诸侯，尽朝于商。

殷商此时，可谓盛世。

那纣王本也是一代帝才，文能写诗，且文采过人；武可征战，且有万夫不当之勇，只是有个缺点，就是喜欢美人。

殷商时信奉神灵，凡事都以占卜算卦问天意。

当时替殷商负责占卜算卦的大臣乃是纣王之叔比干，也是一代贤臣，他深知红颜祸水，桀王之乱，建酒池肉林，荒淫无度，暴虐无道。所以，他总是故意利用占卜问卦之举，给纣王选一些长得不怎么样的妃子去。

纣王一开始还蒙在鼓里，直到某天，他巡游到了冀州侯苏护家，看见了苏护小女儿苏妲己，只一眼便觉貌如天仙，胜过宫内三千佳丽。于是，纣王当即便要纳妃。

比干又借神明之意阻止，说纳妃之事，当问神明。

结果纣王当场就怒了，道："我乃一国之君，天下主宰，至高无上，我行事，岂要问神明！那神明为何物，可曾为我开疆拓土，可曾为我送过美女？只白白建了许多神庙，受我香火。那大夏也敬神明香火，为何却亡了，可见这人间事，自管自的，跟神明毫无干系！我明明爱美人，为何每次问神明，都选些歪瓜裂枣来，选不到苏妲己这等美人，可见那神明都看不透我所想，还算什么神明！从今往后，殷商国事，我断即可，不要再问神明！"

结果，正在玉京山选天帝的鸿钧老祖就将这一场景显现众神之前。

然后看着各路神仙圣人推荐的天帝人选问："此纣王亵渎神明，请问诸位该如何处理？"

有人说应该降天雷击罚纣王，有人说应该直接让他万箭穿心，也有人说他只是不信神而已，神应该大度宽容，不必为了一点小事生气。

鸿钧老祖看着剩下的一个风度翩翩的少年，问："你觉得呢？"

少年道："我觉得，杀与宽恕都不可。"

"哦？"鸿钧老祖问，"为何？"

少年答："神之前，凡人如蝼蚁，若神对凡人妄开杀戒，那以后小神一怒，便可毁了人间，所以，神不可轻杀凡人；至于大度宽容，也不可。毕竟，神在上，受凡间香火，为众生膜拜敬仰，不可冒犯，若冒犯，必惩戒，才无人敢效仿。"

“有道理，那你说该当如何？”鸿钧老祖问。

少年道：“前有夏桀毁于美色暴政，纣王既不信，就该让他重蹈覆辙，灭其殷商，再建新朝！”

“各位道友意下如何？”鸿钧老祖看了看众人问。

“我觉得不可！”黄帝站出来道。

鸿钧老祖问：“为何？”

黄帝道：“桀王暴政，气数尽，始有殷商，而殷商气数该有八百年，而天道定数，纣王也该是明君。自他接帝乙位以来，殷商也文昌武盛，国泰民安。所以，殷商不该至纣王绝，否则，就乱了天数。”

“天数？”鸿钧老祖道，“那还不是之前你们定的，既然如今要建天庭，立神界，那纣王触怒了神，这天下由神说了算，为何不可改他运势？既建天庭，立神界，便以神为尊，这天下谁生谁死谁享富贵，将由神说了算！而在座者，皆是神，这规矩是捍卫大家的利益！所以，我觉得这位小道友的处理合情合理，大家以为呢？”

下方众神也纷纷点头。

鸿钧老祖又道：“好吧，纣王之事先放一放，各位天帝人选，说说假如你们成为天帝之后该如何治理天庭吧！”

当下，各位天帝人选各抒己见，口若悬河地说起自己的想法来。

但下面皆是一片摇头。

最后，又轮到那位少年。

少年气定神闲，面向众神道：“我若成为天帝，首先要做的第一件事就是对支持天庭建立的各位神仙大能进行加封，若是金仙辈的，升为大罗金仙辈，若是大罗金仙辈的，升为小圣，小圣辈的升为半圣，半圣辈的升为大圣，大圣辈的升为至圣。

“其次，天庭将划出四宇八荒各级神位，介时天下封神，先由各位神仙大能执掌重要职位，若神仙大能爱自由，不愿操劳的，也可举荐门人任职，总之，既是神之天庭，以维护神之利益为重！

“再次，既然有对神仙大能的优赏，也必有对违反天条者的惩罚，所以，若人间上有三十三重天为神居，那地下就该建十八层鬼狱，如同人间牢狱一般，称地府，用以判决和惩罚三界六道中触犯天条之众，以彰显法度。”

少年说完后礼貌地向四周拱手：“请祖师和各位神仙大能指点。”

鸿钧微微点头。

下面也是一番交头接耳，但多是认可的声音。

“好吧，两项测试完了，现在在场诸位写上自己心中理想的天帝人选，咱们公平公正，以票多者胜出，也不偏袒谁。”

下面纷纷行动起来。

结果，一共五百多位神仙大能，投给二十位天帝人选，少年独占鳌头，得了三百多票，排名第二的是蓬莱仙岛的木公，有一百票，其余的几票几十票不等。

鸿钧老祖让元始天尊亮了结果出来，道：“看来，众望所归，今日便是这位昊天小道友当选为天庭之帝了。”

“等等，这不公平。”西王母突然喊。

“不公平？”鸿钧老祖问，“哪里不公平了？”

西王母道：“表面上看，一人一票，很公平。可问题是，这里五百多位道友，你阐教截教中就占了一半，你们支持谁，自然就谁胜出，这还用说吗？”

“此言差矣。”鸿钧老祖道，“你问问这位小道友什么来历，我阐教截教为何要他胜出？”

西王母就看着少年问：“我们只知你叫昊天，你跟大家说说你的来历吧。”

昊天点头，便开始说起自己的来历。

他乃鸿蒙开后先天神气，托梦而生为光严妙乐国太子，生时遍身毛孔放百亿光照，诸宫殿显百宝色，异香氤氲，瑞气纷呈。

为太子时，他散尽国中库藏财宝，以助穷乏困苦、鳏寡孤独、无所依靠、饥饿残疾的一切众生。老国王驾崩后，他便告敕大臣，卸下红尘，舍国赴普明香岩山修道，至今已历一千七百五十劫。

知天庭建立，恩泽众生，想他也曾治理光严妙乐国，受民众爱戴，故来应天帝之位。

“你是哪教门人？”西王母问。

昊天道：“我自山中悟道，没有师承，所悟之道，皆为自悟。”

“什么，你是自悟？”西王母也颇感意外，“这天地间，除非大圣人，自悟创道有建树，你一小辈自悟，能得何道？若道行不够，岂可坐镇天庭，贵为天帝，统御四方？！”

下面顿时也议论起来。

昊天却不慌不忙地道：“不知王母觉得要什么样的道行才行呢？”

西王母道：“很简单，我用造化玉碟放一物，你能看出是何物，便算你道行可胜任！”

“可以。”昊天微微颔首。

这一下，大家更是充满了好奇。

要知道这天地之间，西王母是仅次于鸿钧和女娲的圣人，论道行，至少也是半圣级别，而造化玉碟更是鸿蒙至宝，其中蕴含了三千大道，玄妙无穷，有见山不是山，见海不是海，见山如见海，见海如见山之奇。

就算是在场诸位神仙圣人，能看破造化玉蝶的，目前来说恐怕也只有鸿钧和女娲两人了。而昊天一个少年而已，他如何看得透西王母造化玉碟之玄机？

西王母暗自得意，觉得昊天肯定会当众出丑。

然而，她却失算了。

她在造化玉碟上放一蟠桃核，演化为蓬莱仙岛，仙鹤翩飞，神鹿往来，百凤成群，好一派神仙气象。

下面众神都看得惊叹连连。

“说吧，这上面为何物？”西王母得意地看着昊天问。

昊天微微一笑，道：“一蟠桃核而已。”

“什么，蟠桃核？”

“在开玩笑吧，这明明是蓬莱仙岛。”

下面众神议论纷纷。

但西王母却是脸色大变。

女娲微微皱眉。

鸿钧老祖的嘴角浮起了一丝笑意。

昊天上前，将手往造化玉碟上一挥，立马浮光掠影散去，果然现出一枚蟠桃核来。

西王母的脸黑得跟要打雷下雨的天空一样。

一时众神震惊，这意味着昊天的道行远在西王母之上，才能一眼破开西王母的幻象迷局。

可见，昊天的道行，已经高出在座众神，很可能和鸿钧及女娲一个级别了，也证明了昊天所说，他乃鸿蒙开后先天神气得道，历了一千七百五十劫，无有师承，自行悟道！

"怎么样，金母道友，你还有何疑问吗？"鸿钧老祖问。

西王母一脸惊疑地看着昊天道："怎么可能，如此大圣道行，为何却从未在这天地间听人提及？"

鸿钧老祖道："这天下修道者，有人霞举飞升，有人苦修历劫，就如那人间，有人显赫，有人大隐，也没什么好奇怪的。天地之大，总有无穷之妙。"

终于，再也没人有任何异议。

无论是从推选人气，还是从道行修为，昊天已都是不二人选。若非要说更合适的人选，恐怕就只有鸿钧和女娲了。

但鸿钧和女娲都是大道圣人，只想清净修道。

当下，就由玉京山主事人鸿钧老祖宣布，昊天为这天庭之帝，天庭正式建立，统御四方！

昊天也当众宣布，随后将制定天条细节，但遵鸿钧老祖所言，大罗金仙之上者，均有封地，且不在天条管束之列，只受自己修行劫数约束。

这一来，大能者被排除在天条限制之外，自然是格外支持天庭和昊天了。

昊天入住天庭，宣布择日封神，及论功行赏。

众神俱各自散去。

鸿钧老祖也带着老子、元始天尊和通天教主三人先回了紫霄宫。

老子实在忍不住好奇地问："师尊，这昊天是谁啊？为何修为如此之强，我们以前在这四宇八荒竟都未曾听过？”

元始天尊也道：“是啊，师尊辛辛苦苦建立的这天庭，为何却让一个我们都不认识的人来当了天帝？”

“让一个不认识的人来当天帝？”鸿钧老祖微微一笑，“你们还是悟性低了些，不过没关系，待封神时，可以封你们半圣，提你们一把，届时便可与那金母平起平坐了。”

“封神时，可封我们半圣？”元始天尊欣喜万分，“师尊，是真的吗？”

鸿钧老祖问：“你认为我会说假话吗？”

“师尊肯定不会说假话。”元始天尊道，“只是，不知那昊天怎么想？”

“不用管了。”鸿钧老祖道，“天庭建立，必定大肆封神，你们各自去遴选门下弟子，到时候封他们便是。对了，主要选你们门下三代弟子吧，天条规定，大罗金仙之上不受天条约束，你们门下二代弟子已是金仙，此番封神，俱各往上提一级，便也是大罗金仙，不必天庭任职，所以，天庭职位交给后辈们便可。”

通天教主道：“我怎么觉得，这天庭封神是师尊你说了算呢？”

鸿钧老祖道：“你可以这么认为，但不必说出来。”

这话一出，三人互望了一眼，开始明白点什么了。

元始天尊突然道：“师尊，我突然想起一件事来，觉得应该跟师尊说说。”

鸿钧老祖问：“何事？”

元始天尊当即便讲了因梅山袁洪打了杨戬、哪吒及太乙真人之事，他去帮忙讨公道，发现那袁洪乃是当初补天石所逃得道，女娲娘娘还公然出来挺他。

“有这种事？”鸿钧老祖眉头一皱。

元始天尊道：“千真万确，而且当初师弟截教下有个门人和袁洪旧识，也出来帮他，师弟还为了门人差点与我动手！”

“有这事吗？”鸿钧老祖把目光看向通天教主。

通天教主点头：“属实。”

鸿钧老祖问：“你到底是怎么想的，竟为了一只猴妖要与同门大动干戈？”

通天教主道："弟子并非为了猴妖，只是就事论事，觉得那猴妖没错，出来说句公道话而已！"

"你为何总是口口声声提公道？"鸿钧老祖问，"你当真以为这世上有公道？"

"师尊此话何意？难道没有？"通天教主问。

鸿钧老祖将手往山前一指，道："满山之石，有大有小；满山之树，有高有低；世间之人，有强有弱；天地万物，生来就不同，你告诉我，如何公道？"

通天教主一时语塞。

鸿钧老祖又道："生灵皆有命，而奎牛却只能被你骑，你又告诉我，何来公道？"

"这……"通天教主彻底无言以对。

鸿钧老祖道："记住了，日后天庭建立，公道只能是句口号，可以喊喊，但莫要当真，否则，便是毁了自己！"

"这又是为何呢？"通天教主一头雾水，"为何天庭建立，公道便不能当真了？"

鸿钧老祖叹道："看来，你这脑子始终只开六窍，总有一窍是不通的。"

通天教主虚心地道："还望师尊指点迷津。"

鸿钧老祖道："天庭封神，封的主要是道门之人，只要入了这天庭门，从此便九天之上，俯视众生，将拥有最高的荣誉、权威以及你们想要不死不灭高枕无忧的天材地宝。你若要讲公道，便下去做那众生，受尽剥夺、欺压、践踏！你若要为神为圣，便已丧失了公道，因为你得到的都比别人好。"

"弟子，似乎懂了。"通天教主道。

然而也在这一刻，他的心中升起一丝氤氲般的惆怅来。

一直以来，他都觉得自己是真的圣人，讲公道、收门人时，有教无类、一视同仁。没想到，这世上根本就没有真正的公道，他也没有自己想的那么好。

这世间洪流，浩浩荡荡，他只是其中一片落叶。

他改变不了什么，只能被改变。

他甚至都无法为了公道二字，放下这一身虚荣，沦为众生。

终究，他还是贪恋这世间不公道带来的恩泽。

离开紫霄宫后，老子见通天教主一直沉默，看出了他心里难受，道别元始天尊之后，就陪着通天教主走了一程。

老子劝通天教主："师弟你也别想多了，师尊是真没把我们当外人，才与我们讲了真道，有些道是讲给世人听的，有些道是讲给自己听的，讲给自己听的道，才是真道。"

"我知道。"通天教主道，"我只是突然觉得，这世间不大理想，有些惆怅。"

"其实，也没什么惆怅的。"老子道，"无论是天地之前，还是天地之后，这天地何曾理想过呢？理想，本就是虚无的东西。"

通天教主道："可你知道，我一直觉得自己是圣人，信奉公道，哪知今日才知，这世间没有公道……"

老子道："那有什么关系呢？虽然这世间没有公道，但至少有悲悯，我们可以对众生悲悯……"

通天教主点头，也许只能这样了。

数日后，昊天召集众神，问惩罚纣王亵渎神明之事。

鸿钧老祖道："我游历天下，知西伯侯姬昌信奉神明，凡事卜卦，且擅演八卦先天之数，可使他反殷商，取而代之！"

伏羲和黄帝等还是认为，殷商气数八百年，还有几百年，不能因纣王此举便灭了殷商。但昊天认为，鸿钧祖师说的对，不管之前殷商气数多少年，如今天庭乃天道，天庭说了算，纣王辱神，殷商必灭，以示惩戒。

女娲道："即便纣王有罪，可降罪于他，又岂能令那姬昌反他，战事一起，改朝换代，必生灵涂炭，岂是天道所为！"

鸿钧老祖道："世间事难两全，若顾了天上，又岂能再顾人间？"

女娲道："你说得轻巧，须知那天下众生，皆是我子民，我岂忍看他们生灵涂炭？！"

鸿钧老祖微微一笑，道："女娲娘娘你说得如此大义凛然，须知那丛林之中，人烟之地，每日都有你的子民或困或苦，或灾或难，你为大道圣人，又可曾见你让天下太平、人间美满？你还不是只能在中皇山修自己的道，成自己的圣？所以，不要太把圣人当圣人了，很多时候，圣人其实也不圆满。”

女娲不言。

她早知道，圣人有圣人的难处。

昊天道：“老祖言之有理，老祖紫霄宫下门人众多，此事就由老祖帮忙代劳处理，替天庭分忧，如何？”

鸿钧老祖道：“玉京山紫霄宫愿为天庭出一分力。”

“对了，还有封神之事。”昊天道，“也烦老祖帮忙代劳吧。”

“这不大好吧。”鸿钧老祖客套道。

昊天道：“老祖为天庭建立呕心沥血，且无论道行修为，还是论资排辈，这天地间都是先贤，老祖代天庭封神，是孤之意，也定是众望所归，有何不好？”

鸿钧老祖还是一副盛情难却的样子，正要接下封神任务，却出现了反对的声音。

“我反对！”西王母立马站出来。

“王母，你有什么意见？”昊天问。

西王母道：“让鸿钧封神，他肯定只封他的门人，岂止我有意见，大家都有意见吧！”

鸿钧老祖道：“你为盘古天王遗血，坐镇昆仑，早早成圣，你应封为女仙之首，不受天条所缚，西昆仑亦为你永封之地，你为何会有意见？”

“这……”西王母一下子愣住了，没想鸿钧老祖是这么想的，马上就很不好意思地道，“我觉得鸿钧道友所言，合情合理。”

“自然不能少了女娲娘娘。”鸿钧老祖道，“女娲娘娘不但造出苍生，且有补天之功，可封创世圣人，大地之母，中皇山亦为娘娘永封之地，受万民敬仰，众神膜拜。”

女娲微微颔首：“虽然受之有愧，但亦不好反驳。”

接着，鸿钧老祖便一路封神下去，为各路大仙圣人封了响亮名头和名山道场。

这一下，大家都没意见了。

“好了。”鸿钧老祖继续道，“各位先贤都已受封，但天庭还需要做事的，这得后辈来做。我将制定封神榜，只要在伐纣卫神战中建有功绩，便可榜上有名。大家可让门人去建功立业，继而得以封神！”

大家因为都得了封赏，对鸿钧老祖所言便没有了意见。

出了天庭大殿。

元始天尊：弟子有一事不解，想请教师尊。

鸿钧老祖：何事？

元始天尊：那西王母显然对师尊不满，且有敌对之意，为何师尊还封她女仙之首？尤其是女娲，明明帮了袁洪与我门人作对，师尊还封她为大地之母、创世圣人，这是为何？

鸿钧老祖：你终究还是肤浅了。

元始天尊：在师尊面前，弟子肯定是肤浅的，还请师尊指点迷津。

鸿钧老祖：首先，无论是西王母，还是女娲，她们的封号都实至名归，人家确实有这资格，若不这么封她们，打死都不会服气；其次，那都只是些虚名而已，管不着天庭和天下事，真正管事的是将要出世的封神榜所封的天下正神。若不先稳了她们的心，这后面的封神就寸步难行。若是西王母和女娲联手起来反对，这天庭还能让我说话吗？

元始天尊

原来师尊用的是以退为进之计，高啊！

所谓道者，若要谋事，绝不可先树敌。若要人服之，则先以利之。那人间还有俗话，吃人嘴软，拿人手短，圣人之辈岂可比凡人还不知变通？

鸿钧老祖

元始天尊

师尊所言极是，弟子受教了，只是想到袁洪打我门人，女娲护那袁洪，如今还受封，弟子心里总有些不快。

急什么。接下来有那女娲和袁洪好受的！

鸿钧老祖

元始天尊

是吗？师尊有什么高招吗？

这个你就别问了吧，你三人自回去安排门人，助那西伯侯反商纣，到时候封神自有功名！

鸿钧老祖

通天教主

咦，有点不对，师尊。

什么不对了？

鸿钧老祖

通天教主

弟子才想起，截教门下有多位弟子，皆在殷商效力，且身居要职，若让西伯侯反商纣，不是要灭我截教弟子吗？

这有什么要紧？届时，封神战起，你让你门人临阵反戈即可。再说了，封神榜在我手，我封谁为神，谁就为神，我言谁有功，谁便有功！

鸿钧老祖

三人都愣住了。

“唉，你们是真……有点……”鸿钧老祖问，“你们可知我为何要让西伯侯反商纣，借此封神吗？”

三人均摇头。

鸿钧老祖道：“果然是什么都不知道，还不是为了你们！”

“为了我们？”元始天尊问，“师尊此话怎讲？”

鸿钧老祖道：“你阐教门人道心不稳，犯了神仙杀戒，你自己不明白吗？”

“是啊。”元始天尊猛然想起来，“我还正为这事发愁呢，我阐教之中不只是三代弟子，就连十二金仙也全都犯了，若渡不过这神仙杀戒，一生修行毁于一旦啊！”

鸿钧老祖道：“所以，我要姬昌反商纣，并非为惩罚纣王亵渎神明，若为惩罚他，有千百种方式，不至于如此。最主要的就是帮尔等门人渡这神仙杀戒，完成了神仙杀戒，再论功行赏封神，一举两得！”

“高，果真是高！”元始天尊简直佩服得五体投地，“没想师尊走的这一步棋是为帮我门人渡过神仙杀戒，我还在想，让姬昌反商纣跟封神有什么关系，完全多此一举。没想，师尊的用意在这里，真是高明！”

鸿钧老祖道：“要不然让神仙跟神仙打来完成神仙杀戒？所以，纵然生灵涂炭，也只能牺牲凡人了。”

通天教主也道：“师尊这招果然厉害，神仙下棋积功德，却以众生生死为棋子！”

老子、元始天尊和通天教主三人均心服口服，自愧不如。

然而，却又均在心里冒出过一个问号。

这样真的好吗？

他们心里都知道，这非君子所为，更非圣人所为，但又能怎样呢？这并不影响众生对神的膜拜，也不影响圣人之名。

因为凡人看不破圣人之局、神仙之棋。

天庭初建，威加四海。

中皇山上，仙云缥缈，祥云环绕，又是一个云淡风轻的日子。

刚受封为大地之母，创世圣人的女娲正在龙凤池沐浴。

美妙的身躯，或如蛟龙出海，或似彩凤飞升。

龙凤池中，碧水起风云，有瑞气呈祥，也有雷霆万钧。

腾蛇在外禀报，紫霄宫大圣人鸿钧老祖来访。

女娲起身，迎出宫外，见鸿钧老祖立于山崖之前，眺望远处。老子，元始天尊和通天教主皆在其后，便上前打招呼。

鸿钧老祖转过身来，堆起一脸的笑，客客气气地喊了声："娲圣。"

女娲亦带着笑意道："鸿钧道友驾临中皇山，不知有何指教？"

鸿钧老祖道："有点小事，需娲圣帮忙。"

女娲道："鸿钧道友客气了，有什么用得着我的地方，吩咐一声便是。"

鸿钧老祖道："那就不跟娲圣兜圈子了，娲圣手里有招妖幡，希望娲圣能找一女妖去那纣王宫。"

"找一女妖去纣王宫？"女娲不解，"为何？"

鸿钧老祖道："天帝让姬昌反商，惩罚纣王亵渎神明之罪。所以，找个女妖去纣王宫，迷惑他，不久，他便如那桀王一般，姬昌也师出有名了！"

"这……"女娲面有难色，"妖多生于人迹罕至的密林之中，少与凡人为伍，怎好去王宫之内迷惑君王，且这影响修道，会遇雷劫。"

"娲圣此言差矣！"鸿钧老祖道，"妖多妩媚变化，擅长此事，至于影响修道，会遇雷劫之事，如今天道在我手，雷劫自天出，给她免了就是。若让谁去，便封其为神，必不是难事。"

"那我慢慢物色物色吧。"女娲有些勉为其难地道。

她觉得，这毕竟非圣贤所为，不能如此。

鸿钧老祖却道："娲圣不必物色了，慢慢物色则误事，我倒是帮娲圣想了一妖，此妖去，必马到成功！"

女娲问："谁啊？"

鸿钧老祖道："我听说轩辕坟内有一白狐，修出人形，貌若天仙，去助纣为虐，再合适不过了。"

"轩辕坟白狐？"女娲大感意外，不由多看了元始天尊一眼，那一瞬间似隐隐地明白了些什么，不过还是拒绝道，"她？不行！"

“为何？”鸿钧老祖问。

女娲不好说白狐与袁洪之间已有亲密关系，只是道：“那白狐生性单纯善良，而且未曾出世，不适合去王宫之地魅惑君王！”

“哈哈哈……”鸿钧老祖忍不住笑了起来，“娲圣多虑了，这个天地生来，谁不曾单纯过，可最后都会成长蜕变。此一时彼一时也，她只要去了那宫廷莺歌燕舞尔虞我诈之地，她自然就不单纯了。”

女娲道：“她不行，我再想想有没有其他人选吧。”

鸿钧老祖道：“天道所指，必她前去。”

“天道所指？”女娲问，“为何我未见天道所指？”

鸿钧老祖道：“那是因为如今的天道和曾经的天道不一样了！曾经的天道在顺其自然，圣人可见；如今的天道，在我心里，除我之外，皆不可见！”

女娲看着鸿钧老祖，眼神对视之中，她看见了鸿钧老祖眼中从未有过的狂傲以及如夜幕覆盖的色彩。她似乎意识到了些什么。

“若我不这么做呢？”女娲还是有着一代圣人的坚持和倔强。

“不这么做，便是违反天道！”鸿钧老祖说话之间，身子便陡地腾空而起，身下九九八十一尊道像拱手顶着，全身皆三千大道七色洪流环绕，头顶现一团混沌玄黄之气。

整个天地都霎时一抖，隐含风雷爆裂之势。

中皇山上顷刻之间笼罩在墨色云团之中，墨色云团化为千条黑龙，龇牙咧嘴，欲将中皇山吞噬。

鸿钧老祖道：“你也是圣人，当知天道之下，众生皆蝼蚁，不可抗拒！”

那一瞬，女娲确定了自己的猜想。她心中了然，今日的鸿钧，已不是那时的鸿钧了。但她仍未说话，她虽知不是鸿钧对手，可她心有不甘，不愿就此屈服。

鸿钧老祖又道：“有一点我要提醒你一下，天庭之后，这天地生灵会逐渐地分出尊卑贵贱来，神道在上，凡尘在下，而妖魔为异类，早晚会被清除。在界限划定之前，能入神道的，是最后的机缘！”

“荒谬！”女娲道，“妖在深山自行修行，不为祸人间，岂能与那邪魔并论？”

鸿钧老祖道："这天下，凡人于神，只有信奉，没有威胁。唯有妖，也吞天材地宝，也修行修道，与神争天下。既然神统天下，享有神权，便不能让妖与神一般公平享有这天地恩泽。如果妖没错，没罪，又如何剥夺他们与神争锋的权利呢？所以，未来的妖，必须被魔化，神界会昭告天下，妖是吃人的，妖是为恶的、有罪的，人人得而诛之的。如此一来，妖便丧失了与神争天地的资格，神还可名正言顺地猎妖，并获得凡人膜拜感激。这是封神之后，天庭的新天条，你该明白何为大道，何为洪流，该何去何从了吧！"

女娲怒道："原来，你早就谋划好了一切，那昊天也是你的棋子吧！"

鸿钧老祖冷冷地道："我从不干涉别人怎么想，我现在只要你的一个答案。"

"行，我可以让白狐去纣王宫，但我有个条件。"女娲终于松口。

鸿钧老祖道："请讲。"

女娲道："封神榜上，得有袁洪的名字！"

鸿钧老祖很爽快地答道："可以，届时你让他加入伐纣大军立功，我封他神位便是。"

女娲点点头。

"那我就不打扰娲圣了。"

鸿钧老祖说着，收了道像，与三大弟子离开。

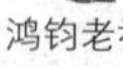

杀人不如诛心啊！你杀了那袁洪又如何，这天地视若无睹，可你让他活着，活在你的掌控之下，每日供你使唤，岂不更快乐？而且我应那女娲封神，却又没应她要封什么神。我今日应了，日后不封又如何？而且你真当以为封神就是成就神道，得一世荣华富贵？

鸿钧老祖

元始天尊

难道不是？

待封神榜出，你自会明白的！

鸿钧老祖

元始天尊

哦。

师尊，我怎么觉得你如今讲的道与从前大相径庭？

通天教主

鸿钧老祖

这有什么稀奇，道本来就千变万化，只不过此道非彼道而已，但此道却是真道、大道！

通天教主

老子和元始天尊也似懂非懂，也都觉得眼前的师尊比从前更神幻莫测了，难道这就是大圣之上的至圣？

但他们又隐隐觉得不是这么回事。

第七章　天道有变，白狐受命

中皇山女娲宫前。

女娲在那里站了良久。

白矖终是忍无可忍地道：“娘娘，这个鸿钧真是太过分了，全无圣人风范，您怎么能对他听之任之呢？”

腾蛇也道：“是的，我也觉得，他玩的全是手段，一点也不像圣人所为。他已经完全丧失了圣人的谦卑，仅有的一点谦卑，也都是装出来的！”

女娲转过身来，看着两人，道：“这就是为什么我要答应他的原因。”

两人一愣。

白矖问：“娘娘此话怎讲？”

女娲道：“若他还是当初的鸿钧，我们论道，凡事可以商量，一切都不会变得更坏。正因为他不是当初的那个圣人，他信奉的只有手段了，若我与他对抗，后果不堪设想。我虽仍有大圣人的身份，但法力修为已只有了半圣。而鸿钧说他已成至圣之道，我观之，虽未成，但已在大圣之上了。我倒不惧怕失败，可圣人之战，必苍生蒙难，他已全然不在乎了，而我却不能不在乎……”

那一瞬，白矖和腾蛇似乎明白了女娲的良苦用心。

凶狠的人从来不计手段，而善良的人却处处受到掣肘。

“难道就让他这么为所欲为吗？”白矖心有不甘。

腾蛇也道：“是啊，若娘娘都非其敌，那还有谁可制得了他，就只能对他这么听之任之了吗？”

女娲道："天有暗时，天亦有亮时，看机缘吧。"

说罢，她祭出了招妖幡，默念法诀。

一道圣光降临在轩辕坟外，现出圣人虚影，有黄钟大吕之声传来："轩辕坟白狐，火速到中皇山听旨！"

白狐全然不知，此一道招妖旨，将彻底颠覆她的命运。

雉鸡和玉石琵琶还都满怀羡慕地道："狐狸姐姐，女娲娘娘亲自召见你，你要发达了啊！"

"发什么达！"白狐笑嘻嘻地道，"娘娘可能就是使唤一下我而已！"

雉鸡道："能得娘娘使唤，那也是莫大的机缘和幸运啊！"

玉石琵琶也道："就是，娘娘为什么不使唤我们，那肯定是有心提拔你。"

"哦，我知道是为什么了。"雉鸡好像突然想起什么似的。

"为什么？"白狐问。

雉鸡道："因为你跟猴哥的关系，而猴哥跟娘娘又有关系，所以，娘娘肯定是看猴哥的面子关照你！"

"对对对，肯定是这样。"玉石琵琶也道，"娘娘肯定是要收姐姐去中皇山修道了，姐姐要平步青云飞黄腾达了！"

雉鸡道："姐姐，苟富贵，勿相忘啊！"

白狐真是开心得合不拢嘴："放心吧，我们是姐妹，若我真有好事，定不会忘了姐妹的！"

当下，白狐化为一道光，火速赶往中皇山面见女娲。

女娲宫前，腾蛇将白狐带入宫内。

女娲让白矖和腾蛇都回避了，并使出圣人隐迹之法，使外界不闻宫内之音。

"拜见娘娘。"白狐跪地道。

女娲看着美丽而单纯的白狐，轻叹一声："起来吧。"

"谢娘娘。"白狐站起身来，"娘娘召见，不知有何事吩咐？"

女娲很为难，犹豫了一下，还是直言了去朝歌之事。

她知道，箭在弦上，不得不发，这事虽非圣人所为，却也无回旋余地。

“这……”白狐听罢，一下子震惊当场。

她无论如何也没想到是这样的事。

“这……这怎么行呢？娘娘，祸乱宫廷，乃失德之事，会有损道心的！”白狐委婉地拒绝了。

虽然她知道圣人之令不能拒绝，否则有物极必反之灾，可她必须拒绝。因为她的心已属梅山上那只猴子，绝不会再给其他人了，更不会去做这种失德羞耻之事。

女娲道：“没什么要紧的，天庭已建，天道有归，如今你去纣王宫，是行天道。若是你自己做这种事，确损道心，会降雷劫；可若天庭遣你，非但不罚，还有奖赏。事成后，天庭会论功行赏，让你成神得道。”

“不，这绝对不行，我……我做不来这样的事。”白狐还是拒绝。

“为何？”女娲问。

白狐嗫嚅地道：“因为，因为……”

“因为梅山上的那只猴子吗？”女娲问。

“嗯，是的。”既然女娲说到这里了，白狐便也承认道，“我已答应，未来要与猴子做神仙眷侣，此心属他，此生此世，生死不离。无论斗转星移，荣华富贵，我绝不弃他而去！”

“不，你必须弃他而去！”女娲也坚定地道。

“为……为何？”白狐吃惊地问。

女娲道：“天庭建立，统御四方之后，日后这天地生灵成神，已不是修为够不够的问题，而是得天庭说了算。就算你有万年修为，堪比圣人，天庭不开门，你就永为妖！所以，未来的神将不再是修出来的，而是封出来的！而且未来的妖已不只是说起来出身卑微低贱、随波浮沉，而是将被魔化，为神道所猎，生之惶惶也！”

“啊？怎么会，会这样？”白狐颤声道。

女娲道：“天道已变，这是大势，已成定局。未来唯一的成神之路，便是受封天庭！”

“不！”白狐还是坚定拒绝，“我纵永世为妖，永不成神，也绝不背叛猴子、出卖自己。我愿在这天地与他一起随波浮沉，不求富贵，不求永恒，只求与他在一起就好！”

女娲的圣人之心也不禁颤了颤，但还是道：“若我告诉你，你此去纣王宫，不只是为了你的封神，而是为了救下猴子、成就于他呢？”

“救下猴子，成就于他？”白狐一脸茫然，“娘娘此话怎讲？”

女娲道：“你知道如今天庭谁做主吗？”

白狐道：“我听过天昭了，说是昊天大帝。”

“不，不是他。”女娲道。

“不是他？”白狐问，“那是谁？”

女娲道：“人、阐、截三教祖师，玉京山上紫霄宫的鸿钧道人！”

“鸿钧老祖？”白狐一愣，“怎么是他？天昭不是说，昊天为天帝，坐镇天庭，统御四方吗？”

女娲道：“他只是鸿钧手中的一枚棋子，代行鸿钧之意而已！”

白狐道：“即便如此，这有什么问题吗？”

“当然有问题。”女娲道，“猴子打了哪吒，打了杨戬，打了太乙真人，还顶撞了元始天尊。如今，他们开始秋后算账了。”

“什么，秋后算账？”白狐大感意外，“不会吧，娘娘你不是说那是你的显圣之地，谁也不能找猴子麻烦的吗？”

女娲道：“若是我还有那分量，也就不会有今日之事了，那老子、元始天尊和通天教主再怎样也会给我七分面子，可他们的师父鸿钧道人，就不一样了。”

“可是……”白狐道，“鸿钧祖师不也是大圣人吗？他怎么会行如此卑鄙报复之事呢？”

女娲道：“若是以前的鸿钧道人，确实不会，但现在的就肯定会了！”

白狐还是惶惶不解：“现在的鸿钧祖师和以前的鸿钧祖师有什么不一样吗？”

女娲道：“以前的鸿钧道人，确实是个潜心修道的大圣人，而如今的鸿钧道人，只是有一副圣人脸孔，披着圣人之皮囊，其实，内心充满了黑暗和欲望！他可能入魔了！”

“什么，娘娘说鸿钧祖师可能入魔了？”白狐惊道。

女娲道：“我也不能确定，但据说他很久以前在紫霄宫闭关，欲从大圣之道修成至圣之道。至圣之道，无欲无求，大慈大悲，不争不显，自在圆满。而鸿钧的表现全不是这样，他以天地为棋局，众生为棋子，来满足自己的私欲。看起来，像是入魔了，但比起魔来又不一样。”

白狐问：“有什么不一样？”

女娲道：“魔之根性，直来直往，暴戾凶狠，可鸿钧道人不是这样……袁洪得罪阐教，以他之能，一个念头便可杀之，可他没有这样做。还答应我，只要你去了纣王宫，他便不动袁洪，日后还可将他封神……似乎，他没怎么想大开杀戒，他只是想让天下人都顺着他的意思去做，都跪在他的面前听他的话而已。所以，开始我拒绝了他让你去纣王宫，但后来，我答应了……”

“是因为我不去，他就会杀了猴子吗？”白狐问。

“这只是其一吧。”女娲顿了一下，“还有一个原因就是，若鸿钧道人真已成魔，那这天下能打赢他的，就只有猴子了！”

“猴子？”白狐大感惊奇，“他……他怎么能赢鸿钧祖师呢？”

女娲道：“这天地间，与鸿钧道人一样，自鸿蒙出的大能不少，但在鸿蒙中有数十万年之久的，只有盘古天王，鸿钧，我，还有袁洪！其中，盘古天王最早证道成圣，我与鸿钧道人相差无几，而袁洪一直懵懂。按理说，只有盘古天王可赢鸿钧道人，我与鸿钧道人不分伯仲。但盘古天王成至圣之道，选择了另一种改天换地的永生，他成了道，万古沉默。而我为补天，损了半圣修为，我也不是鸿钧道人之敌了。恰恰是袁洪，他乃是鸿蒙青石，一直平平庸庸默默无闻，实则蕴藏无穷根性灵力，厚积薄发。他若修道，将会比常人要胜千万倍，只要一个机缘，便可成就非凡之道……”

白狐点点头道：“娘娘这么说便是了，其实我最初认识猴子，他并未修道，是后来被杨戬欺负，他说为了保护我才开始修道。结果没修多少日子，他竟打败了金仙修为的太乙真人，拿得起那一万三千五百斤的铁棒，我惊诧他的道行为何这般精进，原来如此……”

女娲道：“以他的资质，是可成就大圣，甚至至圣之道的。这天地间，唯一可超越我与鸿钧道人的也只有他。但修道之路，还看机缘。如今鸿钧道人或入魔，而且戴着圣人面具，瞒了众神，就算我出来戳穿，也没人信。我也没有更好的办法，只有赌这一把，委曲求全，扶袁洪成圣，有朝一日对抗鸿钧，既救他自己，也救这天下苍生……”

“所以，我必须去纣王宫吗？”白狐心里莫名涌起悲哀。

女娲道：“是的，你去纣王宫，救你，救袁洪，救轩辕坟和梅山，救天下苍生。若不去，这天下惶惶，万劫不复！”

“看来，我是没有其他选择了。”白狐悲哀一笑。

女娲道：“我知道你很痛苦，这种感受我懂。”

白狐摇头：“不，这种痛苦，娘娘你是圣人，你不会懂的！”

女娲道：“一个人成神或成圣，都会放弃很多东西，甚至得放弃自己一生中最珍贵的东西。人生，也只有把心掏空的那一刻，才能涅槃重生，成神成圣！取得的成就越高，失去的东西也会越多，你说，你的痛，我岂不会懂？”

白狐道：“可是我并不想成神，也不想成圣，我只想和一个喜欢的人过平淡的一生，不管从哪里来，不管在哪里相遇，但归途，我们在一起。”

女娲道：“可很多时候，命运并不会让我们理想地活着，因为活着本身就是一个不断失去的过程。勇敢地面对吧，每一次痛苦都是淬炼，那些无法击倒我们的，才能让我们更强。”

白狐沉默无言。

她知道，她的命运将如风中的飞雪，无法选择。

“我可以与猴子告个别吗？”白狐问。

女娲点头道：“这个可以，但是你不能让他看出离别，不要让他知道你去了哪里，若是知道了，他必闹到纣王王宫里，那将不可收拾！”

“这个，我知道。”白狐黯然道。

“还有，你可以把你的两个姐妹一起带去，也好有个陪伴，也算给她们一个好前程吧，若未来她们还是妖的话，命运会很不堪。”女娲道。

白狐道：“多谢娘娘。”

“你还有什么要求吗？若我能做的，都尽量满足你。”女娲道。

白狐摇头道：“此时，我心乱如麻……”

女娲道：“还是让我们好好见证袁洪的成圣之路吧，当有一天他能立于大道之上，天下尊他为圣，他为众生而战，成为最耀眼的那颗星，我们所有的牺牲和隐忍都将值得……”

“嗯。”白狐应了声。

“对了，你此去纣王宫，也算凶险，我送你点东西吧！”女娲说着，递过一个火红色的瓶子道，“这里面有九粒鸿蒙灵火丹，是我留了上万年的珍品，你都吃下去，我度你一度，你便可长九尾，有九命，多三千年修为。只不过，每死一次，便只能是新生，修为散尽，没有过去。”

若换平日，得了这机缘，白狐定高兴得手舞足蹈。而此时，她心中没有半点波澜，只是无悲无喜地接过。然后又想起什么道：“要不，这么好的东西，还是给猴子吧。”

“不用。”女娲道，“他本身灵性，强过这鸿蒙丹多倍，他需要用自身的悟性和机缘打开七窍百脉，这些东西可以帮他一时提升，但后面反而会影响他的修为。”

白狐便不再说什么。

女娲指点着她吃了，再替她度了一场造化，顷刻间便有了金仙的修为，施法时，后生九尾，尾尾藏风雷。

临别时，女娲又叮嘱道：“切记，你去纣王宫，只是魅惑纣王，让他无心国事，人心积怨便行，不可做越俎代庖之事，更不可残害生灵！”

白狐应声：“我知道。”

然后转身离开。

那一刻，她只觉满心悲凉。

中皇山的月色，还如从前般明亮，但已照不亮一只悲伤白狐的心。

梅山也还和从前一样，却又有些不一样。

深秋的季节，梅花依然盛开。

午后时分，秋风瑟瑟，袁洪在一株古松下悟道后，照旧到梅山四处转悠，结果发现了一株野山楂树，上面结满了红彤彤的野山楂。

他上前摘了一个尝尝，有点酸，但也甜，真是像极了人生。

“我应该摘点给小白送去。”袁洪想着，当即就上手去摘。

正摘着时，金大升就远远地喊：“猴哥，小狐狸在找你呢。”

“是吗？她在哪儿，你赶紧带她来，我发现了一树山楂果呢，快喊她过来吃。”袁洪道。

金大升应声而去，很快就把白狐带来了。

袁洪看着白狐笑道：“我正想着摘了给你送轩辕坟去，没想你就来了，你是真有口福啊，来，赶紧来吃！”

说着，便跳下树，选了个又大又红的山楂果，在身上擦干净了，喂给白狐。

白狐张嘴吃下。

金大升故意在旁边道：“哎哟，我也想吃，怎么就没人喂我呢！”

袁洪道：“谁让你长得丑了，赶紧滚一边去。”

“长得丑怎么了，长得丑就没人权吗？”金大升故意道。

袁洪道：“再影响我和小白聊人生，信不信等下我变个牛虱子到你身上。”

“别别别，我走还不行吗？知道我怕痒，还用这个威胁我！”金大升说着便走了，走几步还回头来一句，“猴哥你有本事别老是聊人生，空聊那些有的没的，你倒是聊只小猴子出来啊！”

袁洪和白狐对视，白狐眼中一往情深。

每次都如此，看着她的眼睛，袁洪心里便春暖花开。

“怎么，今天的道修完了吗？”袁洪没话找话。

“嗯。”白狐点头。

袁洪道：“那挺好，我今天的道也修完了，那我们去哪里玩玩？”

白狐想了想：“我想去洵水洗澡。”

“秋天了，水凉了吧。”袁洪道。

白狐道：“修道千年，还怕秋天，还怕水凉吗？”

她心里却在想：水凉，岂会比人心凉，比这世道还凉？

袁洪道：“也是，那我们就去洵水洗澡吧。”

当下，两人下了梅山，来到洵水旁。

洵水如常，向南而去。

不如往常的是，白狐想起，以前的这里，她和猴子有许多的嬉戏欢乐。而今日，那些欢乐便如这奔流之水，一去不复返。

她纵身跃入洵水之中，溅起一片水花，水花随流水，向南而去。

如果这水能将我心里悲伤洗去，让悲伤也一直向南不复返，该多好。

白狐潜在水下，忍不住落泪。

为了不让袁洪察觉异常，她一直努力压着心中的那股悲伤，装着和平常一样。可潜入水中，那股悲伤终是难忍，瞬间汹涌。

“小白，你没事吧。”袁洪见白狐沉水不起，忙向这边游来拉她。

“小白，你……你怎么哭了？”袁洪把白狐拉起来，见她双眼通红，吃惊地问。

“没，怎么会哭了呢。”白狐笑起来，“是刚才在水中时眼里进了沙子。”

“哦。”袁洪也不疑有他，“原来是这样，我还以为你哭了呢。”

白狐眼中露出几分娇媚：“你又没欺负我，我为什么要哭。”

袁洪道：“我疼你还来不及呢，怎么会欺负你。”

“算你有良心。”然而，甜蜜的话却还是治不愈她心里的伤。

她脸上仍带着笑意，但只有她知道，这笑，再无灵魂，再不是她自己。

两人戏了一会儿水，又坐在河边，聊了一会儿往事。

天色渐渐地暗了下来。

远远的天空中，隐隐地现出一弯新月。

天越暗，月色便更亮了些，渐渐地将河水、河滩以及河滩上依偎而坐的两人都照亮了许多。

“你觉得你还要多久才能修成仙道呢？”袁洪突然问。

白狐问：“怎么了？”

袁洪道：“等你修成仙道了，道心稳了，我就可以娶你了啊！”

白狐的心里很暖，脸也红了：“一天就没想点正经的！”

袁洪道：“我这说的就是正经的，在我心里，这可是比修道成仙成圣都更重要和正经的事。毕竟，这才是我最大的梦想！”

“嗯，我努力修吧。”白狐答道。

其实，女娲赐她三千年修为，她已是金仙之境，然而，她却没法告诉他，她也不能嫁给他。

现在不能，以后也不能，永远都不能。

她与他，已今生无缘。

袁洪还在那里美美地幻想着道：“我一直在想我娶你时的那一天会是一种什么样的情景呢？肯定是春暖花开，有百鸟祝贺，百兽随行，祥云笼罩，瑞气纷呈，天下都会羡慕我们这对神仙眷侣。而我们其实并不在乎那些羡慕，我们在乎的只有彼此……我好想那一天快点到来。”

“嗯，我也想……”白狐道。

但她知道春暖花开年年都会来，但他和她期望的那天再也等不到了。

莫名的，白狐心头又是一阵悲伤涌起，就如同眼前的河流，奔流不息。

夜已经很深了，天上那弯月亮高悬夜空，分外明亮。

袁洪说：“回梅山去吧，这月色适合在梅山顶上的大石头上看。”

白狐应了声。

他们一起回了梅山，并肩坐在山顶的大石头上看月亮。

夜很安静。

静得可以听见两个人的心跳。

白狐靠在袁洪的怀中，靠得很紧很紧，那是她心里的不舍。

袁洪并没有察觉哪里不对，他觉得，也许只是夜凉，也许只是她想和他挨得近些，他也将她抱得很紧。

“月亮虽然只有一弯，但月色真美，当然，你更美……”袁洪道。

白狐轻轻一叹：“可惜，月亮终究会落下去。”

袁洪道：“那也没事，月亮落下去了，天很快就亮了，白天也很美的，而且再到晚上，月亮也还会升起来。”

他终究是不知道我心里的悲伤，不知道我们已走到尽头，这真是只傻猴子啊。

白狐这么想着，突然道：“月色这么美，要不，我为你跳支舞吧。”

“跳舞？”袁洪问，“怎么，你会跳舞吗？”

白狐道："刚学的，跳得不知怎么样，怕你不喜欢。此刻，月色如此美，我突然很想跳，想看吗？"

"想看啊。"袁洪道，"只要是你跳的，我都会觉得好看，我都会喜欢！"

"行，那我为你跳吧。"白狐说着离开他的怀抱，站起身。

然后，白狐在洁白月色下翩翩起舞。

那美丽的身姿、婀娜的舞步，与这夜凉如水的月色融为一体，简直美得令人窒息。

袁洪两眼直直地看着，看得呆了。

他从未觉得白狐如此之美，简直就是九天仙女下凡尘，一颦一笑百媚生，偶尔流露出的一丝淡淡忧伤，也牵动人心。

他并不知道，她回顾他时的笑，是留给他最后的风景。

这一曲，从前没有，以后也不会有，只在今日此刻，成千古绝唱。

一曲终，她停下舞步。

袁洪激动地鼓掌："真是跳得太好了，太美了！"

白狐浅浅一笑："你喜欢就好。"

袁洪道："喜欢，喜欢，很喜欢。虽然我没见谁跳过舞，但我知道，你跳的肯定是全天下最好看的，谁也不能比，因为我喜欢的，就是最好的！"

白狐道："我也只要你喜欢，不在乎别人怎么看。因为这支舞就是为你跳的，也只为你跳。"

"这么好啊。"袁洪的心里涌起一股暖流，上前揽着她的细腰，"那我也去学学音律，以后，你跳舞，我就为你抚琴，那便是真正的神仙眷侣了。"

"嗯，时间不早了，我先回去了。"白狐道。

她知道，留恋终有尽头，天亮之前，她必须走。

"好的，明天我去找你。"袁洪松开了她。

明天，还有明天吗？

还有明天，只不过明天不再是今天的你我。

白狐喉间有些哽咽地说了声："晚安。"

然后转身离开。

转身的刹那，心中悲伤如潮涌起，大颗的泪水从脸庞滚落而下。

“记得晚上要想我哦！”袁洪还在身后笑着道。

“知道了。”白狐只是那么应了声，并没回头。

若是以往，她会回过头来用小女人的娇媚问他：“为什么不是你想我。”但今天，她没有回头，因为她怕他看见她脸上的泪痕。

这眼中的泪，流出来了就再也回不去，也掩饰不住。

她甚至没有多说一句，此时的情绪，多说什么都是哽咽，都会让他察觉。

“要不要我送你啊？”袁洪还在问。

“不用了，你早点睡吧，明天再见。”白狐说着，加快了脚步，因为眼泪愈加汹涌了。

决绝如利刃，狠狠地割过心口，她感到心中撕裂般地疼痛。

她眼睁睁地看着伤口撕裂，却无能为力。

那像冰块碎裂的声音，碎如这一地被人踩过的月光。

美丽，却又疼痛无言。

天上的弯月依然明亮，这弯月终会有圆时，而她与他，却无法再圆。

身后的梅山如常。

袁洪如常。

整个世界都如常。

只有她，面对自己的伤口，独自舔舐，独自悲伤，踩着月色，穿过深夜，沦为走丢在明天的另一个自己。

从此，梅山顶上那支绝美的白狐之舞，只剩观众，再无舞者。

次日，袁洪修完道，见白狐没来找他玩，他便去轩辕坟找她。

但轩辕坟里，不见白狐，也不见雉鸡和玉石琵琶。

袁洪没有多想。

因为轩辕坟中，没有丝毫杂乱，没有任何异常。

也许，只是她们三姐妹出去玩了，或找天材地宝去了吧。

那天晚上，袁洪辗转反侧，难以入眠。

每日和白狐相见，卿卿我我一番，今日没见，心中竟怅然若失。

此时，他心里有的只是想念。

待到第二日，仍不见白狐来找他。在夕阳西下时，他又跑去轩辕坟，仍没见白狐，也不见雉鸡和玉石琵琶。

他仍没觉得有什么不对，因为轩辕坟中没有任何异常，四周也没有打斗的迹象。

他还是想着，只是她们三姐妹走得远了，没有回来而已。

小白，你都不知道我想你的吗？一走就好几天，让人家都吃不下饭。

袁洪在斜阳下，看着地上那道被拖长的自己的影子，莫名地感到了一种孤独。就像那日，在塌天的窟窿之下，他与女娲的道别，孤独地离开。

他真的很想白狐。

原来，真正让人孤独的是想念。越想念一个人，这孤独也就越强烈。

在接下来的时间里，他每天都抱着极大的期望跑去轩辕坟，想见到白狐，还想着见到她肯定要好好责怪她一番。

然而，每次都乘兴而去，败兴而归。

一日复一日。

渐渐地，他意识到有些不对了。

白狐就算出去玩也好、找东西也罢，她能走多远，她能走多久，她肯定也会想他的，她还要修道呢！

所以，很可能是出什么事了！

他当即让金大升和杨显等梅山众妖去四处打探白狐的消息。

然而，方圆百里都没有找到轩辕坟白狐，也没找到雉鸡和玉石琵琶。

袁洪开始有些慌了。

在仔细地思考一番之后，他认为很可能还是哪吒、杨戬之流的报复。

毕竟，以今日梅山之名，和白狐与袁洪的关系，没有谁敢对白狐怎么样，唯一例外的，也只有仗着阐教撑腰的杨戬、哪吒之流。

想了一番后，袁洪来到陈塘关，变化成一只蚊子，潜入李靖的总兵府。

他把总兵府大小房间的里里外外都看了个遍，没看见哪吒，也没看见白狐。

心急之下，他直接闯到了李靖房间，显出真身，将铁棒向李靖一指，厉声吼问："告诉我，哪吒在哪？"

一朝被蛇咬，十年怕井绳。

李靖陡见袁洪，而且比从前更加凶神恶煞，不由得哆嗦了一下："他没……没在家，很久没在家了。"

"没在家，那在哪？"袁洪喝问。

"在……在……在他师父太乙真人的乾元山金光洞修道。"李靖道。

"若敢乱说，老子一棒打平你的陈塘关！"袁洪说声，当即往乾元山金光洞而去。

飞到乾元山上方时，他远远地看见一洞府前的苍松古柏之下，有一挽着两髻之人在舞枪，仔细一看，正是哪吒。

只是比从前，似乎又长大了些许，也变黑了很多。

袁洪按下云头，还没来得及说话，正练枪的哪吒猛一见到袁洪，惊得连连倒退，大声喊叫："师父，师父，那猴子来了，那猴子来了！"

"什么猴子啊？"太乙真人边问话边从洞里出来，他抬眼一见是袁洪，也吃了一惊，但姜还是老的辣，他掩饰起内心的那丝心虚，镇定了下心神，迎着袁洪走来，问："你这猴子又想干什么？"

袁洪眼中射出如火的目光，盯着太乙真人和哪吒，怒道："你们把白狐怎么样了，赶紧老实交待，否则打得你们灰飞烟灭！"

"白狐？"太乙真人问，"是那轩辕坟白狐？"

袁洪道："正是，上次被你们和李靖抓走的那个！"

太乙真人道："不知道啊，上次被你救走后，就跟她没联系了，我们哪有把她怎么样啊！"

"少跟老子扯谎！"袁洪怒得龇牙咧嘴，"我知道这天下没谁敢把她怎么样，就你们这帮人仗着有阐教后台，对她不怀好意。老子今天把话撂这里了，若不把白狐交出来，我袁洪必与尔等不死不休！"

"哎，你这猴子！"太乙真人道，"自从师尊出面、女娲娘娘也驾临梅山之后，我们便被师尊训了，从此在山里好好修道，没再计较和你的恩怨了，现在那白狐出了什么事，你怎么就非来找我们？我们真没把白狐怎么样，我可以以我两千年道行发誓，若有说谎，天打雷劈！"

袁洪斥道："胡说八道，哪吒和杨戬之后都还来梅山找过我一次，只不过被我打跑了而已！"

"有吗？"太乙真人看着哪吒问。

哪吒道："有，但就那一次，我和杨戬不服，恰好又修出一些道法，就想去再打一架，但还是输了，便回来潜心修道了。"

袁洪道："你莫要跟我说谎，否则让你千年道行毁于一旦！"

哪吒道："我真没有说谎，你看，上次我和杨戬就直接找你挑战，没有去找狐狸。我们之前抓她，也是想利用她对付你而已，我们不可能对她怎么样的，这绝对是实话！"

这哪吒确实已经没有了从前那嚣张的模样，神色之间也显诚恳。

袁洪道："你的意思是，不是你，那肯定就是杨戬了。"

"也不可能。"哪吒顿了一下，"杨戬也知道打不过你，他想再修出道法来再找你，但即便去找你，也肯定会约我一起，不可能一个人偷偷摸摸地对付你。"

"女娲娘娘不是你靠山吗，你何不去中皇山找她问问。"太乙真人道，"若真是我们干的，也必瞒不过女娲娘娘圣眼！"

这倒确实是个办法。

当下，袁洪棒指哪吒，咬牙道："不管是从前现在，还是以后，你们跟我袁洪的恩怨想怎么算，我都奉陪到底。但不要动我身边的人，动我身边的人，不杀你到天涯海角决不罢休，好自为之吧！"

说罢，袁洪当即驾云直往中皇山而去。

这是他第一次来到名扬天下的圣地中皇山。

虽然他也曾无数次幻想过这里，但那时女娲的一句不可再见，他便也心灰意冷，决定至死也绝不到中皇山去找她。

可终究他还是违背了自己的誓言，到这里来了。

因为白狐——一个看得比他自己还重要，可令他不惜一切的知己。

女娲对于袁洪的到来并没感到意外。她就站在中皇山的云崖之上，看着落下云头、缓步而来的袁洪，圣人的眼里无悲无喜，没有波澜。

袁洪走近前，很生硬地喊了声："女娲姐姐。"

这是女娲让他喊的。虽然对他来说，喊她花蛇，才有某种亲切的味道，可他也知道，彼此已经失去了亲切的距离。

"嗯，有什么事吗？"女娲明知故问。

"我想让女娲姐姐帮忙找一个人。"袁洪也开门见山地道。

"找一个人？"女娲还是明知故问，"找谁啊？"

袁洪道："轩辕坟的白狐。"

"轩辕坟的白狐？"女娲装得有些意外，"她怎么了？"

袁洪道："无故失踪了。"

"无故失踪？"女娲道，"她一直在轩辕坟修道，怎么会无故失踪呢？"

袁洪道："我也想不明白，所以才来找女娲姐姐，你乃大圣人，能看破天道，我想让你帮看看到底发生了什么事？"

"恐怕，我无能为力。"女娲轻叹一声。

袁洪道："你是大道圣人，可窥破天道，怎会无能为力？"

女娲道："如今的天道变了，变得莫测，浑浊不堪，我曾看得明朗的天地，如今都一片模糊。这，已是一个圣人也将沦落的时代。"

"怎么会这样？"一瞬间，袁洪的心陡然下沉。他压根就不会怀疑女娲一代圣人会对他说谎，只是，若真如此，他该如何找到白狐？

女娲看着他，关切地道："有些属于我们的，向来不期而遇；有些不属于我们的，终会转身而去。人的一生，都活在不断的失去里，这是宿命。如今天庭已建，来日将封神，还是好好修道，得遇机缘，能封神成圣，也不枉这一生。"

"封神成圣？"袁洪两眼空洞，"若无狐狸，我这一生纵是封神成圣又如何，还不是形单影只的一具行尸走肉！"

女娲道："修道之心，应着眼天下。"

袁洪道："我从来不在乎什么修道不修道，我所修之道只有一条，就是和狐狸在一起。当她被人欺凌时，我为了保护她，才决心修道，若是无她，我修这道又有何用！"

女娲道："修道，可站高见远，有更大的世界！"

袁洪道："你是圣人，永远不懂一个凡人，愿为一个人赴汤蹈火时，那一个人就已是他的全世界！"

女娲道："其实是你不懂，只有这个世界好了，你心里的那个人才能好。因为这世界众生命运，都是息息相关的。你要把天下人都当成你赴汤蹈火的人一般去爱，你让这天空明朗，护了众生，才能护你心中之人。"

袁洪道："我说了，我只是一个凡人，我没有圣人的伟大胸怀，我连自己所爱之人都保护不了，还何以救天下。"

女娲道："袁洪，你自百万年鸿蒙中出，有这天下人可望不可及的得天独厚之根，你应该放下那些小的挂念，去修大道，成神成圣，绽放你应有的光芒！"

袁洪看着女娲："我想问你一句。"

女娲道："什么？"

袁洪问："你是大道圣人，被天下敬仰传颂，然而，你过得快乐吗？"

女娲一愣。

快乐？

好陌生，却又熟悉。

她依稀记得这种情怀，但已很遥远很遥远了。那时，在鸿蒙中，在她还未成圣，甚至还未成神之前，她盘踞青色猴石之上，她是快乐的。

那时她还懵懂，在慢慢长大，有很多美好的梦想。

后来，她成圣了，成了造物之主。

她拥有这天下，众生敬仰。

她拥有无尽之多，却似乎没有了梦想，也没有了快乐。

其实梦想还是有的，她梦想着这天下和众生都能更好，但那似乎是关于众生和天下的梦想，却不是她自己的。

袁洪问："若是圣人并不快乐，又何苦为圣人？"

女娲道："圣人也许没有快乐，但至少也不会有痛苦。而凡人却有种种痛苦，譬如，你心中失去一个人的痛苦！这痛苦，不过是快乐凋谢之后结出来的果！"

袁洪无言。

女娲继续道："当你成神成圣之后，就不会有这种痛苦了，因为你拥有的越多，就会越看淡失去。"

"是吗？"袁洪反问，"如果我记得不错，那日在不周山下，你说圣人也有圣人的不自由。不自由，难道不痛苦吗？"

女娲道："虽然圣人有其不自由，但比起凡人，却自由很多。自有天地以来，强者比弱者要自由。因为，众生如蝼蚁，别说自由，就连生老病死，都握在神的手中！自由没有绝对，但你走到越高处，你的自由就会越多！所以，我才希望你不要浪费自己的天赋，走到高处去，看看人生的另一番风景，做真正自由的自己。"

"不可能了！"袁洪摇头，"当狐狸出现在我生命里的那一刻，我就知道，她将永恒地成为我心中的枷锁，一生无解。我这一生，既可为她而修道，也可为她而成魔，但绝不是为了自由！"

女娲微微一笑："这世上许多人如此热血沸腾过，但都只是不成熟时的头脑发热而已，因为还没看懂自己，也没看懂别人，更没看懂世间以及宿命。一旦都看懂了，曾经的信誓旦旦也就烟消云散了。"

"行了，我今日来，非与你论道。既然你无法帮我找到狐狸，那我自己去找，后会无期！"说罢，袁洪甚至没有多一秒停留，便起身驾云而去。

女娲站在那里，看着那道转瞬即逝的身影，微微叹息道："你终究还是太单纯了。"

袁洪离开女娲宫，驾云回了梅山。

他虽心急如焚，却也没有更好的办法，只好召集梅山众妖，让他们通过自己所有的关系，不惜一切去找白狐。

若知道谁害了白狐，他必让其灰飞烟灭，万劫不复！

此时的梅山势力已甚强大，除了以袁洪为首外，还有六大妖王：分别是水牛妖王金大升，长蛇妖王常昊，野猪妖王朱子真，山羊妖王杨显，山狗妖王戴礼，蜈蚣妖王吴龙，均有几千年修为，修成法诀，实力强大。另外，还有小妖数千。

袁洪将所有大小妖都召集起来，倾巢出动，不找到白狐消息誓不罢休。

而当袁洪不惜一切地寻找白狐时，白狐已至朝歌纣王宫中。

只不过，不是以一只狐狸的身份，而是以冀州侯苏护之女苏妲己的身份。

纣王本欲纳苏妲己为妃，但苏妲己却因与青梅竹马相爱，不愿做那纣王之妃，半途自刎殉情，白狐恰好遇见，便在她临死之前俯身其上，随后入朝歌。

当苏护带着精心打扮过的苏妲己立在纣王殿前时，纣王一见，这妲己乌云叠鬓，杏脸桃腮，浅淡春山，娇柔腰柳，如海棠醉日，梨花带雨，比那日他偶然见时更绝色，真是乐得他心花怒放，迷得他神魂颠倒。

当即就大封苏氏一门，然后带妲己入后宫。

他有后宫佳丽三千，却不见此人间绝色。

之前他见妲己，还只是觉得貌美，却不如此次相见，那气质竟如九天仙女下瑶池，月里嫦娥离玉阙，天生丽质难自弃。

他不知道，眼前的苏妲己，已不是苏妲己，而是千年白狐借了苏妲己的身体和未来得及香消玉殒的容貌。

白狐看着眼前这个陌生的男人，有一种发自骨子里的厌恶，甚至有从胃里泛起的呕吐感。

“爱妃，别愣着啊，赶紧过来侍寝啊！”纣王喊。

白狐冷冷地道：“我很累，我想休息一会儿，你先出去吧！”

“什么？你说什么？你累，你想休息，让孤出去？”纣王旋即脸色一黑，“你这是抗旨，欺君犯上，孤可以杀你全家，灭你九族的，你知道吗？”

白狐却面无表情地道：“你杀吧，全都杀了吧，随你便！”

纣王又一愣。

一娇弱女子，面对君王之怒，泰山崩于眼前而面不改色？他见过不怕死的，但没见过如此不怕死的，要杀她全家，灭她九族了，她竟然说随便。这可是他见所未见闻所未闻之事。

这美人，是真特别啊，气概丝毫不亚于百战沙场纵横千军之将帅！

“不不不，孤跟你开个玩笑。”纣王居然不怒，反而笑了起来，“如此倾国倾城之色，冰清玉洁之骨，孤疼爱还来不及呢，怎会杀了你？行了，你累了，就先休息，孤晚上再过来，那时，可不能再忤逆了哦！”

说罢，一步三回头，越看越爱得入骨地出了后宫。

纣王边走边激动地搓着双手，心中暗喜道：能得此美人，江山可无，死而无憾也！

屋里，那憋在心中的情绪再也抑制不住，眼泪大颗地滚落而下。

白狐想放声大哭一场，号啕大哭的那种，想大声喊出猴子的名字，想不顾一切地回到梅山，哪怕与他相拥着灰飞烟灭。

然而，她猛然觉得心中是那么无力，除了痛，痛得无法呼吸，却什么都做不了。

当她应了女娲，便再无归途。

“猴子，我好想你……”她喃喃着，心似千百刀割，泪如大雨滂沱。

雉鸡和玉石琵琶进来。

是纣王让她们来的，让她们把白狐侍候好，如果到时候白狐还不高兴，还犯君颜，便先杀了她们。

雉鸡和玉石琵琶自然不怕纣王，因为她们本不是简单的侍女。

可她们还是进来劝白狐了，她们知道这是女娲娘娘之命，也知道白狐此次来纣王宫意味着什么。

白狐和袁洪之间的爱情，牺牲是避免不了的。但能成就她们三个，升上神道，也能成就袁洪，成就圣道。

她们就劝白狐，以大局为重。

小不忍则乱大谋。

这一生，谁没有憋屈过，谁没有痛苦和失去过？

若她真忤逆了纣王，违背了命令，纣王生气不可怕，但女娲娘娘生气了，触怒天庭，一切都将变得不可收拾！

众生都惧怕后果。

许多自以为可海枯石烂的坚持，也未必能承受得住万劫不复的后果。

白狐知道，她坚持不了。

从她在女娲面前沉默地低下头，流下她的第一滴泪开始，她就已经做了命运的俘虏。

如今还仅有的抗拒和挣扎，只是她的不甘以及疼痛。

那一夜，朝歌下起百年未见之大雪，如鹅毛般地纷飞落下。

没多久，整个朝歌城都一片覆白。

朝歌人彻夜狂欢，他们只知，大雪兆丰年，却不知天有异象。

文人墨客挥毫泼墨，肆意地炫耀着自己的才华，写着自鸣得意的传世文章，一群人跟着哗众取宠，拍手称赞。

却无人知道，这漫天纷扬飘舞的都是白狐的眼泪，是她对那一场爱情和纯洁的祭奠。

雕金镂玉的纣王宫里，泪湿锦衾罗裳。

熊熊燃烧的炉火，温暖不了一颗如冰碎裂之心的寒冷。

不知哪方的小巷深处，无名人弹奏曲音。

细听，是一曲断肠。

然而，还是有人喧闹，有人欢笑。

很多时候，这世间的悲欢都不相通。

懂自己命运的，也只有自己。

那天的梅山，也百年不遇地下起了大雪。

纷纷扬扬的大雪之中，梅山白茫茫一片。

时间一天又一天地过去，梅山众妖打听了成千上万里，始终没有白狐的消息。

袁洪开始变得抑郁，时而狂躁。

他仍每天去轩辕坟，他知道也许又白跑一趟，但他还是想看到奇迹的发生。只是，奇迹并没有发生。

他开始习惯一个人，坐在洵水边，坐在梅山顶的巨石上，沉默发呆，拿出白狐送给他的紫螺，吹奏着回忆，吹奏着思念。

吹着吹着，就无声地泪流满面。

旷世的孤独感如大雪覆满心里。

大雪仍漫天飞舞，他在雪中坐成了一个雪人。

雪在他的身上结成了冰，从未有过的痛苦，开始在心里咆哮，燃烧，变成大火。

他长身而起，将神珍铁棒一插，向茫茫的天际狂吼："小白，你在哪里？是谁伤害了你，你告诉我，我替你杀了他们！"

没有回应。

只有，他自己的回音。

他又崩溃地跌坐下去。

若能换白狐回来，哪怕将这天地踏平，他也在所不惜。

然而，就算他踏平这天地，又能怎样？

依然不知白狐在哪里。

他终于忍不住，捧着自己的脸，失声痛哭起来。

那爪子，深深地嵌进脸上的肉里。

不觉疼痛。

因为所有的痛都在心里。

雪，仍纷纷扬扬地下着。

斯人无踪。

昆仑山玉虚宫前。

七十有余的姜子牙正在扫雪。

才刚扫得一块，雪马上又覆盖了上去。

可他继续扫。

广成子见了问："子牙师弟，这么大的雪，还不休息啊？"

姜子牙道："老师吩咐我扫雪的，不敢懈怠。"

广成子"哦"了声，没说什么，进玉虚宫里去了。元始天尊发下玉虚宫令，二代弟子皆到玉虚宫听讲，他是来听讲的。

后面，赤精子来了，也说雪大，让姜子牙等雪停了再扫。

姜子牙仍扫着。

后来，燃灯道人来了，云中子来了，邓华来了，萧臻来了，黄龙真人来了，惧留孙来了，太乙真人来了，灵宝大法师来了，文殊广法天尊来了，普贤天尊来了，慈航道人来了，玉鼎真人来了，道行天尊来了，清虚道德天尊来了。

大家都看雪太大，姜子牙扫得满头大汗的，让他休息，他仍自顾自地扫着。

后来，骑着白额虎的申公豹也来了。他看了看麒麟崖外被扫得成堆的雪，又看着满头大汗的姜子牙，不由得嘲笑起来。

申公豹

子牙师兄啊，你是不是傻？雪只要不停，你就扫不干净，这道理这么简单，你都不懂吗？你还怎么修道？

老师让我扫雪，我便扫，跟什么道理没关系。

姜子牙

申公豹

怎么没关系了？老师让你扫雪，是让你把雪扫干净，你这样扫根本扫不干净，白白受累，做事得靠脑子，先歇着，等雪一停，一下子就扫干净了，这道理都不懂，难怪你修不出道！

修道是修道，尊师命是尊师命。老师让我今日在麒麟崖扫雪，扫不扫得干净是一回事，扫不扫是另一回事。反正有雪我便扫，这是我心中的道，师弟你又何苦讥笑我。

姜子牙

申公豹

好吧，既然你这么闲，帮我把白额虎牵去后面套着吧。

也不等姜子牙答应，申公豹就一拍白额虎的屁股。

白额虎往姜子牙走去，申公豹便进玉虚宫去了。

姜子牙摇了摇头，还是牵着白额虎到后面去了，然后继续回来扫雪。

玉虚宫内。

元始天尊端坐玄黄蒲团之上，闭目养神。

下方，阐教二代门人静立，鸦雀无声。

直到从宫门口又进来了二人，才终于引起里面一阵骚动。

因这二人不是别人，乃杨戬和哪吒是也！

到场者均是阐教二代弟子，而杨戬和哪吒却是第三代弟子，比在场的都要小一辈。

“你们怎么来了？”

首先惊讶的是太乙真人和玉鼎真人，因为这两个分别是他们的弟子，而且他们又深知这两个弟子性情顽劣，我行我素，若在玉虚宫这样的话，是要受重罚的。

所以，玉鼎真人在问话的时候，已有不悦训斥之意，但担心惊扰到元始天尊，还是问得很小声。

哪知杨戬道：“是掌教天尊传我们来的啊。”

众人一听，又看了眼仍静坐养神的元始天尊，对杨戬的话有些不信。

玉鼎真人当即斥责：“胡说，老师一直在这里静坐，听白鹤童子说，已静坐三日，我们皆是童子传的，怎么可能老师亲自传你们来，敢在这里妄言，小心被逐出门墙！”

杨戬道：“是真的，是掌教天尊法身传我们而来，我问过哪吒了，他也是。”

法身所传？

众人越听越觉得玄乎。

确实，元始天尊的圣人修为，可以在这里静坐，法身出外，可他为何会用法身去传两个小辈来玉虚宫听讲呢？

“好了，不要质疑了，是我传他们来的。”元始天尊缓缓地睁开眼，发话了。

一下子，全都肃静下来。

“还有，去把子牙也喊进来吧。”元始天尊道。

门口的白鹤童子当即出去，喊了姜子牙。

姜子牙进来，找个靠边的位置老老实实地站着。

“今天传尔等来，是要跟尔等说一件事。尔等应该知道，天庭建立，除了已封各路圣人和大罗金仙之外，还有真正的天庭三百六十五主神位全都空缺。昊天大帝拜托祖师代为封神，而祖师把这个重任交给了我。祖师说，因那殷商纣王亵渎神明，惹了神怒，昊天大帝决定覆灭殷商，让西伯侯姬昌接替纣王之位，建立新朝。而伐纣之战，则是封神之战。意思就是，我阐教、截教、人教以及其他道门中人，凡在此伐纣之战中有功劳者，或没有功劳有苦劳者，介时都会论功行赏而封神！尔等回去好好准备，封神大战一旦开启，尔等与门下弟子便投身其中，建功立业，听明白了吗？”

“明白！”

“明白！”

“明白！”

“我……有一点不明白。”突然在一片明白中响起一个突兀的声音。

众人一看，是申公豹。

元始天尊黑着脸，很严肃地看着申公豹，眯着眼问：“你有什么不明白的？”

申公豹道：“禀老师，老师说天庭要封三百六十五位正神，可仅我阐教、截教和人教弟子加起来也有成千上万，就别说其他道门弟子了，这神位不够封啊！”

元始天尊道：“封神大战，论功行赏，主要封三代弟子！”

“主要封三代弟子？”申公豹问，“那我们二代弟子投身进去的意义何在呢？”

元始天尊道：“意义何在，尔等不明白吗？梅山一事，我玉虚宫二代弟子道心不稳、大动干戈，犯下神仙杀戒。若不参加这封神之战，尔等劫数如何完成？去找神仙打架？或是自杀？让千年道行毁于一旦？启动封神大战，封神只是其一，帮尔等完成神仙杀戒，才是另一个更重要的目的，否则，我阐教必凋零也！”

一下子，众人才明白了元始天尊的良苦用心。

元始天尊又道：“除了帮尔等渡神仙杀戒，若尔等能立功，即便不封神，也会升神格，譬如金仙者，可升大罗金仙、大罗金仙者，可升小圣。据天庭法度，大罗金仙之上者皆不在天条管束之内。也就是说，若能在封神大战立功，无论修为是否到大罗金仙，只要神格升到大罗金仙，从此就在这个天地间拿到了免死金牌，这是其一。

“其二,三代弟子中，本领都不大，若无二代弟子相助能成什么事？只要尔等助门下弟子立功封神，岂不是尔等师父也跟着威风吗？很多时候，你自己厉害，未必算厉害，但你门人都厉害了，你就算不厉害，那也厉害了！”

众人闻之，纷纷点头称是。

“还有一件事，尔等要周知，那就是为什么吾今天特地传了杨戬和哪吒来。因为梅山一事，女娲替袁洪出面，让我阐教失了颜面。所以，封神大战，尔等要多关照这二人，让二人多立功，他二人与袁洪的仇还得他们自己去报，自己去把失去的颜面找回来！”

杨戬和哪吒一听，心中暗喜。

元始天尊都这么特殊关照了，以后还能不前途无量吗？

阐教第二代门人也自然附和着元始天尊，说理当关照。

杨戬和哪吒更是掷地有声，感谢掌教天尊，并发誓要在封神大战里争气。

“现在还有开启封神之战的最后一环，便是去西岐说服西伯侯姬昌反殷商，只要他一反，封神大战便将开启，谁愿去？”

“我去吧，老师。”申公豹自告奋勇。

“你？”元始天尊道，“你可知西伯侯其人？”

申公豹摇头道：“弟子不知。”

元始天尊道：“你既不知，那去做什么？知己知彼，百战不殆。你都不了解对方，如何去说服？”

申公豹道：“了不了解没关系，我就跟他说，如今天庭有令，要灭了纣王，就借他之手，他还能不听吗？”

“胡扯八道！”元始天尊斥责道，“这种事，你岂能说是天庭有令！一旦战事起，就是生灵涂炭，难道你要让人知道是神为了惩罚一个纣王，所以让这世间生灵涂炭吗？”

申公豹一时无言，暗道草率了。

元始天尊扫了一圈众人，问：“谁可去？”

其他人也不说话了，似乎都意识到这事不大好办。

“没人去吗？”元始天尊问。

“要不，我去试试吧，老师。”姜子牙站了出来。

元始天尊问：“你去？你了解西伯侯其人吗？”

姜子牙道：“略有耳闻。”

元始天尊道：“你说说。”

姜子牙道：“据传那西伯侯是西岐的一个人间圣贤，擅推演伏羲八卦，问天数，而且为人忠孝虔诚，是个大善人。”

元始天尊点头：“嗯，那你告诉我，你如何说服一个忠孝虔诚之人造反君主？”

“这……”姜子牙一愣，继续道，“弟子现在还没想到怎么说服，但弟子会想方设法去说服对方，如果没能说服，弟子将不回昆仑！”

“可以。”元始天尊道，“做事，只要有这决心就行了，那你即日下山去吧！”

姜子牙应声。

元始天尊便也命其余门人各自回去为封神大战准备。

从玉虚宫出来，申公豹又开始拉着姜子牙嘲笑：“子牙师兄，不至于吧，为了立功，去啃这种啃不动的硬骨头，你这是自取其辱啊！”

姜子牙道：“师弟此言差矣，子牙此去，只是想为师尊分忧，并非想立功。”

申公豹冷笑道：“说得好听，你上昆仑几十年了，师尊都不教你修道，天天让你担水扫地劈柴，要问师门谁最惨，除了你还有谁？混得连白鹤童子这师侄都不如，你对师尊应该有无尽的怨言吧，还为师尊分忧，谁信呢？”

姜子牙道：“事实如此，只要子牙信便行，别人信不信，无所谓。”

“行，你无所谓，你慢慢无所谓去吧。”申公豹伸了个懒腰，打了个呵欠，“我看你这一去，怕是碰一鼻子灰回不来了，以后这麒麟崖也没人打扫了。唉，人笨了，就是这样。白额虎，走吧，这扫地的活咱是干不来，只能回去修修无上道法，到时封神大战显显威风了！”

申公豹两腿一夹，骑着白额虎便驾云而去。

姜子牙收拾了东西，去向元始天尊告别，向南极仙翁告别，然后又跟白鹤童子告别。

算起来，他跟白鹤童子的感情是最好的，因为两个人都是在玉虚宫打杂做事，两个人相处的时间最长。

“师叔，我在麒麟崖等你功成回来。”白鹤童子哽咽地道。

姜子牙笑了笑道：“我一定会回来的，我还要回来跟老师学道呢。”

然后，望着玉虚宫跪下，拜了几拜，转身离去。

玉虚宫上云层中，显出元始天尊法身，看着姜子牙一步一步下山，一步一步回头的身影，心中满意地捋着胡须，微微点头。

此时，他的心里只有七个字：

人做好了，道自成。

第八章　子牙下山，封神战起

姜子牙下了昆仑，看着眼前人间，一时竟有些茫然。

曾年少时，他也有一腔抱负，雄心壮志，想报效国家，建功立业。虽家境贫寒，却自幼苦修兵法，学治国安邦之道。

然而，那官衙的门永远都只为贵族敞开着。

无数次，他毛遂自荐，却引来贵族们的嘲笑。

你一个酒郎，也配谈报效国家?

且不说酒郎之才，不配报效国家，就算你真有满腹经纶又能怎样?

这天下人为高攀，皆寒窗苦读，最不缺的就是人才。

一个人的嘲笑，姜子牙不在乎，他觉得，只是对方没眼光。然而，十个人、百个人，绝大多数人都在如此嘲笑的时候，他才知道什么叫现实。

他不得不正视自己。

曾经，为了抱负，他当过屠夫卖肉，开过酒肆卖酒，有过很多贩夫走卒的生活，但他不在乎，他知道自己是干大事的人，早晚会出头。

即便过着贫苦的日子，他也很有干劲，发奋苦学，只为有朝一日跃马扬鞭，驰骋天下。

然而，当他自以为有胸中韬略，可胜雄师百万时，却英雄无用武之地，还受尽嘲讽。

他心中的热血冷了。

那一年，他三十二岁。

家徒四壁。父母远去，无妻，无子。

这人间，终是不值我姜尚留恋，他叹息一声，决定远离这俗世红尘，只身上昆仑。

时间过得真快，转眼间，四十年过去了。

当年他还是个龙行虎步的壮男，如今却是白发苍苍，垂垂老矣。

不过，好在四十年光阴，他已看淡功名。

当初他苦学兵法和治国安邦之策，是想出人头地；而在昆仑之上，他还学这些，是想突破自己。

这一身本事，纵不能货与帝王家，也能兴趣所在，乐在其中。

凡事，所求不多，即使不得，也不烦恼。

道没修成，但他把心态修好了，这也算一大收获吧。

姜子牙一路来到西岐，求见了西伯侯姬昌。

姬昌听说是昆仑修道之士，客气迎着，问老先生有何指教。

结果，姜子牙让他造反，他当场就翻脸，命手下将姜子牙逐出。

姜子牙被拖出去后，姬昌还愤愤不平地道："想我姬昌待你为客，你竟口出狂言，陷我于不义，真是卑鄙小人！"

姜子牙深觉冤枉，大喊："西伯侯，我乃一片诚心好意，殷商气数将尽，该你西岐出圣主，你倒不领情，愚蠢也！"

姬昌恨恨地道："若不是我姬昌仁慈，定将你这狂徒下了深牢大狱，还不赶紧滚！"

姜子牙还是不甘地道："你也是有道术之人，擅伏羲八卦，你何不问卦，一窥殷商气数，便知我所言不虚！"

姬昌依然斥责："胡说八道，我王文武双全，闻名天下，我朝正当盛世，必有万万年，岂会如你这狂徒所言！"

姜子牙仍苦口婆心地道："真的，我说真的……"

"赶紧滚吧！"姬昌怒道，"无论天道如何，我姬昌也绝不做那千夫所指之事，你若再多说一句，必囚你进朝歌！"

随即，姬昌便对手下甲士下令，只要姜子牙再多说一句，马上拿下。

姜子牙纵有满腹韬略，却也无可奈何，只能摇头离去。

这而一幕，早被身在昆仑麒麟崖上的元始天尊看得一清二楚，他知道，要让姬昌反商，已非口舌之才所能达到。

一个人长在骨子里的东西，需要用更刻骨的东西去改变。

元始天尊来了紫霄宫，见了鸿钧老祖。

鸿钧老祖

那女娲不是派妲己去朝歌祸乱朝政吗？没有效果？

似乎还没传出什么天怒人怨的事来。

元始天尊

鸿钧老祖

待我看看。

那纣王确实也沉迷于女色，每日带着白狐饮酒作乐，但却并不影响朝政，因为纣王之下一班文武大臣，多有贤能。

文有商容、比干，武有闻仲、黄飞虎，把国事处理得井井有条。

鸿钧老祖

这白狐哪是去祸乱殷商朝政，这是去当陪衬啊！

这纣王不暴戾，姬昌不可能反商，封神之战就开启不了。

元始天尊

鸿钧老祖

你去将封神棋局布好就行，天数已定，不会改的。

元始天尊应声退下。

当夜，朝歌城。

纣王正与白狐饮酒作乐，欣赏着宫娥舞蹈。

看到高兴处，纣王的眼神突然落到白狐身上，笑嘻嘻地道：“爱妃，你能否为孤舞一曲啊，定然会美得颠倒众生的！”

白狐冷冷地道：“我不会。”

“不会？”纣王笑道，“没关系的，孤派人教你。”

“不想学，没兴趣。”白狐还是冷冷地道。

“你学一下，等你学会了，你跳舞，孤为你抚琴，如何？”纣王再次妥协。

“你自己慢慢看吧，我累了，先去休息了。”白狐也不管纣王，站起身就要走。

“放肆，你知不知道，你这样忤逆孤，孤会杀了你！”纣王气得直咆哮，胡须乱颤。

哪知，白狐却转过身来，冷眼看他：“你若算个君王，便杀了我。”

她活着实在痛苦，倒不如一死解脱。

可她要是自杀，那女娲和天庭必会迁怒她姐妹及袁洪。

若是纣王杀她，便不是她的错了。

可纣王哪里舍得杀她，一见她这样，马上又赔起笑脸道：“哎，美人，别这么认真，孤只是跟你开个玩笑，你这刚烈劲儿，越发让孤喜欢了……”

白狐真是想吐。

突然，她愣住了。

因为纣王突然就晕倒了下去，雉鸡和玉石琵琶也晕倒了下去，所有的侍女和舞蹈的宫娥都晕倒了下去。

只有白狐一个人还站着、醒着。

正当她愕然之时。

一道虚影飘入，在白狐的面前居然出现了又一个一模一样的白狐来。

“你……你是谁？”白狐吓得倒退三步。

虚影所化白狐道：“我是谁不重要，重要的是你要知道你是谁！”

“我知道我是谁？”白狐一脸茫然，“什么意思？”

“虚影”道：“你不要忘了你来纣王宫的目的，而你已来这里多日，整个殷商还如往常一样，你的使命不见成效，你该如何交代！”

“你是女娲娘娘？”白狐惊问。

“虚影”道：“我说了，我是谁不重要，重要的是你要知道自己该怎么做！”

白狐问：“我该怎么做？”

“虚影”道：“你该让纣王残暴，譬如，像那个夏桀一样，滥杀无辜，天怒人怨……”

“看来，你不是女娲娘娘！”白狐突然察觉出什么。

“虚影”问：“你从哪看出我不是了？”

白狐道：“娘娘对我千叮万嘱，只是魅惑纣王，让他无心国事朝堂，人心积怨便行，不可做越俎代庖之事，更不可残害生灵！”

“虚影”道：“殷商根基太牢，朝堂贤能太多，纣王上不上朝，都不影响国事，所以，你这样不行，你必须让纣王杀朝臣，积人怨，方可有人反！”

“我不会做这种事的！”白狐坚决地说道。

“虚影”冷冷地道：“你要知道你不做的后果很严重！”

白狐立场坚定：“纵是灰飞烟灭，万劫不复，我也不做这种丧尽天良之事！”

“既如此，那你就领了这灰飞烟灭万劫不复的后果吧！”说罢，“虚影”只是将手一挥，白狐便毫无抵抗地晕厥倒地。

“你要知道，我是圣人，我不杀人，但会有人杀你的！”

随即，“虚影”把目光移向纣王，对着他将手一挥。

纣王悠悠醒来，看见一个和他长得一模一样的人站在面前，不由大惊，倒退数步，厉声喝问：“你是谁？”

“虚影”道：“我是谁不重要，重要的是我跟你聊点事。”

纣王一下子显露君王之威，道：“大胆狂徒，扮孤之相，装神弄鬼，看孤不斩杀你，来人啊！”

然而，他喊破了嗓子，外面一点反应也没有。

“虚影”道：“不用喊了，这屋里就算打雷，外面也不会有半点声音的。”

“你，你到底想干什么？”纣王开始有些害怕了。

“虚影”道：“我想让你强大，让你成神！”

“让我强大，让我成神？”纣王一脸蒙，“如何强大，如何成神？”

“虚影”道：“强大到除了我或我指定的人可以杀死你，其余人皆奈何你不得。成神，就是你死后不会腐烂消散，而会去往天庭成为神仙！”

“还能这样？你当孤是三岁小孩好骗吧！”纣王不信。

“虚影”道：“那就让你看看我之玄奇吧！”

话毕，只将手一挥。

这一下，整个纣王宫都不见了，出现在眼前的是巍然立于云雾缭绕之中的昆仑神山，一直连通到玉京山，中间分出上三十三重天和下三十三重天，三十三重天之中建有四大天门：东天门、西天门、北天门和南天门。

天门口有金甲神将值守，天宫之上有龙凤飞舞，整个凌霄宝殿都祥云笼罩，瑞气环绕，好一派神仙境界，把纣王都看呆了。

他以前只知道纣王宫是天下最华丽最气派的地方，可跟这里一比起来，简直就是天壤之别！

随后，他又看见了西昆仑瑶池，那一群群的绝色仙女，个个婀娜多姿、貌惊天人，看得他直流口水。

还有那紫红蟠桃、琼浆玉液，闻之令人心旷神怡、飘飘欲仙。

这真是神仙境界吗？

正当纣王沉醉其中时，呼呼风响之声，一切又复原成纣王宫。

“虚影”问道：“信了吗？”

“你该不会是弄的幻象来骗孤吧？”纣王依旧半信半疑。

“虚影”道，“我是神仙，在我眼里，你也不过蝼蚁，我岂会欺骗于你！”

“那你要孤怎么做？”纣王问。

“虚影”道：“做一个如夏桀一样的暴君，信奸臣，杀忠良，逼反天下！”

“啊？”纣王一愣，“你要孤亡了自己的国家？”

“是！”“虚影”道，“亡国之时，便是你成神之时！”

“这……太荒唐了吧，哪有君王故意亡了自己国家的！”纣王还是心有排斥，他既不知道成神之事是真是假，也还恋这人间帝王。

哪知“虚影”又道：“人间帝王轮流做，唯有神仙可永生，若不然，再过几十载，你就化为一抔泥土了，你觉得是做这人间帝王好，还是那天上神仙好？”

“可是，如果我成了暴君，亡了自己的国家，我怎么还能做神仙？”纣王问。

“虚影”道，“我乃神仙，只要你听我之言，我便可封你。就如你是人家帝王，你要封王封侯，你一句话，谁敢忤逆？”

“道理是这样，关键孤还是不知道你所言是真是假。”纣王还是有所顾虑。

“虚影”道：“我且赐你法力、法宝，你见其威力，自然不疑，如何？”

“行，若真如此，孤便答应。”纣王道。

“虚影”将手一挥，一道金光闪过，罩向纣王身体，纣王身躯一震，只觉四肢百骸中有如江河奔流一般。

“你用剑刺自己身体，看能否刺进？”“虚影”道。

纣王半信半疑，拔出自己的佩剑，试着刺自己身体，竟如钢铁，发出金铁之声，令他大感惊喜。

“虚影”道：“此乃‘金钟之法’，罩你全身，除了我，及我安排的人可击杀你，其余人皆不能动你分毫！”

“你，你安排之人可击杀孤？谁啊？”纣王问。

“虚影”道：“这你就不要管了，已定在天数之中，伐纣之战起，将会有无数人在其中获得功劳，和你一样封神，我安排杀你之人，也是送功劳于他而已。”

“可是，为什么非要反孤呢，战事起，必血流成河、生灵涂炭啊！”纣王道。

“虚影”道：“一将功成万骨枯，你没听说过吗？若无血流成河生灵涂炭，又何来神人崛起！神，都是踩着尸骨站起来的。众生，本就神之棋子而已，与猪狗无异。再说了，若无那血流成河生灵涂炭，商汤何以立国？”

“你说的似乎有理。”纣王道。

“虚影”道：“我乃神仙，在你之上，看事自然比你看得更高更远！”

纣王终于下了决心：“行，只要你到时能让孤成神，喝那琼浆玉液，看那仙子起舞，孤就按你说的做！”

“虚影”赞赏点头道：“很好，吾再赐你龙凤双剑吧！”

话落，一红一白两道光飞向纣王。

纣王再定睛看时，身边竟多出一红一白一长一短两把剑来。

“虚影”道：“红剑长者，龙剑也，念法诀，火龙斩人，尸首成灰；白剑短者，凤剑也，念法诀，寒冰穿心，碎裂成粉。赐你护身，斩将所用！”

随即，又教了纣王法诀。

纣王启动凤剑法诀，对着他自己本来的佩剑一试，只听呼哧一声，一道寒气白光刺出，他那柄佩剑瞬间变成粉末。

这下，他彻底相信遇到神仙了，连忙道谢。

“虚影”却又想起什么来，道：“哦，对了，还有点细节没有跟你交代。”

“神仙请讲，神仙请讲。”纣王得了金钟之法护身和龙凤剑，对神仙的态度也恭敬了起来。

“虚影”道：“毕竟，你是要成神之人，就不要有太多恶名了，你要杀的人，可以借苏妲己之手来完成。”

“借爱妃之手？”纣王茫然，“孤不大明白。”

“虚影”道：“意思就是，无论你杀谁，都是因为她才杀的，甚至就是她让你杀的，或者是她背着你下令杀的。总之，你是昏庸，但恶名得让她来背，懂了吗？”

“这有点不大好吧？”纣王道，“让一个女人来背锅，岂是大丈夫所为！”

“那你还想成神吗？如果不想，就当吾没说！因为你站不到神的高度上看事情，就算封了神，也早晚会受雷劫！”“虚影”道。

“行，孤按照神仙所说的做吧！”纣王终还是点了点头。

只是，那一刻他突然发现，真正的神和他原以为的神似乎很不大一样。

那一夜之后，整个朝歌城都爆发出强大的戾气。

纣王称妲己体寒，要以火取暖，在宫殿建铜柱，于铜柱中烧炭火。太师杜元铣上本，说宫内有炉火取暖便够了，纵是东宫也如此，不可为一妃而如此劳民伤财。

居然敢挑战孤的意见，虽然意见是对的，也得杀了！

纣王冒出这个念头，就想起了那神仙的话，然后就找到白狐，要借她之口杀人。

白狐不答应。

结果纣王就喊了雉鸡和玉石琵琶来，直接把剑横在雉鸡颈上，问白狐：“孤知你待这侍女如姐妹，你是让她死，还是让杜元铣死，自己选，孤不逼你！”

“你要杀谁，自己去杀就是，为何要我来开口！”白狐不解。

纣王道：“没为什么，孤是君王，孤想怎样就怎样，孤享受这其中乐趣就行了！”

白狐妥协了。

她突然看出了那横在雉鸡颈上的剑，是一把寒光慑人的神剑，便想起了那晚弹指间让她晕倒过去的不速之客。

一瞬间，她似乎意识到了什么。

她后来还奇怪，为什么她没有答应不速之客的卑鄙要求，不速之客却并没有杀她。看来是那不速之客收服了纣王，这是要让她背着一身恶名灰飞烟灭、万劫不复。

一切都是针对她来的，她终究逃不过这劫数。

一开始，她就只是对方棋盘上的一枚棋子而已，被人捏在两指之间，无法抗争！

可那又能怎样呢？

她悲哀一笑。

纣王带白狐欣赏宫娥舞蹈，命人传了杜元铣来。

白狐问：“听说你觉得不该为我建这铜柱烤火？”

杜元铣道：“确实如此。”

白狐看着纣王：“大臣应该着眼天下，连这种鸡毛蒜皮的小事都要管，也管得太宽了，不是个好臣子，杀了吧。”

纣王笑道：“行，爱妃说杀，那就杀！来人，把这多管闲事的老匹夫带下去，金瓜击顶，枭首示众！”

两旁甲士将杜元铣拿下，气得杜元铣破口大骂。

上大夫梅伯听闻，赶来求情，说杜元铣是忠臣，说妲己祸国殃民，如此下去，国家亡矣！

纣王听着都有理，不过他已不在乎了。他现在的目的就是把这国家给玩完，玩完了他就做神仙去了。他要杀的就是忠臣，要做的就是昏君！

等梅伯说完，他又看了眼白狐问：“爱妃，他当着你的面污蔑你，你觉得该当如何呢？”

白狐道：“随他说吧，我无所谓。”

“你无所谓？”纣王一愣，旋即道，“孤明白了，你说无所谓的时候就是气糊涂了，其实你是要杀他。来人，把这梅伯绑铜柱上，烙了他，看他还敢污蔑孤之爱妃！”

手下甲士当即架起梅伯，绑在烧得火红的铜柱上。

很快，一阵嗞嗞的青烟之后，梅伯就在火红的铜柱上被烙成了一张饼，再然后，变成了黢黑的锅巴。

往这边赶来的丞相商容见状，吓得浑身哆嗦。

纣王凌厉的眼神就看向他，问：“丞相匆忙而来有何事？”

“臣……”商容本也是来替杜元铣求情，一见梅伯被烙成这样，心里顿时拔凉拔凉的，于是就道，“臣近日总觉身体不适，老眼昏花，怕误了国事，所以特来恳请陛下，看在臣也曾为国尽心尽力的分上，恩准臣告老还乡！”

这个，找不到理由杀啊。

纣王想了想，便点头道：“嗯，念在你也是老臣，为国操劳一生，就准了吧。”

商容谢恩退出。

纣王心想，算你聪明，见势不对，知道撤退。

随即，继续饮酒作乐。

此时的西岐，姜子牙听闻路人说起纣王连杀杜元铣和梅伯，先是怒了一番，接着就是大喜。

那纣王如此暴戾，西伯侯该反啊！

于是，他又屁颠屁颠地跑到西伯侯府门外求见。

姬昌一见他，黑着脸道：“你个狂徒，又来作甚？”

姜子牙笑道：“纣王在朝歌，不问朝政，宠溺后宫，听信后宫之言，滥杀大臣，此乃无道昏君，该伐也！”

姬昌骂道：“你这狂徒，真是亡国之心不死！来人，给我把他抓起来！”

身边甲士立马气势汹汹地上前要抓人，姜子牙见势不妙，马上使出五行遁术之土遁，往地下一钻就跑了。

姬昌愣了一下，然后自言自语：“咦，还有些道行？”

难道？

他忙转身回去拿出卦来，起一易课，推演天数。

慢慢地，他的脸色变了。

且说那纣王，连杀大臣，朝歌却仍一派风平浪静，急得他直是在心里念叨：你们倒是起来反我啊，反我啊，灭我啊，灭我啊！

然而，一众大臣，还是一番没完没了地上奏。

纣王压根听不进去，谁话多，不管有理无理，都拉出去杀了，可即便如此，还是吓不退一众为国为民的老臣。

弄得纣王也只能在深夜仰望夜空感慨：你们为什么要这么倔强呢？忠可，不要蠢啊！难道就没有一个人看出来，孤就是想灭国吗？孤想灭国，你们还劝孤兴仁政，你们这是脑子进水了，非要跟孤对着干啊，孤不杀你们，实在是对不起你们的愚蠢。

可纣王的重点不是要杀多少大臣，他要的是有人反，要的是亡国，他要成神！

怎么样才能让大家反呢？

必须得下点猛药啊！

他召来新宠奸臣费仲和尤浑进行密谋，依计而行。

先由费仲找了一死士，在御花园行刺纣王，被当场拿下，然后交给费仲去审。刺客交代，是受东宫姜皇后懿旨，行刺纣王。意在侵夺天位，让其父东伯侯姜桓楚为天子！

纣王大怒，命人抓了姜皇后，严刑逼供。

姜皇后冤屈，死也不招。

纣王下令，如果不招就一直审，审到招为止。

和姜皇后关系好的黄妃见状，告诉了姜皇后的两个儿子：太子殷郊和王子殷洪。

两个王子大怒，跑去杀了冤枉姜皇后的刺客，可姜皇后也气绝而亡了。

为了成神，纣王也顾不得那么多了，皇后、太子皆可踩在脚下。

当即，纣王又下令抓殷郊、殷洪斩首。

殷郊和殷洪见势不对，赶紧一路逃出宫去。

纣王派了殷破败和雷开去抓，结果在轩辕庙里抓到殷洪，商容家里抓到殷郊，一起押了回来。

本来已经告老还乡想多活两天的丞相商容见纣王连皇后和太子都杀，是可忍孰不可忍，当时就忘了死字怎么写，连夜跑回朝歌，面见纣王，数纣王杀妻杀子之罪。

纣王听他义愤填膺地说完，不由仰天一声长叹："你一大把年纪了，为何还要回来？"

商容高声道："老臣回来，是不想看我成汤几百年基业，毁在老臣瞑目之前！"

"这简单。"纣王道，"孤现在杀你，不就成全了你，让你看不到成汤基业毁在你瞑目之前了吗？来人，把商丞相拿下，金瓜击顶！"

商容绝望一声长叹："吾一腔忠心报国，岂能死于尔等小人之手！"

当场对着大殿柱子，一头撞死。

"真是，死了都还要弄脏孤的地方，苍蝇也不过如此烦人了！"纣王摇摇头，又看着跪在那里的殷郊、殷洪两个王子，挥一挥手，"这两个也推出午门砍了吧！"

马上一众大臣又站出来求情，杀妻又杀子，实在有悖人伦。

纣王一声大吼："谁再求情的，一起押出午门斩首！"

上大夫赵启出列，痛心地道："臣宁死，不愿见王犯下如此弥天大错！"

纣王道："难得你为孤如此着想，孤必须得成全你啊，一起砍了吧！"

堂上大臣，瞠目结舌，噤若寒蝉。

千年以来，不见如此暴君。

此刻，他们的内心极其复杂，对于殷商的命运和他们自己的命运，都感到了前所未有的茫然。

成汤基业，怕是要亡了。

很多人心里都有了这种强烈的预感，同样也有说不出的难过。

他们毕生的理想，呕心沥血，就是要让这国家安定、社稷昌盛，然而，他们眼睁睁地看着这国家风雨飘摇，却无能为力。

好在殷郊、殷洪被推至午门斩首时，突然天生异象，卷起狂风，吹得刽子手睁不开眼，再睁眼时，二人已不知所踪。

监斩官报与纣王。

纣王懒洋洋地道："跑了？那到处找找吧。"

其实他本意也不想杀这两个儿子的，再怎么样那还是他的儿子。他只是要让人看见他的残暴，好反他、灭他而已。

害死姜皇后、追杀太子殷郊和王子殷洪之后，纣王在暴政路上变本加厉、肆无忌惮，暴戾起来亦是得心应手。随后，他又杀了姜皇后之父东伯侯姜恒楚和南伯侯鄂崇禹。终于，纣王的疯狂举动逼反了两大诸侯后人。

那天，当听到诸侯反报传来，纣王忍不住抱坛狂饮，开怀大笑："哈哈哈，殷商要亡了，孤要成神了，那冰肌玉骨的仙女啊，绝美香甜的琼浆玉液啊……"

可他很快就发现，他高兴得太早了，他太高估两大诸侯后人的实力。

两大诸侯后人虽然吵着嚷着要打进朝歌替父报仇，纣王也只是随便派了点人出去镇压，结果就轻而易举地镇压了。

捷报一个又一个地传到朝歌。

这真是一盆凉水从头上泼下来，让纣王从头凉到脚，砸着杯子踢着凳子就骂："真是一群废物，造个反，跟挠痒痒一样！"

冷静下来后，纣王又开始分析剩下两大诸侯：一路为北伯侯崇侯虎，一路为西伯侯姬昌。

那北伯侯崇侯虎是个谄媚之辈，跟纣王身边的两大奸臣关系很好，是成不了事，听说造反两个字都吓得直抖，就更别说打进朝歌了。

纣王最后只能寄希望于西伯侯姬昌身上。

听说西岐富裕，姬昌也颇有贤名，在四大诸侯中也是最强的，显然有打进朝歌的实力。

恰好此时姬昌跟崇侯虎在喝酒，说起什么伏羲八卦，推演殷商天数，有亡国之危。崇侯虎跟两大奸臣一说，两大奸臣立马报上朝堂。

纣王一听，那叫一个高兴，心里暗道：姬昌推演天数向来极准，殷商真要亡吗？很好啊，那正是孤所期待的啊。

结果费仲就在那里说："姬昌如此大逆不道，该斩。"

纣王缓过神来，暗道：斩？把姬昌斩了，谁打进朝歌，谁灭孤殷商？

但是之前那么多大臣说错一句话都杀了，姬昌如此大逆不道，不杀也不行啊。

纣王想了想就说："先抓起来关着，等孤哪天心情不好了再拿他问斩！"

于是，纣王下令把姬昌囚在羑里，允许他自由行走，随便派了两个人看着他。

孤都给你把戏演到这个份上了，你应该逃跑回去造反啊！

纣王这么想着，没想结果却令他大为恼火！

姬昌居然明知自己可能被杀，也明知那几个看守漫不经心，可他硬是不找机会逃跑，反而在羑里住得跟自己家一样。

他不仅自己开始种地，还教当地人种地，搞得像要定居下来一样。

纣王听说之后，差点崩溃了。

让你们造个反这么难吗？姬昌啊姬昌，你非要跟孤对着来，就别怪孤心狠手辣了！

一道王令至西岐，传西伯侯嫡长子伯邑考到朝歌觐见。

伯邑考接到王令，马上召集一众大臣商议。

俗话说，伸手不打笑脸人，无论纣王想怎样，多送点礼物去，然后言听计从，总该逢凶化吉吧。

于是，伯邑考准备了大批礼物，把祖传的七香车、醒酒毡都带上了，把堪称稀世奇珍的白面猿猴都带上了。另外都知纣王好色，还特地在西岐选了最漂亮的十名美女带上。

甚至连纣王的两大奸臣，也都各准备了一份礼物。

所有人都认为，诚意足够，万无一失了。

结果，走进朝歌，站在纣王宫大殿之上，纣王只问了一句话，便决定了他的命运。

纣王收下那些礼物之后问："伯邑考，孤囚你父于羑里，若孤放你回去，你会反孤不？"

伯邑考一脸惊慌地道："不敢，不敢，臣纵死不敢！"

纣王在心里发出一声叹息。

若是他回去要反，就放他回去了；他既打死都不反，那就只能用他来逼姬昌反了！

"孤觉得你确实要死了才不会反。为孤之社稷，还请你一死吧！"

说罢，纣王便下令，把伯邑考抓到后宫。

然后由奸臣费仲安排，将伯邑考做成丸子，然后送往羑里给姬昌吃。

纣王接着又秘授费仲计谋。

费仲带着由伯邑考的肉做成的丸子来到羑里，见了姬昌，说："王有恩赐，赏你几个丸子吃。"

姬昌谢恩，接过丸子就准备吃。

费仲继续道："吃丸子之前，还有王命。"

姬昌垂首而听。

费仲道："陛下说，这丸子取材特别，匠心独具，要你猜猜是什么做的，明日进宫当面回复陛下。若猜对了，饶你没事；若猜错了，必杀你！"

随即，费仲又赐了几壶酒给看守，并说这是御酒，不喝醉就杀头。

既然是王命让喝醉，看守自然是求之不得，抱着酒坛就喝了个酩酊大醉。

而那西伯侯姬昌肯定猜不出是什么做的丸子，但如果猜不对得杀头啊。他只好取出卦来推演，便知道了真相。

那一瞬间，如五雷轰顶。

纣王昏君，你冤我囚我打我骂我，我都忍你，为了我贤名，念你为君王，没想竟然把我儿做成丸子给我吃，真是可恨！

然而，西伯侯转念一想，他明天能去朝堂，当着众大臣的面说纣王把伯邑考做成丸子给他吃吗？如此让纣王下不来台，肯定也得治他个以下犯上欺君之罪，也得被杀啊。

原来，说得对不对都是一死啊！

纣王这是要杀他，只为找一个理由罢了。

怎么办？怎么办？

姬昌开始有点慌。

好在他看见了喝得酩酊大醉的守卫，这守卫都喝醉了，此时不跑，更待何时？

终于，他决定要跑了。

翌日。

有守卫醒来，慌张入宫，报西伯侯姬昌已逃的消息。

守卫诚惶诚恐，担心被杀头。

而纣王心里的一块石头终于落地了。

如果这样都还不反的话，那就真服你了！

“启禀陛下，那西伯侯姬昌已逃，还请王速速下令追击！”下方大臣见纣王没有什么反应，又提醒了一遍。

“逃了？”纣王问，“他逃了，你们慌什么，他逃了，就让他逃啊？”

“这……”满朝文武一愣。

一个大臣道：“姬昌这是大逆不道啊，陛下天恩浩荡，赐丸子给他吃，他居然趁着守卫喝醉跑了，如此大逆不道，必须抓回来治罪，以儆效尤！”

“说了让你们不要慌，慌什么？”纣王道，“天下之大，莫非王土，他跑得了和尚还跑得了庙吗？他必逃回西岐，到时候直接去西岐抓他不就是了？”

一班大臣面面相觑，感觉像在做梦。

之前那个一言不合就要炮烙、金瓜击顶的残暴纣王呢？为何姬昌出逃，他却跟没事人一样？

纣王看着面面相觑的大臣们，心里却是暗自得意：尔等终究还是愚钝，看不懂孤的计谋！

然而，让纣王再次失算的是，姬昌虽然逃回了西岐，可他居然还是不反！

纣王等了一天，又等了一天，到第三天，四天，五天……

探子回报，西岐如常。

纣王要崩溃了，都这样了，为何还不反？

造个反就这么难吗？

纣王又派人入西岐打探，终于得到了一些有用的消息。

其实，手下一众大臣，确实义愤填膺，劝姬昌造反。

可姬昌却有两大顾虑：一是他素有贤名，不想背上反贼骂名；二是怕反了打不赢，自寻死路，祸及九族。

毕竟，此时的殷商还很强，闻仲和黄飞虎都很强悍。

“原来是这么回事，那孤就再帮你一把吧！”纣王又眉开眼笑起来。

先是说妲己有病，需七窍玲珑心才能治病，而皇叔比干生的正是圣人七窍玲珑心。

那天，纣王就在朝堂上，让人挖出他叔叔比干的心脏给白狐吃，把他的残暴发挥到了极致。

有两个大臣实在忍无可忍，当场斥责纣王无道。

“既然你们说孤无道，孤就无道给你们看看吧。”纣王又把两个骂他无道的大臣给杀了。

朝歌城里，已经怨声载道了，可似乎还不够。

纣王觉得还需要下点猛药。

黄飞虎！

纣王想到了这个兵权在手的武成王，当即以妲己之名传黄飞虎之妻入宫见驾，并肆无忌惮地调戏她，终逼得黄妻自杀。

黄飞虎的妹妹也是纣王之妃，听说嫂子被纣王调戏跳楼，也义愤填膺地来骂纣王。她却不知，纣王走的就是死路，要的就是残暴。

当下，纣王也把她一起杀了。

还正在家中喝酒的黄飞虎，陡听得噩耗，仰天长叹道："老子黄家三代忠良，你竟杀死我妹妹，逼死我老婆，我若还忠你，天地不容也！"

于是，黄飞虎连夜打点行囊，出朝歌，直投西岐！

已经在渭水边不知道钓了多少天鱼而无颜回昆仑的姜子牙，终于在他另一只脚也快踏进棺材的时候，迎来了命运的转机！

西伯侯府。

在反与不反之间彻夜失眠的姬昌突然得到武成王黄飞虎率队来投的报告，顿时喜出望外，连忙出去迎接。

这一下，他再也没有退路了。

既然是上天的安排，那就反了吧。

毕竟，当初他从朝歌一路逃回西岐，没少得到黄飞虎的帮助，他是断不可能拒绝黄飞虎投诚的，一旦接受，那就是明着与朝歌为敌！

和黄飞虎碰杯喝酒并豪迈地吼出"那就反了吧"几个字的姬昌，突然就想起了一个人来——姜子牙！

那个昆仑学道之士曾一次又一次跑到府上来劝他反，还说他一定会反，只是早晚的事情。那个时候他觉得什么昆仑学道之士，简直就是个疯子。要不是每一次姜子牙都遁得快，他非得把姜子牙给杀了。

现在看来，姜子牙真乃神人也！

他自己都没想过反，却被姜子牙一语言中，若能得此等奇人，何愁反商大业不成！

姬昌立马传令，就算把西岐翻个底朝天，也一定要找到姜子牙！

有手下人报称，渭水河边有一钓叟和他要找的人外貌特征相似。

渭水河边一钓叟？不大可能吧。好歹也是昆仑学道之人，不至于沦落到渭水河边钓鱼为生吧？不过既然很像，那还得去看看。

当下，姬昌带着随从就去了渭水河边。

姜子牙正坐于一株垂杨之下，看着那滔滔流水，无尽无休，彻夜东行，莫名地惆怅起来。

七十多岁了，还一事无成，这人生的意义到底在哪里呢？

哦，我明白了，活着本身，就是活着的意义了。

想我姜尚年少有抱负，欲将丹心向明月，却屡屡碰壁，碰得鼻青脸肿。后来上昆仑，不惧披星戴月，想成就仙道，可老师传了所有师兄弟道术法宝，连白鹤童子都传了许多，却只让我担水扫地，说我仙缘不够，仙道难成，若把地扫好了，若把水担好了，也是一种道。

因为活着就是最基本的道了。

唯有把活着这条道修得纯粹了、坚韧了、没有杂质了，才有可能去成仙道，即便成不了仙道，至少也能成个富贵之道。

这一点，老师倒是没有骗我的。

昆仑四十年，我一直在修活着这条道，忘却人间富贵，担水扫地，倒也怡然自得。虽然未成神仙，而我老当益壮、怡然自得。而那万丈红尘中，四十年岁月，有多少人经历了生离、死别和种种人间疾苦，化成了一抔黄土。我要比他们强千倍百倍。

活得简单点、久点，也算是一种成功吧。

想到这里，姜子牙心中释然，鱼竿动了下，水面晃起几圈涟漪。

他漫不经心地将鱼竿拉起。

不出所料，没有鱼儿。

“咦，刚才明明钓竿动了，水晃了，怎会没钓上来鱼呢？”身后突然传来一个声音。

姜子牙回头一看，看见了姬昌。

终于，姬昌要反了！

不过，姜子牙没搭理他，只是又往鱼钩上串饵。

姬昌又突然惊奇地道：“咦，先生你这鱼钩为何没有钩啊？难怪我刚才见水动了，没上来鱼，原来是直钩，直钩如何能钓鱼呢？”

姜子牙依旧没搭理他。

曾经姬昌不想反，姜子牙说破了嘴，反被驱赶；如今姬昌想反，该费尽口舌来求姜子牙了。

大将军南宫适看不下去了，道："主上，我们还是走吧，就算傻子都知道直钩钓不上鱼来，他这是比傻子还傻，您还能指望他辅佐您，会被天下人笑话的！"

"不得无礼！"姬昌毕竟也是一代贤人，当即就道，"天下人钓鱼皆用弯钩，独先生用直钩，正说明先生乃大才，与众不同耳！"

姜子牙这才正眼看着姬昌，云淡风轻地说："不愧为西伯侯，颇有见识。"

姬昌拱手道："姬昌见过先生了，虽与先生有过相见，却从未细谈，但后来想起，先生一言半语，皆振聋发聩，是以，姬昌前来请教先生了！"

"请教？"姜子牙早已高兴得心花怒放，却故作镇定，"你为王侯，我为钓叟，你能请教我什么？"

姬昌道："我今日前来，是向先生请教文韬武略治国安邦定天下之事，可否请先生移步，到府上慢叙？"

"犹记得，吾去你府上，你却赶我！"姜子牙慢吞吞地捋了两下花白的胡须。

"咳咳……"姬昌尴尬地道，"姬昌愚钝了，对于许多事略后知后觉，还望先生勿怪。"

姜子牙道："也罢，若跟你一般见识，岂不是显得我没有胸襟气度，但我姜尚，不辅无才无德之人，你回答我一个问题吧。答对了，我随你走；答不对，你怎么来的就怎么回去！"

"先生请讲。"姬昌道。

姜子牙一指手中鱼钩，问："你告诉我，我为何用直钩钓鱼？"

"这……"

姬昌一愣，暗忖：你用直钩钓鱼，我怎么知道？譬如我从西伯侯府到这里来找你，一共走了多少步，你能知道吗？

不过，他是来求人的，得有个答案才行。

姬昌装模作样地想了一番之后，也摇头晃脑地道："先生直钩钓鱼，钓的不是鱼，而是寂寞！"

姜子牙缓缓地站起身来，对视着姬昌的眼神，徐徐地道："我修道与兵法，胸怀天下，不求富贵荣华，只求一懂我之人。看来，今天是遇到了！”

“怎么，先生的意思是我……我说对了吗？”姬昌欣喜地问。

姜子牙微微一笑：“那当然。”其实心里在想，答对个屁，我用直钩钓鱼，钓的根本就不是鱼，是你！

从姜子牙问出问题开始，姬昌答什么都是对的，因为姜子牙就是要故弄玄虚而已。

姬昌大喜过望，赶紧带着姜子牙回府。

听姜子牙一番高谈阔论之后，姬昌更是被姜子牙的文韬武略深深折服，激动地拉着他的手，直接登坛拜相，让姜子牙全权负责西岐发展大计，只对他一人汇报情况。

姜子牙半推半就地接过相印，接着就一声令下。

凤鸣岐山，一杆反商大旗迎风竖起。

想当初你殷商天下容不下我姜尚满腹才华，我今日就以你不屑的这满身才华打你、灭你，何其快哉！

“报！报！报！”

朝歌军探惊慌失措跌跌撞撞地跑进纣王宫。

大臣擂鼓。

纣王打着呵欠满腹牢骚地步上朝堂，看着下面一群热锅上蚂蚁般不安的大臣，就摆出帝王威严来：“何事惊慌！”

军探结结巴巴地道：“报……报陛下，西伯侯反，反了！”

“什么，西伯侯反了？”纣王先是一愣，随即止不住大笑，“哈哈哈，他终于反了，他终于反了！”

殿下大臣面面相觑。

这纣王是被吓傻了，还是被吓疯了？

纣王看见大臣们的反应，才察觉到自己的失态，立马正襟危坐，道：“孤一直觉得那西伯侯明修圣贤，暗生反骨。当初孤欲杀他，一群大臣为他求情，好像杀他是孤不对，现在证明还是孤看人最准。西岐弹丸之地，待孤派遣大军灭了他就是，莫要惊慌！”

群臣见此，只能拱手高呼："陛下圣明！"

纣王大手一挥："行了，有事启奏，无事退朝吧。"

大夫杨任赶紧道："陛下，还没派兵呢！"

"派兵？"纣王道，"派什么兵？孤有几百城，城城有守军，姬昌要打来朝歌，城城都是陷阱，他都自投罗网了，还派什么兵！"

杨任道："那也得发一道命令出去啊。"

"你怎知孤不发命令？难道非得当殿发下命令？你这是觉得孤治国无方吗？来人啊！"纣王一声大吼，指着杨任就道，"这贼子，竟当殿教孤做事，给孤挖了他双眼，让他从此看不见这世间，丢于街头，沦为乞丐！"

"昏君，你这昏君……"杨任破口大骂。

"还骂？"纣王又道，"挖去双眼后，打死了丢街上去吧！"

说罢，哼着琴师新编的一首小曲，乐呵呵地回后宫去了。

心里还在喜不自禁地暗道：姬昌，果不负孤放你一条生路，你真的反了。虽然反得迟了些，好歹是反了，不过你要争气打到朝歌来啊！若不然，孤就真的白忙活了！

这等死的日子，晃晃悠悠的，真是好漫长、好难熬。

第九章　截阐两教，各为其道

西岐，千面反商大旗迎着风猎猎作响。

姜子牙却并未立即率军出征。

因为只要姬昌反了，他的任务就算完成了，任务完成，他就得回昆仑复命了。

跟姬昌请了辞，姜子牙施五行遁术，即刻遁回昆仑来。

没想，就在麒麟崖上遇见了申公豹。

“哟，子牙师兄，你还活着啊？”申公豹一见姜子牙，就忍不住嘲讽。

姜子牙道：“师弟你这话说的，如果我不活着，还能死了不成？”

申公豹道：“自告奋勇去西岐策反，一去就没了消息，我以为你没法回昆仑交差，自行了断了呢！”

姜子牙道：“师弟哪里话，想我昆仑学道，一身才华，我既出马，必马到功成，岂有没法交差之理。只不过我许久没下昆仑，一旦下去，必然要四处玩玩，看一看那壮丽河山，品一品那人间红尘，玩开心了才回来呢！”

“瞎掰！”申公豹道，“我也曾去过那西岐，听人说一老疯子去劝西伯侯造反，结果被轰走了，我猜那就是你。后来我又见你在渭水边钓鱼，那鱼钩都没有钩，傻乎乎的一坐就一整天，我看着都心酸。你现在跟我说，你早完成了任务，在外玩耍，要不是我亲耳所闻亲眼所见，还真信了你！”

姜子牙摇摇头道：“老师说得没错，师弟你凡事只知道看表面，还急于求成，这样是修不好道的！”

“我……”申公豹冷笑，“你还训起我来了？我修不好道，你能打得过我吗？”

姜子牙道：“道修得好不好，不是以打不打得赢架论的。”

“是吗？不以打架论，难道以吵架论？”申公豹问。

姜子牙道：“老师不言一语，不出一手，你在他面前，自然低头，这是为何？”

“因为他是老师啊。”申公豹道。

姜子牙道：“所以，道修得好不好，要看辈分！”

说罢，也不再搭理申公豹，径直去玉虚宫复命。

“哼，我就要看你怎么跟老师交差，你要说谎，我当场拆穿你，我就是这疾恶如仇六亲不认的个性！”申公豹也跟着进了玉虚宫。

元始天尊缓缓地睁开眼，看着姜子牙，淡淡地道：“回来了？”

姜子牙道：“见过老师，虽耗了些时日，所幸不辱使命。”

“姬昌决定反了吗？”元始天尊问。

姜子牙道：“是的，西岐已竖起反商大旗，西伯侯还拜了弟子为相！”

“打住打住！”申公豹憋不住了，“师兄，我刚才在外面都戳穿你了，你怎么还在老师面前说谎？”

姜子牙问：“我哪说谎了？”

申公豹道：“你在大庭广众之下去劝姬昌反，姬昌把你赶走，你便郁闷得在渭水边用直钩钓鱼，你竟然回来向老师编造西岐已反，姬昌还拜你为相，你这说的是弥天大谎啊！”

“师弟啊！”姜子牙道，“有时候你看到的确实是真的，但那只是一个过程，并不是结局啊。”

“强词夺理！”申公豹仍理直气壮振振有词，“你下山几年都不见你说服姬昌反商，我前几日都还见你狼狈之相，就我回来这几日，你就说动了他，还拜你为相？”

姜子牙道：“师弟你也有几千年道行，岂不知时光的洪流中，每一刻都是变数？”

申公豹针锋相对：“你也上昆仑玉虚宫前扫地四十年，岂不知空口无凭？”

姜子牙道："行，我不和你争论，就给你看个东西吧！"

说着，便从身后背着的布袋里拿出了西岐相印来。

"哈哈哈，师兄，我就跟你开个玩笑。"申公豹马上脸色一变，"其实我知道你被西伯侯拜相了，只不过我想看看你的相印。嗯，不错，很威风、很气派，恭喜你七十几岁终于熬出头，享这人间富贵了！"

这见风使舵的本事真是让人折服。

姜子牙转身拜元始天尊道："接下来还有什么使命，请老师吩咐。"

元始天尊道："既你已完成使命，就把这个拿去吧！"

说罢，手一挥，一黑皮卷轴飞向姜子牙。

姜子牙伸手接住，便见得那黑皮卷轴上有三个红光大字：封神榜。

"封神榜？"姜子牙还有些发愣，"这个做什么用的？"

元始天尊道："天庭所需三百六十五部正神封神名单，你拿去筑一封神台，届时封神大战起，凡名单上之人，若战死，便会投往封神台，等候封神。"

"弟子领命！"姜子牙掷地有声。

竟然是让他封神，这让他如何不心中窃喜。

曾经，他梦寐以求想成神，觉得神高高在上万民敬仰，真是风光。没想，如今那高高在上的神，却也要经他之手下定论！

"我不服！"申公豹马上大喊。

元始天尊看着他，问："你有何不服？"

申公豹道："老师为何把封神榜给师兄，却不给我？"

"你是对我的安排有意见？"元始天尊问。

申公豹道："阐教一门中，我有三千年道行，且天赋异禀，虽入门晚了些，但论修为，能强于我者，屈指可数。但老师定十二金仙，却没我，说我来得太晚了。我没话说，毕竟，这世间有先来后到的规矩，我认。可如今封神榜宁可传给只在玉虚宫扫了四十年地的姜尚，也不传我，我怎会没意见！"

"你这么说，好像也有些道理，那行，就把封神榜传你吧。"元始天尊看向姜子牙，"子牙，给他吧！"

姜子牙一愣，这是个什么变数？还能这么玩？

但他还是规规矩矩地把封神榜递给了申公豹。

申公豹大喜接过，当即就道："老师果真圣人，知我心意。"

元始天尊看着姜子牙问："子牙，为师这么安排，你没有意见吗？"

姜子牙道："老师永远都是对的，弟子岂敢有意见。"

元始天尊道："行，那你就把封神榜拿回来吧！"

姜子牙和申公豹俱是一愣。

元始天尊又看着申公豹道："给回去啊，没听见吗？"

申公豹拿紧封神榜，舍不得撒手，不甘地问："老师明明已经给弟子了，为何又要拿回去？老师你可是圣人，说话做事，不能出尔反尔！"

"你是在教我做事？"元始天尊问。

"不是，弟子只是在跟老师讲道理。"申公豹道。

"道理？你还会讲道理？"元始天尊道，"行，那今天我就好好跟你讲讲道理吧，你知道为什么要让你把封神榜给回去吗？"

申公豹道："弟子不知，请老师明示。"

元始天尊道："因为我给他时，你不服；但我让他把已经拿到手里的东西给你，他却也心甘情愿。这就是你们之间的区别，你总认为，要对你有好处的才是道理。但凡你没得到好处，便觉不公，连'天地君亲师'的道理都不懂。且不谈尊敬，单是老师教过你，你也应该学会理解老师的用心，要去多想自己的为什么，而不是总找别人的问题。这就是为什么你修了三千年的道，却不够资格掌握封神榜的原因，因为这世间真正的大道，处世为人之道，你还没有参悟明白。掌握封神榜，非将帅之才不可。而将帅之才，首先要擅长的就是做人！人做不好，上不能得君王信任，下不能让部属听命。现在，你明白了吗？"

申公豹还是不服地道："可是，老师你从始至终教弟子修的就是法道，而非处世为人之道！"

元始天尊道："看吧，你始终在怨别人不公，却不想自己的问题。吾教尔等一视同仁，尔等怎么悟是尔等自己的事！吾让姜尚在玉虚宫劈柴担水，他无怨无悔，若是让你去呢？你肯定又会闹，为什么其他人修了上乘法道，却让你劈柴担水，必是偏心。但你看姜尚，他抱怨过没有？上乘之道，吃亏是福，你一吃亏就抱怨，好似天生就该别人吃亏，你吃不得。别人吃亏时你觉得理所当然，别人得好处时你又不服了，天下还能有这样的道理？”

申公豹一下子就被说了个面红耳赤。

元始天尊继续道：“我就跟你讲一个道理，但凡站在高处的人，他们必会更喜欢一个即便平庸却也踏实听话的人，而不会喜欢一个哪怕有才却狂悖、甚至反叛的人，这是大道智慧，明白了吗？”

申公豹道：“老师的意思就是我不听话，所以对我有偏见吧！”

元始天尊道：“话糙理不糙，但确实如此。”

申公豹道：“弟子只是觉得自己的命运就该自己掌握，想要的东西就去争取，这天下大成者，皆是靠努力争取而来，而非凭听话而来。若言听计从，必是那圈中待宰之猪，是那田地耕犁之牛。修道者，心有星辰大海，为何要凡事听话？还连不公之事都要听从？”

元始天尊一声叹息：“你终是过于固执了些，不知这世道，许多时候，有人给的，比你自己求的，要更有用。帝王之子，生来就是王公贵族；百姓之子，努力一生，也不过贩夫走卒，可见自己求的，终是不如有人给的！”

申公豹竟一时无言以对，但看着姜子牙手中封神榜，还是眼红，还是不服。

元始天尊道：“看得出来，三千大道中，还有很多道你都没有想通，那你就跪这里想上一个时辰再说吧，子牙，你且先去吧，封神事大！”

姜子牙应声告退。

可他出得玉虚宫，不经意地打开封神榜来一看，不由大惊，立马就跑回宫来，见到元始天尊就喊：“老师，老师，这封神榜不大对啊！”

元始天尊问：“怎么不对了？”

姜子牙道：“弟子刚才看了一眼，发现封神榜上几乎都是碧游宫截教弟子之名，还有些甚至是凡人之名，咱们阐教弟子屈指可数，这是何故？”

元始天尊道：“怎么，我刚训了你师弟，只学会听话就行，你有什么可质疑的吗？”

“弟子不敢。”姜子牙道，“只是，老师之前曾说，封神之战，将倾尽我阐教之力，十二金仙诸位师兄都会参与，但却都无封神之名，如今弟子行封神之事，怕诸位师兄及师侄到时候埋怨弟子，胳膊肘往外拐，弟子不胜惶恐！”

元始天尊道：“你担心得倒也是，但不必疑虑，此对吾阐教有利也！”

姜子牙一脸茫然：“神都封给了别人，为何对吾教有利呢？还请老师开释！”

元始天尊道：“封神之战，风云际会，会出现三种命运：第一种是死了，就化黄土，再无明日，就白死了，这种命运占绝大多数；第二种是虽战死，修为也会付之一炬，但灵魂会进封神榜，被天庭封神，说起来这是封神，其实是封去给天庭做事，这种比起第一种命运来，自又要好一些；但真正好的命运，却是第三种，会在大战之中毫发无损，只是去参与一番，便可拿到功劳，战后论功行赏，可直接提升神格。而天条规定，只要具有了大罗金仙的神格，便不受天条约束，四宇八荒之中，自在逍遥，修仙成圣，显赫四方。那天庭众神，见着了如此神格辈分，也得低下一头来。现在，明白了吗？”

“老师的意思是，届时我阐教弟子多是第三种命运吗？”姜子牙问。

元始天尊道：“那是自然。”

姜子牙道：“若是如此，甚好，不过，弟子始终觉得，碧游宫那么多门人在天庭为神，始终还是不好。”

元始天尊问：“这有何不好？”

姜子牙道：“弟子修过历来兵法权谋，知为官为帅之道，往往做事的才有实权。有些说起来风光的位置，其实只是徒有虚名，使不上力。若天庭都让碧游宫门人做事了，玉虚宫门人都四处去玩了，说起来，天庭却尽在碧游宫门下矣！”

“哈哈哈……”元始天尊大笑，“你只知其一，不知其二也！”

姜子牙恭敬地道：“还望老师指点迷津。”

元始天尊道：“封神榜上之神，皆是阵亡入魂，魂入封神台，届时会受吾玉虚之法，洗去一切记忆，忘却一切前生，纵是老师、父母、自己，都会忘了。所以，那碧游宫门人，只要封神榜上有名者，封神之后，便与碧游宫再无关系，明白了吗？”

姜子牙顿时恍然：“原来老师是借封神榜让那碧游宫能人为我阐教之用。”

元始天尊道：“这是机密，祖师只与吾提及，你万万不可去外面传话，否则你通天师叔定然不服，恐多生事端。何况，这封神之战本就是吾阐教门人犯下神仙杀戒，才以众生为棋子，度此一劫，若是还占大功，就有点吃干抹净的意思了……”

“弟子明白，弟子一定守口如瓶，好好完成封神之战！”姜子牙信誓旦旦地道。

“对了，还有一物要送你！”元始天尊说罢，手一挥，一道黑光向姜子牙飞来。

姜子牙伸手接住一看，却是一黑木之鞭，长三尺五寸六分，有二十六节，每一节有四道符印，共八十四道符印，便问：“老师，这是何物？”

元始天尊道：“此为打神鞭，专给你封神之用，若是封神榜中神，一鞭可毙命。但此鞭只打得神，却打不得仙，也打不得人。打神如雷霆，打仙或人，也就是一凡鞭而已。”

“弟子知道了。”姜子牙感激涕零。

他没想到，自己虽只在玉虚宫扫了四十年地，道无所成，如今一鞭在手，却可打神，真是受宠若惊。

“对了，还有，你把我养的那四不像也骑去吧。”元始天尊再送惊喜。

“这，这……”姜子牙都激动得有些结巴了，“那可是老师的坐骑，如何使得啊！”

元始天尊道：“没什么的，反正，这些年也一直都是你在照料它，正与你熟。且如今吾出门，已习惯了坐九龙沉香辇，不惯骑它了。而且，封神大战起，届时各路大神大妖登场，多得是稀奇怪兽，你好歹也是西岐之相，代吾封神，总不能随便骑匹马坐辆车吧，这四不像正好可助你威风。”

“弟子遵命，谢谢老师。”真是一朝运来、平步青云。

姜子牙瞬间觉得，活了七十多年，受了那许多屈辱和白眼，所有的隐忍和磨砺，到今日看来，都是值得的。

虽大器晚成，却终扬眉吐气。

一朝运在手，从此天下有。

旁边的申公豹见此情景，眨巴着眼睛彻底蒙了，差点一口老血吐出来。

他还暗暗地掐了几下，这是不是在做梦，同为弟子，元始天尊给了姜尚这么多好处，为何却让他坐冷板凳？

“老师，就没有点什么给弟子吗？”申公豹终于忍无可忍了。

“你？”元始天尊淡淡地看了他一眼，“吾觉该给你时，自会给你。吾没给你时，岂有自己开口要之理？”

“这……”申公豹一时语塞。

姜尚得了那许多好处，申公豹却什么都没有，他还不对了？

那一瞬间，三千大道在他心里都成灰。

他知道，或许，他该重选命运了。

姜子牙藏好封神榜，带着打神鞭，骑上四不像，呼的一声就离开了昆仑。

申公豹站在麒麟崖边，看着那姜子牙远去的背影，心里一股无名火起。

想我申公豹山中悟道、自学成才，三千年花开花落，静悟《黄庭》，得金仙之体，见你元始天尊道人创阐教，论正道，有圣人格局，我才投你门下，本指望成就大器，顶天立地。哪知你却偏心，十二金仙无我，封神榜不传我，打神鞭不给我，却给了一个只会扫地担水的凡夫俗子！

因为他听话？

简直匪夷所思！

历来都是才华横溢者，货与帝王家。听话有什么屁用？这天下听话的凡夫俗子多了去了！

看那殷商、那帮贤臣，就算纣王挖他们心肝、砍他们脑袋，将他们烙成卷饼，他们也跪着，全无半点反抗，还要怎么听话？

听话，就能得天独厚的话，这天下还要什么才华，还要什么是非黑白？

看来，你也不配为圣人，不配为我师。

从今往后，谁也不能再受我拜、安排我命运。我的命运，我要自己去安排！

尔等可成圣，吾为何不可？

你言天道定，我便要改了这天道！

一股热血自胸中燃起。

申公豹已然知道该怎么做了。

他翻身跨上花斑豹，将腿一夹，花斑豹腾云而起，直往蓬莱岛碧游宫而去。

碧游宫乃是截教祖庭，通天教主传道之处。

申公豹让童子进去通报。

片刻工夫，童子出来，带着申公豹进去。

申公豹进到里面，见截教通天教主盘坐蒲团之上，手握一卷《黄庭》，当即倒头就拜："弟子申公豹拜见师叔。"

"申公豹？"通天教主眉头一皱，"你乃阐教门人，为何来拜我？"

申公豹看了看碧游宫内，金灵圣母、龟灵圣母、金光圣母、无当圣母、乌云仙、金光仙等俱在，便道："弟子有一事要与师叔说，但此事事关重大，只可与师叔说，所以……"

话到这里，通天教主自是明白，当即让碧游宫门人全都出去了，然后，他又向虚空中划了几划，道："这里已被我用了与世隔绝之术，现在可以说了。"

"多谢师叔。"申公豹说声。

然后就把他在玉虚宫所听封神榜之秘密，尽数与通天教主道来。

"你说的是真的？"饶是通天教主已成圣人之道，道心如磐石，可听申公豹说起封神榜之事，一张脸瞬间就黑了下去，只觉心中有怒火乱烧、难以自控。

申公豹道："师叔明鉴，此事弟子断不敢捏造，此乃弟子在玉虚宫亲眼所见、亲耳所听，绝无半句虚言，若有，只管五雷轰顶，让我万念成灰！"

通天教主疑问："你乃阐教门人，也是受益之人，为何要来与我说这些事呢？"

申公豹道："因弟子觉得，人、阐、截三教共一脉，如同手足，师尊这么做，实在是有失公道，欺人太甚。"

“是因为元始天尊未将封神榜给你，你不服气吧？”通天教主洞察秋毫。

申公豹也坦白道：“是的，弟子觉得，无论从天赋，还是道行修为，我均比那姜尚要强太多，师尊此举，着实偏心，让人不服！”

通天教主道：“这事着实不怪他，怪你了。”

“怪我？”申公豹一愣，“弟子哪里错了？”

通天教主道：“阐教之道，只传仙灵人体，元始天尊向来不喜欢，甚至瞧不起虫卵湿生之辈，你投他门下，便是大错。他虽看你天赋异禀，且有道成，勉强收你，但一个人，哪怕是圣人，可以勉强接受自己不喜欢的东西，但绝不会重用。还有一错，他本就不喜欢你了，你还总是质疑他的决定，与他争论，要公道公平，他对你自然就更加反感。毕竟，纵是圣人，也喜欢听话的人！”

“师叔一席话，真是让弟子茅塞顿开。”申公豹不禁喟然长叹，“想弟子当初拜入阐教，一腔热血抱负、誓证大道、光我门教，没想到，从一开始，我走的就是歧途，注定了我一生荒芜……”

通天教主道：“你也别丧气，封神大战还未开启，还有许多变数。有些命运，不由天地，而在自己手里！”

申公豹眼睛一亮，问：“师叔有什么指教吗？”

通天教主道：“没什么指教，其实我想说的是，三千大道之中有一条，叫逆来顺受者必平庸，但凡有作为者，必明理是非，对抗不公。你先去吧，好好想想这其中道理！”

“是，弟子告退！”申公豹当即告辞。

通天教主

通天教主看着申公豹离去的

身影，不由自言自语起来：师尊，三千大道之公道，可是你亲传于吾等，为何，你却不公？你将封神榜给二师兄，我且不知情，实属偏心也！

言毕，通天教主当即骑着奎牛就往玉京山紫霄宫而去。

鸿钧老祖立于紫霄宫前。

看着下方三十三重天，又三十三重天，凌霄宝殿之上，天宫神卫已立，一派秋毫无犯之威严。下方世界，那十九层地狱也正如火如荼地开工，假以时日，必成天下谈虎色变之地。

细细想来，三千大道，也不过天下四方称尊，定人成败，决人生死吧。

吾鸿钧成了此道，当前无古人，后无来者也！

通天教主骑奎牛落下，下牛拱手："见过师尊。"

鸿钧老祖都没转眼看他，仍看着远方，淡然而问："有什么事吗？"

通天教主道："弟子有一事不明，想请教老师。"

鸿钧老祖道："你这不像是来请教，倒像来兴师问罪的！"

"弟子不敢。"通天教主忙道，"弟子确实是心中有疑惑，想请老师指点迷津。"

"说吧。"鸿钧老祖道。

通天教主便直言道："弟子不明白，师尊为何要将封神榜授给元始天尊师兄？"

鸿钧老祖这才将目光看向他，语气中暗藏一丝犀利，问："你觉得，吾该授予谁？"

通天教主道："弟子愚见，若论资历辈分，当授老子大师兄；若论道行修为，以德服人，真证大道，该授于弟子。而独授予元始天尊师兄，弟子不解！"

"是吗？"鸿钧老祖问，"吾倒想听听，为何论道行修为、以德服人，真证大道，该授予你了？"

通天教主道："万年前，弟子听师尊讲道，三千大道，善当先，公当前。是以，弟子创立截教，有教无类，不分披毛带角之人，不论虫卵湿生之辈，皆一视同仁收入门下，因此，吾截教可享誉四海、万仙来朝，门人之中奇花异放、天才辈出，堪称天地第一大教。反观元始天尊师弟之阐教，传道看重根源，只重仙灵人体，对虫卵湿生之辈颇为嫌弃，其道狭隘，有违师尊当初论道之说，为何师尊这封神榜不传弟子，反传于他？”

“你是真的不明白吗？”鸿钧老祖问。

通天教主道：“弟子是真的不明白。”

鸿钧老祖道：“所以，这就是吾传他，不传你的原因了，因为，你不明白，但是他明白！”

通天教主道：“正因为弟子不明白，所以还请师尊释疑。”

鸿钧老祖道：“也罢，吾就与你说说什么是真正的道吧。道分两极：一为恒久；一为变通。恒久之道，刀山火海不惧，披肝沥胆不弃；变通之道，审时度势而行，知轻知重而为！所以，你没有悟懂变通之道！

“当年吾传道，有讲众生公道，只不过此一时彼一时也。那时天地初开，生灵稀罕，这公道是可存的。而如今，生灵亿万，遍地皆是，若再有公平，则天地不存。女娲为创世圣人，她能让她的子民都一样吗？不能。这天下众生之存在，必有强弱，必分高低。

“若不论强弱，不分高低，你为何要殚精竭虑修道成神成圣？不就是为了成神成圣之后，免去人间疾苦、三灾六难吗？不就为你能以神圣自称、居高临下俯视众生吗？瞧，那众生如蝼蚁，多平庸，多可怜。这是每一个神或圣心中的声音，神圣们只当这是悲悯，其实只是一种被粉饰了的优越感而已。

“若不然，每一个神圣都可以己身之法与凡人对调身份，为什么却没神圣愿意呢？显然，神圣并没有他们以为的那么无私和超脱，可能有时候只是比一般凡夫俗子确实拔高了那么一点点而已，但不必自欺欺人。喊出过普度众生的口号，就真的以为自己能普度众生或已普度众生了？

“这世上有神圣为天地众生无私过、牺牲过，譬如女娲。但也同样有凡人为这世间无私过、牺牲过。但天地传说，只有神圣如此，那是因为神圣居于庙堂，到处讲自己的了不起，凡人却是做了就做了，不曾宣扬而已，明白了吗？”

通天教主还是一头雾水：“虽然师尊所讲之道高深无比，弟子也深以为然，却还是没有听得明白，这跟师尊把封神榜给元始天尊师兄不给弟子有什么关系呢？”

鸿钧老祖道：“吾说得还不够明白吗？如今天地，芸芸众生，必有高下，必分尊卑。而仙灵和人体为尊，虫卵湿生、披毛带角之辈为卑。就如同天下之道，我三千大道为正统，四宇八荒，天庭为中央，一个道理。你元始天尊师兄所传之阐教，便为正统之教，可延续天道，而你截教却不可。那人间尚知皇位继承需皇室血脉，一脉传承，你修了上万年的道，反而却没弄懂，你都修了些什么？”

通天教主反问：“神圣修道，是为了超脱于凡人，为何我等反而要去遵循凡人之道？”

鸿钧老祖道：“大道至简，返璞归真，从凡人修成神圣，再从神圣归于凡人，才是真道。若神圣不懂凡人，又如何为其庇佑，得其信仰？若让人信你，你得先知道对方在想什么。”

通天教主道：“好吧，弟子先且不与师尊论道，就问为何那封神榜上所封之神必死，必毁一世修为，必忘前生记忆，而俱是我截教之辈？”

“唉！”鸿钧老祖长长一声叹息，“吾与你讲这许多，你始终不曾开窍啊。都跟你说了，你教多是披毛带角、虫卵湿生之辈。本来，封神之后，这一类将会被判为妖，打入生灵底层的。毕竟是你截教中人，好歹能凭着损去修为换一神位，也算得了正果，你还有什么好说的呢？”

通天教主忿然道：“本是阐教门人犯神仙杀戒，让那无辜众生和我截教门人去送死，成全他们渡劫，然后我门人毁了修为，得一神位，忘了根源，还受天条约束，而他门人则成就仙体，居天条之上，如此悬殊，师尊你让我如何服气？”

“你不服气？”鸿钧老祖道，“行，吾可以给你个机会，看你自己本事吧！”

通天教主问：“什么机会？”

鸿钧老祖道：“三日内，你能踏平梅山，灭那袁洪，吾便将封神榜授你，封神之事由你决定，如何？”

“平梅山，灭袁洪？”通天教主一愣，“这是为何？”

鸿钧老祖问："为何吾让你做事，你总要问为何？"

通天教主道："只是弟子不解，那梅山袁洪与师尊有何过节呢？若有的话，师尊弹指之间也可灭了，为何让弟子去做？"

鸿钧老祖道："吾乃掌握大道之圣人，岂能还与人杀戮？况吾与袁洪，并无过节，只不过，他是你的机缘而已。你杀他，得大道；杀不了，你始终只是你！"

"这……"通天教主只觉一头雾水。

鸿钧老祖道："好了，无须多言了，你自去吧，三日为限，吾把你的命运交给你自己，你若无法成就自己，便别再怨吾不公！"

通天教主还有许多疑问，但也都打住，应声告辞而去。

鸿钧老祖的脸上却浮起一抹莫测的笑意来。

不平梅山，灭袁洪，你是输；平梅山，灭袁洪，你还是输。你不出手，是你没有为自己争取；而你出手，你心中的公道，就毁在了自己手里！

无论如何，你都不配拥有封神榜了。

鸿钧老祖正得意之时，突然，他的身躯一颤，感觉数道雷霆自识海落入心中，又从心中起万箭射向识海。

那头，如同要爆裂，那心，如同将枯竭！

一股恐怖的气息从身上猛然爆发而起。

九九八十一尊道像现出来，却均一脸狰狞，周身环绕的洪流也开始变成惊涛骇浪，就连头顶的玄黄之气也变得一片墨黑。

整个天地顷刻间风云变色，三十三重天亦现出摇摇欲坠之像。

大颗的汗珠从鸿钧老祖额头滚落，他的整张脸也撕裂般扭曲。他将双手捧着挤压着自己的头部，似在极力克制着某种意识的爆发。

昊天至凌霄宝殿出来，踏着黄云，向着紫霄宫缓缓而来。

鸿钧老祖飘忽的眼神又集中了些，他看见缓缓步来的昊天，立刻将眼闭上不看了。

昊天站在那里，停留了片刻，又转身回到凌霄宝殿。

鸿钧老祖也终渐渐安静下来。

然后，感觉全身虚脱一般，缓缓走进紫霄宫。

轰然一声，宫门紧闭。

三万里外，普明香岩山中，一身白衣的少年，望着天际那团烧红的云彩，他知道，黑夜又将来临。

这是他到这里的多少个日夜，他已经记不起了。

他能记起的是，他已被困在这里有整整一千个日子。

他每天数着日升又日落，知道一天又已过去。

一天过去，还是如常。

时间于他，只是重复。

他不知道为什么，从某天突然开始，他就被困在这座山上，再也走不出去。

他能看见山下，能看见远方，也能看见路人，但他下不了山。

当他走到山下的边界，就会有一堵无形的墙挡着他出去。

而且，从那突然开始的某天，也再没人上山来。

从前，每天都会有樵夫和猎人往山上来的。

他曾见过的那些樵夫和猎人，许多次经过了山下，却去了另外的山头，不再向这座山上来。

他朝着他们大声喊话，他们也都听不见。

仿佛，他与这座山在这世间再也不存在一般。

他曾是光严妙乐国太子，于锦瑟之年开悟，想求大道普度众生，是以卸下一身荣华，来普明香岩山修道。

修到白头，又复还童，如此往复不知多少岁月。

他以为自己离悟道之日不远，没想到却无端迷失在这山里。

少年，叫昊天。

通天教主意气风发地回到碧游宫。

平梅山，灭袁洪，对他来说，也不过弹指间的事。

封神榜岂不是囊中之物？

然而，在碧游宫前，他遇见了金蝉子。

"老师好。"金蝉子与他见礼。

通天教主点头道："嗯，金蝉，喊各位师弟来，吾有要事吩咐。"

金蝉子应声而去。

然而，就在金蝉子转身而去的瞬间，通天教主却突然想起一个问题。

金蝉子和袁洪是生死之交，还曾为了袁洪挺身而出，不惜与整个阐教为敌。

他能如何去平梅山，灭袁洪？

如今截教，门人众多，有万仙来朝之美誉。

然而，在整个截教之中，通天教主却独宠金蝉子。

因为整个截教之中，最早随他修道的就是金蝉子。

那年，还是洪荒的尽头，他也还未创立截教。因见金蝉子舍命救猴石，一腔赤诚热血，忠肝义胆，通天教主便收下了金蝉子。

后来，更是发现金蝉子之悟性，可谓天赋异禀，比起他来，竟有过之无不及。

他先金蝉子修道五千年，可金蝉子距他道行只差一步。

他入小圣，金蝉子已成大罗金仙，追上来三千年，可谓恐怖如斯，是以，他早早地预见金蝉子将来，必可成大道圣人！

若是机缘够好，超他也不是不可能。

因此，他与金蝉子，虽名为师徒，其实亦师亦友。

两人之间，比起传道，更多的时候是在论道。论道之时，金蝉子常常遍身光华、口吐莲花，令他亦获益匪浅。

虽然后来他又收了多宝道人、龟灵圣母和无当圣母等，但却都不及他对金蝉子的感情。

是以，那日在梅山，他才为了金蝉子不惜与自己的师兄元始天尊为敌。

此种情况，金蝉子会如何？

金蝉子将居于碧游宫的上千截教门人传来。

下面黑压压地站了一片，都满怀虔诚，静候通天教主讲道。

他们的内心里，有对通天教主发自内心的尊敬。

本来天地间平等相处的生灵，突然在某天就发展成了神尊妖卑。很多高高在上的神都瞧不起妖，说虫卵湿生之辈是低贱之物。

毕竟，凡人都已是卑微得可怜了，虫卵湿生之辈，不过凡人之食，苟活于世而已。纵得了些机缘，修得点微末道行又如何？

终非大道正宗。

唯通天教主始终秉持众生平等，但有机缘悟道者，皆收入门，悉心传教，至于修成如何境界，要看自己悟性，但他传道之法，却绝无偏袒。

是以，截教门人都从内心里敬仰于他。

通天教主扫了眼座下门人，轻咳两声："今日叫尔等前来，非为尔等讲道，只是有一事要大家来拿个主意。"

当下，他便说了封神榜之事，问大家如何做。

"什么，老师要为了封神榜，平梅山，灭袁洪？"金蝉子一听，立即抗拒，"此乃伤天害理之事，如何做得？"

"你且说如何伤天害理了？"通天教主问。

金蝉子道："且不说袁洪是弟子朋友，就算他只是一个普通生灵，不曾作恶，也无罪过，况梅山乃女娲娘娘显圣之地，我们有何理去平梅山、灭袁洪？"

通天教主道："若不平梅山、灭袁洪，封神榜就在阐教之手，届时我截教弟子应天数，尽为马前卒，死于无辜，鼎盛之教，必将败落，又如何是好？"

金蝉子道："封神之劫乃是祖师安排于我截教，而我截教却又为了私心去伤害和毁灭无辜之人，如此愧修神道，与强盗无异也！"

"其实……"通天教主道，"如今的天道与曾经的天道已不一样了。曾经的天道，在自然法则；如今的天道，在天庭之道。所谓伤天害理，大家曾经都有共识，是别做害人之举；而如今的伤天害理，是违背天庭。所以，如今，你就算遵循大家共识的真理，却违背了天庭，那便不是守了天道，而是违背天道。只有尊重天庭之意，维护天庭利益，才是遵循了天理！"

"也就是说，天庭的意愿是唯一的天理吗？"金蝉子问。

通天教主道："是这个意思。"

“岂有此理！”金蝉子道，“那天庭称妖为异类，便是践踏我等信奉众生平等，我等岂还要遵循这天道？”

通天教主斥道：“金蝉，天庭乃是祖师所建，不得无礼！”

“祖师所建又如何？”金蝉子义正辞严，“祖师如今所为已非祖师之道了。祖师之道，是众生平等之道，是公道。如今祖师背离此道，灭了初衷，吾等岂还能遵循！”

“对，金蝉师兄说得对！”突然传来一个高亢的声音。

众截教门人闻声回头，便见得宫门外进来一背剑之人，昂首而入。

通天教主

申公豹？你怎么又来了？

弟子见师叔离去又回来，金蝉师兄唤了截教门人，便知师叔定是去了紫霄宫，便来看看了。毕竟，封神榜之事，关系到我等命运，修道几千年，或毁于一旦，是以弟子来得有些唐突，还望师叔海涵！

申公豹

通天教主

你有何见解吗？

弟子的见解，恐让师叔生气。

申公豹

通天教主

你说吧，吾之心胸，容天纳地，不会怪罪于你！

那弟子便斗胆说了，弟子觉得这封神榜本就是一局棋：一为天庭封神，掌控天地众生；二为阐教门人度神仙杀戒，于截教何益？截教又何必沦为棋子？

申公豹

通天教主的神色微微动容了下，但他未言语。他知这事关重大，非一念之间就决定的。毕竟，这一决定可使这天道生出种种变数，后果未知。

金蝉子也道："老师，弟子觉得申公豹道友说得对！所谓天道灭商，封神于榜，本非真正的论功行赏，只是明修栈道，暗度陈仓，于我截教不公，我截教岂能逆来顺受。无论是为公道，还是为众生，我截教之众，都不可苟且！"

"天庭建立，天条将出，你可知若违天道的后果？"通天教主问。

金蝉子道："老师曾讲，修道者，若行得正，便可无惧。老师自问，是盲从天道为正，还是坚守本心为正？"

多宝道人也道："老师，我觉得金蝉师兄说得对，我截教乃是天地第一大教，一直以众生平等为信仰，普度众生为己任。殷商盛世时，我截教门人多在朝，为国为民，如今怎可为那封神榜而生反骨，使生灵涂炭！"

通天教主道："可如今，纣王已暴戾，殷商该亡了！"

"老师此言差矣！"金蝉子道，"纣王暴戾，他罪该万死，但他是他，殷商是殷商。他该死，殷商总有贤者继位，他那许多王子中，难道皆是有罪之人吗？若不是，便可继位。为何非要为纣王一人之罪，而使生灵涂炭？封神之战一起，从西岐到朝歌，必血流成河，白骨遍地，此岂是修道者所为！"

金灵圣母也道："老师，弟子有一门人闻仲，乃是帝乙托孤大臣，不如弟子与他商议，看能否废纣王，再立王子，也可免去生灵涂炭之祸吧！"

通天教主道："此事干系重大，容吾再想想，尔等也各自下去想想后果，该何去何从。明日依旧在这里，再做商议！"

截教门人皆退下。

通天教主拿起一卷《黄庭》，可他突觉心中如乱麻。

如今的世道，与曾经之道已不一样。

他该如何修？

还如曾经一般修，便是背离当下；照着当下修，则又背离本心。

是做本来的自己，还是做当下的自己。

他虽一代圣人，却也充满了从未有过的迷惘。

一日之后。

截教门人再到碧游宫。

通天教主看了众门人后，问："尔等想清楚了吗？是遵循当今天道，忍下不公，仍可长存于世；还是遵循自己，抗争不公，受天道所罚，有灰飞烟灭之祸！"

"弟子选后！"金蝉子掷地有声，"宁死，不苟活！"

"就是，修道之辈，皓月当空，长虹贯日，岂可懦弱而存！"

"吾与众生，天地同脉，岂忍屠戮之！"

"吾辈修道，可受万劫，不受践踏，不受摆布！"

"万劫不复，不为棋子！"

一时之间，碧游宫内，慷慨激昂，热血沸腾。

通天教主看着那一张张浩然正气的脸孔，胸中也如江海翻腾，但他毕竟是圣人身份，行事当有分寸。他按捺住胸中的情绪道："尔等总算还有明月丹心，不枉吾传道尔等。"

申公豹道："师叔，就等你一句话，哪怕是你建天庭、统天道，我申公豹都鞍前马后、粉身碎骨效劳！"

"这话可不要再说！"通天教主严厉道。

他知道，这种事，他永不可能做。

申公豹道："弟子说得不对吗？如今截教，万仙来朝，门人数万，乃天下第一大教，比之阐教，不知强了多少倍。就论师叔的修为，比起师尊和老子师伯，也都有过之无不及，你的实力，绝对够称这天下之尊了！"

"来啊，把申公豹轰出去！"通天教主下令。

"等等，弟子哪里有说得不对吗？"申公豹不服地问。

通天教主道："尔等为何对抗封神榜？因为觉得封神榜不公，尔等是为对抗命运，吾便也不多说，此乃正道。然而，你之所言，却是让吾为私心，灭人伦，岂可为之！你自去吧，不然吾要把你送回玉虚宫去！"

申公豹颇觉惭愧地低下头，自行离开了碧游宫。

他心里清楚，他做这一切，跟道不道的都没关系，他只是对元始天尊的偏心不服，偏要想方设法让那封神榜成为变数！

而就目前看来，他似乎已经达到了自己的目的了。

接下来，他就等着看好戏了。

碧游宫内，一众门人都在等着通天教主的决断。

关乎截教的命运，关乎他们自己的命运。

然而，通天教主最终只是看了他们一眼之后，模棱两可地说："今日之事就如此吧，吾要闭关静养些时日了！"

"老师，你还没说咱们该怎么办呢。"金灵圣母道。

通天教主道："本来祖师之意，封神战起，我截教在朝中门人，皆临阵倒戈而立功，使纣早灭，届时可封神。如今，吾不管了，你们觉得该怎么做便怎么做吧！"

"这……"金灵圣母愣住，"可是，我们该怎么做呢？"

多宝道人也道："是啊，老师你说我们该怎么做，我们立马便做！"

"你们这悟性……唉……"通天教主一声叹息，"有许多话，是只可意会不可言传的！"

金蝉子道："行了各位师弟，老师的意思我明白了。"

"明白就行，你们好自为之吧，吾……闭关静养去了。"说罢，通天教主起身进了身后道场。

“师兄，你明白了什么，老师什么意思啊？”多宝道人赶紧围过来问。

金蝉子道：“封神之战一为杀纣王，灭殷商，显天道威严；二为让吾截教门人成棋子，为阐教众仙度神仙杀戒。既我等要对抗不公，绝不沦为棋子，自然是与阐教之众一较高下，护住殷商江山，让封神榜难成！”

“可是……纣王失道，我们强护殷商，会不会是背道而驰？”无当圣母问。

“怎么会。”金灵圣母道，“金蝉师兄不是说了吗，纣王之恶，未必殷商该亡，天下没有一人之罪而亡其国的道理。所以，完全可以废纣王，让其他皇子继位。何况，殷商本就该有八百年天数，只因纣王亵渎神明，才要以封神之战灭他。算起来，如今天庭，才是违背天道的一方！”

“行，那就这么办吧，倾我截教之力，也必不让阐教封神榜成！”多宝道人掷地有声地道。

其余截教门人也均热血响应。

封神之战，终于轰轰烈烈地拉开了序幕。

姜子牙命人筑起封神台，挂上封神榜。

然后亲自挂帅，率领浩浩荡荡的西岐军，开始了对殷商王朝势在必得的攻伐。

阐教三代弟子雷震子、黄天化、杨戬、哪吒、金吒、木吒、杨任、韦护、韩毒龙和薛恶虎等相继受师门所派，加入战场，来争功劳。

他们自恃得神助，大有踏着尸山血海长驱直入朝歌之势！

朝歌城内，一时震动，人心惶惶。

而纣王却全不当回事，他依然在朝歌城的漫天大雪里，悠哉地坐于炉边烤火，边吃着糕点，边欣赏宫娥舞蹈。偶尔也站在高高的鹿台之上，仰望漫天大雪，想着那大雪纷飞之外的天上人间，舞姿婀娜的仙女和香甜可口长生不老的琼浆玉液。

啊，口水都流出来了。

这该死的朝歌，什么时候才会被攻破呢？

战报如雪片飞来。

纣王的心里始终只有一个念头：殷商早亡了吧，亡了，孤才好做那神仙啊。

白狐也希望殷商早亡。早亡了，她就可以摆脱纣王这个无道恶魔了。

这种背叛自己的日子，就如在黑暗地狱一般，无时无刻不是煎熬。

想当初在洵水边，在梅山上的日子。

那时简单，快乐，无忧无虑。

那才叫青春啊！

只可惜，一去不复返了。

许多过往，再也找不回来，就如毒药一般，每回想起来，就会毒性发作，疼痛无解。

猴子，你还好吗？

你有没有在某个时刻想起我来？

然而，想我又能怎样呢？

我们终究也只是那风中流沙，各散天涯。

无声的眼泪又流满了脸庞。

那朝歌城里纷纷扬扬的大雪，每一片都是想念，每一片都是痛苦。

那一日深夜，她站在摘星楼上，看着漫天飞舞的大雪，又跳起了那日在梅山的明月下跳过的舞，边跳边悲伤地唱起那首熟悉的曲子：

> 我是一只修行千年的狐，
> 千年修行千年孤独，
> 好不容易修到有人爱护，
> 却命入洪流，再无归途……

此时的梅山，比起当初已热闹很多。

除了早先与袁洪结拜的六大妖王之外，又有许多妖投奔而来，包括巨人邬文化等。

一时间，三千大妖聚于此，袁洪之名扬万里。

可袁洪却整日郁郁寡欢。

他与众妖都想方设法地打听过白狐的消息，白狐却如一片落地的雪花融化消失了一般，竟再无音讯。

他想起了与白狐的最后一次相见，那个月如弯刀的夜晚，她为他跳了一支舞，一支绝美的舞。

现在细想起来，那夜是有些反常的，只可惜当时茫然不知。

如果时光能够倒流回去，他一定会在那个晚上留住她，不让她离去。

可这世上没有如果。

小白，你知道吗？你消失之后，我就再也不爱看梅花，不喜欢星空，也不喜欢与人说笑了，我总是拿着你送我的紫螺发呆，胡乱地吹着，思绪纷乱，满脑子都是想念。

没有了你，我也不是我了。

我甚至想过离开这个世界，可我又放不下你，担心你在什么地方等我。

你到底在哪儿呢？

突然，风雪破开，一片祥云飘然而至。

一人首蛇身之神，跨青鸾之上，出现在眼前。

袁洪抬眼一看，是女娲。

女娲看着袁洪，看出了他神色之间的颓废，便又扫了一眼梅山。

“或许，你该去做点什么了。”女娲开门见山地道。

“做什么？”袁洪满脸的无悲无喜。他现在什么都不想做，除了找白狐。

女娲道：“纣王无道，西伯侯姬昌兴仁义之师声讨纣王，封神大战已经开启，你可投去西岐大营，立些功劳，也便日后封神！”

袁洪道：“我之修为，已过金仙，说大罗金仙也不为过，早于神之上，还要封什么神！”

女娲道：“你修为虽已近大罗金仙，可如今天庭建立，无论是为神为仙，甚至为圣，都得天庭说了算。就算你只是凡人，若天庭要封你为神，你便是神。否则，纵然你有圣人修为，天庭不封，也终究寂寂无名！”

“天庭？”袁洪道，“天庭算个什么玩意？我的修为，我的道行境界，是我自己的本事，凭什么要它来封，让它说了算！”

女娲道：“天庭是众神仙圣人推举出来，维持这天地秩序，自然得它说了算！”

“众神仙圣人推举出来？那关我什么事？”袁洪问，“它问过我，我答应了吗？既然我没答应过，我凭什么要认它！”

“你……”女娲竟被驳得不知如何回答。

袁洪又道：“你也是这开天辟地的创世圣人，为何甘愿沦为这天庭走卒？”

女娲道：“吾与你说过，圣人也不是无所不能。在某些时候，圣人甚至还不如凡人自由！”

“是吗？”袁洪道，“犹记得那日我来中皇山，你与我说，成神成圣，比凡人要自由太多。今日，你却又说，圣人还不如凡人自由？”

女娲道：“凡事，从不同的角度去看而已。若为权力故，神圣自然比凡人要自由太多。可为责任故，许多时候，神圣又不如凡人自由，因为凡人可意气用事，喜怒由己，豁出去也不过一条命而已，而神圣却不一样，神圣一怒，天崩地裂，物种灭绝，岂能随便发怒？若不然，我岂会承认这天庭，但大势所趋，螳臂当车，没有意义。神仙打架，遭殃的都是无辜的凡人！那元始天尊当日来梅山，我能阻得了便阻了。可这天庭建立，我是阻不得的，强阻无益！”

袁洪道：“所以，你都觉得这天庭不善，还要我为天庭所驱？”

女娲道：“有时候，如果只能在坏和更坏之间选的话，为了不使其更坏，退而求其次，某些不理想的结果也是一种选择。”

袁洪道：“也许，因为你是圣人，而我只是普通人，我们的看法永远都是不一样的。曾经是，现在也是。”

“不，你不会是普通人。”女娲道，“你自己很清楚，在鸿蒙中有上百万年根脚的，这天下只有四个人，盘古天王，鸿钧，你和我！即便是那西王母、老子、元始天尊和通天教主，也还是盘古天王化万物才生，根脚远不如你。所以，你是可成这天下大道、救苍生于水火的圣人！”

“算了吧！”袁洪自嘲一笑，“我连一个自己所爱的人都救不了，我还救这天下苍生？怎么救？让我向那天庭下跪，求他们少折腾，不要没事就把凡人当棋子，搞得生灵涂炭血流成河？”

女娲道：“我跟你说了，你去封神之战，得了功劳，届时我自会保你。你只有先封了神，未来才能得到更多的机缘，成就更大的道。当你成了更大的道，才能拥有更大的号召力，去做自己想做的事，实现理想，恩泽苍生！”

袁洪道：“如今世道崩塌，你是圣人都无力改变，还指望我慢慢封神、慢慢成道？这是什么道理？”

女娲道：“的确，如今世道坍塌，我为圣人，无力改变。但我在其中努力和争取的仍有价值和意义，至少没有让事情变得更糟。若不然，这世道将不堪设想！若凭我一己之力不能挽这狂澜，多一个人起来，就会多一分力量，多一分改变！”

袁洪还是摇头：“也许，我本有圣人根脚，但因爱上一个白狐，终还是沦为了凡人。如今我这心里只想着那一个她，无心什么天下或大道。在我心里，那个她就是我所有的天下和大道了！”

“如果我告诉你，你若封神成圣，未来还可与她再见呢？”女娲问。

袁洪的眼神一亮，带着一丝明显的犀利，看着女娲问：“你知道小白在哪儿？”

女娲道：“我不知道她在哪儿，但我知道此时天道之下，你与她皆蝼蚁。你若不强大起来，将永远见不到她、也救不了她。封神成圣，成为这天地之间的希望，也是你和她的希望！”

“你说的是真的吗？”袁洪的心里燃起一丝希望的火焰。

女娲道：“你可以不信，这是我的预见，商纣亡，你便可见她。”

袁洪一咬牙，道：“行，我信你，我明日便去西岐大营，加入封神之战！”

女娲点头。

但她的心底，却荡起一声深深的叹息。

世道不堪，身为大道圣人，却也沦落到说谎的地步。

然而，谎言有时候是毒药，有时候也是解药。

曾经道法自然，如今天数已变，她已只能尽自己所能了。

女娲离去之后，袁洪便去见梅山众妖。

既然大家都来投他，认了他做大哥，他自不能就这么弃他们而去，而且这事也还得问问大家的意见。

此时，六个与袁洪结拜的妖王正围着一堆篝火聊往事。

“喂，老朱，说说你是怎么修道的吧，我对你比较好奇。”金大升道。

“为什么对我好奇？”朱子真问。

金大升道：“你们猪都是吃了睡睡了吃，根本没什么理想抱负，所以我比较好奇。”

“扯淡。”朱子真道，“你们牛不也一样，吃的是草，犁的是地，胸无大志，本本分分一辈子，你为什么又修道了！”

金大升道：“我不是说了嘛，那年我喜欢上了一个女孩，我想配得上她，我想做她的盖世英雄，所以就修道了。”

“那我跟你不一样。”朱子真道，“我在山林里，唯一的理想就是活着，你说的什么爱情，我压根没想过，一只野猪而已，能有什么爱情。我每天所有的精力都在防着猎人，对他们的弓箭和陷阱提心吊胆，每活过一天都在庆幸。然而，猎物是永远斗不过猎人的，我最终还是落到了他们的陷阱里面。”

“然后呢？”金大升问，“猎人教你修道了吗？”

“猎人教我修道？”朱子真道，“你做梦吧，他们捕猎，只为吃上一口肉，还教我修道？”

“那你被猎人抓住了怎么修道的？”金大升问。

朱子真道：“这件事说起来真的不可思议，当时他们抓住我很开心。一个老猎人说他打猎四十年，从没有抓到过这么大的猪，好几百斤了，得几个人抬，可以让全村人都吃个够。于是他们举行了盛大的仪式，一边把我绑在杀猪凳上打算杀我，一边载歌载舞地狂欢。我当时也不知道是怕、是

急，还是怒，我居然说出人话了。我对那屠夫说：‘我又不是你家养的，你凭什么杀我？’

“结果，那屠夫吓愣了，刀落不下来了，他冲着村子里的人喊：‘不得了，不得了，野猪说话了？’

“一个老人颤颤抖抖地过来说：‘这可能是神物，如果真是的话就动不得，惹怒了神灵，全村都会大祸临头。’于是我就说：‘对的，你说对了，我就是神物，我是女娲娘娘养的猪，你们谁要敢把我怎么样，女娲娘娘降罪下来，你们全村都得遭殃！’

“这一下，全村的人都听见我说话了，都害怕了，都让屠夫赶紧割断了绑我的绳子，让他放了我。那屠夫，笑死我了，准备宰我的时候，还跟全村人夸耀，他刀法好，结果替我割断绳子的时候，手脚都哆嗦，裤裆都打湿了，还边求着饶，说他该死，有眼无珠，认不得神……

“我被放生以后，才突然觉得，我们在这个世界上可以有不一样的活法啊。活成神，别人敬你、怕你；可活成了猪，别人就猎你、宰你。所以，从那之后，我就决定修道了。”

“哈哈哈，看来老朱你是为了活命才修道啊。”戴礼笑道。

金大升道：“幸好你开口说话了，才救了你一命，如果你始终沉默，或害怕得哭哭啼啼，那肯定就被宰杀了！”

杨显道：“问题是，你本来只是一只猪，你怎么突然说话了呢？”

朱子真道：“我也不知道啊，我生下来的时候，老猪就告诉我，我们只能哼哼，我以为我只能哼哼呢。可是，我经常躲在山林里，听猎人们说话，我还挺羡慕他们，语言真丰富，同伴之间可以聊天，而我们猪只能哼哼，那天被抓了也是一时情急，没想我居然也说出了人话，连我自己都很意外。”

金大升道：“看来，你天生就不是一只普通的猪吧。”

朱子真笑：“我猜也是。”

“那你的道是自己悟出来的吗？”金大升问。

“倒也不是。”朱子真道，“开始是我自己瞎折腾，某天我遇到了一个白袍道人，他对我讲了一卷《黄庭》，让我自己去悟，悟一百年，百窍都开。”

“是吗，这么巧？”杨显道，“我也是，一个白袍道人给我讲了一卷《黄庭》，然后我悟成了道。”

“我也是……”

“我也是……”

“我也是……”

没想到，后面的常昊、戴礼和吴龙也都这么说。

“这么说来，我也算是了。”金大升道。

朱子真道：“是就是，不是就不是，算是又是个什么意思？”

金大升道：“猴哥的道，也是一白袍道人点化开悟的，我是跟着猴哥的道去悟的，所以，只能说算是了。”

“这么神奇？”朱子真道，“这白袍道人到底是谁啊，为什么无缘无故的会传我们道呢？”

杨显也道：“是很奇怪，传道之后，也不留名，也不说道场，后来也再没出现，感觉就跟做过一场梦似的，不知道到底什么来头，也没在这天地间听说过啊。”

朱子真道：“是的，要知道是谁，咱怎么说也得好好去感激一番。”

金大升道：“人家那么厉害，肯定是这天地间大能，要是真认咱们的话，那咱们兄弟全都平步青云啦！”

“想平步青云吗？那我就带你们去平步青云吧。”突然传来一个声音。

六大妖王抬头一看，见是大哥袁洪，便立马迎了上去。

朱子真问：“猴哥，你说什么平步青云啊，要带咱们去做什么吗？”

袁洪当即便说了天庭初建，要借西岐反商而封神的事，问他们愿不愿去得这份功劳。运气好还能封个神，即便不封神，那也是为天庭立过功的，日后天庭对妖族进行清算，至少也可网开一面。

“这还用说吗。”朱子真道，“猴哥你说怎么办就怎么办，咱们都听你的。”

其余妖王也附和。

当下，袁洪便命六大妖王各整理行装，带着手下大妖小妖，一起向西岐开拔。

他们并不知道封神大战的真相，也不知道其中的变数。

但他们都很高兴，充满了梦想和憧憬，期待着有朝一日能成神。

离开梅山的最后一个晚上，梅山众妖开怀畅饮庆祝。

那天晚上没有雪，很少见的月明星稀，整个梅山都沐浴在一片皎洁的月色之中。

袁洪和众妖喝了几杯后，就提着一坛酒，独自到了山顶，坐在那大石头上，看着无垠的远方。

往事历历在目。

她为他跳的最后一支舞，然后不辞而别。

“其实，我也不知道天庭是个什么样子的，但听说他们要管着这天下，我就不大喜欢。而天庭又是以阐教那帮人为主，我就更不喜欢了。但是，为了把你找回来，让你我还有重见之日，我愿意去和我不喜欢的人一起做我并不喜欢做的事，为了你，我愿意妥协，愿意委屈自己。我知道你肯定在黑暗的角落里，见不了我，那你就在那里等着我，等我灭了商纣，封神成圣之时，带你出黑暗，向天明。”

袁洪喃喃着，又举起酒坛，灌了一大口。

喝着喝着，泪水和酒水就混在了一起。

直到那月在西方落下。

黑暗笼罩了大地。

新的一天，是新的征程。

袁洪与六大妖王，还有手下三千小妖，告别梅山，向西岐开拔。

“猴哥，你说我们还会回来吗？”金大升颇有些不舍地看了眼那满山灿烂的梅花道。

“牛哥你这话说得没水平啊。”朱子真道。

“怎么没水平了？”金大升问。

朱子真道：“咱们现在去参加封神之战，打完了就封神，封神后就住天庭，还回这里来干什么。”

“我还会回来的。”袁洪却突然道。

“啊？”朱子真一愣，“封神了不是住天庭吗？怎么还回来？”

袁洪道：“不管是封神，成圣，还是如何，梅山都是我永远的家。”

“就是！”金大升也跟着道，“梅山这里有我老牛的青春、梦想、兄弟和那么多美好快乐的回忆。无论以后我是否发迹，无论我走了多远，我都会回来，把这里当成永远的家！”

这一说，几大妖王也立马跟着说要回来，各念了一遍梅山的好。

但谁也比不了袁洪心里对梅山的感情。

一路向西，数次回头。

终于，再回头时，已不见了梅山。

只是他知道他一定会回来。

因为他的骨子里，就流淌着那满山盛开永不凋零的梅花。

第十章　梅山妖王,西岐斗法

西牛贺洲地界，有一处叫作灵山的圣人之地。

巧峰排列，怪石参差。悬崖下瑶草琪花，曲径旁紫芝香蕙。仙猿摘果入桃林，白鹤栖松立枝头，彩凤双双，青鸾对对，丝毫不逊那昆仑瑶池仙境。

灵山之上，有一道场，名雷音。

雷音道场之外，长满了菩提树，其中有一株，枝繁叶茂如伞，高耸入云齐天。

巨大的菩提树四周，祥云遍生，仙鸟盘旋。

此刻的菩提树下，立着两道人：一称接引，一称准提。

接引道人定眼看着那远方东土天空，显风起云涌，波澜壮阔，却气象不稳，忽明忽暗，便道："看来，那中央天庭此番封神之战，变数颇多。"

准提道人也道："是的，看那一片乱云飞渡，便知有无数仙灵陨落，此战必生灵涂炭！"

接引道人道："正好，我二人可去那里普度众生。"

"去那里普度众生？这不行吧。"准提道人道，"我西土与东土素无瓜葛往来，此乃中央天庭之事，我们插手，多有冒犯。"

"唉，师弟你还是过于善良了些啊。"接引道人道，"大争之世，各显其能，谈何冒犯？"

准提道人道："我有点不大明白师兄的意思。"

接引道人问："你以为那东土之战与我们无关吗？"

“难道与我们有关吗？”准提道人问。

接引道人道：“当然有关，不只有关，而且息息相关！”

准提道人问：“如何息息相关了？”

接引道人道：“虽然那鸿钧借昊天建中央天庭之时，所邀请的主要是东土神仙，封神之战也只是东土之战。可显然，鸿钧的目的不只是让天庭统率东土，而是以东土为中心，再至四宇八荒。一旦封神之战后，中央天庭的神权稳固，鸿钧必开启下一轮往南瞻部洲、北俱芦洲和咱们西牛贺洲的统率之战！”

“这，不至于吧。”准提道人道，“我们素无往来，相安无事，他岂可造次。”

“有什么不可造次的？”接引道人道，“圣人悲悯，恩泽众生，可他为门人渡神仙杀戒，为天庭封神，发动战争，生灵涂炭，不就已经造次了吗？”

“这，师兄这么一说，也颇有道理。”准提道人道，“那我们如何做？”

接引道人道：“他们打吧，咱们也去凑凑热闹。”

“去凑热闹？”准提道人一愣，“怎么，我们要去帮谁打吗？”

“帮谁打？”接引道人一笑，“师弟你是真单纯啊，那东土神仙，与我们素不相识，我们帮谁打呢？”

“你不是说去凑热闹吗？”准提道人道。

接引道人道：“我说的凑热闹，就是单纯看热闹，他们打他们的，我们看我们的。”

“这样？这有什么意义吗？”准提道人还是有些迷糊。

“唉。”接引道人又是长长一声叹息，“师弟啊，你修道天赋虽高，然而，在这天地的生存法则上，还是要长点心才行啊。天下万教如星辰，唯有强者可昌盛，这是亘古不变之理啊。天下四大部洲，万年以来，为何独那东胜神洲之地声名赫赫？”

准提道人道：“因为东胜神洲乃仙灵之地。”

“并不是！”接引道人道。

“不是？”准提道人一愣，“那是什么？”

接引道人道：“让一个地方出名的永远是人物！”

“人物？”准提道人问。

接引道人道："是的，从来不可能因为一个地方而让哪个人出名，只能是某个人让一个地方出名！天下俱知东胜神洲之名，是因为盘古，因为女娲，因为鸿钧，因为截教和阐教！因为他们的辉煌，因为他们的昌盛！"

"嗯，这倒是。"准提道人道，"所以，师兄你到底要表达什么呢？"

接引道人看了一眼菩提树，又看了一眼雷音寺，徐徐地道："我要未来，这西牛贺洲，这灵山雷音寺，因你我而光大，如日中天！"

准提道人道："嗯，这也是我的志向。你我二人虽得天独厚，于菩提树下悟道成圣，可放眼整个西牛贺洲，却是人才凋零、难及东土！"

接引道人道："所以，我才让你与我一起去那封神战场走一走，趁看热闹时，度一些有缘人回来。"

"原来师兄说看热闹的意思是……"准提道人似有些明白。

接引道人道："没错，坐山观虎斗，鹬蚌相争，渔翁得利。封神大战，那天赋异禀之仙灵一旦陷落生死之中，你我便可救之，并以此为契机，在东土传我西方教，一旦时机成熟，我西方教必可横空出世，如日中天！"

"嗯，这倒是个办法，只是……"准提道人还是颇有顾虑，"我们这么做，有点趁火打劫的意思。"

"什么趁火打劫！"接引道人道，"那大战之中生灵涂炭，我们不过是见着机缘，救人出来而已。大争之世，各显其能。道，有恒之，有变之。如今，已在变数中，唯以变应变，我道方成。"

"好吧，师兄你说了算。"准提道人道。

接引道人微微点头，看了眼菩提树，又看了眼雷音寺，缓步走下石梯。

远方，长空之中，仍见风起云涌。

袁洪与六大妖王带着一群小妖，已赶到了西岐姜子牙大营。

此时，姜子牙正在大帐之中与众将商议攻打青龙关张桂芳。

突有军士疾步而入，大喊："报丞相，有梅山袁洪率众来投！"

姜子牙一愣："他为何来投？"

旁边的哪吒一下子从座位上跳起来："什么？梅山袁洪？他来西岐了？"

杨戬跟着道："真是天堂有路他不走，地狱无门他偏来！"

哪吒道："他肯定是活得不耐烦，跑这里送死来了，走吧，咱们出去收拾他！"

"且慢！"姜子牙喊了二人。

哪吒站住："师叔，怎么了？"

姜子牙道："军中非儿戏，不要意气用事，待我问问他来意再说。"

哪吒道："还问什么来意啊，他乃我与杨戬兄之死敌，还曾伤我师父，我发誓，必找他报仇，必替阐教出气。如今他来西岐，正是我们的地盘，想怎么弄他就怎么弄！"

姜子牙道："但你能不能动动脑子？他明知你在这里，还与阐教有仇，却大张旗鼓地来了，你真当他是傻，来送死的？人家既来，必有所持，先看看动静，再见机行事。"

"那……好吧。"毕竟这里是姜子牙说了算，哪吒也不敢造次。

当下，姜子牙就让军士传袁洪进来。

军士快步出去。

姜子牙

片刻，袁洪便入帐而来，一眼就看见了眼中冒火的杨戬和哪吒，以及对他颇有敌视的阐教众人。

袁洪只是暗中一声冷笑，向姜子牙走去，双手作揖道："梅山袁洪见过姜丞相。"

"你来，有何事？"姜子牙用一副居高临下的眼神看他。

袁洪道："我奉女娲娘娘之命，来助姜丞相一臂之力，覆灭殷商！"

"我西岐大军百万，阐教众神俱在，覆灭殷商指日可待，用得着你来助一臂之力吗？"哪吒张口就怼。

袁洪看着他，一句就砸了过去："你谁啊？我跟姜丞相说话，你是搞不懂自己辈分，还是搞不懂军规？还是西岐军营没有军规，军帐之上，丞相坐堂，却谁都可以没规矩地乱说话？"

"你……"哪吒气得肺都要炸了，当场就要冲过来跟袁洪动手。

"不要说话！"姜子牙狠狠地瞪了哪吒一眼，然后又看着袁洪，"感谢女娲娘娘的好意，那我让人先安顿尔等，稍事休息，回头再商议攻打殷商的事儿！"

袁洪点头道："可以。"

当下，姜子牙就派了人去安排袁洪等人。

哪吒

师叔，你这是干什么，你明知道他是我等仇敌，还留他下来？

人家来帮忙，你还要把人家怎样不成？这样的话，以后谁还敢来投奔我们？

姜子牙

哪吒

他这哪是来帮忙，分明知道封神榜，就是来跟我们抢功劳的。

是啊，那又怎样？

姜子牙

哪吒

还怎样！就算不好这里杀他，至少也应该把他赶走啊，完全可以让他不要做这白日梦！

姜子牙

你除了爱打架，还能学会动动脑子不？人家来投奔我，我却赶他？而且这都不是重点，重点是，他是奉女娲娘娘之命来的！是你惹得起女娲娘娘，还是我？掌教师尊尚且要给女娲娘娘七分颜面，何况你我？再说，当日祖师在天庭已昭告，封神之事，各大教门皆可令门人参战，各凭功绩而封神，我能赶他走吗？他回去跟女娲娘娘一说，女娲娘娘再去找祖师质问，你可曾想过这后果？天庭初建，四方不稳，你想让这天下大乱？

一下子，哪吒就被问得无言以对，只能憋着一肚子气看着自己脚下两个风火轮，心里想着，难怪老子心里总是有火，不就因为你们两个东西天天冒火烧我吗？

杨戬

弟子有句话不知当讲不当讲？

姜子牙

什么事？

杨戬

尽管师叔说得有理，可天下皆知当日梅山事件，掌教师尊亲自出马，仍然败兴而回，令我阐教脸上无光。如今，封神之战，正是未来封神成圣的香饽饽，但凡修道之人都想啃一口，咱们阐、截、人三教自己都不够啃，如何还给外人。给外人也就罢了，可如果真给这袁洪，恐成天下笑话啊。天下人会笑咱们阐教怕他，拿功劳讨好他！

姜子牙

我说了要给他功劳，让他封神成圣吗？

师叔你不是说了，他是女娲娘娘派来的，要留下他吗？

我说要留下他，我说了要给他功劳吗？调兵遣将，人都是一拨一拨地上，我把他放在后面，还没轮到他，仗就打完了，他没功劳，还能怪我吗？我可是让自己人身先士卒，照顾他的安危呢！

还能这样？高啊，妙啊，师叔不愧熟读兵书，深谙兵法，果然用得一手好计，如此甚好，可谓杀人不见血。我们虽不便对他动手，可让他坐冷板凳，也很痛快！

师叔这一招果真厉害，那袁洪眼巴巴地想来得功劳封神，结果仗都打完了，他却连战场都没上，以后传出去，也只说他是个贪生怕死的废物！

阐教众人哈哈大笑起来。

翌日。

姜子牙开始调兵遣将，先派了金吒、木吒、哪吒和杨戬等人打先锋，还对袁洪等人表示关切，说他们远来是客，先休息好，养精蓄锐，方好打胜仗。

结果，西岐大军全军开拔至青龙关前，独落下了袁洪的梅山人马。

"大哥，我觉得这有点不对啊。"朱子真道。

"有什么不对了？"袁洪问。

朱子真道："咱们来封神之战，为的就是打仗得功劳，这不让咱们打仗，还怎么得功劳，得不到功劳，以后怎么论功行赏，封神成圣？"

袁洪道："你笨得跟猪一样都看出来了，看来，他们也做得太露骨了！"

金大升牛脾气一下子就上头了，道："真是一帮王八蛋，一来就给咱们坐冷板凳。咱们在梅山当妖自由自在快快乐乐的，何苦来受他这窝囊气，咱还是回梅山逍遥去吧！”

吴龙道：“就是，都什么玩意，我看那一群玉虚宫门人，也不过千八百年修为，那姜子牙，更是才上昆仑四十年，咱们七兄弟，谁没个两三千年道行，他们凭什么在咱们面前摆谱啊！”

梅山众妖都义愤填膺，气不打一处来。

袁洪却终还是平平静静地说：“行了，吵吵可以，不要认真了。”

“猴哥你有什么高见吗？”朱子真问。

袁洪道：“要什么高见，既来之，则安之。”

朱子真道：“这明显是不待见咱们，还怎么待啊？”

袁洪道：“那能怎样？走吗？传出去会说咱们梅山之众贪生怕死，仗还没开打就跑了，那不就正中阐教这帮人的圈套了？”

朱子真道：“对，阐教这帮人真是太阴险了，那我们现在怎么办？”

袁洪道：“既然咱们不在意那功劳，又何必义愤填膺。他们爱争功让他们去争，咱们就过去看个热闹，万一看见他们打输了，咱不顺便就看个笑话了吗？”

六大妖王一听，也都赞同。

当即就跟在姜子牙的军队后面观战。

西岐人马来到青龙关下，向青龙关守将张桂芳叫阵。

城门打开。

张桂芳率一队人马冲出来，在西岐军对面一字排开列阵。

袁洪和六大妖王在两军列阵旁边的土坎上坐了，还顺便在旁边山上的树上摘了些野果，边吃着野果边看热闹。

张桂芳首先派出了自己的副将风林出战。

姜子牙这边黄飞虎则催五色神牛而出，卷起一阵灰尘，气势逼人。

黄飞虎使一柄金攥提芦枪，风林使一根狼牙棒。

论战力，黄飞虎略胜一筹。

然而，黄飞虎只是单纯的武将，风林却是左道之士。交手几个回合，风林见不可力敌，便卖个破绽，掉头就走。

黄飞虎跟着追来。

风林猛然转身，口里念念有词，从口中吐出一道黑烟往黄飞虎喷来，黑烟里现出一网，网中弹出一粒红珠，有碗口大小，疾若流星，直往黄飞虎面门砸去。

黄飞虎还没反应过来，已被打中面门栽倒在地。

风林催马来取黄飞虎首级，那边的黄天化吼道："休得伤吾父！"

然后立刻催动玉麒麟出来，甩手就将攒心钉向风林打出。

这黄天化也是修道之士，自幼随阐教十二金仙之清虚道德真君修道，此番下山，欲在封神之战里得功劳，清虚道德真君给了他好几件厉害法宝。尤以这攒心钉厉害无比，打出之时，现一道金光，砸人身上，如山岳重击。

风林猝不及防，顿时被攒心钉打下马来。

姜子牙一见，立马用出乘胜追击的兵法，将帅旗一指，一声令下："三军冲阵，攻克青龙关！"

西岐军战鼓擂响，战马奔腾，如同风卷残云之势向商军冲了过去。

然而，张桂芳看着如潮水而来的西岐军，脸上却现出狞笑，待西岐军冲到半途，他将手中帅旗一挥，大吼道："请四圣！"

顿时间，那本来排成一字长龙的商军至自中间一分为二，往两边闪开一条道来。

从那道中间竟冲出四位道人来，乃截教门人九龙岛四圣。

王魔戴一字巾，穿水合袍，面如满月；杨森莲子箍，似头陀打扮，穿皂服，面如锅底；高友乾面如蓝靛，上下獠牙；李兴霸戴鱼尾金冠，穿淡黄服，一部长髯。

四人俱有一丈五六尺高，浩浩荡荡。

而更可怕的是四人坐骑，分别为狴犴、狻猊、花斑豹和狰狞，都是赫赫有名的上古凶兽。

那些冲杀过来的战马一见此等凶兽，立刻脚下发软，还未等商军动手，便各自栽倒下去，西岐士兵瞬间摔成一团。

商军立刻追随九龙岛四圣冲杀过来。

姜子牙一见，也只有他的四不像能克这四大凶兽了，当即大吼："尔等莫要慌张，看吾破它！"

说完，他便骑四不像腾空而起，往三军阵前来破四兽。

哪知张桂芳见状，又狞笑起来，道："姜子牙匹夫，你中吾计也，吾知你四不像能克凶兽，可吾要的就是引你出阵，你既出阵，还不落马？"

只这一声喊，在常人听来也就只是叫阵骂街之声，可在姜子牙听来却不亚于九天雷霆击在头顶，大叫一声就从半空里落了下来。

原来，这张桂芳也是左道之士，而且修得一门绝学，叫唤名摄魂法术。两军阵前，只要唤了对方姓名，对方立刻失魂落马。

张桂芳一见姜子牙中招，立刻就要来拿这西岐主帅。

哪吒喊道："休得伤吾师叔！"

说话间，他便踩着风火轮过来战张桂芳。

张桂芳又喊哪吒之名，但哪吒却不惧他，因为哪吒是莲花化身，没有魂魄。

哪吒血气方刚，又得了元始天尊的特殊关照，让他和杨戬一定要在封神战场上多立战功，他踩着风火轮冲进阵中，救起姜子牙，交给了身后的黄天祥，随即一挺火尖枪就扑向张桂芳！

杨戬也带哮天犬过来助阵。

然而，张桂芳往后退开，帅旗一摆，又从后方杀出四大魔王来！

这四大魔王，称为魔家四将，也个个都是狠角色。

老大魔礼青，用一把青云剑，上有符印，中分四字：地、水、火、风，风如矛，火炼钢，厉害非常；老二魔礼红，秘授一把伞，叫混元伞，这把伞只要撑开来，立刻天昏地暗，日月无光，转一转乾坤晃动；老三魔礼海，用一面琵琶，上有四条弦，也按地、水、火、风，拨动弦声，风火齐至，如利剑一般；还有老四魔礼寿，身上有一囊，囊里有一物，形如白鼠，叫做花狐貂，现身似白象，胁生飞翅，食尽世人。

这四大魔王一出手，本来就乱成一片的西岐军更是被打得一片鬼哭狼嚎。

杨戬和哪吒用三头六臂和法天象地都无力回天。

西岐军不敌，兵败如山倒。

旁边的青龙山顶，使出了圣人隐迹的接引道人和准提道人两位西方教主就站在那里，准提道人一脸悲天悯人之色道：“如此生灵涂炭，我们要不要出手阻止？”

接引道人却若有所思地道：“这后冲杀出来的四个道人相貌威严，法力高强，若遇机缘，可收之！”

准提道人又问：“我是说如此生灵涂炭，咱们要不要出手阻止？”

接引道人看着他道：“你忘记我们是干什么来了吗？”

准提道人道：“我知道，可见苍生如此受苦遭难，我于心不忍，觉得应该出手相救。”

“救？”接引道人问，“历来都是神仙打架，百姓遭殃，这只是阐教和截教的恩怨，你救谁？不管救谁，都是与另一方为敌，坐山观虎斗多好，你偏要去做那老虎？”

准提道人道：“可我们是圣人。”

“你是圣人？”接引道人问，“这天下只有你是圣人吗？你忘记这场战争就是圣人发起的？”

准提道人无言以对。

接引道人又道：“慈悲救不了天下，但强者可以。你若真想救天下苍生于水火，除非你做这天下最强者。你强了，才有人在乎你的想法，看你的脸色行事。所以，道观中人有慈悲，但救不了苍生；庙堂高处有君王，施仁政而惠天下，一怒则伏尸百万！”

准提道人长长地一声叹息。

接引道人道：“所以，当务之急是壮大咱们西方教，壮大咱们西方教，壮大咱们西方教！重要的事说三遍！”

准提道人没再说话，算是一种默认。

山下的战况激烈，喊杀声和哭喊声混杂成一片。

西岐兵被打得落花流水，惨不忍睹。

旁边观战的朱子真见状站起来道：“猴哥，咱们吃败仗了，赶紧上去支援吧。”

袁洪问：“为什么要支援？”

朱子真一愣道："不支援，商军就打到咱们大营了啊！"

袁洪道："打到就打到了呗，你管那么多干什么。"

朱子真道："可是，这……伤亡也太大了吧！"

袁洪道："伤亡大怎么了？什么叫战争，战争就是不是你死就是我亡。既然你想杀别人，自然就得做好被人杀的准备。阐教那帮人不是挺能吗？让他们自己扛！"

金大升也道："就是，老猪你真是咸吃萝卜淡操心，说好了咱们只看热闹，阐教那帮人让你坐冷板凳坐舒服了吗？"

朱子真道："我忘了，我们是来看热闹的，好吧，这热闹真好看。"

杨戬正和哪吒护着姜子牙退下来，一见袁洪他们还坐在旁边的坡坎上逍遥地吃着水果，不由气急败坏地喊："赶紧支援，拦截追兵啊！"

"什么，你说什么？"袁洪装着没听清。

"让你赶紧支援，拦截追兵！"杨戬大吼。

"什么，你说什么，太吵了，听不清楚。野果很好吃，要吃一个吗？"袁洪故意道。

杨戬真是肺都要气炸了，还想发火，结果被追上来的王魔用开天珠打在后背上，打得他向前一栽。

幸好他也是吃过元始天尊给的天地玄黄丹，虽是阐教三代弟子，实则已有金仙实力，挨这一下，只是疼痛难当，还能扛得住。

当即也没工夫和袁洪多说了，赶紧带着姜子牙逃了回去。

九龙岛四圣追过来，也看见了坐在坎上的袁洪，准备过来动手。

袁洪手一伸，神珍铁棒在手，向他一指道："老子看热闹的，不要来惹老子，否则别怪老子今天开杀戒！"

王魔还想动气。

袁洪将那铁棒往地上一跺，只喊了声"长"，顷刻之间铁棒就直接冲向云天，吓得王魔和他的坐骑狻猊都倒退数步。于是赶紧绕开袁洪他们，继续追杨戬去了。

好在姜子牙也算是兵法大师，在大营后布置了一道严密的防卫，由龙须虎坐镇。

那龙须虎乃是一异兽，生于少昊时，炼有奇异术，可以双手连发磨盘大石头，如飞蝗骤雨，打得满山灰土迷天，随发随应。

龙须虎见姜子牙败下，便直发那磨盘大石头向追来的商军打去。

那商军哪挨得起这飞蝗骤雨的大石头，顿时也死伤一片。

张桂芳一见，担心伤亡太大，且已得胜，赶紧鸣金收兵。

姜子牙回营，被张桂芳喊走的魂才又慢悠悠地回来。

一点人马，三十万之众，折损过半。

“唉，是我大意了，没想那青龙关内，藏了这么多得道之士，皆有大神通！”姜子牙仰天长叹。

杨戬也道：“是的，那后出来四人的法术实在是太厉害了，只怕都有金仙的本事了。”

姜子牙叹道：“师尊当时说，天下得道之士，俱在我一方。我等攻商，必势如破竹。哪知只这一关，便有这许多高人，我能如何攻进朝歌？难道是天不亡商？”

“我觉得都怪那梅山袁洪！”杨戬道。

“怪袁洪？”姜子牙一愣，“为何？”

杨戬道：“我军败退之时，他居然和梅山众妖坐在坎上吃野果看热闹，不出手相助，以他的本事和梅山的势力，半路杀出来，自成奇兵，必可反败为胜！”

“对啊，我在恍恍惚惚之中好像听你在喊他支援，他没支援吗？”姜子牙问。

“没有！”杨戬义愤填膺，“他压根就不搭理我，津津有味地吃着他的野果！”

“放肆！”姜子牙一下怒了起来，“两军交战，他竟作壁上观，此乃逃兵之罪，给我传袁洪！”

很快就有军士传了袁洪来。

袁洪

丞相你找我？

姜子牙

大胆袁洪，还不跪下领罪！

袁洪

跪下领罪？丞相你是在做梦吧，平白无故的我有什么罪？你看我会随便下跪吗？

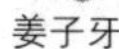

姜子牙

你还说你没罪？先前我军战败，杨戬让你赶紧支援，你为何坐在旁边吃野果也不理会？

袁洪

他喊我支援了吗？我没听见啊。再说了，西岐军中，我只听一人调遣，那就是众军之首姜丞相你。而当时调兵遣将，姜丞相你关照我梅山兄弟，让我等休息，不要参战呢。军令如山，难道你让我不要参战，我能自己跑去参战？你需要我参战，就对我说啊，你干吗不说，要杨戬来说？

姜子牙

我当时晕了，怎么说？

袁洪

我只听你姜丞相的，万一他杨戬想造反，那我能听他的吗？他对我说，我只当他是用嘴巴放屁呢！反正，我来这里，只听三军统帅调遣，这没毛病吧？

姜子牙

你……

姜子牙气得胡须乱颤，可他又得承认，袁洪说的确实没毛病。没想他本意是想让袁洪坐冷板凳，到头来却是自己吃了个哑巴亏。

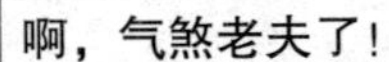

第二日，姜子牙依计，令袁洪率梅山众妖为先锋出战。

袁洪对着梅山兄弟吩咐了一番，还把将旗上的“袁”字换成了“张”字，来到青龙关前，令手下叫阵。

姜子牙也不知袁洪葫芦里卖的什么药，只是率阐教众人在后督战。

张桂芳昨日打了个大胜仗，今日一脸骄狂，骑着银鬃马，耀武扬威，手中臼杵枪向阵前袁洪霸气一指，睥睨天下地道：“尔等不知死活，昨日虎口逃生，吾今日正要前来踏你大营，你居然又送上门来找死！”

袁洪道：“打仗就打仗，废话那么多，赶紧派人出战吧！”

张桂芳列阵，派王魔出战。

王魔骑狻猊出战，手上一柄短剑，削铁如泥，毫光大放，一看就知此乃仙剑至宝。

袁洪问：“谁来拿下他！”

“猴哥，让我来吧。”朱子真请战。

“行，别给咱梅山丢脸啊。”袁洪道。

朱子真道：“放心吧，猴哥，老朱这几千年的道不是白修的。”

当即，他也手提一把宝剑，挺着个大肚子摇摇晃晃地就走上前去。

“尔等何人，速速报上名来受死！”王魔霸气将剑一指。

朱子真道：“吾乃梅山妖王朱子真，今为西岐先锋副将，特来斩你狗头！”

“哈哈哈，梅山妖王？”王魔狂笑起来，“这姜子牙帐下竟是无人了吗？连梅山之妖都请来助阵了。这肥头胖耳的样子，坐骑也没有，打死你都是对我的羞辱！”

朱子真道：“猴哥名言，牛吹得越大，往往死得越快，来吧！”

王魔怒起，提剑来砍。

两人你来我往，竟半斤八两不分高下。

王魔见久战不下，一夹狻猊后退，扬手就使出法宝开天珠向朱子真打来。

这开天珠有电光石火之速，雷霆万钧之力，若是被打中，不死也废。

朱子真见状，却是突然大喊：“我吞！”

顿时，那猪口竟张大开来，现出一股黑气，黑气卷出旋涡，立马就将王魔的开天珠给吞了下去。

王魔不由愣在当场。

朱子真道：“还有什么法宝，都一并使来，让爷爷给你收了。任你身有万法，爷爷都一口给你吞下！”

“王道友且退下，待本将来拿他吧！”张桂芳夹马摇枪而出。

然而，这边袁洪喊道："老朱退下，让哥哥来会他！"

朱子真应声退下。

袁洪踩着筋斗云出阵。

张桂芳臼杵枪一指："本将手下不死无名之辈，来者何人，报上名来！"

袁洪道："老子行不更名坐不改姓，姓张，名桂芳！"

张桂芳？

听得张桂芳一愣，旋即道："你胡说八道，本将才是张桂芳，你怎会叫张桂芳？"

袁洪道："难道这天下只允许你叫张桂芳，不允许别人叫了？你睁着那一双死鱼眼，不见我帅旗上张字吗？"

张桂芳抬眼一看袁洪阵前帅旗，便也信了，道："原来还真有也叫张桂芳的人！那很好，张桂芳，还不给我倒下受缚，更待何时？"

然而，这一声喊完，却不知场上只有一个张桂芳，他便喊晕了他自己，当场就栽倒了下去。

"你能喊人名摄人魂不得了？须知老子是梅山袁洪，刚才只是逗你玩，受死吧。"话出，手中铁棒便向张桂芳身上打去。

杨森和李兴霸等人想救却已来不及了。

后面督阵的姜子牙和杨戬等人看得目瞪口呆。

"不会吧，还有这么骚的操作？"哪吒一脸不可思议地道。

杨戬道："看来这死猴子还真有几把刷子！"

而这边的张桂芳部下，九龙岛四圣和魔家四将一见张桂芳被打死，全都蜂拥出来要替他报仇。

他们虽也是厉害角色，可袁洪如今已有大罗金仙之能。

尤其是那一根神珍铁棒，可细可粗，可短可长，且被袁洪修到可变出好些根来，棒落万万钧，且有腾腾烈焰，万法不侵。

三两棒便已先将杨森和高友乾打死。

后面的朱子真和金大升等梅山众妖一起冲上。

姜子牙当即也将帅旗一挥，令全军往前冲杀。

杨戬还拦着道："师叔，为什么帮他？"

姜子牙道："你傻啊，没见那袁洪现在势如破竹，青龙关弹指可破吗？等袁洪打下来，功劳都是他的了，这时候大家都冲上去，谁知道谁杀了谁，等下才好把大功记在你们身上！"

杨戬一听，觉得太有道理了，当即也呐喊一声，带着哮天犬就冲了上去。

一下子，大军如潮水涌向青龙关。

张桂芳一死，军心大乱，又怎抵挡得了这势如破竹之力。

九龙岛四圣皆被梅山众妖打死，灵魂瞬被封神台收去。

魔家四将接着死于袁洪的神珍铁棒之下，灵魂也往封神台投去时，那青龙山顶观战的接引道人却道："这四人，天赋异禀，法力非常，可助我西方教成势。"

说话间，手中便多出一面旗帜来。

这旗帜为青莲宝色旗，是造化之物，其中藏有舍利子一颗，可度人再生。

接引道人将青莲宝色旗挥动之间，立刻白气悬空，金光隐隐，在不动声色之间便收了魔家四将之魂，后成就为西方教雷音寺中有名的四大天王，这是后话。

且说在接引道人收走魔家四将魂魄之间，西岐军已攻进青龙关中，大获全胜。

攻进关内的西岐士兵高举刀枪，欢呼雀跃。

而他们的脚下，躺着一地的尸首，血流成河。

袁洪站在关上，看着那遍地未寒尸骨未冷热血，竟有种说不出的悲凉之感。为何人类对人类的死亡充满了欢呼？

也许，他们只是因为自己活着吧。

如果命运只能有一种结局，要么别人悲惨，要么自己悲惨，那么，别人的悲惨自然就成了一件值得庆幸和欢呼的事情。

毕竟，从他们沦为一枚棋子开始，就一只脚踏进了坟墓，让别人去死，便是士兵唯一的目的和信念了。

可是，我为何要沦为这生灵涂炭的棋子呢？

为了成神吗?

袁洪抬头看了看远方无垠的天际，残阳如血，而他心里，莫名悲凉。

旁边青龙山顶上的接引道人，也看了袁洪许久，许久……

准提道人似看出了接引道人的心思，就问："怎么，师兄也想收了他吗？"

接引道人道："收倒是想收，只怕……"

准提道人问："只怕什么？"

接引道人道："未必收得了。"

准提道人也点头道："这倒是，我也觉这妖颇有些与众不同。"

"你看出什么与众不同来了？"接引道人问。

准提道人道："其一，悟性太高，他有一身法力，一出场就用脑子打败了敌方主帅；然后，大胜之后，却又不大开杀戒，他只挑了几个修为强大的对手打杀，却没杀一个弱者，说明他内心强大，也有悲悯之心。这，是一个未来或可成圣的人物。"

接引道人道："是的，若无异数，他日必成人物，不过，我还是要找机会试试，这种人物，若是有机缘收了，必使我西方教光芒万丈、名扬八方。"

准提道人也点头赞同，只是，他同样觉得这很难。

平定青龙关，姜子牙开始论功行赏。

杨戬和哪吒记首功一次，金吒、木吒、黄飞虎、黄天化、龙须虎、雷震子等记大功一次，最后，袁洪和梅山六大妖王记小功一次。

"有没有搞错，我们打的头阵，猴哥杀的张桂芳，为什么给我们记小功！"金大升的牛脾气一下子就爆发出来。

姜子牙道："我西岐战功，以杀敌数论，请问，你们要首功，你们如何能证明你们杀敌数最多？你要能证明，本丞相便给你们首功！"

"这……"金大升愣了一下，"那你又如何证明杨戬和哪吒杀敌数最多呢？"

姜子牙问："那你又如何证明杨戬和哪吒杀敌数不是最多呢？若不能证明，你有什么资格来质疑本相！"

“就是！”杨戬道，“你不过是袁洪手下一部将，袁洪在这里也不过听凭差遣之辈，你有什么资格在这里指手画脚？搞不懂自己的身份地位吗？”

哪吒也嘲讽道：“这些虫卵湿生，披毛带角的东西，真是一点规矩都不懂，总喜欢拿自己当回事，也不看看在座的都什么出身，是你能比的吗？还指望以后封神，做你的白日梦吧！”

袁洪当场冷笑道：“一个怀胎三年六个月才生出来的球，一个曾追着自己父亲砍的浑蛋，也有资格跟人讲规矩？”

“袁洪，你别惹毛我！”哪吒顿时火起，当场就要发飙。

袁洪道：“你被我打也不止一次了，你是觉得多挨几次就习惯了吧？打不过，还要装出不可一世的气势来，全天下能这么不要脸的恐怕也只有你了！”

“你别嚣张，这笔账我早晚会跟你算的！”哪吒咬牙切齿地道。

他是真恨，可也是真无可奈何。

姜子牙道：“好了，大帐之上，不要争吵。各自休息好后，再打下一关，早打进朝歌，也早完事！”

于是，大家各自从军帐退下。

梅山众妖又是对着袁洪一番抱怨不平，觉得姜子牙论功行赏欺人太甚。

尤以金大升的牛脾气为甚，直嚷着还是回梅山去做妖的好，胜过受这窝囊气千百倍。

袁洪却沉默着，一句话也没说。

“猴哥，怎么样，咱们还是回梅山自由自在逍遥去吧。”金大升又道。

袁洪却终还是叹道：“忍忍吧。”

“忍？”金大升一愣，“他们如此欺负咱们了，还能忍吗？这不像猴哥的性格啊！”

吴龙也道：“就是，阐教这帮人真是欺人太甚了，开始以为自己本事大，把咱们凉着，结果发现自己不行了，就让咱们去卖命，等咱们打下头阵了，大功却成了他们的，真是岂有此理！”

袁洪道：“可是，这是唯一的封神之途，女娲娘娘说了，若是我们在这里立功，她便可替我们争取封神，也免得日后天庭魔化贬低妖族时，兄弟们都受打压。我也是想兄弟们都有个好前途，若不然，谁愿来受这窝囊气！”

金大升道：“可是这样看，就算咱们再怎么卖命，就算一路打到朝歌去，那功劳都是他们的，咱们也会被吃干抹净，一事无成。”

“行了，先不要急着下定论，看看再说吧。”袁洪道。

其实，袁洪的心里也莫名烦躁。以他的性格，今天军帐之中，都得打那姜子牙和哪吒一棒子，可他硬生生地忍着。一是为了梅山兄弟寻个正道，更主要的是，女娲说了，他若想见白狐，只有打进朝歌，商纣灭亡，他封神成圣。

他无所谓什么封神成圣，但白狐是他今生唯一不弃的执念。

为了白狐，他愿意委屈自己。

这条路再难，他也要踩着泥泞走出来，见希望，见阳光。

第十一章　纣王宫中，再见白狐

朝歌。

太师府内，闻仲接到战报，姜子牙已破青龙关，守城总兵张桂芳已死，九龙岛四圣已死，魔家四将已死。

闻仲仰天一声长叹，把这个消息报上朝堂的时候，纣王表面上一脸惋惜，心里却悄悄地笑了，直想着死得好，殷商注定是要灭的，你们非要去保，真是皇帝不急太监急。要知道，这些日子他做梦都梦到那瑶池仙女和琼浆玉液了呢。

因为他越来越觉得妲己也没有初见时那么令他愉快了。

再漂亮的女人，拥有得久了，也都觉得乏味，渴望一点与众不同的新鲜感。

纵是后宫佳丽三千人，也不及瑶池一仙女。

他越发的希望西岐军早日打进朝歌来，他想早日成神，去那天上人间。前日听说张桂芳大败姜子牙，他真是不开心了很久呢。

都恨不得去找那个神秘仙人问问怎么回事，不是说攻进朝歌指日可待，连杀他的人都早安排好了，只是走这么一个过程吗？

还好，终于打过青龙关，离攻进朝歌又近一步了。

闻仲在下面一眼就看出纣王全无焦虑忧思之心，真是火大，当即就道："如今城池失守，若想朝堂无恙，还须陛下听臣三件事。"

"啊？"纣王一愣，"听你三件事就可令朝堂无恙吗？说来听听？"

闻仲道："这第一件，今日之祸，皆因那妲己祸乱朝堂，为烤火兴炮烙，为观月造鹿台，劳民伤财，怨声载道，当杀妲己；第二件，朝堂上有奸臣费仲、尤浑，结党营私，谗言圣听，罪该万死，当杀之；还有最重要的第三件，如今国内风雨飘摇，民心不稳，希望陛下可御驾亲征，为军队打气，也让臣民一见陛下悔过自新力挽狂澜之决心，如此，方可使如今危局出现转机！”

纣王一听，这哪能依你啊。

杀了妲己，谁来为孤背锅？杀了费仲、尤浑，谁来拍孤马屁？就更别说御驾亲征了，长途跋涉多辛苦啊。

最重要的是，孤不需要激励士气，孤不想挽救国家于危亡，孤盼着朝堂早亡啊！

所以，这三件都依不得。

当下，纣王就把脸一黑道：“太师说这么多是何意啊？妲己是孤之妃，费仲、尤浑是孤之臣，你数他们罪状，是绕着弯子骂孤是无道昏君吗？”

闻仲道：“臣不敢，但天下人都看得明白，事实如此！”

“放肆！”纣王脸上立马风云变色，“孤尊你为太师，对你诸多宽容，孤虽杀人如麻，也留了你，你竟敢拿天下人来压孤，你要再敢多说一句，孤便让你也尝尝那炮烙之刑是个什么滋味！”

终于，闻仲一声长叹。

他知道，他无论如何也无力回天了。

前几日，师父金灵圣母找他，说要废纣王，另择皇子取而代之，他还念着最后一丝情谊，毕竟是先帝托孤，又是看着纣王长大，他希望能挽救纣王。然而，结果却是无可救药。

当时，金灵圣母与申公豹一同前来，叮嘱闻仲有事便找申公豹商议。于是，闻仲当即去见了申公豹。

申公豹听闻仲所言后，便让闻仲去金鳌岛请十天君阻挡西岐大军，他则往崆峒山走一遭，去找纣王长子殷郊，游说他回朝堂，届时再废纣王。

闻仲亲自游说了金鳌岛十天君，直接赶到岐山之地安营扎寨。

十天君看了一番战场之后，一人摆出一阵，共十阵，称为十绝阵，然后让闻仲喊姜子牙大军来破阵。

姜子牙接到闻仲破阵战书，当即就带着阐教门人来看阵。他的道行虽然不怎样，但却是精通兵法，只在外看一眼那十绝阵，就见得阵外愁云惨惨，冷雾飘飘，杀光闪闪，悲风切切，又有十数道黑气，冲于云霄，便知凶险非比寻常。

“敢问摆阵者何人？”姜子牙问。

闻仲道：“我碧游宫同门金鳌岛十天君。”

姜子牙道：“这就是你们截教不对了，天庭建立，我阐、截、人三教共同伐纣灭商，尔等不倒戈相向，为何还摆阵阻我？”

闻仲冷笑道：“封神榜怎么回事，你阐教中人不知吗？为你阐教十二金仙犯神仙杀戒而已，却使生灵涂炭。我截教门人，虽多虫卵湿生之辈，却有好生之德，不愿沦为封神棋子，使无辜遭殃，因此不大举杀伐，只设阵阻你，各凭本事，不伤无辜，光明磊落，你有何颜面说我！”

“为什么不能说你？”姜子牙道，“那纣王无道，不该伐吗？”

“纣王无道，跟这无辜百姓军士何干？”闻仲道，“纣王无道，你等要做救世主，直接杀了纣王岂不是好？为何要发动这战争？你阐教高人无数，要灭区区一个纣王，不过易如反掌，为何非要从西岐一路杀到朝歌？说到底，还不是因为你阐教门人道心不稳，犯了神仙杀戒，借纣王之名，为自己找个冠冕堂皇的借口而已！”

被闻仲说穿实情，姜子牙虽能言善辩，却也脸上青一阵白一阵。

杨戬在旁边帮腔道：“你为商纣太师，享有荣华富贵，说什么大义凛然的话，还不是各为其主而已！”

闻仲道：“我为太师，乃护商多年，劳苦功高，先帝托孤。我辅纣王，也让四方稳定强盛，国泰民安。如今你阐教以天数蒙世人，策划封神榜，劝反姬昌，我自当护这国家。三皇五帝以来，皆以忠孝立国，尔等造反，还理直气壮，真是世风日下，世道不堪！”

姜子牙情知理亏，赶紧道：“行了，两军对垒，不作口舌之争，成者为王败者为寇，还是以实力决高下吧。”

闻仲道：“行，那就来破阵啊。”

姜子牙问：“能进阵去看吧？”

闻仲道："可以，随你怎么看。"

杨戬道："吾等看阵，可不要以暗兵暗宝暗算吾等，非大丈夫所为也。"

闻仲道："叫你等早上死，不敢午时亡，岂有暗宝伤你等之理？"

当下，姜子牙便带着杨戬、哪吒、雷震子和黄天化进阵去看。

十绝阵分别为天绝阵、地烈阵、风吼阵、寒冰阵、金光阵、化血阵、烈阵、落魂阵、红水阵和红沙阵。

每一阵皆藏万丈杀机，只过阵门前，便如临万劫不复之境。其中风雷烈火之声，闻之便已道心难稳。

初进去时，姜子牙和哪吒等人还踌躇满志，一圈看下来，都是一筹莫展，因为凭自己实力完全不能破阵。

"姜道兄，能否破阵？"闻仲问。

"区区小阵，姜某吹弹可破，何足道哉。"尽管心里没谱，但不能输了气势，身为兵法大师，这点道理姜子牙还是懂的。

闻仲听罢大笑："好一派狂言，吹弹可破，你为何不吹弹之间把阵破了？"

姜子牙道："我乃主帅，破几个小阵，岂有我亲自动手之理，待我回去，调兵遣将，定好时间，自来破阵！"

闻仲道："行，那我就等你来破阵！"

"等着吧，不见不散。"姜子牙依然气势十足。

当然，他心里也确实有气势。

虽然他确实没实力破阵，但他并不心虚，因为他的后台硬啊，一整个阐教在后面撑着呢，实在摆不平了，玉虚宫掌教亲临，还有谁能抵挡？

在路上的时候，哪吒问："师叔有破阵之法吗？"

姜子牙问："你能破吗？"

哪吒道："我……我样样都强，但破阵法是我的弱项。"

雷震子道："我试着用风雷二翅扇了下，那十阵岿然不动，反正我是破不了。"

姜子牙道："且不说这阵法玄妙了，单是那金鳌岛十天君俱是截教高人，道术高强，也非吾等能胜，只能往玉虚宫走一遭，去找老师帮忙了。"

“等等师叔，先别忙着叫帮手。”杨戬突然道。

“不忙叫帮手？”姜子牙问，“你有本事破阵？”

杨戬道：“不是，我有一计谋。”

姜子牙问：“什么计谋？”

杨戬道：“让袁洪和那梅山众妖去破阵啊，若他们能破阵，咱们在闻仲面前得了威风；若他们破不了阵，死在里面，也算除了咱们的眼中钉！”

姜子牙道：“嗯，这计谋好，怎么都对咱们有利，那就这样吧。”

当即，回到大营，姜子牙就让人传袁洪来军帐议事。

可让姜子牙没想到的是，人算不如天算。

此时，袁洪正和六大妖王在帐中聊天，突然有小妖来报，说有叫高觉、高明的来投。

“高明、高觉？”袁洪一下子想了起来道，“这不是那棋盘山的桃精柳鬼吗？他们来干什么？”

金大升道：“肯定也是想来投咱们了，立点功劳，指望以后封神呗。”

朱子真道：“咱们都没指望，他们更别想，还是让他们回去吧。”

“不行。”袁洪道，“朋友一场，别人来了，再怎么说一顿酒得管。”

金大升也道：“就是，高明、高觉是拜过咱们梅山，也以兄弟相称的，怎能失了礼数。”

当下，就有小妖去把高明和高觉兄弟带了进来。

两人行礼拜见了袁洪和梅山六大妖王。

“两位兄弟千里迢迢而来，有何贵干？”袁洪问。

高觉道：“猴哥让帮忙打听轩辕坟白狐的消息，有信儿了。”

“什么，有小白的消息了？”袁洪一听，身躯一震，当场弹身而起，两眼放光，急问道，“在哪儿？”

高觉道：“在……朝歌，纣王宫。”

“在朝歌纣王宫？”袁洪一愣，“她在纣王宫干什么？”

高觉道：“她便是那纣王宠妃苏妲己。”

“你说什么？她是苏妲己？”袁洪心里有些火起，“你们乱说什么，小白可是得道之狐，她怎会是那万恶妲己，你当我不知那妲己乃是冀州侯苏护之女吗？我虽说了有帮我找到小白者，定当厚报，你们却也不能如此来骗我，还玷污小白名声！”

“没有，是真的猴哥。”高觉道，“妲己是冀州侯苏护之女不假，可真的妲己早已死了，是白狐借了其身，冒充了她！”

“小白借苏妲己之身？”袁洪问，“那你如何知道她是小白？你二人虽修成了千里眼顺风耳，有千年道行，但又如何看得穿借体附身之妖！”

高觉道：“我二人确实看不出，但小弟是听到的。”

“听到的？”袁洪问，“如何听到？”

高觉道：“猴哥让四方兄弟帮忙找白狐，我大哥就用千里眼到处看，我用顺风耳到处听，终于听到了纣王宫里妲己和两个侍女的聊天，提到了梅山和轩辕坟，从她们的聊天里我才分辨了出来，原来她们正是轩辕坟白狐、雉鸡和玉石琵琶精，这才赶紧来找猴哥。”

“你说的当真？”袁洪问。

高明道：“我弟说的千真万确，绝无半句虚言。”

朱子真道：“不会吧，小白怎么会附身妲己，去做那纣王宠妃呢？”

金大升也道：“就是，小白那么纯真，而且跟猴哥的感情，那绝对是山无棱，天地合，也舍不得的，她怎可能去做纣王那暴君的宠妃？”

袁洪没有说话。

他虽不信，打死都不信，但他同时也明白高觉不会说谎。

一种特别复杂的情绪在心里翻滚着，他也说不清是失望、心痛、愤怒还是什么，那是一种从未有过的难受。

叮嘱了一番梅山众妖之后，袁洪只身前往朝歌纣王宫。

顺风耳说的妲己到底是不是轩辕坟白狐？如果是她，又为何会如此，他总得弄个明白才行。

天下民不聊生已久，朝歌却仍繁华依旧。

街头车水马龙，宫阙如琼楼玉宇。

甲士三步一岗五步一哨，每一个眼神都显露出皇家不容侵犯的威严。

但再严的戒备也防不了袁洪。

袁洪使了个八九玄功的变化之法，变成一只飞鸟，就向纣王宫中飞去。遍寻各宫，终于，在摘星楼上见到妲己和纣王正饮酒观舞。

纣王和妲己坐于正中，左右各站了几名侍女，下方有数十宫娥翩翩起舞。

只一眼，袁洪便看出来了，确实是白狐附身妲己之上，而在妲己身旁两侧的侍女，也正是雉鸡和玉石琵琶所附身。

那一瞬间，袁洪的心如被雷击了一般。

纣王欣赏着舞蹈，兴致勃勃时，伸手将妲己揽在怀中，妲己倚靠在纣王的臂弯之中，脸上带着微微的笑意。

雉鸡和玉石琵琶看了眼纣王和白狐，也笑得很开心。

袁洪差点一口老血吐出来，赶紧飞到了摘星楼外。

他实在看不下去这种场景。

曾经，那个天真烂漫的白狐，为何已堕落如此。

若不是亲眼所见，他绝不敢信，这被天下人唾弃的红颜祸水，竟是他认识的白狐。

天空中一轮弯弯的明月升起，照亮夜晚的朝歌宫殿。

宫殿内，帝王仍醉生梦死寻欢作乐。

宫殿外，袁洪数度忍不住想冲进去把那一切砸个稀巴烂，把这宫殿都毁了。可他知道，若这是白狐的选择，他又有什么权力去毁了她的生活？

那一弯月亮慢慢地往西落下。

纣王终是有些倦了，也有了深深的醉意，便由白狐扶着去就寝。

当白狐把他扶到龙床之上时，他已不胜酒力，倒头便酣然睡去。

白狐出了寝宫，缓步走到了鹿台之上。

她抬头看了看天空中的新月，竟如那夜一般，虽只一弯，却明亮异常。

只是，这深冬的月，连落下来的光辉，都带着几丝清冷。

一如她的心中，纵是身在万丈繁华，却也未有过一刻真正的快乐。

她这一生所有的快乐都留在了那年的梅山上。

那时，她还拥有爱和自由，没有被暴君玷污和糟蹋。

只可惜，时光回不去。

她也回不去。

猴子，你还好吗？我好想你。

她在心里喃喃着。

突然，身后有落地的声响。

她还未回头，便看见了一道拉长的影子落在她的前方。

那道影子，竟莫名的熟悉。

在曾经无数个花前月下，她看着那道影子，对他说道："等我以后得了道，成了神，我就跟你永远永远地在一起，做那世人艳羡的神仙眷侣，一刻也不分离，就像你的影子一样。"

他笑着道："真是个傻瓜，影子，只有在有月光的时候才出现的，没有月光的时候，就没有影子。"

她道："你才傻呢，影子就是另一个自己，只是有月光的时候才能看见，没月光的时候看不见而已。看不见，不代表不存在。只要自己在，影子就会在！有阳光的时候，也有影子，走到水边的时候，水里也会有影子。"

他笑："你说服了我，那以后我们都做彼此的影子吧。"

"拉钩！"

"拉钩就拉钩！"

白狐猛然转过身来。

果然，是他！

那个在她心里魂牵梦萦日思夜念无数遍的猴子。

刻骨般的熟悉。

却又有一种说不出的陌生。

很快，她就发现了这种陌生来自哪里。

他看她的眼神，再也没有昔日的温情。

他的脸上，比今夜的月光还冷。

他的全身上下，再也没有一点温柔的气息。

细细想来，自己又何尝还是当初的自己呢？

他们彼此之间终究还是出现了一道难以跨越的鸿沟。

她在心里深深的一声叹息，把那本来发自内心的喜悦也硬生生地按了下去，只是像遇见一个并无多大瓜葛的熟人般打了个招呼："猴子，你……你怎么来了？"

"我只是想来问一问你。"袁洪脸色无悲无喜。

白狐问："什么？"

袁洪道："在曾经相识的日子里，我袁洪可曾有什么对不住你？"

白狐皱眉，轻声道："你为什么这么问？"

袁洪道："你回答便是。"

白狐摇头道："没有。"

袁洪道："我既不曾有对不住你，那为何你突然不辞而别？哪怕只是普通的朋友，离开时也该说一声吧！"

"我想说的，但……"白狐把目光低垂在脚尖上。

她能如何与他说呢？说她走时便知道决绝，而她根本没有勇气说出那一声道别？

"但怎样？说啊！"袁洪咄咄逼人。

对他来说，自白狐消失无踪之后，他想过一千万种可能，都没有想过白狐会背叛他的感情，他还以为她被谁欺负伤害了，一直为她担心，没想结果却是如此。

白狐道："算了，已是过去之事，是我不对，做得有点欠妥，我跟你说声对不起。"

"对不起？"袁洪自嘲一笑，"如果一个人曾把你当成生命中的全部，你也告诉他你会好好珍惜彼此的感情，你还为彼此描绘了后来一千年一万年的星空。突然之间，你把一切都毁成泡影，就只是一句对不起，便可各自安好了吗？你总得给我个理由吧！"

"理由？"白狐抬眼，自嘲一笑，"我如今身在这里，你该知道我自是贪恋这世间繁华人生富贵，还能有什么理由？"

"是这样吗？"袁洪问，"当初不知是谁信誓旦旦地说，只要能与我在一起，便是那天上神仙也不慕？难道只是玩笑？"

袁洪的话如一根锐利的针刺过白狐心头。

白狐

那时是真心的，可后来，我们总是会变的。

那夜，你为我跳了一支舞，后来就再也找不到你，你是跳舞时就已经决定要走了吗？

袁洪

白狐

是的。

之前一直没有预兆，你是如何想起要来宫中的？

袁洪

白狐

只是偶然的一个命运安排。本来，我也只是想来朝歌看看，没想到便贪恋了这里，觉得以前在轩辕坟或梅山的日子太过简单。我想看见更大的世界，过更繁华的人生。所以，对不起了。如果你不介意，咱们以后还可以是朋友。

不必了！我袁洪这一生重情重义，绝不会与贪慕虚荣无情无义之辈做朋友！

袁洪

白狐

猴子……

有一种汹涌的情绪直往喉头上涌，但她强忍着。

她怕被他看穿，她怕自己忍不住说出真相，而让一切都前功尽弃。

她更知道，就算他知道了真相，一切也于事无补。

她早已不是她了，那条路再也回不去。

命运给过她选择，这条路也是她自己选的。

所以，这场戏再如何撕心裂肺，她也得笑着演下去。

她又装出无所谓的样子，强笑了笑道：“如果你愿意的话，要不我跟纣王说说，也为你在宫中谋个一官半职，好过在那荒野深山度日。”

“不好意思。”袁洪嘲笑道，“我袁洪不羡慕这荣华，更不会为了荣华出卖自己，跪着做人！挺直脊梁，堂堂正正，光明磊落，有什么不好？非要卑躬屈膝取悦别人？”

“也不能这样说吧。”白狐道，“这世间有人做盖世英雄，有人蝇营狗苟，都是选择或命运而已。我知道，这或许有些可悲可怜，然而，这天下众生，可悲可怜之人又岂止你我？”

袁洪道：“行了，我懒得跟你废话了，今儿既然找到你，知道你当初离开是这缘由，我已无话可说，就让那曾经过往到此为止吧。从今往后，你是你，我是我，不要再说认识我，我只当自己从前瞎了眼，看错了人。你我，各自安好，永不再见！”

说完，已不屑多看她一眼，袁洪果断转身。

但那一刻，还是有一种撕裂和悲怆的情绪如洪流般自心底涌起。

曾经认真过，在乎过，放下又谈何容易。

“猴子……”白狐在后面喊了一声。

她看见了他的难过。

可她比他更难过。

“跟你说了，从今往后，我与你再不认识，不要这么喊我！”袁洪猛地转过身来，一脸凶恶地看着她，好似不共戴天的仇人般，紧咬着牙，“记住了，我姓袁名洪，以后这名字会响彻天地，让你高攀不起！那时你便会知，弃我去者，不如草芥！”

说罢，袁洪毅然决然地转身而去。

白狐站在那里，看着那道已消失在清冷月光下的身影，心中虽痛得撕裂，但她硬生生地忍住了眼泪。

她只是站在那里，悲哀地傻傻地笑着：

若以后你的名字真能响彻天地，便也不枉我这屈辱一路、痛苦一生了。

其实，猴子，当初我对你说的都是真的，至今仍想践行。只是，天道之下，命不由人，你我只能苟且。理想？水中月罢了。愿你日后真能如女娲娘娘所言，成就大圣之道。我，会祝福你的。

而我也终会习惯失去、习惯痛苦、习惯没有你的日子，哪怕再难过，我也能人前装着无所谓，一脸开心的样子，不会将自己的狼狈让别人看到。

那时，你称大圣，我封神天庭。

我们，都好好的。

多好的事啊！

她努力地想让自己开心，她告诉自己，命运给彼此的今日，已是彼此最好的选择。若不然，他灰飞，她湮灭，彼此都入万劫不复。

所以，她的牺牲和痛苦，都是值得的。

然而，喉间还是窒息般哽堵，那泪，大颗地从脸上滚落。

我不过只想在这世间做一只简单快乐的妖，与喜欢的人厮守一世，为何命运要将我卷入洪流，身不由己，被人唾弃，让我最爱之人，痛恨我最深？

她又想起了那梅山的最后一夜。

连今夜的月都那么相似。

弯弯的，却很皎洁。

她在鹿台之上翩翩起舞，如那日一般的舞着，然而，今日看她舞者，只有无声之月。

舞了一会儿，她又从身上摸出了紫螺来，吹奏起曾经和他一起吹过的曲调。

袁洪并未远走。

他飞离鹿台之后，跑到远处的山上，挥着棒子，满山的乱打了一阵，打得乱石飞溅，夜鸟惊惶而飞，发泄着心中那股难言的怒火和悲怆。

为何一份纯洁的感情却要被这世俗玷污，毁得如此的面目全非？

为何一个人的认真却抵不过这世道现实？

昨日种种，历历在目。

那些温柔，那些深情，那些信誓旦旦掷地有声，终究都成了云烟。

他发泄得累了，便在山顶的一块大石头上坐下。

月光如水，却比从前任何时候都更寂寞。

它从遥远的天空而来，照亮整个世界，而这世界有人把它关在门外，有人践踏着它，而它仍默默地照亮这人间。

突然，袁洪听到了熟悉的声音。

是紫螺声，是那时她依偎在他怀里，他为她吹过的曲调。

他一下子怒了，脚下一顿，就向鹿台飞去。

鹿台之上，她孤寂地站在那里，对着那一弯月，吹着过往，倾诉衷肠。

“你不是贪恋这深宫繁华吗？还吹当初的曲子干什么！”背后突然响起质问声。

白狐转过身来，对上他那讽刺的目光，强笑了笑：“就算爱慕虚荣贪恋繁华之人，也总会在偶尔的时候怀念过往吧。”

“可是，你不配！”袁洪咬牙道，“你的每一分怀念都是对过去的玷污！”

“你这话就不对了。”白狐道，“这天下芸芸众生，初来世间，谁不曾一片丹心向月，愿理想过一生，可后来，命运又让多少人理想地活着，多少纯洁的月光终还是落到了俗世的尘埃里。没人愿背叛别人或背弃自己，不过是自己把自己活成了悲剧。但每一个活成了悲剧的人，纵身在黑暗之中，也仍可心向光明。”

“呵呵……”袁洪冷笑，“别这么惺惺作态的行吗？说得好像是谁逼你这样，这是你自己爱慕虚荣的选择，说得一副身不由己的样子，你这副嘴脸真是让人觉得无比的恶心。”

“猴子，你别这样。”

“跟你说了，别叫我猴子，猴子是我至亲至爱之人才能喊的，而你已不配！”袁洪愤怒地吼道。

“还有，你爱慕虚荣贪恋繁华没关系，这是你自己的选择，你愿意堕落，谁也拦不住你。但是，希望你不要做那些伤天害理之事。兴炮烙，造鹿台，人神共愤，民不聊生，天下人说起你来，都恨不得生吃你肉。我当初听妲己之名，便想着要我遇着这女人，我能一棒打死她，没想这个可恶而又下贱的女人竟然是你。我袁洪重情义，念过去，相识一场，虽成陌路，但我手上就不沾染你的鲜血了，你自好自为之吧。否则，只怕你深深迷恋的繁华，到头来也只是一堆白骨，一撮黄土！”

“嗯，我会记住的，谢谢你的提醒。”她似乎已经习惯了被误会、被伤害，装着无所谓。

这一切都只是纣王干的，要让她来背锅。

已经很多次，纣王都声称是为了她杀人，她也没有辩解，也无法辩解，这天下人也都信了。

其实，她只是一个女人而已，纣王手中的玩物，她能做得了什么坏事呢?

人们为了财帛而变得丑恶，还是财帛的错?

可这天下人，也终究不是单纯就是愚蠢，喜欢用脚指头想事情，还装出一副冠冕堂皇的正义感来。

她不必向这些愚蠢的人澄清什么，因为他们自己也不过是可悲的一粒尘埃。

“对了，那个紫螺给我一下。”袁洪伸手道。

白狐不知他要干什么，但还是把紫螺递给了他。

袁洪接过紫螺，一把便将其丢在地上，然后用力一脚踩下去，咔嚓一声，那紫螺就碎了。

他还不解恨，又摸出了自己身上那个她送的紫螺来，也丢在地上踩碎了。

然后，他一脸鄙夷地看着白狐道：“我不能让一个如此丑恶的女人来吹奏那些属于我的回忆，不然每想起来，我都觉得情何以堪，还是毁了的好。”

说罢，转身飞走。

她上前去，看着那一对被踩碎的紫螺，轻轻地，慢慢地，一片一片地捡了起来，却是怎样都已无法拼凑好了，如同她此刻的心一样，已经碎得没有了形状。

终究，她看不见未来，也回不去过往。

泪水，无声的从脸庞滚落而下。

如大雨滂沱。

第十二章　万仙大阵，一决高下

袁洪回到了西岐大营。

无论他如何对自己说看淡一个人的离去，却始终如鲠在喉、无法释怀。

偏偏姜子牙派人来传他去，姜子牙一见面就对着他吼："袁洪，本相昨日欲派你去破十绝阵，发现你未曾告假，私自离营，违反军法，该当何罪！"

袁洪本来就心里不快，又见姜子牙如此训斥，当场一脸桀骜地道："腿长在老子身上，老子想干什么就干什么，你管得着吗？"

"放肆！"姜子牙怒道，"军营之处，如此狂悖，左右还不给我拿下问罪！"

左右甲士听命就要上前捉拿袁洪。

"谁敢动？"袁洪一声吼，手中铁棒往地上一插，整个地面都晃了起来，唬得那甲士倒退连连。

"怎么，袁洪你想造反？"姜子牙咬着牙问。

袁洪道："你错了，是老子不想跟你造这殷商的反了，老子回老子的梅山去，逍遥自在，做我妖王，再不受你这一群阐教乌合之众的窝囊气，岂不快哉！"

"你敢走一个试试！"姜子牙道，"你今日敢走出我这大帐，我这大帐就永不再让你回来，说什么立功，封神，你想也别再想！"

袁洪冷笑道："你以这名利为枷锁，可让天下人为你卖命、做你的走狗，岂能束缚得了我？我袁洪立世，根本不屑做这什么神不神的，老子只求把腰杆挺直，你又能奈我何！"

说罢，拖着铁棒就出了大帐。

姜子牙气得肺都要炸了，但也不敢轻举妄动。

老早的时候，袁洪就打了杨戬和哪吒，还打了太乙真人，袁洪有什么本事他很清楚，他纵有打神鞭在手，却也打不了袁洪。

手下的哪吒和雷震子等人都不敢动，他们都知道自己几斤几两，和袁洪是有很大差距的，只能眼睁睁地看着袁洪离去。

等袁洪走了，哪吒才道："师叔，不能让这妖猴就这么走了啊，他这是藐视师叔，无视军纪，无法无天，必须法办啊！"

姜子牙没好气地道："是不能让他这么走了啊，我刚才不是让你们拿下他吗？你们为何都不动？"

哪吒一下子没话说了，他能说他也怕袁洪吗？

他可是被袁洪打过的啊。

再看袁洪，他回到自己的营帐，当即就喊梅山众妖走。

梅山众妖还一愣一愣的，问发生了什么事。

袁洪道："没什么，就不想受这窝囊气了。"

其实，这只是一个诱因而已。

最根本的原因是，他当初来西岐战场是听了女娲之言，以为灭殷商之后，封神成圣，可与白狐相见。

然而，如今他已见到白狐，也不想再见，他对灭殷商封神成圣之事也毫无兴趣了，自然就不会为了封神成圣留下来受这阐教众人的气了！

当然，还有一个更重要的原因就是，白狐既在纣王宫中，彼此虽已再无瓜葛，可无论如何，他做不了那杀她毁她之人，他无法跟随西岐大军打进朝歌去，亲手染她鲜血，见她死亡。

若她有恶，也自有天下人审判，但绝不是他。

梅山众妖都跟随袁洪离开，欢呼雀跃，又要回去做自由自在的自己了。

姜子牙和阐教一群人，也只能是看着。

岐山之上。

准提道人见此场景，看了眼接引道人道："这猴子退出封神大战，我们就没机会收他了吧？”

“退出封神大战？”接引道人淡然一笑，“这是他能退得了的吗？”

准提道人道：“他不是已经走了吗？那姜子牙好像忌惮他，也只能眼睁睁地看着他走。”

接引道人道：“天庭建立，志在统辖四方，这妖猴如此我行我素，天庭岂能容得了他？别说天庭，就是他与这阐教不对付，阐教也容不下他。他想在那梅山自由自在为王，那只能是他一厢情愿的妄想。”

“嗯，有道理。”准提道人道，“大争之世，料这妖猴也不能独善其身。”

接引道人道：“放心吧，一定能等到他需要咱们帮忙的时候。从他与阐教对立的开始，就已注定他和咱们西方教的机缘了。”

准提道人点头道：“不知为什么，我还挺看好这妖猴的，感觉他身上有一种很特别的灵气。”

接引道人道：“是的，我也感觉到了，等时机吧，我相信他会是我们西方教向东之路的一个大机缘！”

山下。

姜子牙看了看一群没什么本事的阐教门人，想来想去，觉得还是只能再回昆仑玉虚宫去求助了。

他略微安排了一下军务，便骑上四不像直奔昆仑而去。

白鹤童子领着姜子牙入了玉虚宫内。

“弟子见过老师。”姜子牙恭恭敬敬地道。

“怎么，又遇到什么难题了吗？”元始天尊一副洞悉天机的样子。

姜子牙道：“是的。”

元始天尊道：“说说吧。”

姜子牙当即就把闻仲请来金鳌岛十天君摆出十绝阵的事说了，说他进阵看过，对方的修为既高，阵法也玄，目前西岐战场上的阐教门人根本无法破阵。

元始天尊一听就怒了：“岂有此理，我三教共佥封神榜，说好了，若是大军伐商，截教众人立刻倒戈相向，他竟如此相阻，这是想逆天道吗？”

姜子牙道："那闻仲说了，他们誓要为殷商尽忠，绝不会让西岐军打进朝歌去的，若想打进去，就得踩着他截教众人的尸骨！"

"反了，真是反了！"元始天尊大怒，"我看他截教是夜郎自大，不知自己是谁了，这天道所定，岂是他截教能阻挡得了！"

"那现在该如何处呢，老师？"姜子牙问。

元始天尊道："传我令，让十二金仙都下山去吧，他摆十绝阵，我让十二仙人破他，看他如何！"

姜子牙点头："是，多谢老师，那弟子这就去找各位师兄帮忙。"

"等等。"元始天尊又喊。

"老师还有何吩咐？"姜子牙恭敬地问。

元始天尊道："我曾与你通天师叔聊起过这十绝之阵，乃是超级杀戮阵法，阵配法，法配宝，威力大增千倍上。纵是十二金仙去，也破不得阵，须有破阵之法方可！"

"老师有何破阵之法吗？"姜子牙问。

元始天尊道："破阵之法有三：一是以法破；二是以法配宝；三尤为重要，以法以宝破阵之前，必要先以魂祭，如同治病之药引，以魂冲煞，后可破阵。"

"以魂冲煞是什么意思？"姜子牙一脸蒙。

元始天尊道："就是先死几个无辜者，以死亡之魂，冲淡阵法煞气，减小阵法威力，然后才可以法以宝破之。"

"哦，弟子明白了。"姜子牙又问，"那以何法何宝可破阵呢？"

元始天尊道："我是师辈，又是圣人，来破此小阵，有失身份。你再以我之命，去灵鹫山圆觉洞请你燃灯大师兄去，让他指挥破阵吧。他修光明之道，可破煞消暗，只看一眼便知道以何法何宝破这十绝之阵了！"

姜子牙应声，却又突然想起什么来，说了袁洪之事，问如何处置。

"袁洪？"元始天尊道，"他这是在无限作死啊，仗着女娲护他，简直狂悖至极，他却不知，封神结束，天庭稳定，那女娲都得靠边站着，又何况是他！"

姜子牙道："老师的意思是等封神之后再跟他算账吗？"

元始天尊道："是的，只要你大军攻进朝歌，覆灭殷商，封神之战一结束，立马就可以挥师梅山，找他问罪了！目无军法，擅离军营，女娲也护不了他！"

"行，那就这么办。"姜子牙说罢，便离开了玉虚宫。

他先去灵鹫山圆觉洞请了燃灯道人，后又分别请出了玉虚宫下十二金仙，路上还遇到了陆压道人和一些阐教门人，一同回到大营。

三日后，姜子牙应闻仲之约破阵。

金鳌岛十天君之秦完骑黄斑鹿而出，先开天绝阵。

燃灯道人看了一眼，还在想应该先以谁祭阵，这事着实令他为难，都是玉虚门人，他能让谁去死呢？

"燃灯师兄，让我来破这小阵吧！"突然有人自告奋勇。

燃灯道人一看，乃是玉虚宫门人邓华。

邓华入玉虚宫早，却悟性很差，算起来在玉虚宫辈分第五，但却连十二金仙都没入，道行比起一些阐教三代弟子都不如。

反正也是祭阵，既是自己请战，那也是天命，燃灯道人便点头答应了。

邓华执方天画戟出战。

秦天君与之交手两个回合，转头就往阵内走。

邓华随后追赶入阵。

秦天君见邓华进来，立刻上了阵台。

阵台上有几案，几案上有三首旛。

秦天君将旛执在手中，左右连转数转，将旛往下一执，雷声交作，邓华立刻便觉昏昏惨惨，不知南北西东，倒在地下。秦天君取了邓华首级，拎出阵来，大喊道："昆仑教下不过尔尔，谁敢再来破阵！"

燃灯道人见邓华首级，轻叹一声，随即命文殊广法天尊出战。

文殊广法天尊进阵，把手往下一指，平地有两朵白莲现出，他足踏二莲，飘飘而进。

秦天君大喊道："文殊广法天尊，纵你开口有金莲，随手有白光，也不过我阵中亡魂，识趣的自己退下，别一身道行毁于一旦，悔之晚矣！"

文殊广法天尊笑道："我们不讲大话，看本事说吧！"

随即将口一张，有斗大一个金莲喷出；左手五指有五道白光，垂地倒往上卷，顶上有一朵莲花，花上有五盏金灯引路。随后头顶更有庆云升起，现五色毫光，内有璎珞垂珠，挂墙下来；手托七宝金莲，现了化身。

秦天君把手中旛摇了数十下，文殊广法天尊仍纹丝不动。

文殊广法天尊全身置在光里，道："秦天君，你我虽源出一道，但贫道今日放不得你，要开杀戒了！"

说罢，只将遁龙桩向空中一撒，便将秦天君遁住。

此桩乃云霄洞至宝，按三寸，桩上下有三圈，将秦完缚得笔直。

然后，他将宝剑一劈，取了秦完首级，就提出天绝阵来。

岐山之上。

接引道人和准提道人都将这一幕看在了眼里。

准提道人道："我观这文殊广法天尊可口吐金莲，与我西方教所悟之道大同小异，其悟性高深，与我西方教应有缘，或可收入门下。"

接引道人点头道："是的，我也是这么想，若能收其入门，未来造化，亦不可限量。"

准提道人叹道："此来东土，果真开了眼界，这东土道门声名远播，四方显赫，实至名归，不过数日，已见人才济济。"

接引道人笑道："愿我们不虚此行，回去时，能收个盆满钵满。"

"可是，我却是有一丝担忧。"准提道人道。

接引道人问："什么担忧？"

准提道人道："我们借封神之战，收走截、阐两教门人，届时那老子、元始天尊、通天教主和鸿钧老祖生起气来，我们亦不好说话。"

"有什么不好说的？"接引道人道，"咱们在这里是救人，又非杀戮。修道者，普度众生，见人有难，我不该度吗？再说了，如今之道，强者为神圣，弱者为蝼蚁。今日他若比我强，他有理无理，皆可压我，若他日我比他强，纵我无理，他又能奈我何？"

准提道人道："好像是这么个道理。"

接引道人将手一指将台上的燃灯道人道："这道人，才是真道者，所立之处，身有瑞彩，头有祥云，比那口吐金莲的文殊广法天尊也强得多了，若是他能入我门，我西方教想不壮大都不行！”

“这个，恐怕很难吧。”准提道人道，“今他替姜子牙主破阵，想必是那十二金仙之上的人物，我观他气象，已有成圣之兆，未来，定也是圣人之辈。”

接引道人笑道：“世事难易，皆看机缘。若无机缘，万事皆难；若机缘到了，彼岸，不过一线，等着吧！”

准提道人点头。

但他心中仍有疑问，西方教真能入主东土吗？

天庭建立，天道变化，未来这天下格局，又将如何？

他也是圣人之辈，可在这大争之世，许多未来，他也看着如谜如雾。

山下。

燃灯道人又分别派出惧留孙以捆仙绳破了地烈阵，慈航道人以定风珠破了风吼阵，普贤真人以吴钩剑破了寒冰阵，广成子以番天印破了金光阵，太乙真人以九龙神火罩破了化血阵，陆压道人以斩仙飞刀破了烈焰阵，赤精子以阴阳镜破了落魂阵，清虚道德真君以五火七禽扇破了红水阵，南极仙翁以三宝玉如意破了红沙阵。

金鳌岛十天君之十绝阵，不到一日便被阐教众仙风卷残云般破了。

闻仲一见阐教众仙气势，便知对方已得昆仑鼎力相助，当即只能退兵界牌关，随后赶紧跑去碧游宫找了师父金灵圣母。

金灵圣母立马跑去找了通天教主，告知情况，阐教门人倾巢而出，且带有许多鸿蒙法宝，截教门人伤亡重大。

“岂有此理！”通天教主一听，便知这是元始天尊之意。

本来，想着多少还顾着同门情义，他在闭关中，也就不去掺和那封神之战。元始天尊既如此，那还有什么好说的。

通天教主当即传了多宝道人来，给了他许多法宝，接着又挥手传给多宝道人四口宝剑道：“你且拿这四口宝剑，去界牌关摆下诛仙阵，我看他阐教门人哪一个敢入这阵法！”

“老师，这四宝剑有何厉害之处呢？”多宝道人问。

通天教主道：“此四剑乃须弥山下采阴阳气而炼，分别为诛仙剑、戮仙剑、陷仙剑和绝仙剑。摆阵之后，将此四剑倒悬于四门，发雷震动，剑光一晃，任他是大罗金仙，也难逃此难！”

多宝道人欣喜道：“真如此厉害的话，弟子必以此四剑为我截教门人报仇雪恨！”

通天教主将四剑传与多宝道人，又授一诛仙阵图，让他按图摆阵。

多宝道人得了师命，当即也邀了些截教门人，直往界牌关而去。

金蝉子见多宝道人离去，便也对通天教主道：“老师，摆此诛仙阵，必有一番大战，弟子也去帮帮忙吧。”

通天教主抬眼看着他，道：“我把那许多宝贝都给了多宝，你不会有什么意见吧？”

金蝉子道：“弟子岂敢，老师这么做，必有老师的道理。”

通天教主点头道：“你们先后入门，你还先入，常人觉得我这么做自是偏心，但修道入圣之后，你便会知道，什么鸿蒙至宝，都是身外之物。修道之人，要以己身之法，悟无上奥妙，依赖宝贝过多，反影响悟道。你有极高天赋，也是整个截教之中唯一可接我衣钵之人，所以，我没传什么宝贝于你，是希望你自己的天赋能成为你最好的宝贝。天下万宝出于法，天下万法出于悟，天下万悟出于心，我希望你可在心上开出慧根天地来！”

“弟子谨记老师教诲。”金蝉子道。

“行了，你也去吧。”通天教主道，“那玉虚宫连燃灯道人和南极仙翁都派下山来，就只差我那元始天尊师兄亲自出手了，我也没什么客气的了。”

金蝉子应声，当即也向界牌关而去。

界牌关下，闻仲大营。

截教门人对于阐教倾巢出动、滥杀截教同门之事，个个都愤慨不已。

多宝道人与一众截教同门商议后，决定摆前后两阵来对抗阐教门人。先由三霄娘娘摆九曲黄河阵在前，再由多宝道人以四剑摆诛仙阵在后。

两阵相连，阵法相通，威力大增。

阵法摆好，闻仲让人下了战书给姜子牙，让其破阵。

姜子牙领了一众阐教门人来到阵前。

多宝道人见阐教众人来了，用手发一声掌心雷。

便见得那阵法之上红气闪开，阵图已现，杀气腾腾，阴云惨惨，怪雾盘旋，冷风刁刁，或隐或现，或升或降，上下反复不定。

三霄娘娘亦启动九曲黄河阵，阵上立起一片阴风飒飒，黑雾迷漫。

多宝道人手指姜子牙道："尔等若能破这两阵，是我本事不行，不再阻拦尔等，放尔等入朝歌。若是破不了，尔等仗人多势众，暗宝伤人，害我同门，我也必让尔等劫数难逃！"

广成子站出来道："你说什么呢，战场之上，各凭本事，输了就输了，说谁暗宝伤人了？"

"难道不是吗？"多宝道人振振有词，"我截教门人摆阵，光明磊落，等着尔等破阵。尔等本事不济，跑遍那三山五岳，到处求人借宝贝，然后回来冷不丁来一下子。借东西来打，还算尔等本事？不算暗宝伤人？"

广成子道："你截教中人，虫卵湿生，披毛带角，五花八门，我口舌不如你，不如让你瞧瞧我厉害吧！"

话说着，没等多宝道人反应，将手一挥，便祭出番天印。

这番天印乃是九仙山桃源洞的镇洞之宝，内藏鸿蒙之力，翻手无情，专拍脑门，宝放金光，力过万钧。

突然打来，多宝道人赶紧闪躲，却还是慢了些，被打中肩头，摔了一跌。幸好是他，若换一般神仙，躲不开去，必打中脑门，脑浆迸裂而亡。

多宝道人爬起来，大怒道："刚才你还不认自己暗宝伤人，你我都未叫阵，你猛地出手，这算什么？"

广成子道："这叫先下手为强。"

"呼！"广成子话音未落，闻仲阵营中一道金光闪起，如电射目，直向广成子头顶罩下。

广成子大惊，忙在头顶现出一朵金莲来挡。

然而，轰然一声，金光暴现，广成子头顶金莲破碎，他当场就被那金光吞噬了进去。

旁边的云霄娘娘收起混元金斗，看着阐教众人道："非是我等不懂暗宝伤人，只是不屑而已！"

燃灯道人道："道友不必生气，还未破阵，不可伤人，赶紧把广成子道友放出来吧！"

"放出来？"云霄娘娘冷笑，"我若放了广成子，刚才多宝道兄岂不白挨打了？我那伤亡的截教同门也都白伤亡了？广成子此番被拿，实属咎由自取，要我也他那等为人，必用这混元金斗把尔等都收了！"

"简直狂妄，你真当你截教有宝贝，便可天下无敌吗？"赤精子大怒，手执阴阳镜出来，就要准备动手。

"行了，我们不作口舌之争，待我们商议之后再来破阵吧！"

燃灯道人拦下了赤精子，随即与姜子牙带着一众阐教门人退了下去。

"燃灯师兄，你为何拦我，让我阴阳镜出手，管教那云霄娘娘阴阳两隔！"赤精子犹自愤愤不平。

燃灯道人道："师弟此言差矣，那云霄娘娘手中的混元金斗，乃是开天辟地之时已有，有无穷奥妙，可收天下至宝。她使出来，便可将你连人带宝都收了，鲁莽不得。"

"难道师兄你也敌不过这混元金斗吗？"赤精子问。

燃灯道人道："我倒是不惧，可勉强一敌，但截教门人此番摆阵，与之前大不相同。那诛仙阵上，煞气冲空，万丈红尘皆有染，已非吾等可敌也！"

赤精子问："我们破不了这阵吗？那怎么办？我们要输给那截教门人了？"

燃灯道人看向姜子牙，道："还得你去玉虚宫，请掌教师尊来才行。"

姜子牙见燃灯道人这么说，便知已无他策。

燃灯道人在整个阐教之中，其实力地位仅次于掌教元始天尊，是超越大罗金仙，已踏圣人门槛的存在。

他都无法，那自然只能去请阐教掌尊了。

当下，姜子牙又骑了四不像，直奔昆仑玉虚宫来。

"怎么，又遇到劫数了吗？"元始天尊问。

姜子牙便把多宝道人与三霄娘娘摆下诛仙阵和九曲黄河阵，并用混元金斗收了广成子之事说了，连燃灯师兄也无策，所以只好又来请教掌门师尊。

“诛仙阵？”元始天尊听后脸色也变得一变，“那诛仙四剑不是通天之物吗？看来，他是铁了心要挡我封神之路了。也好，他如此胡来，我正好去找祖师说道说道了！”

当下，元始天尊带着姜子牙就直往玉京山紫霄宫而去。

没想到的是，紫霄宫和上次一样，却是宫门紧闭。

且四周还布有护法大阵，元始天尊一看便知，祖师又闭关了，十分纳闷地自言自语：“不是才刚出关没多久吗？怎么又闭关了？”

姜子牙道：“也不妨吧，是通天师叔违背祖师封神之道，老师你自去就行，日后祖师出来，自然也是帮着你说话的！”

元始天尊道：“眼下也只好如此了。”

当下，他就坐了九龙沉香辇，跟着姜子牙一起，来到界牌关。

那阐教众仙眼巴巴地等着，就看见远方天空之中有紫气东来，庆云升起，众仙再一细看时，一道人乘九龙沉香辇而至，道人顶上祥光遍照，垂珠璎珞，金花万朵。

众仙知是玉虚宫掌教师尊已至，赶紧上前迎接。

元始天尊走到阵前。

金蝉子率多宝道人等截教门人出来行礼。

元始天尊道：“祖师策封神榜，吾令姜尚代为封神，待灭了殷商，大功告成，尔截教众人届时皆有封赏，尔等为何要离经叛道，助纣为虐！”

金蝉子昂首道：“自有天道以来，万事功劳，唯能者居之，我阐教万仙来朝，为天下第一大教，祖师却无故将封神榜给你阐教。这也罢了，阐教门人得了便宜还卖乖，笑我截教门人虫卵湿生、披毛带角、不伦不类，实在过分。所以我截教门人皆不服，非要与阐教众人论个高下，看到底谁才有资格握这封神榜，行天地正道！”

“放肆！”元始天尊当场怒起，“祖师之意，便是吾与你师父也不敢违背，尔等小辈有什么资格说三道四的。你师父不曾教你为尊之道吗？”

金蝉子道：“老师当然教过弟子，不过教弟子的是，三千大道，公道为上。若有不公，可舍命抗之，牺牲小我，成全大我！”

“强词夺理！”元始天尊道，“对师长无敬畏，今天非得替你师父好好管教管教你不可。”

说罢，只将手一动，一道鸿蒙之力便向金蝉子飞速涌来。

金蝉子脸色不变，只将双手掌往胸前一合十，便见得那手掌之间现出一尊百丈金色道像来。

元始天尊一见，不由得脸色变了一变。

他如今已是半圣之境，只看一眼便知道，金蝉子的境界离成圣已只有毫厘之差了，比起他来，已只低一个小境界了。

果然，那道鸿蒙之力击在金色道像之上，虽将金色道像击了个粉碎，可残力却对金蝉子伤害不大，仅仅只是把金蝉子逼退了数步而已。

旁边的多宝道人大喊：“金蝉师兄，他是圣人之辈，以大欺小，咱们不和他斗法，让他有本事进阵来会我等吧！”

金蝉子心里也明白，无论是这里的人，还是这里的法宝，均无法与元始天尊相对抗，唯有阵法，尚可御之。

当即，他冲着元始天尊道：“阐教掌尊，弟子进阵候着了！”

说罢，便退入阵中去了。

姜子牙在那里义愤填膺地道：“这金蝉子真是无理至极，竟敢对老师出手，老师赶紧去破了阵，好好教训教训他吧！”

元始天尊道：“你真当我要以大欺小，回头再说吧。”

其实是他看了这两阵，若是九曲黄河阵，他还能伸手破来，但那诛仙阵之力，却非他能敌，他若进去，只怕是自找难堪，因此才退了下来。

姜子牙一筹莫展地说：“如果老师你不出手破阵，那弟子们也破不了，如何是好？”

元始天尊道：“你去一趟玄都洞八景宫请你老子师伯来吧，祖师不在，清理门户的事，理当他来拿个主意。”

这个时候姜子牙才明白，压根就不是元始天尊不想以大欺小，而是他没把握破阵，得请了老子师伯来才行。

当即应声，又派人去玄都洞请老子过来。

多宝道人在退入阵中之后，觉得阐教居然连掌教师尊都来了，而且还以大欺小对金蝉子出手，截教也不能示弱了，此事须告知通天教主才行。

金蝉子也清楚，若只是以截教门人在此守阵，恐有不稳，当即也同意了多宝道人的建议，便派了无当圣母回碧游宫请示通天教主。

通天教主一听，顿时就气不打一处来。

"什么，那阐教教主亲自来了，还对金蝉子出手？真是岂有此理，我顾着同门情谊，自在这碧游宫静悟《黄庭》，他却非要把这最后的脸皮撕破，难道我怕他不成！"

无当圣母也道："那阐教教主口里说是要替老师管教师兄，其实就是想以大欺小，实在太过分了。"

通天教主道："都是修一门道，他笑我教虫卵湿生、披毛带角也就罢了，还动手欺我门人，难道只能他护着自己门人，我不能护了？走吧，待我前去会一会他，看他这些年又得了什么妙法本事，竟如此目中无人！"

当下，教主骑着奎牛，带了碧游宫门人，跟着无当圣母就直往界牌关而去。

金蝉子和多宝道人正在议事，那半空中便传来仙音响亮，异香袭袭，奎牛上道人身环瑞气祥云，随侍着大小众仙，就直往诛仙阵这边而来。

金蝉子赶紧率截教门人出阵迎着，把通天教主迎至八卦台坐下。

台下方众门人侍立，有金蝉子、多宝道人、金灵圣母、无当圣母、龟灵圣母，又有金光仙、乌云仙、毗卢仙、灵牙仙、首仙、金箍仙、长耳定光仙、云霄、碧霄和琼霄三霄娘娘等。

通天教主乃是截教之鼻祖，修成五气朝元、三花聚顶、万劫不坏之身，此一坐镇，立刻五气冲空、圣象大现。

对面的阐教阵营，元始天尊正率众等着玄都洞老子，听这动静便道："没想到，那截教掌尊也亲自来了！"

燃灯道人道："师叔这是吃了秤砣铁了心要违背天道吗？"

元始天尊道："他自作孽，待我先出去问问他，看他有何脸面与我说话！"

当下，元始天尊便率众而出，对着那殷商大营，用训斥的口吻道："师弟，你修道今日，竟连基本礼数都忘了？到这里来了，连我这个师兄也无视了？”

通天教主听得此语，当即骑着奎牛离八卦台过来，也绵里藏针地道：“哟，师兄在这里？我听门人说阐教掌尊竟以大欺小，对我门人出手，我还不信，把我门人骂了个狗血淋头，觉得阐教掌尊也是圣人之辈，断不会做出这种卑鄙无耻之事，这一看，竟是真的。看来，我这圣人当得也不合格，没看得清是非，仗着自己是圣人，竟错怪了小辈！”

好一番含沙射影指桑骂槐，直骂得元始天尊一代圣人也是脸上难堪，但毕竟道行高深脸皮极厚心态很稳，元始天尊很快就镇定如常地道：“俗话说，上梁不正下梁歪，我现在才知道为什么截教小辈都敢顶撞我了，原来目无师长这一套都是跟你学的，你大概是真忘了我是师兄，忘了什么是礼数吧？谁给你的勇气如此狂悖与我说话？”

通天教主冷笑道：“尊师重道，自不会错，可如今你我，道不同不相为谋，你就少给我摆谱了。我截教门人为守道，不使生灵涂炭血流成河，只摆阵阻你，让尔等知难而退。没想你竟暗助你门人，邀三山五岳神仙，借四宇八荒宝贝，将我截教门人无情屠戮，岂是修道者所为，你还有脸做我同门？”

“通天！”元始天尊大怒，“你这话可就过了啊。当时祖师言封神榜之事，大师兄和你我皆在场，殷商覆亡，皆是祖师之意，也说了封神之战起，你截教门人应倒戈相向助我覆灭殷商，完成封神。可你门人却死阻于我，我自当秉祖师之意，挡我者为敌，为敌者可杀。你截教门人自作自受，倒来怪我欺人了！”

通天教主道：“这些欺瞒天下冠冕堂皇的话就不要对我说了，说着不亏心吗？封神之战到底因何而起，所为为何，你心里不知吗？不过是封神为名，替你阐教门人完成神仙杀戒。而所谓封神，也不过是使天下能者舍生忘死，为天庭走卒而已。他们以封神为理想，为此折损性命、毁去修为，甚至欺师灭祖，忘了自己是谁，最后也不过得一虚名，归于天条束缚，毕生不可挣脱这枷锁。他们以神为荣，却不知，天庭之神，不过人间之人，奴役之辈而已。那仙，那圣，不受天条所束，才是荣耀之辈！同为一教，你以封神之名欺我，让我门人舍性命、毁修为、忘过去，做天庭走卒，还让我感恩戴德，你门人渡神仙杀戒，功成后为仙，反高我一头。你欺我，还让我等帮你，岂有此理！”

“胡说八道！”元始天尊脸色难堪，“祖师当日并没说这些细节，只说先封一些神，照顾了你截教，若是不够封神的，后面论功行赏再说，也并未说这些细节，你瞎编乱造，是何居心！”

“我瞎编乱造？”通天教主道，“祖师确实没说这些细节，那只是没对我说而已，但不代表没对你说。就如我什么都不知情，他却已把封神榜给你，让你掌握封神大权、论功行赏，偏心得已够明目张胆了，我还能有什么居心呢？有人打我巴掌，我也不过顺着就打回去罢了。大家都修了三千大道，洞悉世间玄妙，岂可欺我！”

“放肆！”元始天尊斥道，“你这是在怪罪祖师吗？”

通天教主道：“我没说怪谁，但谁欺我，我怪谁。你说我怪罪祖师，意思是说祖师欺我吗？这可是你说的，不是我说的！”

“行了，我不与你逞口舌之利了。”元始天尊道，“你就直说，你来这里想怎样吧！”

通天教主道：“很简单，你要攻进朝歌，完成你封神之命，我就摆阵这里，看你有没有那本事过得去了！”

“好，很好！”元始天尊气急，“你当真要如此，我也没话可说，你只当你有些本事，便目空一切，却不知如今天道，已在我手，路是你自己选的，到时万劫不复，可别怪我！”

而此时，天空中再出异象。

祥云瑞气飘来，仙音妙乐而至。

众人抬头，是南极仙翁去请得老子来了。

老子骑板角青牛落地，见通天教主和元始天尊对峙，问了下情况，便也温言劝通天教主道：“通天师弟，这就是你的不对了，元始天尊师弟不过是执祖师之命，你若有意见，可找祖师说，却不该在这里与元始天尊师弟为难也！”

通天教主冷笑：“且不说封神榜之事了，单是他说我门人虫卵湿生、披毛带角、不伦不类，也可见他自命清高，瞧不上我等，我便要让他见识见识，我虫卵湿生之辈，亦有过人之处！”

老子道：“他这话虽不中听，却也是实话。”

“什么实话？”通天教主道，“想天地初开，祖师讲道，要这天下众生平等，我遵循此道，创了截教，做了众生平等，却又跟我讲不该让众生平等，该分正宗旁门，尊卑贵贱，凡事都是由嘴说，不用负责的吗？”

“唉。”老子一声叹息，“师弟你非要执拗，祖师都说了，道终归有变，此一时彼一时，你得顺其道而行啊！”

通天教主道：“我只遵循本心，其他无须多言，道不同不相为谋！”

老子问：“你这是非要咎由自取吗？”

通天教主冷笑：“大话少讲，手底下见真章吧，待我再摆一阵，让尔等来破，若能破了，我通天让尔等进朝歌；若是破不了，就回洞府去把自己关着，别出来丢人现眼了！”

老子点头：“行，既如此说，你摆阵，我等来破吧！”

师门同道一场，终还是落了个不欢而散。

通天教主回到自己阵营，在诛仙阵后，再立一阵。

此阵称“万仙阵”，集截教门人之力，守阵四方，教主亲自坐镇中央，筑一台，曰招魂台；插一旗，为招魂旗。

教主只需在此台做法，万仙阵内顷刻间煞气冲空三千丈，无边法力笼罩全场。

除此之外，万仙阵中还有阵，分别有太极阵、两仪阵和四象阵。

三阵皆按一生二，二生三，三生万物演变，一阵化万阵，演成新天地，藏有风云雷电，凶神恶煞，无穷奥义。

万仙阵再与诛仙阵及九曲黄河阵连通，三阵一摆，霎时间，岐山四方，如混沌之时，天地不清。

岐山上准提道人道：“好厉害的阵，今日一见，这截教教主真大能也，比吾等确实要强。”

接引道人道：“截教称天下第一大教，这通天教主自不是吹出来的。若心里没底，他如何敢一人叫阵两位师兄？何况，他此举都不是在叫阵这老子和元始天尊，而是直接跟鸿钧老祖背道而驰，他是在与鸿钧老祖斗法！”

准提道人道："师兄说得是，他是想证明他的道才是对的，这一番魄力，以身证道，颇有圣人之风！”

接引道人道："你我可得小心点了，如今通天教主、元始天尊和老子皆在这里，后续鸿钧老祖都可能前来，若你我的圣人隐迹之法没使好，被他们发现，倒是难堪了。”

准提道人道："若是鸿钧老祖来，我们或难隐藏，但在元始天尊、通天教主和老子面前，应该还是没问题的。”

接引道人点头道："这一战，方是我所盼，此战之后，西方教当盛了！”

“师兄觉得是通天教主赢还是元始天尊赢呢？”准提道人问。

接引道人问："你认为呢？”

准提道人道："我认为通天教主会赢吧。”

“为什么？”接引道人问。

准提道人道："阐教虽有老子和元始天尊两大圣人，但阐教门人却弱了截教许多，那金蝉子都能接得下元始天尊一击，多宝道人和摆阵的截教门人，都很强大。更厉害的是这通天教主，他摆出这阵，我也看了下，自问毫无把握破阵，谅那老子和元始天尊，也未必破得了。毕竟，他们看起来也不比我们强。”

接引道人道："你说得没错，但输的肯定是通天教主。”

“为何？”准提道人不解。

接引道人道："你忘了老子和元始天尊背后还有个鸿钧老祖，鸿钧老祖现在是万道之首，掌握天庭，乃是大势所趋，通天教主现在的实力还挡不住这大势洪流！”

准提道人点了点头。

不知为什么，他有点为通天教主感到可惜。

山下，闻仲已派人知会了姜子牙，三阵摆好，请阐教众人破阵。

老子和元始天尊带着门人亲自去三阵中走了一遭。

每过一阵，老子和元始天尊的脸色便凝重几分。

阵法还未启动，其威力已如洪流汹涌，再细看阵法排列，更显高深莫测。

从阵中出来，元始天尊和老子对面坐定。

“师兄如何看这三阵？”元始天尊问。

老子叹道：“看来，是我低估通天师弟了。”

元始天尊也道：“是的，没想有些日子没见，他竟能摆出这等高深莫测之阵法，尤其是那万仙大阵，三千丈煞气腾空而起，纵是盘古幡和诸天庆云亦只能自保，而不可破阵，师兄有办法吗？”

老子道：“天下有一物可破这万仙阵煞气。”

元始天尊问：“何物？”

老子道：“当年我以八卦炉中三昧真火，焚那鸿蒙补天玄铁石，炼成一万三千五百斤定海神珍铁棒，后借于禹王治黄河水魔，那定海神珍铁棒之上，有七七四十九周天循环三昧真火至阳至刚之气，万邪莫侵，可破万仙阵煞气！”

“定海神珍铁棒？”元始天尊眉头一皱，“这就有点难办了。”

“怎么了？”老子问。

元始天尊道：“师兄说那定海神珍铁棒在梅山袁洪之手，而这袁洪与我阐教门人不对付，就算女娲娘娘此次让他来封神之战立功，他也还是那山野之性，军营之中来去自如，不听调度，被姜尚说得几句，便与姜尚翻脸，率众回了梅山。”

老子道：“那倒是有些难办。”

“不过，也没什么难办的。”元始天尊道，“小小袁洪而已，直接以反叛之名抓了他，拿了他的棒子，他又能如何！”

“不，这不可！”老子道。

元始天尊不解地问：“为何不可？”

老子道：“那定海神珍铁棒为我所炼，本只听我言，若无我言，还有人能使唤，那必是遇了真主。如我所料不错，那袁洪应是当日女娲娘娘放走的补天石猴，他便是那定海神珍铁棒的真主，若无他之嘱咐，谁也使唤不出那铁棒的威力，强抢无用。”

“这样的吗？”元始天尊道，“那就有点难办了，这妖猴与我阐教不对付，找他借，他是断不会答应的。”

老子道：“若是记他功劳，允一神仙之位给他呢？”

“这……”元始天尊有些为难，“这袁洪乃我阐教之敌，又叛出军营，早晚得抓他治罪，如今却要允神仙之位给他，我阐教威信难存……”

“我倒觉得无妨。”姜子牙突然道。

元始天尊问：“你有什么想法吗？”

姜子牙道：“所谓兵不厌诈，咱们可先允神仙之位给袁洪，换那定海神珍铁棒来破阵，待破阵之后，该算的账还是要算。毕竟，封神之辈，也受天条惩罚，不影响咱们到时候与他秋后算账！”

“这样吗？”元始天尊道，“似乎有点卑鄙，不过，也算是个办法，就这么办吧。”

他又看着老子道：“万仙阵可破了，这诛仙阵，师兄有何破阵之法吗？”

老子道：“诛仙阵中有四门，四门悬四剑，这四剑威力，非圣人不可挡，如今你我才两位，还需两位方可破阵。”

元始天尊道，“这好办，可以请西王母和女娲娘娘，封神之战顺天道，谅她们不会拒绝。”

老子道：“西王母倒是可以，但女娲娘娘乃是创世圣人，大地之母，她不会卷入杀伐之事，她是断不会答应的。”

元始天尊道：“如果她不答应，那还能有谁可敌这诛仙四剑之威？师尊又在闭关！”

老子道：“我听闻那西牛贺洲灵山之地也出了两位圣人，称西方教主，不知请他们相助，能否答应？而且破阵还需四面旗帜，分别为离地焰光旗、青莲宝色旗、玉虚杏黄旗以及素色云界旗。那青莲宝色旗，就是西方之物！”

元始天尊道：“如今天庭既建，统率四宇八荒，西牛贺洲也在中央天庭之下，虽威压未至，但晓之以理动之以情，谅那西方教主也不至于拒绝吧！”

老子点头：“可让燃灯道人前往一试。”

元始天尊当即便喊了燃灯道人，让他前往西牛贺洲灵山之地，请西方教两位教主，并借青莲宝色旗一用。

岐山顶上。

接引道人当即对准提道人道："咱们回灵山去吧。"

准提道人一愣："为什么回去？"

接引道人道："那燃灯道人去找咱们了，咱们自当回去。"

准提道人还是一头雾水："他去找咱们帮忙，当面还难拒绝，咱们正好不在，免得驳了这情面，为什么还回去？"

接引道人道："若是别人去请，我自不必理会，可这燃灯道人，是我东行以来，最想度去西方之人，此其一；其二，我收了东土门人，早晚他们会知道，如今做个人情予他们，届时他们知道了，我只说大战之中顺便救走，他们也不便说，情面在，能挡一分是非；其三，他们已有破阵之法，胜算在手，咱们助他，不过顺水推舟锦上添花，没有损失，也还能落个功劳；其四，此大战一起，你我在阵中，更好收人，那慈航道人、普贤真人、文殊广法天尊、孔宣和韦护之辈，皆是与吾西方教有缘之士，正可借此一战收了；其五，这天下可与我西方教争天下者，唯万仙来朝之截教，所以，帮弱灭强，未来我西方教才最强；其六，这是你我可与袁洪结缘的时机，若能度他入西方教，我西方教壮大，事半功倍也！"

"我们这么做，是不是有违圣人之道？"准提道人颇有顾虑。

"有违圣人之道？"接引道人道，"你不见那山下老子元始天尊之流，也以兵不厌诈之法去诈袁洪吗？大争之世，强者称圣。你强了，成了圣人，你用什么法子，都是圣人之道；你弱了，蝼蚁一般，你用什么法子，也只是不入流之道。决定圣人之道的不是道，而是布道者的身份地位！"

虽不认同，准提道人却也无法反驳。

众生相中有一法相叫真相。

接引所言，不过是这众生相中真相而已。

话说通天教主在万仙阵中悟法，陡见西方天际有金光破云，再闭眼一悟，立刻便得了大悟，当即便让人传了金蝉子来。

金蝉子应声而至，恭敬地道："老师唤弟子何事？"

通天教主道："我摆这万仙阵，本以为万法不破，可我突然想起，那日去梅山，袁洪手中定海神珍铁棒，乃至阳至刚之物，有三昧真火加持，可冲我阵煞气，若被阐教得之，我阵不保。不如我再以定海神珍铁棒为阵眼，为万仙阵设一阳阵，阴阳交汇，首尾贯通，法力可生生不息，无边无际，进我阵者，如入地狱，神仙成灰飞，圣人如烟灭，纵是祖师来，又能奈我何！”

金蝉子道："行，那弟子立马启程前往梅山请袁洪相助！"

通天教主点头："嗯，即便请他不来，也必须叮嘱他，不可借那定海神珍铁棒给阐教，否则，吾这万仙大阵，破了灵魂，必前功尽弃也！"

金蝉子应声，当即起身前往梅山。

梅山之上，阐教之人早已捷足先登了。

袁洪正坐在梅山山顶那块大石头上，看着远方天际，又想起那些再也回不去的从前，想再吹几声紫螺，却发现连那紫螺都早被踩碎了。

这天下人追名逐利，我只想与一人厮守，别无所求，为何也落得一场空？

认真，终究抵不过薄凉。

"猴哥，猴哥，姜子牙来了，姜子牙来了。"突然传来喊声。

袁洪一看，是金大升，不由眉头一皱："那西岐丞相？他来干什么？"

金大升道："他说是来给咱们封神的。"

"给咱们封神？"袁洪压根不信，"他有那好心，会给咱们封神？老子在那里打仗立功了，都还抢老子的功劳？他会给老子封神？"

金大升道："他是这么说的。"

袁洪也搞不懂姜子牙葫芦里卖的什么药，便跟着金大升去见了姜子牙。

姜子牙和另外的梅山几个妖王正聊得开心呢，一见袁洪来，竟挺客气地一拱手："姜尚见过猴王。"

袁洪一脸不咸不淡地问："有什么事吗？"

姜子牙道："主要两件事。一是为之前在西岐对猴王和兄弟们招待不周，这次老师下山听说，将我骂了，来向猴王说声抱歉；二是来给猴王和梅山兄弟送神仙之位，只要猴王和梅山兄弟随我下山去，皆算大功，必有神仙之名！"

朱子真马上就道："姜丞相客气了，送这好处给咱们，咱们理当随你下山而去啊，是吧，猴哥？”

袁洪瞪了他一眼：“你永远都长着一副猪脑子，听风就是雨，不知道用脑子想的吗？”

朱子真一愣：“猴哥，我有哪里说错了吗？”

袁洪道：“这天上有白掉的馅饼，有白吃的猪食吗？那些被喂食的猪，后面都是要被屠宰的，这道理很难懂吗？”

“这……”朱子真道，“姜丞相能有什么坏心思啊？”

“就是，我能有什么坏心思？”姜子牙尴尬一笑，“只是单纯来送点功劳给猴王和梅山众兄弟。”

袁洪冷笑：“我袁洪做人，问本心，无功不受禄。你身为一方主帅，来找我，还许这神仙之位，是有什么需要我出力的吧！”

“这……”姜子牙讪讪一笑，“其实是这样的，那截教教主亲自出山，一口气摆下九曲黄河阵，诛仙阵和万仙大阵，让我阐教破阵。尤以那万仙大阵，三千煞气腾空而起，我主西伯侯竟被那煞气惊吓而亡，姬发继位，称武王，誓捣朝歌，灭殷商。老师说天下只一物可破那万仙阵三千丈煞气，便是猴王你手中这定海神珍铁棒。所以，便让我亲自前来请猴王下山，助我一臂之力，立这盖世奇功，成就神仙之位！”

“你们打不过截教，让我去帮忙？”袁洪道，“原来，发现我有利用价值，你也能低下高傲的头颅，和颜悦色地与我说话。”

“之前都是一些误会，还望猴王别放在心上。”姜子牙道，“此一战，是我阐教掌尊发话，为表诚意，让我亲自前来，只要猴王愿意，猴王和梅山兄弟的神仙之位，皆上封神名簿，绝无虚言！”

朱子真马上高兴地道：“猴哥，可以啊，咱们去就有神仙之位，多好的事啊。咱们有一身本事，正好大展拳脚，扬名天下！”

袁洪道：“你想去你便去吧，我是不会去的！”

“啊？”朱子真一愣，“这么好的机会，为什么不去？”

袁洪道：“曾经那哪吒和杨戬与我结怨，请阐教掌尊来梅山找我兴师问罪，截教中我兄弟金蝉子挺身护我，截教掌尊亦帮我说话。如今，我岂可为了名利，背弃朋友！我袁洪，可清贫一生，可碌碌无为，可死于非命万劫不复，也绝不背信弃义，不做违心之举！我心所向，赴汤蹈火都无二话，我若不愿，你求我拜我也没门！”

“袁洪啊，你可得想清楚了。”姜子牙虽心中不爽，却还是耐着性子，“天庭建立，以后天下便分出尊卑贵贱，圣人神仙在上，妖为异类。封神之战，是妖入神仙捷径之门。今日成不了神仙之贵，来日便如蝼蚁之微也！富贵生死，一念之间，切勿任性！”

袁洪冷笑：“没办法，我做人就这么任性，我喜欢和我不喜欢的人反着来，不计得失，只图个开心，你又能拿我怎样？还是趁我没有生气之前，自己怎么来的再怎么滚回去吧。再让我不高兴了，别怪我棒子不认人！”

姜子牙脸一黑，道：“你可别后悔！”

袁洪道：“老子这一生错事对事都做过，但做了就做了，后果自己认，从不后悔！”

“行，你就等着瞧吧！”姜子牙说罢愤然转身。

然而，才走几步，又想起什么，回过身来，看着梅山众妖道：“袁洪自己不识抬举，由他去，你们若是谁想要来神仙之位的，可与我一同去，封神榜在我手，荣华富贵都会有，可有愿随我下山去的吗？”

朱子真看了眼袁洪，似有顾虑，却终还是无法抗拒那功利之惑，问道：“若我随你下山去，你封我做什么神？”

姜子牙道：“封神榜上有星君位，只要你奋勇冲杀，立下功劳，吾封你为伏断星君如何？”

朱子真问：“这是神仙之位吗？”

姜子牙道：“那天上星辰，皆是神仙之所，当然是神仙之位。”

朱子真高兴地道：“那就行，我跟你下山去。”

“老朱，你当真要为了这名利背弃猴哥下山去？”金大升质问道。

朱子真有些难为情地看了袁洪一眼，理亏地道：“猴哥，我知道这有些不对，可这一辈子，很多时候，要么对不起别人，要么对不起自己。我不想对不起自己，所以，就只好对不起你了。”

说完，朱子真便走向了姜子牙。

“还有人要跟我走的吗？”姜子牙又看着梅山其余妖王问。

袁洪不走，他就把袁洪的人劝走，这一招叫釜底抽薪，看袁洪孤家寡人，能在梅山干什么事！

果然，吴龙也一脸惭愧地看着袁洪道："我吴龙非不明理不讲义气之人，我也知猴哥于我有救命之恩，我不该背弃你，可我还是想做那神仙，风光世间。所以，对不起了！若再见，我们还是兄弟！"

戴礼也跟着走出来道："我戴礼不想对不起猴哥，可老朱和老吴都对不起你了，也不多我这一个！"

常昊道："也不多我一个吧。"

杨显也道："猴哥，让我再叫你一声哥吧，未来，就神妖有别了，唉……"

高明道："我是个害怕寂寞的人，喜欢凑热闹，所以也对不起猴哥了。"

高觉道："我是个挺笨的人，一直没什么主见，都是听别人的，看多数人的意思，所以也对不住了猴哥……"

巨人邬文化道："我不想若干年后身在万劫不复的黑暗里仰望星空，说曾经有一个神仙之位摆在我面前，我却没有好好珍惜，如今失去了才追悔莫及，对不起了猴哥，我想在我的人生里做一件对的事情……"

一下子，梅山众妖纷纷反水。

袁洪自始至终都没说什么。

最后，他把目光落在了金大升的脸上，问："都走了，你不走吗？是还没为自己想好借口吗？"

金大升道："想当初是猴哥你从哪吒手下救了我，才与阐教结怨，如今我若弃你投了阐教，那就太不义气了。不过，这么多兄弟都不义气了，我一个人讲义气，又有什么意义呢？所以，猴哥，你自己保重吧。未来你若有需要，但有用得着兄弟的地方，绝对赴汤蹈火，在所不辞！"

袁洪已无法说清此刻是什么心情，失望、愤怒……说不出的烦躁。

他曾为了这些或被人追杀或无家可归的妖挺身而出，护他们周全，让他们在梅山过着太平、安逸且受人尊重的日子。而如今，他们却……

"都滚吧，不要让我再看见你们，感觉跟吃了屎一样的恶心！"

姜子牙一脸得意地道："袁洪，你应该看清楚了，水往低处流，人往高处走，还是跟我下山吧，允你的神仙之位，将比他们更好！"

“滚吧！”袁洪瞬间暴怒，“就算这天下人都无骨无血，我袁洪也宁可站着死，绝不跪着生！纵然三千大道都蒙尘，也有一道放光明！都给老子滚！”

一众妖王和小妖都羞愧低头。

姜子牙担心众妖反悔，当即就带着他们迅速离去了。

偌大的梅山，曾一派热闹繁华的梅山，充满了欢声笑语和梦想的梅山，一瞬间就变得清冷了。

袁洪站在那里，看了看天，又看了看地，再看了看梅山，觉得很恍惚。

那一年，他偶遇梅山，以此为家，也在这里遇到白狐。

从那时候起，他知道了什么是爱，知道活着不只是为了自己，更是为了别人，为了心中想念和牵挂之人。

后来，他以善念救下水牛精，四方妖族来投，梅山日渐壮大，有过无限繁华。

那些年的梅山，有友情，有欢乐，也有梦想和奋斗。

却没想到，终是如此，猝不及防地散场。

就像是一段木头，在轰轰烈烈的燃烧之后，就只剩下了灰，而灰轻飘飘的，也都随风散了。

像梦一场，却又刻骨的真实。

但我袁洪所作所为，无论是为人付出的，还是遭人背叛的，都无怨无悔。

因为，我不曾做错，便没什么后悔。

这世间大道三千，有人为名，有人为利，但我要为我心中一分自在踏实做我自己。我要在我心中，照着自己的影子，无愧于心。

哪怕，这路遥远，且孤独，但我会坚持。

无怨，无悔。

第十三章　圣人斗法，翻云覆雨

“大石头，你发什么呆呢？”突然传来一个声音。

袁洪闻声一看，只见一个身影按落云头，他定睛看时，正是金蝉子。

金蝉子落在梅山上，觉得有些异常，问：“我上次来梅山，这里众妖齐聚，很热闹，怎么今日如此冷清？”

“都滚了！”袁洪道。

“都滚了？”金蝉子看袁洪表情有些不对，“发生什么事了？”

袁洪便说了姜子牙前来之事。

“原来如此。”金蝉子点了点头，“看来，我真没交错你这个朋友，若是你去助那阐教，我师父摆这阵法可就危险了。”

袁洪道：“这自不用你说，我袁洪绝做不出为了前程背信弃义之事，曾经你为我两肋插刀，是过命的交情，这天下没有任何人可让我与你为敌！”

“好兄弟。”金蝉子道，“我真没白交你。”

“你来也有什么事吗？”袁洪问。

金蝉子道：“也是为你的神珍铁棒之事。”

当即，他便说了通天教主的意思。

说完，金蝉子还挺有顾虑地继续道：“若是你不愿卷入杀伐兵戈也没关系，只要你不将棒子借于阐教，我也能跟师父交差了。”

袁洪道：“金蝉兄弟你说哪里话，你的事，就算刀山火海，万劫不复，我袁洪也绝不推辞，今日我梅山众人已散，我留在这里也是徒伤心，走吧，我跟你下山去，一同战那阐教。无论生死，无论为情为义为道，轰轰烈烈一场，我皆俯仰无愧，不枉此生！”

金蝉子大喜：“如此甚好，那就有劳兄弟了，走吧，我带你见师父去！”

“喂，猴哥，去哪儿，等等我啊。”突然传来喊叫声。

袁洪抬眼一看，竟然是金大升回来了，便斜了他一眼，很不客气地道：“滚都滚了，还回来干什么，还打算搬几块梅山的石头去当凳子吗！”

金大升满脸堆笑地道：“猴哥你莫生气，先前是我糊涂，鬼迷心窍了。虽然我也想做那神仙，享那一世荣华，可我不能让我的牛骨头变软了啊。何况当初是你从阐教门人手中救下我的，我再没有底线，也不能恩将仇报认贼作父啊！”

袁洪道：“这么说来，你还算有点骨气。”

金大升道：“那是当然，我老牛一生，骨气和脾气都少不得。”

袁洪道：“我现在要去界牌关帮截教一战，你还是别掺和了，就留在梅山吧。”

金大升道：“猴哥你干什么，我必跟着干什么，你去，我怎么能不去呢！”

袁洪道：“然而，此去凶险，恐有去无回。”

金大升豪气干云地道：“有去无回又如何，不过生死而已，老牛我回来时便已想了，这一生，要为骨气而活，宁可站着死，绝不跪着生，只要心中正，何须问前程！”

“好！”袁洪也心中一股热血激荡，“你有这份心，不枉我当时救你，当你是兄弟。”

金蝉子也道：“人生一世，纵是修妙道神仙，也不及与志同道合之辈为兄弟，胸襟磊落，不存私心。金蝉子在这里谢谢两位了，与两位相交，为我一生幸事！”

金大升道：“金蝉大哥客气了，你也是义气之辈，我老牛佩服至极。”

金蝉子笑道：“咱们就不要这么客套了，去见了老师再说吧。”

金大升点头：“嗯，走吧。”

袁洪再看了一眼梅山。

有不舍，有眷念，终义无反顾。

前尘往事俱如烟，已随岁月飘散。

通天教主见金蝉子带了袁洪来，不由大喜，仰天叹道："天佑我道，尽我毕生之力，也要挡那阐教，废那封神榜，还天下众生平等与自由！"

"弟子誓死追随老师！"金蝉子信誓旦旦地道。

袁洪也道："万劫不复，灰飞烟灭，都算我一个！"

通天教主点头道："他要战，我便战，我再以你和定海神珍铁棒立一阳门，让那阐教众人见识我的厉害！"

袁洪当即将定海神珍铁棒拿出。

通天教主开始列阵。

列阵之间，多宝道人来报，西岐姜子牙军营又来了两位圣人，足踏金莲和圣光大显，应是西方教主来援。

"岂有此理！"通天教主一听就怒了，"我与那西方教素无来往，更无嫌隙，他今竟帮阐教伐我，他既要做初一，便别怪我做十五了。多宝，去给我准备六面幡来！"

多宝道人应声而去，片刻便将幡拿来。

通天教主便在六面幡上分别写上老子、元始天尊、接引道人、准提道人、姜子牙、武王等六人姓名，再在上面画了符印，向四方拜了拜，念念有词，再将六幡插在阵台之上。

多宝道人不解地问："老师，此法何用？"

通天教主道："此乃六魂幡，我将西岐六位重要人物姓名写在上面，以恶法拜之，可无形之中吸得六人魂气，强者可弱其法，弱者可损其命。阐教也好，西方教也罢，想破我阵，已是妄想！"

说罢，通天教主又将袁洪的定海神珍铁棒立好阵法，教了袁洪阵法启动之法。

袁洪试了一下，霎时之间，大火如海，万丈冲空！

另一方阴门，那三千丈煞气，与万丈烈焰对应，也即刻升为万丈。

显然，万仙大阵威力，较之前不知强了多少倍。

此时，申公豹也说动了太子殷郊前来，助截教一臂之力，只待稳了战局，再回朝歌，废纣王，继帝位，还仁政于天下。

三霄娘娘从混元金斗中取了广成子的番天印给殷郊使用。

殷郊也信誓旦旦，誓阻西岐，保卫殷商。

西岐大营。

老子和元始天尊见西方两位教主到来，正欣喜不已，结果姜子牙回来了，说了被袁洪所拒之事。

“这袁洪如此不识抬举吗？”元始天尊道。

姜子牙道：“简直太不识抬举了，天下皆仰慕神道，独他一脸轻狂桀骜、满不在乎。若不是打不过他，我已经把他打死了。好在我用了一招釜底抽薪，把梅山众妖都招了来，只剩他孤家寡人在梅山，成不了气候！”

元始天尊道：“他成不成气候不重要，重要的是若无那定海神珍铁棒，破不了万仙大阵阴煞之气！”

“报掌教师尊，那万仙大阵之上突然有万丈烈火腾空而起，阴煞之气也从三千丈升到一万丈了！”监测对方阵势的黄龙真人急急忙忙跑进来报答。

元始天尊一听，当即就步出大帐，只一看，就怒道：“那袁洪真是该死，竟然拿定海神珍铁棒去帮了截教，那万仙阵中，又多出了烈火阳门，与阴煞之气两极相容，威力倍增，这一下，咱们破阵的希望就更渺茫了。”

“两位教主有什么法子吗？”元始天尊看着接引道人和准提道人问。

西方两教主也摇了摇头。

接引道人道：“若是按照之前，能借了定海神珍铁棒，以盘古幡为首，再合我等手中圣宝，当可破阵。但如今我方既无定海神珍铁棒，还反被对方用之，阵法升级，威力大增，我心中着实没谱了。”

“师兄，你有法子吗？”元始天尊完全束手无策了，看着老子问。

老子道：“这万仙阵法，聚截教众仙之力，缺了重宝，我亦不可破。不过，当日老师闭关前曾与我说到今日，若是实在为难之时，有一锦囊给姜尚，让他依法而行！”

说着，便从身上摸出一个玄黄色锦囊来。

“老师算到今日，留了个锦囊给姜尚？”元始天尊一脸不解，“他为何不是留给我们，而是留给姜尚？”

老子道：“姜尚才是灭商主帅，有些策略当他执行。也或许，有些策略，你我皆圣人，不可背其名，需得有人来做吧。老师的意思，自有他的用意！”

元始天尊点头。

当下，由老子把锦囊交给了姜子牙。

姜子牙打开来一看，那老子、元始天尊、接引道人和准提道人四圣都瞬间止不住色变！

锦囊内有一妙计：若通天教主摆下万仙大阵，有万丈煞气不可破，则有一法可破。即一道招妖令颁布于天下，以神位允之，招百万大妖冲阵，以煞冲煞，百万妖魂，可将万仙大阵煞气冲平，其阵可破也！

“高，高，祖师真是高，吾辈不及也！”姜子牙乃兵法大师，一见此计，连声称奇。

老子道：“法子是好，可要牺牲百万大妖，此大不仁也！”

准提道人也道：“确实，这法子过于毒了一点，百万妖血，生灵涂炭，天地生悲。”

接引道人道：“毒的还不止于此，而在于那通天教主是逆天卫道，为众生平等，算是为妖而战，可你们祖师却用妖血来破他之阵，此真绝也。通天教主为妖而战，却要被众妖所破。众妖以为可得一世荣华，甘愿杀那护己之人，却不曾想，从一开始，自己就是棋子！”

元始天尊也恍然大悟道：“难怪老师要将此锦囊授予姜尚，而不给我等，他亦不现身。毕竟，我们圣人之辈，这种事不能为之，不可背其名，须借人之手。原来，老师什么都算到了，我那通天师弟躲不过了！”

“恐还不只是你那通天师弟躲不过了吧！”接引道人道。

“怎么，还有谁吗？”元始天尊问。

接引道人道：“恐你祖师是要让整个截教都消失在这茫茫天地吧！”

“让整个截教都消失？”元始天尊一愣。

接引道人道：“通天教主摆万仙大阵，召集了碧游宫三山五岳截教门人精英，倾尽了整个截教之力，此阵一毁，截教必荡然无存！”

元始天尊一时无言。

他或想过要在两教之争里为自己的门人多拿些好处，也想过要比通天教主更惬意更风光，也觉得阐教乃正道源流，瞧不起截教虫卵湿生、披毛带角，都是事实。

但他确实没想让整个截教覆灭。如接引说，此一战，万仙阵破，截教必灭，他心里多少还是有些不忍。

老子也只是一声叹息。

显然，他也觉得这么做，多少有些过了。

准提道人不解地道："不会吧，那截教门人可也是紫霄宫老祖徒子徒孙，一脉传承，他为何要将其毁灭呢？"

接引道人道："师弟你看事情还是看得浅了点，不懂那祖师深意。"

"是吗？师兄你看出什么来了？"准提道人问。

老子道人和元始天尊也看向接引道人。

接引道人看着元始天尊道："知道你祖师为什么要把封神榜给你，让你扶你门人，而不给通天教主吗？"

"因为……"元始天尊想了想道，"我比较听话吧，通天师弟总是喜欢与祖师争论。"

"错。"接引道人道，"若真是你喜欢的人，你是不在乎他有没有本事，或与不与你争论的。同理，你不喜欢的人，就算是再听话，你也还是不会喜欢。"

"似乎是这个理。"元始天尊道，"那接引道友以为祖师为何会将封神榜给我呢？"

接引道人道："很显然，一个人认可另一个人，是因为另一个人的思想行为和他契合，你阐教创教，只收仙灵人类，认为此乃正统，这也是你家祖师所认可的。而截教却是有教无类，虫卵湿生、披毛带角之类皆可入门，遵循众生平等。众生平等，只是平凡之辈的愿望，神仙圣人却不这么想，神仙圣人历经万劫，费尽周章，终于站到高处，怎么会想与众生平等呢？那不是要将站在高处的人拉下来吗？对于站在高处，获得优越的族群来说，他们压根就不希望这世间有平等二字，凡人神仙皆有此私心。所以，你那通天师弟一直傻傻的，推崇众生平等，你说你祖师能让那众生和他平等吗？天庭建立，已是一个明显的信号，未来，神仙圣人居上，凡人居下，妖魔为异类。可要算起来，截教中多数门人都是妖出身，这数量太庞大了，庞大到天庭容不下，而通天教主还不知改变观念，还在与祖师背道而驰的路上越走越远，祖师却也不能亲自来毁了截教，毁了这些他认为不应该进入天庭的妖类，他得用不露痕迹的法子。所以，封神战起，他并未阻止通天教主和截教入局。因为，他布下这个棋局，为的就是借他人之手来实现他维护天庭正统、清算异类的想法。这一切发生了，但无人敢说与他有关，因为封神大战、万仙阵破，他正在闭关呢！”

一席话，众人无不听得瞠目结舌。

事实的真相就是如此，在这个真相面前，一切都能说得通了。

“你们觉得你们祖师的这个局还算高明吗？”接引道人问。

元始天尊道：“那是自然，祖师高明，吾辈不及。”

接引道人道：“其实，他的高明远远不止于此，更高明的还在后面，一步棋，可谓神来之笔！”

元始天尊问：“祖师此举，还有何高明之处呢？”

接引道人道：“你们祖师除了借封神棋局来消亡截教之外，更高明的地方在于，他知道，未来天庭建立，划妖为异类，必有妖不服，不服者必反，届时有大妖振臂一呼，妖族定一呼百应，天下妖本要比神要多得多，一旦妖反起来，天庭必陷入动荡，纵是你祖师也敌不过天下之妖。所以，他要借这封神棋局，截教之手，万仙大阵，灭这些未来会反的妖族，便可使未来妖族势弱，掀不起大浪。同时再收一些有本事的大妖，随便封一神位，收为己用，壮大天庭，日后镇妖。以妖镇妖，何其绝也！如此一来，在天庭和妖族未来可能的博弈之间，天庭一下子就能变被动为主动，变弱势为强势。所以，此招之高明，可谓神来之笔！”

“祖师果然是高瞻远瞩，深谋远虑，吾辈不及也！”元始天尊长叹。

准提道人道：“只是，这毕竟还是狠辣了些，要生灵涂炭、血流成河，非圣人所为。”

元始天尊看着老子问：“师兄，我们当如何做？”

老子摇头道：“我也修圣人之道，不想卷入这封神之战，可天地君亲师，老师之意，又如何能违背呢？”

“唉，我也只当刚才做了个梦，什么都不知道吧。”元始天尊看着姜子牙，“如今纣王暴政，民不聊生，我们只是为了讨伐他而已，与其他的都没关系，你自去想法破阵吧！”

姜子牙心知肚明，这是要让他来背这个锅。

可既在人下，当担其责、分其忧。

他当即出来，命人发布招妖令。

招妖令曰：封神之战，招贤纳才，特为妖族敞开一门，若有来投者，建功立业，必战后封神，得其正道，居天宫之所，享日月之辉，万世荣耀矣！

多宝道人将姜子牙铺天盖地发布招妖令的事立刻报告给通天教主。

通天教主一听便怒道：“我知阐教中人卑鄙，却不曾想卑鄙到如此地步。既瞧不起那虫卵湿生、披毛带角之妖族，却又要利用他们为棋，来破我阵。既如此，那咱们就把脸皮撕破了说吧，你给我出一封告天下妖族令！”

多宝道人应声是。

通天教主便让多宝道人写告天下妖族令：

天庭建后，神仙圣人居上，凡人为下，妖将魔化为异类。封神之战，亦只是阐教门人犯神仙杀戒而起，以天地为局，众生为棋。若为妖族未来，若不愿跪着而生，天下妖族之众，皆应阻止封神，更不可为争一神仙虚名而卑躬屈膝、出卖自己、残害同胞、手染血腥。修道之辈，先问本心，再问前程。若有愿挺直脊梁，不惧站着死者，我截教也有一扇大门，为天下众生敞开。

愿这天下可真正众生平等，愿这三千大道皆放光明，愿此卫道一战，可让勇者天下扬名，我修道之辈，纵身陷万劫，但道心不灭。

截教教主通天告谕。

霎时之间。

四宇八荒风起云涌。

百万大妖出洞府。

那天的天色有点阴，还偶有几丝冷风，卷着枯黄的树叶，一片萧瑟之感。

通天教主站在万仙阵中招魂台上，冷风拂过道袍，情绪从未有过的低落。

自姜子牙发布招妖令和闻仲发布告天下妖族令后，其中恩怨，孰是孰非，已一目了然。

然而，三日之间，往岐山蜂拥而至的大妖们，十有九成投了西岐，不足一成投截教。为那神仙之位，众生还是愿放下心中的道，跪着而活。

即便是一代圣人，通天教主的心里也难免一阵悲凉。

他回头看了看身后的金蝉子、多宝道人、袁洪和金大升等人，叹道："我没想到，阐教会有此一招，借百万妖血冲我阵煞；我更没想到，我以为我门下弟子，皆脊梁如钢，那天下妖族，当有血性，结果却多贪生怕死、无骨无血之辈，此战，我辈危矣。你们皆是这天地的骄傲，为这天地正道努力过、争取过。我为师长，亦不忍尔等不测，你们自去吧，这阵由我创，我当陪此阵亡，也算殉道！"

"老师！"金蝉子喉间哽咽，"无论此战如何，纵灰飞烟灭，我们也必陪老师一起站在这里，站成城墙，纵身死，心不灭！"

多宝道人也道："是的，老师，你为我等，我等岂能弃你而去。这道非你一人的，乃是大家的，当由大家来守，能守则守，不能守，也不枉一腔热血，一场孤胆！"

"是，我等愿誓死守阵，誓死守道！"

"神仙之道可成灰，本心之道不可死！"

"我有丹心如日月，何惧万劫如黑夜！"

"纵是今朝身将死，也留明日浩气存！"

截教门人毫无泄气之心，仍是一片热血沸腾斗志昂扬，显出强大气场。

那一刻，通天教主的眼眶湿润了。

他这一生最大的骄傲，不是修成了这天地间凤毛麟角的圣道被人敬仰，而是有这些门人，心有丹心向日月，不曾令他失望。

纵历万劫，仍誓死相随。

凡人一生，神仙万世，纵是三千大道圣人，所作所为都为值得而已。

无论未来如何，吾道不孤，便值了！

闻仲急匆匆地向招魂台这边跑来喊道："报掌教师尊，姜子牙派人送来战书，明朝日出东方号角响，阐教门人便破阵！"

"好，那就待他明日来破吧。"通天教主道。

闻仲道："那弟子去回话了。"

"对了，给我送些酒来。"通天教主道。

"酒？"闻仲一愣，"掌教师尊要喝酒吗？"

通天教主道："我通天修道万载，也曾孤独，也曾痛苦，茫然过、挣扎过、坚持过，所修大道，也人来人往。但都不比今日，道心如日月，脉中淌热血。做圣人久了也无趣，我想再做一次凡人，像最初那样平凡的活一天，感受有血有肉有情有义活着的样子。今日这里，没有统帅，也没有师长，只有志同道合的朋友、兄弟、战士！"

"好，我马上派人为掌教师尊送酒来。"闻仲匆匆而去。

很快，便有军士将酒送来。

通天教主吩咐闻仲亦要照料到其他并肩作战的兄弟。

然后，就在招魂台上摆开桌子，倒上酒水，与金蝉子和袁洪等人坐而痛饮。

时间非中秋，而那夜的月却很圆、很亮。

高悬在天上，照得这人间世界如白昼一般。

酒席之间，众人各回忆起曾经那些炙热滚烫理想，他们想修道，想成神成圣，他们为此呕心沥血，种种历劫，以为只要自己够努力，就终有一天可悟大道，成神成圣。却万万没想到，有这么一天，神圣不再靠努力修来，却靠天封。

一腔赤诚，尽付流水。

申公豹喝一口酒，一声长叹："我本将心向明月，奈何明月照沟渠！"

多宝道人也叹得一声："千年饮冰，难凉热血，奈何苍天蒙尘！"

通天教主道："这天本来有暗有明，总是往复，也没什么的。人心在黑暗中久了，自会识得光明的可贵，终会还有圣贤，为这天地修出光明之道来。"

无当圣母道："老师，你当初是怎么修道，修成一代圣人的呢？"

"我？"通天教主的思绪一下子就被拉回到那很远很远的从前。

半晌，他道："那时，盘古天王劈开混沌，演化天地，这世上生灵还少，大家都热爱光明，满怀憧憬，想修圣道。于是，大家都会分享自己所悟，道与道之间，灵感迸发，妙不可言。那个年代，许多的悟道者，修成大罗金仙，甚至成为圣人，那是一个纯真而又辉煌的年代，大家都没有私心，也愿意帮助别人。因为他们知道，这天地浩瀚，唯吾道不孤，方可于黑夜中见光明，寒霜中见温暖。

"然而，随着这天下生灵越来越多，开始有生灵急功近利，想强于别人，存了私心，结果修成了魔，于是爆发了几乎毁天灭地般的神魔大战。那一战，神圣虽遭重创，但魔还是被打败了。败了，但却未绝迹，他们不敢与神圣为敌，便化为气，潜伏在人心里，潜伏在修道者心里，无孔不入，无处不在。我们都曾有自己心里的魔，只是我们有的人把魔死死地压在了心底深处，有的却被魔迷惑，于这天地间兴风作浪。还好，我看见我心中的魔，在他想窜出来时，我遇见圣贤，将魔又压在了心底……"

"对了，这封神之战，阐教门人如此所为，祖师为什么不出来阻止呢？"多宝道人问。

"祖师？"通天教主叹了一声，"也许，他也在与自己心中的魔战斗，鞭长莫及吧！"

"什么？祖师早成大圣之道，心底还有魔吗？"多宝道人问。

通天教主道："这天下唯有成就盘古天王那般至圣之道，万魔不侵，其余诸圣，心中皆有魔，女娲娘娘亦不例外。"

多宝道人道："如果祖师不出面的话，咱们明天也许就真的难逃此劫了。"

"怎么，怕了吗？"通天教主问。

"当然不会。"多宝道人道，"弟子已有随老师证道之心，这天下便再无所惧，只是，我没来由地讨厌那阐教中人，不想输给他们！”

通天教主道：“一切都还没有定数，阵法之变，玄机种种，明日之决，或见奇迹。无论如何，这大道我们走过，便已无憾了。”

众人皆不语。

袁洪喝一口酒，仰头看月，却又莫名地想起了那个人来。

第二天一早，红日依旧从天际升起。

这万年后的又一场大战，轰轰烈烈地拉开了序幕。

通天教主、金蝉子、多宝道人、四大圣母、三霄娘娘、袁洪等各自走到自己的阵位之上，念动符诀，启动阵法。

霎时之间，三阵一同启动，风云从四面八方激荡而起。

九天之间，左现煞气一万丈，右现烈火一万丈。煞气与烈火之间，风雷阵阵，如同天崩地裂一般。

三阵对面，阐教一方，元始天尊、老子、接引道人和准提道人四大圣人站在点将台上，姜子牙也站在一边。

下方百万大妖集结，吼声如雷，杀气如虹。

元始天尊对着姜子牙点了点头。

姜子牙会意，将手中帅旗一挥，下令：“辰时已到，破阵开始。此战一胜，天地则明！尔等无须有任何忌惮，无须惧死。本相已筑封神台，挂封神榜，凡死于此战者，只要魂投封神台去，届时自有神仙名！”

百万大妖得令，胸中热血燃起，如潮水一般就向最前方的九曲黄河阵涌去。

此阵按三才，此劫神仙尽受灾；九九曲中藏造化，三三湾内隐风雷。内有惑仙丹、闭仙诀，能失仙之神、消仙之魄、陷仙之形、损仙之气、丧仙原本。

神仙入此而成凡，凡人入此而即绝。

阵算奇阵，三霄娘娘亦是截教中得道高人，还有混元金斗这等绝世宝物，威力可想而知。

那大妖猛冲而进，有妖施法，有妖祭宝，皆被三霄娘娘之混元金斗吸入。

除混元金斗之外，三霄娘娘还有一至宝，为“金蛟剪”。

此剪乃两条蛟龙所化，采天地灵气，受日月精华，起在空中，挺折上下，头交头如剪，尾绞尾如股，纵是得道神仙，也难逃两断。

一时之间，进阵之妖纷纷殒命。

后方将台之上的老子道：“不如我等出手吧，若我等出手，这九曲黄河阵弹指可破，亦不用死这么多无辜之人。”

“师兄，你忘记祖师之意了？”元始天尊道，“这些妖族日后或为天庭反叛之力。而今也非我杀他们，乃是截教之阵杀他们，还是诛仙阵时我们再出手吧！”

老子又想起了鸿钧祖师留下的那个锦囊，便不说话了。

九曲黄河阵前，百万大妖仍前赴后继地冲杀。

为了那一朝登上神仙位，生死有何惧？

何况姜子牙已说了，战阵而死，魂投封神榜，便得神仙功。

而那九曲黄河阵也好，混元金斗也罢，终是抵不住大妖猛冲，阵法和法器都被压制下去，接着就被冲破了。

如同洪水下山，千里决堤。

三霄娘娘连退都退不及，被汹涌而上的大妖潮水般包围，顷刻毙命。

九曲黄河阵下，阵亡不过万妖。

万妖于百万之数，根本微不足道。

百万大妖锐气不减，攻破一阵，更是豪气冲云天，冲到诛仙阵前。

诛仙阵内四道门，门上悬四剑，分别为诛仙剑、戮仙剑、陷仙剑、绝仙剑，皆有圣人之威，非圣人不破。

将台上老子、元始天尊、接引道人和准提道人当即出手。

老子骑板角青牛，仙乐声起，异香浮动，行至陷仙门前，抖出太极图，化一金桥，昂然进入陷仙门内。

通天教主在阵台之上见老子入阵，却把手中雷放出，一声响亮，震动陷仙门上的宝剑，这宝剑一动，任你人仙首落。

老子见状道：“我是你师兄，你岂能伤得了我！”

一挥手中扁拐，便挡住那斩来陷仙之剑。

通天教主见状，再次念动符语，引身后截教门人一起施法，催动阵力，霎时之间，风雷大作而起，那陷仙之剑，亦化万道红光如箭雨，直向老子射来。

老子也不敢大意，当即在头顶现出玲珑宝塔来，隐了那无边风雷之声。

随即一手持太极图，一手取出素色云界旗，只向陷仙阵台挥了一挥，立马之间仙气缥缈，圣光大显，瞬间便将陷仙阵威力压制下去。

另外一边，元始天尊也以盘古幡配玉虚杏黄旗破了绝仙阵，接引道人以十二品莲台配离地焰光旗破了戮仙阵，准提道人以加持神杵配青莲宝色旗破了诛仙阵。

三阵之中，已只剩最后一阵，万仙之阵了。

通天教主一见，知此阵已破，忙率门人向万仙大阵里退去。

老子、元始天尊、接引道人和准提道人四圣各收宝退下。

姜子牙挥动帅旗，让百万大妖去冲阵煞。

“杀！”

“冲啊！”

百万大妖发出惊天动地的吼声，如怒潮一般向万仙大阵冲来。

袁洪持定海神珍铁棒，立于离火大阵阵台之上，看着那脸都被杀气扭曲了的大妖如怒潮冲来，当即一声狂吼，将手中棒子猛地一挥，喉咙中一个“杀”字出口。

霎时之间，狂风怒吼而起，卷出千万条火龙，张着血盆大口，往众妖吞噬而去。

那攻来之妖，哪受得了袁洪这铁棒三昧真火，阵法加持。

顷刻之间，冲在前面的妖便被烈火压爆妖体，一片妖血飞溅，落在定海神珍铁棒之上，落在袁洪的脸上身上。

随后，那些妖便化成灰飞。

另外的太极、四象和两仪之阵皆一样。

金蝉子、多宝道人、四大圣母、乌云仙、金光仙、闻仲和申公豹等在阵法的加持之下，身上法宝法力都大增数倍。

那冲来之妖无不是身首异处，或灰飞烟灭。

可倒下一批，却又冲上来一批！

通天教主立在总阵台上，已是闭上眼睛，不忍再看。

他之本意，是要卫这天道，求众生平等，废封神榜，挡阐教进朝歌之路。

他没想杀戮，没想流血。

然而，这前赴后继之妖，却是为了那神仙之位，不惜一切，几近疯狂。

道，已非其道。

妖，在不断地亡；阵，也在不断地弱。

从早晨朝阳起，到暮时残阳落。

今日，终是难见奇迹了。

黑夜来临。

万仙阵内，已血流成河，尸积如山。

百万大妖，阵亡大半，存十之一二。

截教众仙以及通天教主都已经杀到手软，法力大减，万仙大阵之煞气也几乎被冲淡全无。

袁洪仍昂首站在离火大阵阵台之上。

阵台之前，堆了几座灰山。

皆是那众妖被烈火所焚所化之灰，还有些道行深的，没成灰，也成了焦土黑炭。

高数十丈的离火阵台已经被众妖冲得残缺，根基不稳，摇摇欲坠。

仍有如同蝼蚁之妖亡命冲来。

离火大阵中的火势也已弱了许多。

定海神珍铁棒全身都被烧得通红，燃烧着烈烈的火焰。

妖血化烟，散发出阵阵令人作呕的恶臭。

“主人，杀吧，使劲地杀吧，这妖血的味道真是好极了，我身上有着无穷的力量想要爆发啊！”

定海神珍铁棒竟从未有过的兴奋。

袁洪听这声音，精神又振了一振，抹了一把脸上的汗，一咬牙，又将铁棒向那众妖挥去。

一棒下去，无妖能挡，瞬成肉酱。

突然，他的心里颤了一下。

他看到了冲进阵门来的几只妖，正是当日梅山兄弟。

朱子真大喊道："猴哥，放下棒子投降吧，我们去替你求情，还能得一神仙之位，也好过枉死这里！"

袁洪咬牙道："我早说了，我袁洪宁可站着死，绝不跪着生。那天庭视妖为贱类，尔等跪着为奴，也好意思沾沾自喜！"

"既劝你不得，也莫怪我等不顾情面了！"

说罢，朱子真将口一张，喷出一股黑气，黑气中现出巨大旋涡，向袁洪吞噬而去。

"雕虫小技，不记得我是你大哥了！"袁洪将定海神珍铁棒向那黑雾一扫，烈焰轰然响起，顷刻便将黑雾卷散了。

袁洪再将铁棒横臂一扫，一棒就打在朱子真头上。

"呼"的一声，地上便多出了一只焦黄的烤猪来。

毕竟，这朱子真也是有几千年道行的大妖，没被袁洪一棒打得灰飞烟灭。

不过，在怒火如猛兽释放出来的那一刻，袁洪看着地上已经毙命的烤猪，心里还是像被什么刺了一下。

曾经也是兄弟，对着明月立誓，从今往后万万年，有福同享，有难同当，纵遇天崩地裂，兄弟一起扛。

而今却为了各自心中的道，生死相见，血溅当场。

吴龙、戴礼、杨显、常昊四妖见状，有瞬间的犹豫，奈何后面之妖如潮水般涌来！

也或许，从踏出那一步开始，各自就已没有了退路。

他们也都各使法宝来攻袁洪，也俱做了袁洪棒下亡魂。

袁洪本就强他们太多，何况有通天教主阵法加持，就算厮杀了一整天，威力十去其九，仅一成之力，也杀他们如蝼蚁般容易。

突然，轰隆一声巨响。

袁洪回头看见令他心痛的一幕。

后方太极阵台被众妖冲撞，轰然倒塌，金大升被阵台打出原形，有一妖甩出一块放红光之砖，正打在金大升头上。

顿时间，金大升被打得脑浆迸裂，轰然倒下。

袁洪想救援，才飞到半空，却已不见金大升之尸首。

待他再回过头来，他的离火大阵阵台也被众妖冲得轰然倒塌下去。

再接着，两仪阵，四象阵之阵台也跟着轰然倒塌。

阵外，西岐将台。

元始天尊看着倒下的四个阵台和从万仙大阵上空消失的万丈煞气与烈焰，对姜子牙道："是收拾残局的时候了！"

姜子牙得令，立刻吩咐阐教门人进行最后风卷残云般的冲杀。

老子、元始天尊、接引道人和准提道人四圣亦各自出手。

老子的太极图和风火蒲团，元始天尊的盘古幡和混沌钟，接引道人的十二品金莲和准提道人的加持神杵，各自爆发出开天辟地的威力。

最终，万仙大阵变成了彻底的废墟。

通天教主接住了准提道人的进攻。

金蝉子接住了元始天尊的进攻。

多宝道人接住了老子的进攻。

袁洪接住了接引道人的进攻。

四大圣母各接住了燃灯道人、南极仙翁和十二金仙等的进攻。

这是一场各凭法力和法宝的生死对决。

双方各有人如树桩般倒下。

袁洪拼尽了全力，却仍被接引道人的十二品莲台压制着，没有还手之力。

"猴子，随我去西方吧，我可给你一条生路。"接引道人道。

袁洪咬着牙道："别做白日梦了，我袁洪顶天立地而存，岂可跪敌！"

"这你可就错了。"接引道，"这天下没有永远的朋友，也不会有永远的敌人。你都亲手把你的兄弟打死在面前了，不是吗？天地有恒常，世事有变幻，何必执拗！"

袁洪冷笑："别废话了，今日这里，只有战死的袁洪，没有怕死的袁洪！"

“唉，你这样，那我就成全你吧。”接引道人说着，催动那十二品莲台。

十二品莲台放出万丈金光，如同天河倾泻，直向袁洪轰然击来。

袁洪退无可退，拼尽全力挥动定海神珍铁棒封挡。

只听得轰然一声爆响。

天地震荡。

那一刻，袁洪只觉得胸口一闷，整个身子如流星一般倒飞出去，天地开始旋转起来，一股咸热的东西从喉头涌起。

他知道，这一切都结束了。

在眼睛闭上之前，他无力地看向朝歌的方向，脑子里闪过了最后一丝念想和遗憾。

无论她好、她坏、她对、她错，他都想拼着自己的性命护她安全，不让叛军打进朝歌，使她蒙难。

而今，他已如星辰陨落，无能为力了。

夜空中那一弯月亮，在他的世界再也无法亮起。

万仙之阵的战场，也在无数神魂烟灭中进入尾声。

通天教主看见阵法全破，门人折戟，知道一切都无力回天，奇迹不会再现。

当即拼出全身圣力，先将准提道人加持神杵挡开，再祭诛仙四剑于半空，四剑合而为一，现出四道光华，分别攻向老子、元始天尊、接引道人和准提道人四圣。

其势之猛，宛如盘古天王开混沌。

四圣亦不敢轻视那宝剑之锋，各拼全力应对。

老子头上祭太极图以防，再祭三宝玉如意反攻。

元始天尊头上现诸天庆云以防，再使盘古幡以攻。

接引道人头上现三粒舍利子以防，祭十二品莲台以攻。

准提道人头上现三朵金莲以防，祭加持神杵以攻。

霎时之间，圣人之力，圣器相撞，发出巨大的爆响之声。

天地霎时全暗。

月不在天。

整个万仙战场，都变成伸手不见五指的漆黑一片。

圣人之光亦如雾。

数秒之后。

四大圣人联手施法，终让这天地亮开，复如先前。

只是，通天教主却已消失无踪。

最后鏖战的截教门人也不见了踪影。

通天教主借诛仙四剑爆发出最后的圣力，以瞒天过海之法，救走了最后的截教门人。

万仙阵内，尸积如山，血流成河。

老子叹道："早知今日，何必当初。"

元始天尊道："他既走了，便好好反省去吧，同门一场，我等也不必赶尽杀绝了。"

接引道人道："此一战，这天地间，将再无截教也！"

准提道人嗟叹："也曾是这天地第一大教，万仙来朝，竟有如云烟，顷刻便散，可见世事无常。"

封神大战结束，元始天尊看着姜子牙道："截教已废，后面就看你的了！"

姜子牙掷地有声地道："是，弟子立马长驱直入，兵指朝歌！"

打扫完万仙阵战场，姜子牙立马调兵遣将，数十万大军浩浩荡荡地直向朝歌而去。

一路城池，皆不能挡。

朝歌城内，纣王宫。

纣王接连听到一败涂地的战报，每一次战报都让他特别兴奋。

兵进朝歌之日，便是他成神之日！

终于，他等到了梦寐以求的战报。

守城甲士上气不接下气地跑进大殿禀报："禀陛下，姜子牙率西岐数十万大军，已兵临朝歌城下！"

纣王却是一副泰山崩于眼前而面不改色的淡定，道："不要慌，不要慌，不过是亡国，不过是生死，又如何？人生一世谁不死，死也得死出个样子！"

那一刻，王殿之上的大臣们有些感动，也很惭愧。

帝王毕竟还是帝王啊，数十万大军兵临城下，亡国在即，还稳如平常，安慰大臣，看淡生死。

君王尚能如此视死如归，而身为臣子却急了、怕了。

这多让人惭愧啊！

"拿酒来，孤今就在这大殿之上与各位大臣痛饮，也算咱们君臣一场，此后天各一方，留个念想！"

有大臣赞叹，这才是帝王，临死，也还能与臣民同在。

也有大臣叹息，真是昏君啊，国破家亡了，还没事人一样想着喝酒，还在这处理国政之大殿上喝酒，何其昏庸也！

然而，一切终究无力回天。

姜子牙率阐教门人和西岐大军攻破皇宫，闯进大殿时，不由得惊呆了。

他听说过纣王的荒唐无道，却闻所未闻，纣王竟荒唐无道至此。西岐几十万大军打进朝歌城，攻破纣王宫，他竟和一班大臣在大殿饮酒？

商臣见甲兵攻进，害怕不已。

独纣王如见老友般笑道："姜尚是吧？你终于打来朝歌了？一路辛苦了，坐下来喝杯酒吧。这可是朝歌百年不遇之雪所酿，喝一口醉半宿，够香、够醇，也有劲。"

姜子牙厉声斥道："无耻纣王，你施暴政，残害忠良，民不聊生，人神共愤，我今率西岐仁义之师，讨伐于你，还不赶紧束手就擒！"

"哈哈哈……"纣王被骂，不怒反笑，"你说我残害忠良，民不聊生，倒是真的，但你说我人神共愤可就名不副实了，你非神，岂知神对我也愤？对了，听说你还筑了个什么封神台，挂了封神榜，以灭殷商杀纣王而论功行赏，再封神。如果我不施暴政，你们伐谁呢？神又怎么封呢？你姜子牙只怕八十岁了都还只能在渭水边钓鱼吧？是我成就了你们，你倒还来骂我？听说你曾经娶了一房马氏，嫌你连贩夫走卒之事都做不好，生计都为难，弃你而去。你忘记曾经的你狼狈落魄、怀才不遇了？殷商之变，成你契机。

所以，天下人可骂我，独你不可以，因为是我成就了你。”

姜子牙被揭了老底，恼羞成怒地道：“无耻昏君，巧舌如簧，把他拿下诛之，以安天下！”

“哈哈哈，杀我，来吧，酒也喝够了，正好舞剑。”纣王一身豪气干云，摔了酒坛，起身而来。

西岐甲士杀气腾腾地冲上，但根本敌不过纣王手中龙凤剑。

姜子牙一见纣王竟有异术，便又让雷震子以风雷二翅战之。

但只一回合，雷震子就败了下来。

纣王道：“孤乃一代帝王，再不济，也不是谁都能比的。姜子牙，让你西岐能人一起上吧，孤今以一人战你整个西岐！”

姜子牙又派了金吒、木吒上前战之。

没两回合，金吒、木吒也败下阵来。

十二金仙之辈亦上场，仍不敌纣王龙凤剑。

因为那神仙之尊传了纣王金钟之法，纣王施法，身上便会显现金钟，众仙人的法宝打在纣王身上，如泥牛入海！

“赶紧去城外请燃灯大师兄前来！”姜子牙喊道。

燃灯道人乃是阐教副教主，仅次于掌教元始天尊，十二金仙之辈都战不过纣王，那也只能请燃灯道人和南极仙翁了。

南极仙翁没有随军而来，就只能请燃灯道人了。

然而，燃灯道人来了，以乾坤尺和一百零八颗念珠攻纣王，却仍被纣王金钟之法所破，伤不得纣王分毫。

纣王不由放声狂笑：“哈哈哈，你西岐无人了吗？都打到孤宫殿，站到孤面前，却杀不了孤？难道要凭孤一人之力反打回西岐去吗？”

此时，那些殿上大臣们似乎重新认识了这个整天只知花天酒地醉生梦死的君王。他看似荒淫无度昏庸无道，其实深藏不露啊！

姜子牙看着败退下来的燃灯道人，正无策之时，杨戬和哪吒跑进来报告，称已收拾了全部朝歌守军。

“这里什么情况？”哪吒看了一眼这尴尬的现场问。

姜子牙便说了一下。

“岂有此理，一个无道昏君而已，有这么厉害？待弟子来拿他！”说罢，就挺着火尖枪上前。

杨戬一见，也喊道：“哪吒弟弟，这功劳，咱们一起得了吧！”

当下，也挺着三尖两刃枪上前。

纣王仍以龙凤双剑来招架双枪。

让人不可思议的是，本来他拿着有万钧之力的龙凤剑，在挡着哪吒的火尖枪和杨戬的三尖两刃枪时竟突然变得无力。

两把神枪直接将他的双剑击落，然后刺向他的身子。

而更神奇的是，他念动符诀，那金钟之法竟也不起作用了。

两把枪不费吹灰之力就刺进了他的身体。

那一瞬间，他明白了过来。

这是天选之人，是那神仙之尊安排来杀他的。

他的成神之时已到。

两枪拔出，血如泉涌，纣王仰天狂笑，慷慨赴死。

姜子牙和一众人愣在当场。

不是为了纣王临死时还在笑，而且还笑得那么开怀。而是因为十二金仙和燃灯道人都战不过纣王，为何杨戬和哪吒两个小辈，竟轻而易举地将纣王杀死？

旁边的燃灯道人在忽然之间明白了些什么，轻叹：“这道，变了。”

然后，一脸落寞地转身而去。

他知道，这东土之道，已非他所求之道。

随后，姜子牙一边命令手下军士收拾纣王尸首，一边来找祸乱整个殷商的罪魁祸首苏妲己。

第十四章　商纣覆亡，封出四圣

白狐在高高的摘星楼上，看着西岐大军冲进王宫，突然有了解脱的感觉。

终于，这噩梦般的日子要结束了。

世人都以为，这深宫之中有无限富贵荣华，却不知对她来说，只是囚牢。

没有爱情，也没有自由。

她只是这深宫之中的一颗棋子，活在别人的掌控之下，取悦着别人。

以自己的痛苦取悦别人，人生之痛、之无奈，莫过于此吧。

这些年以来，她就在这纣王宫里，从早上起床，等着天黑下去；从天黑下去，等着又一天天亮，就这样熬着。

终于，这日子到头了。

殷商将灭，她该封神了。

她所有的牺牲和付出都将有了回报。

可纵然她封了神，却也抹不去那些曾经。

曾经，她是那般屈辱地活着。

被一个暴君蹂躏、践踏，还背负恶名，被天下人唾骂。

如此的她也能成神吗?

她能在此后无穷的岁月里面对如此的自己吗?

她当初来此，也并非是为了成神，不过是天道之下，为了让猴子于温柔宁静中觉醒，成为那拯救苍生之圣而已。

所以，她曾经如何，现在如何，未来如何，又如何?

她已不堪如此，终是无颜与猴子再见，她也无法屈辱地活在他人口中，今商纣已亡，她对女娲娘娘也算有个交代，活着，其实已没什么意义了。

她看着摘星楼下，一片万念俱灰之时，姜子牙突然率人冲上摘星楼，手下军士押着雉鸡和玉石琵琶。

姜子牙：把这狐狸精给我拿下！

白狐：姜子牙，我是奉女娲娘娘之命在纣王宫，你还没有资格拿我，赶紧把我姐妹都放了！

姜子牙：我可不知道什么女娲娘娘让你在纣王宫，我只知道你在纣王宫中无恶不作，残害忠良，天下人都恨不得啖你之肉喝你之血，你不死，天下人心岂能服，给我拿下！

哪吒：小小狐狸精，交给我吧。

杨戬：这功劳算我一个。

两人一左一右围向白狐。

白狐的脸上起了一层寒意。

曾经，杨戬在梅山上差点将她打死，幸得女娲娘娘相救，如今她是奉女娲娘娘之命，姜子牙竟让人拿她。

这些年来在纣王宫中所受的苦与痛，似乎在这一瞬间都将隐隐爆发。

她虽已看淡生死，但这些人还没资格来决定她的生死。

哪吒和杨戬挺枪刺出。

白狐一声厉啸，身子一抖，狐尾如巨鞭电光石火般卷出，其中暗藏风雷之力，击在哪吒和杨戬手中枪上，竟把两人直接打飞出去。

要知道，白狐可是吃过女娲娘娘所授鸿蒙丹，有了三千年修为，可称金仙。

杨戬和哪吒的实力虽也已达金仙，但终究还是轻敌了。

尤其是杨戬，两眼疑惑地看着白狐道："这小狐狸，当日梅山之上，我不费吹灰之力就将其制服，为何过了这些日子，我修为大增，反而不敌了！"

"杨兄，我来助你吧！"雷震子说着便扇着风雷二翅就冲了上来。

然而，白狐却将身子一抖，现出九尾，九尾如九雷，迎着雷震子就轰击而出。

只听得轰然一声爆响。

雷震子直接被击飞到九霄云外，连影子都找不着了。

"还想行凶，看来我得放大招了！"杨戬说着，立马运起天眼神光。

一道白光冲向白狐。

白狐却从口中吐出一颗金丹，直接将杨戬的天眼神光给托住了。

再九尾一卷，只见漫天都是狐影。

杨戬一见，赶紧吼道："法天象地！"

顷刻之间，杨戬变得身高三千丈来，一拳向白狐打去。

白狐不敢接招，往后退去。

"姐姐，不要跟他们打了，赶紧去找女娲娘娘吧。"雉鸡喊。

白狐知道她今日以寡敌众，必难善终，此事乃女娲娘娘安排，还得女娲娘娘出来给说法。当即将身一纵，就准备离开。

"想跑，你跑得了吗？"哪吒将混天绫和缚妖绳一起丢出。

那混天绫和缚妖绳各化一道光向白狐飞去。

白狐躲开了混天绫，却来不及躲开缚妖绳，直接被缚妖绳给缚住，从半空里掉落了下来。

姜子牙命人上前将白狐抓起来，带回西岐。

商纣，至此覆亡。

历史上又一个被神眷顾的王朝以崭新的面貌屹立于天地之间。

史称西周。

姜子牙回到封神台，准备封神事宜。

元始天尊却道："把你原来悬挂之榜取来，吾再为你换一榜。"

"换一榜？"姜子牙一愣，"这还可以换吗？"

元始天尊道："你我为执榜之人，你我要换，自然能换。何况，封神之战，截教反叛，这其中本就有了变数！"

姜子牙道："老师所言甚是。"

当即就去把原来挂好的封神榜取来。

元始天尊令姜子牙将原榜焚烧，又给了姜子牙一新榜。

然而，姜子牙一看那榜就愣住了。

新的封神榜单之上，非但没有取消截教门人资格，反而较之前还增加了不少名额。甚至，还有许多妖也在其列，反倒是阐教名额少之又少！

他忙问这是何故。

元始天尊道："不是与你说过吗，封神榜上所封之神，皆会忘了前生过往，不记得过去种种，只记得自己新的身份，为天庭所驱，忠于天庭。所以，此战美其名曰为封神，其实是为天庭扩充实力，借此将其余能者收归天庭所用。未来，天庭治理天下，必还有反叛者，天庭需要这些新晋之神为走卒，管它是截教门人，还是妖！"

姜子牙道："弟子倒是忘记了，如此便没事了。"

元始天尊道："按照榜单去封吧，榜上有名的，则按榜单封，榜单上没名的，只要是阐教门人，皆升一级神格。大神者，升金仙，金仙者，升大罗金仙，大罗金仙者，升小圣！你，连升四级，为大罗金仙！"

"是，弟子马上去办。"姜子牙心中狂喜。

"等等。"元始天尊喊道，"有两位阐教门人，需得破格提升。"

"哪两位啊？"姜子牙问。

元始天尊道："太乙门下哪吒和普贤门下杨戬。"

姜子牙道："老师曾提过，要对二人多加关照的，请问老师，如何破格提升呢？"

元始天尊道："二人击杀纣王，一锤定音覆灭殷商，直接肉身成圣！"

"啊？"姜子牙一愣，"直接肉身成圣？"

"怎么，有什么问题吗？"元始天尊问。

姜子牙道："弟子觉得，这是不是破格得有点过了？毕竟，按照老师所言，普贤师兄和太乙师兄也只能升为大罗金仙，还低圣一辈。他们弟子却升为小圣，会不会有点……"

"没什么要紧的。"元始天尊道，"师辈当以长江后浪推前浪为荣，而且，这两人要为天庭之大用，代我阐教统率天下，树立威名，必集我阐教荣宠一身。"

"对了，还有一人，也该肉身成圣，我差点儿疏忽了。"元始天尊道。

"还有谁？"姜子牙问。

元始天尊道："那雷震子，是姬昌之子、武王之弟，如此出身，不可不破格提拔也！"

"嗯，也是。"姜子牙问，"还有吗？"

"还有？"元始天尊想了想，"那李靖吧，门下三子皆入阐教，封神之战功劳赫赫，也肉身成了圣吧！"

"还有吗？"姜子牙又问。

元始天尊道："先就这样吧，圣人也不是白菜，一下子封太多了不好。日后再有功劳的，找机会再封！"

"嗯，好的。"姜子牙应道。

当即，他就带着新的封神榜去封神台上封神。

然而，当他到封神台上清点封神台之魂时，瞬间脸色大变！

亡于万仙大阵中的阐教门人韦护、孔宣、慈航道人、惧留孙、普贤真人、文殊广法天尊竟然都不见其魂！

还有截教中魔家四将，也不见其魂！

姜子牙当即禀报给元始天尊。

元始天尊听了还不信，跟着跑去一看，果然缺少姜子牙所言之魂，当即便质问封神台引魂官柏鉴。

柏鉴说他压根就没见过这些魂魄，不过他说他倒是想起了一些奇怪的事来，就是每当有战死得道之魂出现，他便能感应到魂光一闪，然后去引魂至封神台。有好几次，他才刚感应到魂光闪了下，可待他去引时却什么都没发现，他还以为是大战亡者太多，或有人使异术复活，所以也没太在意。

元始天尊也觉得费解，便去找了师兄老子。

老子

看来，西方教那两位教主，来者不善。

元始天尊

师兄你的意思是……

老子

这天下能于不动声色之间将封神之魂收走的，除非是可与你我比肩之人，除了他们，还能有谁？

元始天尊

看来，咱们是引狼入室了。

老子

他们此举，恐有深意，未来之天庭，恐又有变数矣。

元始天尊

小小西方教，岂可与我阐教及天庭抗衡！

老子

与人对战，凭勇武孤胆；与天下战，凭智谋也。此番一看，那西方教主之智谋，远在你我之上了！

元始天尊

就凭他收了我们几个门人之魂，就有大智谋，比你我强了吗？

老子

你忘记那接引道人看破祖师封神棋局了？祖师一箭数雕，却都被接引道人一眼看破，此人之深谋远虑，不在祖师之下！

元始天尊顿时不说话了。

果真如此，这天地变数，还真难说。

毕竟，他确实见识过这西方教大小教主的本事，如雷电耀空，光芒大放！

他开始想，该如何来应对此番变数。

猛然，他脑中圣光一显，有了对策。

封神台上，姜子牙正准备按元始天尊之意封神。

元始天尊走过来道："等等。"

姜子牙问："老师有何指教？"

元始天尊看了一眼封神台上囚魂阵的百万之魂，眯着眼道："榜上有名者俱封神，若是无名者，全收为天兵！"

"全收为天兵？"姜子牙一愣，"这里面有百万妖魂，全收了吗？"

元始天尊道："是。"

姜子牙不知其中深意，但元始天尊既这么说，他只能听命。

元始天尊让姜子牙退开，然后走到封神台上，对着封神台上囚魂阵开始施法，将囚魂阵中百万妖魂记忆尽皆除去。

从此，他们将忘掉一切过去，忘掉祖宗、忘掉父母、忘掉师父、忘掉朋友、忘掉爱人，也忘掉自己，成为神族一员，为天庭鞠躬尽瘁死而后已。

施法完毕，元始天尊抬眼看了看那西方天际，不免得意地心中暗忖：西方教主，我今有百万天兵，舍生忘死，我看你与我如何争天下！

一切就绪，姜子牙正式封神。

无论是榜上有名为神将者，还是那些破格成为天兵者，皆欢呼不已。虽然他们忘记了那过去的一切，但他们的潜意识里就知道，纵是成为天庭走卒，也是这一生一世莫大的荣耀，值得感激涕零。

三百六十五员神将，百万天兵，俱感恩戴德热泪盈眶，指天为誓，纵身死，必卫天！

激昂澎湃的吼声响彻天地。

元始天尊脸上露出了满意的笑容，他看到一个崭新的天地浩浩荡荡地开启了。

而最高兴的当然数杨戬、哪吒、雷震子和李靖，四人均被破格提升，直接肉身成圣，羡煞众神。

封圣那一瞬间，封神台上圣光大显，从四方涌来无数的信仰之力，四人心中亦如江河澎湃。

元始天尊又给了四人四粒鸿钧老祖留给他的圣人丹。

片刻之后，哪吒现三首六臂，三首六臂皆放金光；杨戬现出法天象地，身高有万丈；李靖一晃手中黄金玲珑宝塔，耀出漫天神光；雷震子张口之间，呼风唤雨，风雷附身。

三百六十五神将和百万天兵皆跪服，恭喜四人成圣。

杨戬扫了一眼下方神将天兵，突然眉头一皱道："这里面似乎少了一位。"

"少了谁？"姜子牙忙问。

杨戬咬着牙，从牙缝里吐出两个字来："袁洪！"

"袁洪？"哪吒一听立刻反应强烈，"那袁洪没死？他不是被西方教主打死了吗？西方教主之圣力，不至于看错吧！"

元始天尊阴着脸道："那西方教主的话，不一定可信！"

"啊？"哪吒一愣，看着元始天尊问，"掌教师尊此话何意？"

元始天尊道："就是教你，天下人所说，都不一定为真，眼见为实！"

"嗯，弟子明白。"哪吒应道。

元始天尊又道："你今已肉身成圣，乃是祖师恩德，祖师觉你与杨戬二人有天赋异禀，未来天庭法度，天下稳定，还需你二人尽心竭力。"

"是，我杨戬，我李哪吒，定不负祖师和掌教师尊栽培！"杨戬和哪吒二人信誓旦旦地道。

元始天尊又道："你二人虽肉身成圣，本该逍遥天下而传道，但天庭初建，还有许多忧患，正是用人之际，我代祖师额外封杨戬你为天庭司法天神，总管天庭未来所束之三界、六道、阴阳法度，但有那违反天条者，皆按法办。此法，乃天庭恩威，必须严明！"

"是，谨遵祖师和掌教师尊令！"杨戬声如洪钟。

元始天尊又看了眼哪吒道："哪吒，你生性好斗，战勇非常，有杀伐天下之能，我就代祖师封你为威灵显赫大将军，为天庭统率四方冲锋陷阵！

"还有李靖，你在殷商时便统率兵马，擅征战，我代祖师封你为天庭兵马大元帅，统率百万天兵，旦有反叛天庭者，即刻挥师平定，以保天下太平！

"雷震子，亦应劫而生，天命将星，勇猛过人，封风雷大将军，与哪吒二人，皆在李靖帐下听调！"

"是，谨遵祖师和掌教师尊令。"哪吒、李靖和雷震子皆掷地有声地应着。

元始天尊继续道："你四人一定要记住，这天庭已屹立而起，威服四方，若有生事者，必严惩。我泱泱天庭，必四海一心，不一心者为异类，必诛之！"

"是。"四人均掷地有声地应着。

杨戬又道："既如此，我有个想法，不知掌教师尊以为如何？"

元始天尊问："什么？"

杨戬道："那袁洪既未死，他一直生有反骨，反我阐教，亦不服天庭，我当将其诛杀，杀鸡给猴看，为那天下有异心者做个榜样！"

哪吒道："杨兄你这话有错啊。"

杨戬一愣："哪错了？"

哪吒道："袁洪就是猴，怎么杀鸡给猴看呢，应该是杀猴给鸡看吧。这猴乃恶首，山中无老虎，它爱称霸王。杀猴给鸡看，鸡能吓一片。我也认为，这猴必杀，若不杀，天不平！"

元始天尊道："这样有利天庭安宁，你们去做吧。"

哪吒应声："是，弟子马上发四海文书通缉这妖猴。"

元始天尊又看了眼其他各升了一级神格的阐教二代门人道："杨戬和哪吒虽掌天庭大事，但毕竟是你们晚辈，有什么事需要的，尔等还得尽力辅佐才是。虽让你们做了这天下逍遥之仙，不受天庭法度约束，但也总是天庭恩威，自己人的天庭，也是自己的天庭，该出力的还得出。"

阐教二代门人俱各应是。

独姜子牙站在那里，内心里有着难言的失落。身为封神之战统帅，虽然元始天尊破格为他升了四级神格，直接从凡人越过神，大神，金仙，到大罗金仙，从此也是万劫不坏之身。但是，身为封神统帅的这些日子，于调兵遣将之间，他忽然觉得那种指点江山、众人唯命是从的感觉，才是真正的不枉此生。

想当年，怀才不遇，受尽冷落、嘲讽，满腹心酸。垂暮之年，终出人头地，扬眉吐气，被人恭维、被人吹捧，何等惬意。

丈夫立世，当如此呼风唤雨也！

然而，他终还是卸下了这一身荣华，做了一个闲人。虽是神仙，不死又如何？他要的还是显赫。

“师叔，对于抓捕那袁洪，可有什么高见吗？”杨戬过来问。

毕竟，姜子牙指挥了这武王伐纣封神之战，熟读兵法，其胸中韬略非常人可比。

姜子牙心中正失落着，也没兴趣管这事，就道：“抓捕之事，又非是行军打仗，吾不擅长也！”

“抓那妖猴吗？我倒有一计可施！”李靖突然道。

杨戬问：“何计？”

李靖道：“我想起来，那袁洪和白狐的关系非同一般，说生死之情也不为过，曾经我抓白狐在陈塘关，袁洪便来找我。如今白狐在我们手中，我们若将白狐之罪公布天下，择日杀之，那袁洪得知，必来相救，咱们再布下天罗地网，袁洪必死无疑！”

杨戬一听立马赞同：“嗯，此计甚妙，我也知那袁洪和白狐生死不离，白狐在我手，那家伙又不知天高地厚，他必上钩，就这么办吧！”

当下，李靖便着手安排。

中皇山上，女娲宫中。

袁洪躺于龙凤池莲台之上，龙凤池水往复循环环绕袁洪身体，可他仍是一动未动。

女娲站在龙凤池边，静静地看着躺在那莲台上之人。

白曬跑进来道："禀告娘娘，出事了。"

女娲问："出什么事了？"

白曬道："姜尚已在西岐封神，但并未封轩辕坟三妖，反而将三妖绑了起来，历数三妖罪状，称三日之后于封神台上斩杀三妖，以安天下！"

"什么，他未封三妖，还将三妖绑起来要斩杀？"女娲听后颇感意外，"待我去看看！"

白曬跟随其后。

女娲走几步后想起什么，又回头吩咐白曬道："你和腾蛇留在女娲宫吧，再过一个时辰左右，便将我从鸿蒙取回来的圣泉喂他喝下。"

白曬应道："是。"

女娲又道："若他醒来，不要说白狐被抓之事，也不要说我去向，只让他在中皇宫等我便是。"

吩咐之后，女娲当即骑着青鸾直向西岐而去。

天空中现出祥云圣光，早有阐教门人进去禀报。

"女娲娘娘来干什么？"元始天尊喃喃道。

老子道："管她来干什么，她是创世圣人，又是大地之母，在我等之上，应当迎接。"

元始天尊虽然觉得，有些事今非昔比，但他还是跟着出来了。

"娘娘驾临，有何贵干？"老子恭恭敬敬地问。

女娲的目光落在元始天尊脸上："封神榜，是老祖授你所封吧？"

元始天尊道："是，娘娘有何指教？"

女娲冷冷地问："当初老祖让我遣白狐往纣王宫，使纣王废朝政，起封神之战，事后为白狐封神，为何竟不封神于她，还将她抓起来问斩？"

"这个……"元始天尊一脸为难，"这个也怪不得我了，实在是那白狐咎由自取。"

"是吗？"女娲问，"她怎么咎由自取了？"

元始天尊道："她本奉天庭之命，往纣王宫去，为封神大战做铺路之举，奈何有许多事，她未曾按照天庭旨意去办，所以，她之神位，便给了另外的有功之人！”

“给了另外的有功之人？”女娲问，“谁啊？”

元始天尊道：“纣王！”

“纣王？”女娲愣了一下，才想起来，“是的，那纣王被你们封为天喜星君了，他曾亵渎神明，封神之战也因他而起，他怎可封神？”

元始天尊道：“虽然他亵渎神明，封神之战因他而起，但也正因为如此，他是封神之战的大功臣。若无他，则无封神之战，若无封神之战，便无封神。他，当然有功！”

女娲怒道：“可这些年来，他暴戾无道，恶名远播，人人得而诛之，他岂能为神！”

元始天尊道：“这不重要。”

“这还不重要？”女娲问，“那你告诉我什么重要？”

元始天尊道：“天庭之神，要的不是有多能，要的是听话，若能力大，不听话，不能为我所用，便不能用之。而且此番封神，不管他们从前是为妖、为恶，还是如何，都已失去了前生记忆，一切都将重新开始。此后万万年，他们的心中都只有一个信念，便是愿为天庭鞠躬尽瘁死而后已！”

女娲道：“看来，你们已将天庭变为自己家了，由着你为所欲为！”

元始天尊道：“娘娘此言差矣，娘娘也是一代圣人，当知今日众生之道，已与当年大不同。当年那些纯真的东西，到现在都已变了。祖师说，人人心中有魔，已不可全以善念感化之，那些心中的魔，还得用手段去束缚。”

女娲问：“你岂不知，你那祖师已有心魔！”

元始天尊道：“娘娘是圣人，切不可乱说！”

女娲道：“你要揣着明白装糊涂我不管，你要封谁为神我也不管，但白狐进纣王宫，是我所遣，她并无罪，你即便不封她为神，也得放她！”

元始天尊道：“娘娘可是一代圣人，难道要我放一个忤逆天庭，还无恶不作的妖？”

“她又怎么无恶不作了？”女娲满脸不悦，“她所做之事我皆知道，皆在本分之内，那所有罪名，皆是纣王所为，不过强加于她身上而已。她既不当朝，亦只是纣王之妃，唯纣王之命是从，若非纣王自己暴戾，她岂能在纣王宫中无恶不作！”

元始天尊道：“这事天下已皆知，是非曲直也已有定论，非娘娘你说不是，便不是了。总之，她有罪，不杀之，不足以服天下！”

女娲问：“你这是在视我为凡人一般蒙骗和践踏吗？在你我都知道事情的真相面前，你还如此坦然地与我颠倒黑白、扭曲是非？”

元始天尊道：“有一点得提醒一下娘娘，从天庭建立，封神之后，这天地就变了，天地变了，道便变了，道变了，是非也变了！许多事，已不能再以曾经的眼光来看了！”

女娲冷冷地道：“若我今天非要带轩辕坟三妖走呢？”

元始天尊眼睛一眯，道：“怎么，娘娘想毁去万古圣明，为万人唾骂之妖与天下人背道而驰，不惜再发生一场生灵涂炭血流成河的大战吗？这已经不是娘娘创世的时代了！”

女娲道：“无论过去多少年，无论这世道将如何变，我们都一定要心存善良，心中有爱，坚守是非公道，这天下和众生才有希望！”

元始天尊道：“娘娘你大概是忘记，如今我也是天道圣人了，我们看事，可以有不同的立场和角度，却无须你来教我。你看这天下众神，都还等着我管教呢！”

“很好，很好，你好自为之吧！”女娲知道多说亦无益。

鸡同鸭讲，白费口舌。

有些人变了，有些事变了，有些道变了，都认为自己是对的。曾经的凡人是如此德行，后来的神是如此德行，如今，连圣人也是如此德行了。

如今，圣人泛滥了？

我女娲还顶着这圣人之名，也不知道是我羞辱了圣人，还是圣人羞辱了我，大概是后者吧。

袁洪被白矖喂下鸿蒙圣泉之后，终于醒来。

他想起了万仙阵大战。

白矖说是女娲娘娘救了他。

“朝歌呢，朝歌已破了吗？”袁洪突然着急地问。

“不……不知道，应该还没吧。”白曬道。

女娲娘娘叮嘱过，不要让袁洪知道白狐之事，她也只能撒谎。

袁洪听说朝歌还没破，心里略又安稳了些。

“那你知道万仙大阵和截教门人都怎么样了吗？”袁洪又问。

那毕竟都是和他一起并肩作战的兄弟。

白曬摇头道：“我一直在中皇山上，没有出去，不晓得外面的事。”

“那我得去看看才行。”袁洪说罢起身。

白曬赶紧上前拦着：“你不能走，你才刚活过来，身体还虚着呢。”

袁洪道：“至少我还活着，可那些与我并肩作战的兄弟，都生死未知，我岂能贪生怕死，在这里苟活！”

“怎么，你不怕死吗？”外面突然传来一个声音。

两人抬头一看，是女娲娘娘回来了。

女娲走近前来，看着袁洪道：“如今有两条路摆在你面前，我皆可帮你。”

袁洪问：“哪两条？”

女娲道：“一条为生，一条为死！”

袁洪问：“何为生？又何为死？”

女娲道：“忘记过去，吞下屈辱，藏头露尾，不再现世，可生；站直身躯，为情为义，对抗不公，则死！”

袁洪道：“若如此，我选死！”

“你真要选死？”女娲问。

“当然！”袁洪说话掷地有声，“人生一世，当做该做之事；若该做之事而不做，那是苟活！”

女娲道：“行，那你可以去做一件事了！”

袁洪问：“什么事？”

女娲道：“救白狐。”

“救白狐？”袁洪的心里一颤，“小白怎么了？”

女娲便说了姜子牙将白狐之罪公告天下、欲将白狐问斩之事。

然而，袁洪却沉默了。

“怎么，你怕死了，不敢去救了？”女娲问。

袁洪道："不是怕死。我知道我很想救她，我也曾为了不让她蒙难，而死守万仙大阵。可如今姜子牙将她罪行昭告天下，欲斩杀她，我却不知如何说服自己去救她。毕竟，她当初为了深宫荣华，弃我而去，走到今天是她咎由自取。而且我也知那天下人听她之名，无不恨之入骨……所以，我不知道，我若去为她死，还为她背一世骂名，该不该，值不值……"

"不，你所知道的根本就不是真相。"女娲看着袁洪，"她从未做过对不起天下人之事，也未对不起你。相反，你还应该感谢她！"

"感谢她？"袁洪冷哼一声，"她为心中虚荣，弃我而去，我还感谢她，这是什么道理？"

女娲当即便说了当初她被鸿钧老祖所逼，不让这天下动荡，也为了给袁洪和梅山众妖一条出路，因而遣白狐去纣王宫之事。

当时，白狐并不愿去，她不想做什么神仙，她只想和袁洪在一起，平平凡凡地活着就好。

但她若不去，袁洪将有难；她若去了，能成就袁洪，她才去了。

去的时候，她泪流满面。

而在纣王宫中，她也未曾为恶，不过是纣王自己暴戾，却把罪名让她来背，如今纣王竟也封神，元始天尊还说他听天庭的话，对封神之战有功，可见，是阐教与纣王达成了交易，允诺纣王神仙之位，使其暴戾，启动封神之战！

"竟然是你让她去出卖自己，你怎么能这么做！"那一刻，知道真相的袁洪，心里万丈怒火燃起。

女娲道："我已说了，当初若不如此，轩辕坟、梅山、你和她均难逃劫数，还会使天地动荡。我自知无法与鸿钧老祖相抗，只能做妥协。"

袁洪一时失神，喃喃道："想不到，竟是我误会了她……"

想起那夜，他去纣王宫，将白狐骂得狗血淋头，还把白狐与他的紫螺都丢在地上，踩了个粉碎。那一刻，白狐的心里定然在流血吧！

想到这里，袁洪只觉有一种锋利之物穿胸而过的痛楚。

"既然如此，她奉你之命去纣王宫，该当封神。那姜子牙并不封神于她，还要斩杀她，你为何却不救她回来？"

女娲叹道："我也想救，可我与你不同，我是创世圣人，身系天下苍生，我的一言一行一举一动都牵扯着这天下，我无论如何都不可能与阐教或天庭开战。若战，我必为魔，使天地沦陷，这是我的不自由！"

"若连不公都无法反抗，若连自己人都无法守护，还谈何守护天下苍生，还配称什么圣人！也罢，小白，我自己去救吧！"袁洪说罢就往外走。

"等等！"女娲喊道。

袁洪回过头来，冷眼看她，问："还有什么事？"

女娲道："你重伤未愈，若是此去，只会有去无回。"

袁洪道："有去无回又如何，我为值得之人，做值得之事，纵灰飞烟灭，亦死而无憾！总好过那畏首畏尾、苟且偷生之辈！"

女娲道："我是想帮你。"

袁洪不满地道："你不是圣人没有自由吗？你能帮我什么？！"

女娲道："我为圣人，虽没有杀戮的自由，但有将圣力给你的自由！"

袁洪问："你把圣力都给我了，你自己怎么办？"

女娲道："我是大地之母，创世圣人，纵我手无缚鸡之力，那鸿钧老祖或天庭也不能将我怎样。你说的对，我已无能护这天下了，但你还有无限可能。让我尽己之力，好好地帮你一次吧，这是帮你，也是帮我，帮白狐，帮天下苍生。"

袁洪没再拒绝。

女娲把一身圣力都传给了他之后，虚脱地坐了下去。

尔后，她又取出一幅卷轴给袁洪，说是中皇山之宝《山河社稷图》，也传了袁洪使用之法。

袁洪习会之后，胸中燃起万丈斗志，驾起筋斗云就直往西岐封神台而去。

第十五章　唤出巨魔，猿猴成圣

西岐，封神台。

白狐、雉鸡和玉石琵琶精被吊着双手，跪于台上。

姜子牙坐镇执行监斩，杨戬和哪吒随侍在侧。

虽然杨戬和哪吒已肉身成圣，且总管未来天庭杀伐征战，但封神之战，姜子牙为帅，监斩轩辕坟三妖，仍是姜子牙负责。

封神台下，站满了围观的百姓。

这些不明真相的人，用着最恶毒的语言咒骂着台上三妖，若不是有甲士阻挡，都恨不得冲上台去把三妖活活打死。

但还是有人往地上泄恨地吐着口水，向上面的三妖扔石头，还有人找来狗屎丢上去羞辱。

雉鸡和玉石琵琶泪流满面的埋怨白狐，说当初让她们去纣王宫，可以封神，她们才去，结果……

白狐一句话也没说，她在想：当初为了荣华富贵，你们兴高采烈地随我前来，如今落难了，便成了我的不是，这就是姐妹?

这世间，果然是薄凉的。

我白狐受尽屈辱，今日落难，我有抱怨过谁吗?

即便是女娲娘娘，我也不抱怨她，因为这不是她的错，她也想帮我。只是，如今这世道，失信者多，种种变数已不在她可掌控之中。

姜子牙走过来，手里拿着一个葫芦。

那是万仙大阵后陆压道人留给他的宝贝，可钉人泥丸宫，斩神仙妖而不可变化复活的斩仙飞刀。

姜子牙

怎么样，白狐，尔有今日，后悔吗？

后悔？我虽只是一只狐妖，但我所做之事对得住别人，对得住自己，不曾无愧，岂会后悔。

白狐

姜子牙

你大概不知我这葫芦为何物吧，此乃斩仙飞刀，飞刀一出，身首异处，从此，你便再也见不到这美好人间了。

这人间美好吗？

白狐

姜子牙

当然，对你这种万人唾骂的妖来说，也许算不得美好，因为你的存在就是一种罪孽。

我以前只知杀人者可恨，现在才知还有比杀人者更可恨的，那就是杀了人，还诛心，而诛心，还自欺欺人。这天下谁恶，谁杀人多，你能装糊涂，苍天可无眼，我又岂能不清楚。屠夫，也不过手起刀落一条命，而帝王将帅，一怒则血流成河。然而，杀一人，为罪；屠万人，为雄，这人间也不过是一个笑话。

白狐

姜子牙

果然是只狐狸精，死到临头还巧舌如簧，若不是以你为饵，引那袁洪上钩，本相立马就放斩仙飞刀斩杀了你！

当我失去了这一生最宝贵的东西之后，我便再也无所谓失去了，你却还当我是你一般在乎这世间荣华和生死之人，是你的肤浅和可悲。此刻的你在我面前就活脱脱的一个小丑。

白狐

姜子牙

算了，想着你很快就是一具尸体，我且忍住我的怒火吧，见袁洪，你则死！

白狐还是淡然一笑。

她在想，若是死前能再看猴子一眼，把那一眼带进亿万年都醒不过来的梦里，便也死而无憾了。

只是，白狐又不想猴子来，想让他好好活着。

猴子活着，至少这世间还有人在月亮圆起时想她，还有人在荒芜之地为她垒一座坟，还有人在她深陷黑暗的孤寂时，去坟前为她浇一碗酒，为她拔一拔坟头的草。

她不曾怕过黑暗，因为她心中明亮，可照亮自己。

但她惧怕孤独，因为孤独时，这心里是空的。

不过，若还有想念，能将孤独填满，也是一件幸福的事情。

她不希望猴子能来，她要把猴子留在想念之中。

她亦不想让猴子见到她如此狼狈下场。

毕竟，猴子是她深爱过的，她在乎猴子眼中的她。

然而，袁洪还是来了。

在远远的山口，出现一道高大的身影。

肩上扛着一条巨大的铁棒。

已快沉落天际如血般的残阳落在他身上，将他的身影拉长。

苍凉而悲壮。

他知道每往前踏出一步，都是不归。

不归又如何？

对的路，就该往前走。

只是，这心中还是难免有几分孤寂啊。

想当年，梅山之上好辉煌，一群兄弟，饮酒作乐，畅谈理想。那时，月色温柔明亮，照在梅山之上，照着热血理想。

说好要一起奋斗，说好要不离不弃，说好祸福与共。

可他们却为了神仙之位，忘了自己的誓言，也忘了自己的兄弟，向着自己所憎恶之人跪了下去。

唯一还够兄弟的老牛，却也落得身首异处。

金蝉，大概也死于万仙大阵了吧。

这世道险恶，人心莫测，我终还是得孤军奋战。

战就战吧，为我心中明月，又何惜这一腔热血！

有天兵报与姜子牙，袁洪已出现在岐山山口。

姜子牙脸上露出了得意的笑容，看了眼白狐道："好戏就要开始了！"

当即，他命甲士将台下百姓喊退。随后一挥帅旗，天罗地网阵法霎时启动。

这封神台四周，看来并无任何异样，却是早已布下阵法，隐伏天兵神将。

袁洪远远地见到了被绑跪在台上的白狐，喊道："小白！"

接着，他一舞铁棒就要往台上飞去。

然而，距离封神台一百米距离时，半空之中一阵风雷电网轰击而出，袁洪被硬生生地被阻落在地上。

霎时之间，四面八方风起云涌、山岳震动。

那些隐伏的天兵神将按三才配六合兼八卦阵势显现出来，刀枪剑戟林立，高低远近，黑压压一片，杀气腾腾！

"袁洪，你竟然真的敢来！"姜子牙在封神台上居高临下。

哪吒和杨戬随侍在旁。

袁洪冷笑道："你不知我袁洪一生，天不怕地不怕，岂有不敢为之事！"

姜子牙道："你可知今日这里是天罗地网、龙潭虎穴！"

袁洪傲然道："天罗地网，我双手撕破；龙潭虎穴，我一脚踏平！劝你马上放了小白，否则等我怒起，必将尔等打得神魂俱散、灰飞烟灭！"

"好大的口气！"姜子牙道，"看来，你今日来此，不是来救人，而是来吹牛的吧，而吹牛的结局只有一个，就是送死！"

白狐大喊："猴子，你别管我了，自己走吧，不必救我，我已是堕落之身，回不去从前，也无颜面对你和这世间，能在死前见你一眼，已死而无憾。你还大有作为，前程无限，不必陪葬！"

袁洪喊道："你别说了小白，是我对不起你。我不知真相竟是如此，当初还那样用话伤你，将紫螺踩碎，这是我袁洪一生做的最糊涂浑蛋之事了，如今想来，真是痛彻心扉！”

白狐道：“两个紫螺而已。那轩辕坟前、洵水河边多得是，你只要好好活着，随时都可去那里捡了再做，没什么的。”

袁洪哽噎道：“紫螺虽到处都有，若非你做，岂能吹出那动人之声！我今日，纵打平这天地，踏着满地尸体，也必救你出去！以后还如从前一般，不管这天地黑白，不管那神人是非，我们只开开心心地做自己，此生不离不弃！”

姜子牙冷笑道：“袁洪啊袁洪，我该怎么说你好呢？这天还未黑，人还未睡，你睁着眼睛就开始做梦。睁开眼来好好看看吧，这天地已变，再也没有你曾经无拘无束的自由，也不再是山中无老虎，你占着就是王。天庭已立，众神归位，你该是谁，你是生是死，生该如何，死该如何，都得天庭说了算！”

“废话！”袁洪昂首道，“我活自己的，除了我自己，谁说了都不算！天庭？我不认它，它便是个屁！”

杨戬在一边道：“这等狂徒，竟敢辱没天庭，师叔不必和他废话，他今既进了这天罗地网阵，已无生路，还是速速诛杀，以绝后患！”

姜子牙点头，看向袁洪，轻蔑地道：“听见了吗？此乃天罗地网阵，有圣人数位，大罗金仙数百，神将数千，天兵数十万，催动阵法，天昏地暗。进此阵者，纵是圣人，也无生路！你若跪下自裁，可免受万劫之苦。这，已是本相最后的仁慈了！”

袁洪冷笑道：“你不知我袁洪，可死，不可跪？来吧，今日此地，有仇报仇，有怨了怨，想置我袁洪于死地的，只管先来，咱们就凭本事论生死！”

“既然你要选最痛苦的死法，我便成全你！”姜子牙说着，将手中天罗地网阵旗一挥。

“杀！”

霎时间，四面八方发出风云怒吼之声，天兵神将顷刻便如怒潮般向袁洪涌来。

“吼！”

袁洪胸中戾气也顷刻爆发，手中定海神珍铁棒一挥，迎着那冲来的天兵就横扫出去！

定海神珍铁棒受到主人的圣力，棒身之上瞬间燃起烈烈火焰，化成一条巨大火龙，直向天兵吞噬而去。

那天兵触着火龙，顷刻之间便灰飞烟灭。

冲上来一拨，便打死一拨。

袁洪还不解恨，将定海神珍铁棒变粗变长，向封神台上冲去。

天兵神将仍潮水般涌来，但触着定海神珍铁棒上的火龙，不成灰飞，便为肉泥。

姜子牙见袁洪勇猛，也不由皱眉，自言自语道："这妖猴，比起前番在万仙大阵之中，似又强了许多！"

哪吒早已忍耐不住，嚷嚷道："让我来收拾这妖猴！"

如今的他，肉身成圣，早就迫不及待地想要亲手教训一下袁洪，他当即便踩着风火轮向袁洪冲来。

人还未到，已将火尖枪往前一刺。

那火尖枪上也蹿出一条火龙，向袁洪扑去。

袁洪一见，喊声"变"。

手中定海神珍铁棒立刻化为两根，其中一根迎向哪吒，将哪吒的火尖枪挡了开。

"你当你能变化，我不能吗？"哪吒喊着，立马现出身高百丈三头六臂，持着混天绫、火尖枪、乾坤圈、金砖、阴阳剑和九龙神火罩。

圣人之力，与当初梅山战袁洪的威力也大不同。

每攻出一招，祭出一宝，便听得风雷隐隐，山河摇动。

哪吒

哪吒以为，他只要随便一宝一招便

可轻松将袁洪拿下。毕竟，在万仙大阵中的袁洪也只有大罗金仙之力，而他如今却是成了圣。

哪知，袁洪怒吼之间，又将那定海神珍铁棒变了数根出来，直接把他三头六臂法宝全都挡住。

任他如何使出圣力，对袁洪而言，都如隔靴搔痒！

杨戬一见，吼道："哪吒，我来助你！"

当即，他也挺着三尖两刃神枪冲来，从天眼中放出一道神光，神光如惊雷，向袁洪爆射而去。

袁洪见那神光，竟不闪不躲不理会，直接一棒向杨戬捅去。

那一棒带着袁洪心中毁天灭地般的杀伐之情，棒身之上呼啸出一条更为巨大的火龙，张牙舞爪地向杨戬扑去。

杨戬的天眼神光射在那火龙之上，也被火龙直接吞噬。

封神台上的姜子牙见状，眉头皱得更紧了，于是，又挥动阵旗，变换阵法。

从六合方位上，又分别冲出岁杀星陈庚、炳灵公黄天化、哼哈二将郑伦和陈奇、天罡星黄天祥和火德星君罗宣。

六大神将站着六合位攻向袁洪，摧枯拉朽般的力量向袁洪撕裂而至。

袁洪却仍是毫不畏惧。

定海神珍铁棒在手，随心所欲，所向披靡，神挡杀神，仙挡灭仙，只打得那天兵神将哀嚎一片！

"法天象地！"杨戬终于使出了看家本领。

一瞬间，便见他长得身高万丈。

当三尖两刃神枪向袁洪刺下时，袁洪以铁棒去挡，也只觉虎口发麻，心口发颤。如今杨戬肉身成圣，这万丈法天象地的威力绝非寻常。

袁洪纵有女娲娘娘之圣力，可硬挡法天象地一万丈，而且是居高临下打来，又有阵法之威加持，还是觉得吃力。

杨戬见袁洪终于受制，不禁狂笑："今日看你这妖猴还有何本事！"

"你当只有你能变万丈之身？"袁洪说声，当即也喊声，"法天象地！"

那身躯立马就如山岳拔地而起，直冲云霄。

然而，这非平日，乃是在天罗地网阵中，杨戬能使法天象地，袁洪却不能。

他的法天象地才长得一千丈时，便已触到天网之界，看守此位的杀神殷郊立马便显身而出，以奇宝番天印向袁洪头上打去。

袁洪猝不及防，挨了那一番天印，顿时脑子吃痛，脚下一软，跌倒在地。

火德星君罗宣一见袁洪跌倒，立马使出万鸦壶，放万只火鸦来烧袁洪。

袁洪一见，直接使出女娲娘娘给他的造物火炉。

火鸦如何受得了女娲的造物之火，那万只火鸦都被烧得掉毛、抱头鼠窜，连罗宣也差点儿被造物火炉给烧着，也是吓出一身冷汗。

杨戬仍使法天象地，用三尖两刃神枪配合天眼神光来打袁洪。

哪吒也使出镇身之宝九龙神火罩，放九条火龙出来烧袁洪。

姜子牙继续挥动阵旗，又从阴阳阵位之上杀出邓婵玉和土行孙，从八卦阵位上杀出广成子、赤精子、云中子、黄龙真人、太乙真人、灵宝大法师、玉鼎真人和道行天尊。

袁洪彻底燃烧了。

全身圣力如山洪暴发而出，定海神珍铁棒也发出了震人心魄的怒吼。

那是万仙大阵之时，袁洪一夫当关，打杀百万冲阵之妖，定海神珍铁棒吞噬数十万妖血蓄积的力量!

棒身之上的火红烈焰也突变为紫青色的火焰!

那火焰所触之处，尽成灰飞，直打得阐教一众大罗金仙都莫敢招架，只能闪躲!

就连杨戬的法天象地，也只能刚刚与袁洪抗衡，哪吒的三头六臂和九龙神火罩，也不能敌。

袁洪趁着杀气如虹，直向封神台打去。然而，这天罗地网阵毕竟非同凡响。当他才将那天罗地网结界之处打开一个口子，那口子马上又自然弥合。任他咆哮，任他怒吼，任他全身圣力暴发，发出惊天动地之威，始终打不出阵。

他想起了女娲娘娘给的《山河社稷图》，当即展开。

《山河社稷图》，内藏乾坤，斗转星移，改天换地。

此图一出，显斗转星移之威，天罗地网阵瞬间就被撕开缺口。

然而，就在袁洪将要冲出去之时。

阵外，正和老子聊天的元始天尊一见，立马将盘古幡祭出。

大道箴言显现。

天罗地网阵那被撕开的口子又迅速弥合。

元始天尊道："果然，女娲娘娘还是将那一身圣力都赋予了他！"

老子骑在板角青牛上叹息："可惜，这天地间又少了一位圣人也！"

元始天尊道："那又如何呢？少了一位，又会有无数的圣人崛起！"

老子道："毕竟，女娲娘娘是创世圣人，于这天地和众生有莫大之功。"

元始天尊道："如今天地已稳，四方已安，她已无大用，好好地在中皇山做闲人已是最好的结果。无论如何，这天地之间，除了祖师之外，不可有人再凌驾你我之上，亦不可容人对天庭不尊！"

老子垂头看了看座下板角青牛，有百感，却无言。

封神台上，姜子牙见袁洪仍在奋勇冲杀，再将阵旗一挥，阵法一变。

杨戬、哪吒、阐教众仙和天兵神将竟来往穿梭，将袁洪裹在其中。

而那天空之上，四面八方，九部雷神闻仲又催发出万道雷霆，千条闪电，助众天兵神将来打袁洪！

袁洪虽受女娲圣力，可毕竟孤军难敌。

他虽可挡得一众天兵神将的强攻，却难防那万道雷霆千条闪电，纵他已化出千百根定海神珍铁棒来抵挡，却还是防不胜防。

他不断地被那雷电击中，打得脚下虚浮，身形踉跄。

那雷电之力也有万钧，虽不能杀他，但每打中一下，俱痛入骨髓。

封神台上，白狐见袁洪被一道雷电打得栽倒下去，顿时急了，叫了一声"猴子"，立刻就想施法相帮。奈何她是被缚妖绳所绑，根本挣脱不得，就算她咬着牙、忍着痛，想化九尾出来，然而，那九尾也只能化出一半，三千年道行又被压制了下去。

旁边的李靖道："丞相，这狐妖还想兴风作浪，今袁洪既已入彀，不如先将其斩杀，省得夜长梦多！”

姜子牙一听，觉得有理，当即举起那葫芦，揭开了葫芦盖，便见得里面一道白光如线，起在空中，现出七寸五分，横在白光顶上，有眼有翅。

姜子牙稽首道：“宝贝请转身。”

那东西在白光之上，连转三转。

白狐惨叫一声，一颗头颅顿时落地。

阵中激战的袁洪，陡然听得那厉声惨叫，抬眼看时，台上白狐已被斩杀。刹那间，一股热血就猛往脑门上冲，心头撕裂地喊：“小白！”

瞬间一股怒火从心底涌起，将定海神珍铁棒狂舞而出。

杨戬和哪吒之辈皆被这全力一棒打得踉跄倒退。

袁洪又向封神台那边冲去。

然而，定海神珍铁棒打在阵法结界之上，仍只能裂开一个口子，并不能打出去。

那万道雷霆千道闪电，还是不断地击落在袁洪身上。

然而，此时的袁洪，见白狐被斩杀，心中无限的悲痛全都化作猛烈怒火。那怒火越来越猛，越来越强，终至身体百窍烧出，接着万道雷电，穿入身体。

那种痛楚，从未有过，生亦何欢，死亦何惧？

想我袁洪，不想成神，也不想为圣，我心中的白狐，是我的全世界，白狐安好，我便无所求。可这天道竟连我这简单的愿望都要毁掉，那我便只好毁了这天道！

杀我挚爱者，若为天，便让天塌；若为地，便让地陷；若为神仙，便让神仙死！

袁洪狂吼着，身上的力量如洪流暴发，猛烈冲撞着天罗地网阵的缺口。

此刻，他心中只有一个念头。

不是你死，便是我亡！

万道雷霆打在身上，裂开皮肉，断开筋骨，他都视若无睹，咬牙冲杀，看得那一众神仙都心中战栗。

突然，那不周山之上的天空，轰隆一声崩裂，烈焰向四面飞溅开来，一幕耀眼金光直向西岐方向飞来，直接飞入天罗地网阵中，哗啦啦一阵巨响，便附在了袁洪身上。

顷刻之间，袁洪的身上便金光闪耀，烈焰燃烧。

那万道雷电打在他身上，竟不能伤他分毫！

众人惊骇再看时，袁洪身上竟平白无故地多出了一件紫金战甲来！

袁洪的身体里也开始涌动着巨大的力量。他知道，这紫金战甲乃是补天石所化，受他圣力所召，回来助他了！

巨大的悲痛和毁天灭地的怒火激烈碰撞，突然，袁洪的身子一颤，如被什么定住了一般，站在那里不动了。

就连那万道雷电和无数法宝打在他身上，他也仍一动不动，如雕塑一般。

时空亦静止。

谁也不知道发生了什么。

但袁洪感觉到一种来自遥远的声音从他的心底猛然爆发而出，将他心中沉睡亿万年的某种东西惊醒。

一声狂吼，他将口张开，一股黑气从口中涌出。

那黑气竟化出一龇牙咧嘴的魔猴来！

魔猴手中，亦持一根定海神珍铁棒。

只是，魔猴手中的定海神珍铁棒之上却燃烧着黑色的火焰！

而在魔猴出世的瞬间，袁洪的本体亦瞬间金光大放，现光芒万丈！

众神不知何故。

阵外的元始天尊却惊骇道："大魔出体，他成大圣了！"

自混沌裂开，有三千大道以来。

天下众生得道者有两种途径：一为苦修。在万万年的时光里，凭着自己的悟性，顿悟天地奥妙，如爬梯一般，拾级而上，先修成神，再成大神，再成仙，成金仙，成大罗金仙，再成小圣，成半圣，尔后成大圣。而另一种，则为天赋异禀根脚深厚者，在受到某种极致力量的诱发之下，突然顿悟或开窍，于谁也不曾料想之间得道。有突然成神者，有突然成仙者，也有突然成圣者。皆看自己的根脚和悟性深浅而定。

至鸿蒙初判，突然成神、成仙和成圣者，皆有之。

但突成大圣者，却是从未有过。

这天地之间至今只出现过三个大圣辈的人物。

第一个是盘古天王；第二个是女娲娘娘；第三个是鸿钧祖师。

纵是西王母，老子、元始天尊、通天教主、接引道人和准提道人，亦都只达到半圣境界。

伏羲、神农、黄帝、杨戬、哪吒和李靖，还只是小圣。

没想到，袁洪会于突然的顿悟之间，唤魔出体，成就这天地间的第四个大圣！

“大师兄，我这没看错，他是真成大圣了吧！”元始天尊还不敢相信这个匪夷所思的事实，看着老子问。

老子没有回答，只是表情凝重地点了点头。

他也是半圣之境，心里很清楚。

凡天下众生，心中皆有魔，且有无数个魔。

每一种欲望，每一种情绪，都是一个魔。

修道，其实就是一场对心魔的征战。

在这场对心魔的征战中，道行浅者，只能将心魔强行压制，不让魔出心上；道行深者，可以坚韧之力将心魔杀死，使其永远不能干扰自己。

但若非至圣，便不可将所有心魔杀死，总有强魔在心。

唯至强者，可在一瞬间使所有心魔化为巨魔，然后逼巨魔出体，本体则霎时成大圣。若圣体显弱，魔体便会失控，祸乱天下。若圣体为强，则能使魔体受控，听凭圣体而行！

很显然，袁洪就是如此的至强者，在一瞬间使所有心魔化为巨魔，然后逼巨魔出体，他则成了大圣！

在场中。

那出体巨魔并未失控，窜逃而走，而是挥着那条燃烧着黑色火焰的定海神珍铁棒，以所向披靡之势与袁洪的圣体一起并肩作战！

可见，是袁洪圣体为强，魔体受其所控。

这一下，整个战局都霎时改变了。

天罗地网阵中天兵神将都没见过此等惊骇之事，都被这一幕震惊得战栗不已，不知道如何应对。

那雷电打在袁洪和魔猴身上，就如同挠痒痒一般。

而袁洪和魔猴扫出的铁棒，所遇者皆灰飞烟灭。

此时，袁洪再喊："法天象地！"

那身躯立刻拔地而起，将天罗地网直接冲破，长高十万丈。

杨戬的万丈法天象地，在袁洪此刻十万丈的法天象地面前不值一提。

那魔猴也和袁洪一般长高出十万丈，咆哮嘶吼，乱挥燃烧着黑焰的铁棒，将那天罗地网阵打得残破不堪。

袁洪冲着杨戬一棒挥出。

杨戬惊慌之下，忙用三尖两刃神枪来挡。

"咔嚓"一声，轰然爆响。

三尖两刃神枪直接被袁洪一棒打断！

杨戬的小圣修为如同泥巴一般脆弱，他被袁洪铁棒打飞出去，口吐黑血。

赵公明祭起金蛟剪来攻魔猴。

那金蛟剪立刻化为两条蛟龙来剪魔猴，魔猴一龇牙，吐出一股暴戾之气，一棒将一条蛟龙打死，一口直接将另一条蛟龙生生地吞了下去！

赵公明吓得面如土色，魂不附体。

魔猴一棒向赵公明头上打下，就要把他打成肉酱。

闻仲立刻放出万道雷霆来阻，李靖和雷震子两圣也迅速加入战团。

雷震子以双翅召唤狂风雷，一条黄金棍之上，亦金光大放；李靖祭起玲珑黄金宝塔。

哪吒见得这两圣相助，又放出九龙神火罩里的九条火龙来烧。

但他们这种小圣，此刻在袁洪和魔猴面前不堪一击。

袁洪迎着雷震子的黄金棍扫出，直接将他的黄金棍打成两截，雷震子整个身躯都飞向九霄云外，不见影子。

魔猴直接张口就把九龙神火罩里窜出来的九条火龙给吞了下去，反手一棒就把他的九龙神火罩打飞出去！

李靖的玲珑黄金宝塔打在魔猴身上，魔猴仅仅只是身子晃了晃，直接将那玲珑黄金宝塔抓在手中，五指一捏，直接就捏成了一坨废铁！

其余广成子、赤精子、玉鼎真人和太乙真人等大罗金仙，更是被袁洪和魔猴一红一黑两条铁棒打得连身都近不了。

整个天罗地网阵，皆已破碎无形。

阵外的元始天尊说："师兄，我们得一起出手了，不然局面不可收拾了！"

说罢，他祭起盘古幡。

盘古幡一起，立刻现出高山、洪流、风、雨、雷、电、日、月、星辰诸多天地圣物，挟带着无穷之力，一起向魔猴袭去！

霎时之间，天昏地暗，如同鸿蒙再现。

老子亦祭起风火蒲团来攻袁洪。

风火蒲团之上，走出身高万丈金光大放的黄金力士，左手一道龙形之风，右手一道龙形之火，风火合一处，其威大长，旋转呼啸，直向袁洪卷来。

"米粒之珠，也放光华！"

袁洪吼道，将手中定海神珍铁棒丢起来。

那铁棒立刻就化出了千百根来，密集如雨一般，打向那龙形之风火，将那黄金力士打回到蒲团去。

这边的魔猴更是恐怖异常。

元始天尊的盘古幡幻化高山、洪流、风、雨、雷、电、日、月、星辰等，均有撕裂毁灭之威，却都被魔猴一张嘴，显出一幕无边的暗黑天空，将那攻来之物全都吞噬下去。

他那口中似有更庞大而黑暗的天地，盘古幡完全奈何魔猴不得！

元始天尊只好又将九龙沉香辇一拍，化出九条天龙，九条天龙分九州之力向魔猴扑去。

老子也使出"一气化三清"来战袁洪。

只见他把青牛一拍，把鱼尾冠一推，顶上三道气出，化为三位道人：一道人戴九云冠，穿大红白鹤绛绡衣，骑兽而来，手持一把宝剑；一道人戴如意冠，穿淡黄八卦衣，骑天马而来，手执灵芝如意；一道人戴九霄冠，穿八宝万寿紫霞衣，骑地狮而来，一手执龙须扇，一手执三宝玉如意。

三道人均身上霞光万道，瑞彩千条，映目射眼。

老子复拍板角青牛上前，与三道人一起围着袁洪厮杀。

那天兵天将及一众大罗金仙，就如同小孩一般，看着这一场旷世圣战，只听得天崩地裂，只见得风云乱卷，却连半分力都使不上。

然而，老子和元始天尊毕竟还只是半圣，离大圣还差一步，何况袁洪此时为白狐之死，心中起万丈杀戮，岂是老子和元始天尊能敌。

袁洪祭出女娲娘娘的山河社稷图，破掉老子的一气化三清幻象，抡起定海神珍铁棒向老子打去。

老子吃不住袁洪铁棒威力，只好祭起太极图。

太极图乃鸿蒙先天至宝，拥有平定地水火风之威、转化阴阳五行之力、分理天道玄机之功、包罗大千万象之能。

太极图一开，周身立现霞光万道、瑞彩千条，图外“大道谶言”环绕其上、图内“天道符箓”隐现其中。

五色毫光照耀山河大地，九彩瑞气震慑诸天寰宇。

袁洪的定海神珍铁棒打在其上，裂开一道痕迹，却又迅速完好如初。

太极图化出阴阳五行，连接诸天日月，将袁洪困在其中。

随即，老子再祭起八卦火炉。

霎时之间，那三昧真火烈焰，在阴阳五行催动之下，裹住袁洪就烧。

袁洪挥着定海神珍铁棒一番猛打，却仍打不出去。

外边的魔猴仍以吞噬之功破解了元始天尊的九条天龙，逼得元始天尊只好用诸天庆云来防。

魔猴欲一鼓作气将元始天尊打败，却见袁洪被老子所困，赶紧过来相助。

然而他的吞噬之功亦无法破解。

那太极图之威，连通天地阴阳五行，有生生不息之力，吞之不尽，毁之不竭。

可魔猴并不放弃，他发狂一般，只将那手中燃烧着黑色烈焰的定海神珍铁棒向太极图阵一番猛打。

直打得天地倾塌，四海震荡。

而被困太极图阵中的袁洪，身上的紫金战甲都已被烧得通红，头上的毛发都已被烧光，那无边的三昧真火，直烧入心底。他甚至都闻到了自己身上散发出来的焦味。

看着身受痛苦脚下踉跄的袁洪，定海神珍铁棒大喊：“主人，你一定要扛住，若惧了这火，便成灰飞；若能扛住，它便只能助你更强！”

听得此言，袁洪知已打不出去，便干脆盘腿坐下，闭上眼睛，无视一切，自觉在火外世界一般。

老子见袁洪坐于阵中，竟烧不毁，虽着急，却也没有更好的办法。

战局如此僵持着。

而那边的魔猴见袁洪被困，也打不破阵法，愈是抓狂着急，又追着元始天尊一番猛打。

元始天尊纵是有诸天庆云护体，也被魔猴追打得狼狈不堪。

“轰——隆——”

陡然之间，巨响阵阵，一道金光猛冲天际，裂开寰宇！

太极阵图之中，被八卦炉三昧真火焚烧的袁洪，突然之间长身而起，全身上下，连同双眼都金光万丈。就连那定海神珍铁棒，也放出万丈金芒！

“啊？火眼金睛！”老子惊呼了声。

惊呼声未落，袁洪便用那火眼金睛向太极阵图一看，立马看破其中玄机，再一挥手中金光大放的定海神珍铁棒，一棒挥出，鸿蒙圣力惊天爆发而出！

太极图阵顷刻散去！

而阵外的魔猴也在袁洪炼成金身之时陡然变强，一棒把元始天尊的诸天庆云打开缺口，元始天尊站立不稳，坐倒下去。

魔猴怒吼出声，再猛一棒落下，就要击杀元始天尊。

猛然，从那三十三重天之外，玉京山上，一道七色洪流卷来，挡住了魔猴手中铁棒。

随后，诸天之上，现出九九八十一尊道像，三千大道洪流，俱成漩涡，向魔猴和袁洪包围过来。

老子和元始天尊一见大喜，知道是祖师来助，当即又上前与魔猴和袁洪激战。

袁洪和魔猴仍是杀气如虹，愈战愈勇。

只见那千万根金色和黑色的棒子，来来往往地与那八十一尊道像和三千大道洪流激战，发出天塌地陷般的震动。

打到最后，那巨大的威力爆发，连老子和元始天尊都已插不上手，只能退开防守。

后来，战阵之中什么也看不见了。

只见得天在旋、地在转，如雷暴般的巨响震荡声从里面密密麻麻地传出。

“轰……隆……隆……”

随着一声惊天动地的爆响，一股鸿蒙撕裂之力卷出，将阵外的老子和元始天尊都直接卷飞出去。

巨响声后。

那九九八十一尊道像和三千大道洪流，如星辰陨落，化为青烟落向玉京山上。

袁洪高大的身躯也离地飞起，在空中变小。

魔猴亦如一片树叶般飞向了袁洪口中，随着袁洪的身体一起消失不见。

天塌地陷的战场，只有那残破的山河，死伤遍地的尸体或灰头土脸惊骇无比的众神。

观圣人之战，方知自己道行之浅，万世难及。

杨戬目瞪口呆地站在那里。他曾以为自己天赋异禀，有三只眼，可一眼将人看穿。然而今日才知，他纵有三只眼，有些人有些事，他还是看不穿。

老子和元始天尊狼狈地从地上爬起来，抖了抖身上的尘土，对视了一眼。

什么都没说。

却似乎又什么都说了。

俱长长的一声叹息。

道之无边，远在想象之外。

他们也曾以为自己为圣人，悟了先道，却不曾想，在他们所悟的道向上，还有很远很远，很远很远……

西牛贺洲。

灵山。

那株万年的菩提树下。

准提道人问：“师兄，你不是说，那日万仙大阵中劝他归我西方教，他根本不屑吗？既不能劝入我门，为何你还要救他？”

接引道人看着那东方残破的天际，若有所思，道：“他不入我门，也许比入我门更好。”

准提道人不解地问：“此话怎讲？”

接引道人道：“封神布局，可见鸿钧之谋，高深莫测。封神之后，阐教已知我收其门人，元始天尊竟将百万之妖封为天兵神将，使我西方教一时不敢相抗。我往东之路，且远且长，我们需要一个真正的强者来做前锋，与天庭对抗。我仍作壁上观，收渔人之利，待鱼死网破之时，方是我西方教朝阳破云，照耀东方之时！”

准提道人明白了，道：“这个人是袁洪？”

接引道人道：“不过，待他醒来，就不能再是袁洪了。”

“不能再是袁洪了？”准提道人不解，“那是谁？”

接引道人道：“是谁都不重要，重要的是需要你来引领他。”

“我来引领他？”准提道人更迷糊了，“什么意思？”

接引道人意味深长地一笑，转身离去了。